LES SPELLMAN SE DÉCHAÎNENT

Lisa Lutz

LES SPELLMAN SE DÉCHAÎNENT

ROMAN

*Traduit de l'américain
par Françoise du Sorbier*

Albin Michel

Pour Stephanie Kip Rostan
et Marysue Rucci

EN PLEIN MILIEU

Samedi 22 avril, 19 heures

« Allô ?

– Salut, maman.

– Qui est à l'appareil ?

– Isabel. Ne me fais pas répéter.

– Qui ?

– Maman, c'est pas drôle.

– Sérieusement, qui est à l'appareil ?

– Je n'ai pas trop le temps de jouer, là.

– Moi non plus, dit Maman, renonçant enfin à son numéro d'amnésique. Je t'appelle d'ici quelques jours. »

J'ai hurlé dans le téléphone :

« *Ne raccroche pas !!!*

– Du calme, Isabel.

– Ne raccroche pas, tu veux ?

– Pourquoi ?

– Parce que… je n'ai droit qu'à un seul coup de fil. »

ARRESTATION N° 2
(OU N° 4[1])

Ce n'était pas tout à fait exact. J'avais seulement voulu ménager mes effets. Quand on est en état d'arrestation, le code pénal de l'État, article 851.5, autorise trois appels aux personnes suivantes : 1) un avocat, 2) un garant, 3) un parent ou autre. Il ne spécifie pas clairement s'il s'agit d'un appel à chacune des trois personnes susmentionnées, ou si l'on peut utiliser deux appels, voire les trois, pour la même.

De toute façon, ce n'était pas ma mère que j'avais appelée en premier. Avant elle, j'avais essayé d'avoir mon frère David (pas de réponse) et Mort Schilling, un vieil[2] ami à moi, ancien avocat de la défense. Pour cette arrestation, je ne m'étais pas encore assuré les services d'un garant régulier. J'ai consulté mentalement mon carnet d'adresses et énuméré la liste à mes nouvelles copines, Scarlet et Lacey (elles aussi en garde à vue, mais pour des délits différents), qui m'ont toutes deux conseillé de téléphoner à ma mère.

« Si ta propre mère ne paie pas ta caution pour te sortir de prison, qui le fera ? » demanda Lacey.

---

1. Si l'on prend en compte les n° 2 et 3, ce que je ne fais pas. (Toutes les notes numérotées sont de l'auteur. Celles de la traduction sont marquées d'un ou de plusieurs astérisques.)

2. L'adjectif renvoie à l'âge, pas à la durée de l'amitié.

Elle n'avait pas tort, mais si j'ai appelé ma mère, c'était parce que j'estimais qu'elle avait une dette envers moi après l'arrestation n° 1,5 (ou n° 3, selon la façon dont on compte.) Le reste de la conversation se déroula comme suit :

MAMAN : Ça ne va pas recommencer, Isabel. Explique-toi, tu veux.

MOI : Je m'expliquerai dès que tu seras venue me chercher.

MAMAN : On est déjà sur la route, ma petite fille. Je n'annule pas notre disparition[1] pour venir payer ta caution.

MOI : Ah, j'avais oublié la disparition.

MAMAN : Débrouille-toi toute seule, ma chérie.

MOI : Ah non, maman ! Il faut que tu appelles quelqu'un pour me sortir d'ici. Je ne veux pas passer la nuit en taule.

MAMAN : Ça ne serait peut-être pas une mauvaise idée. Tu te souviens de *Scared Straight*[*] ?

MOI : Bien sûr. Tu m'as obligée à le regarder au moins dix fois quand j'étais au lycée.

MAMAN : Ça m'a fait une belle jambe !

MOI : Écoute, rappelle Morty. Jusqu'à ce qu'il décroche. Il est chez lui. Seulement, il n'entend pas le téléphone.

MAMAN : Il ne devrait pas conduire la nuit, si tu veux mon avis.

MOI : Maman, je t'en prie.

MAMAN : Le jour non plus, d'ailleurs.

AGENT LINLEY : Spellman, on accélère.

MOI : Faut que je te laisse. Débrouille-toi pour qu'on me sorte d'ici.

---

1. Disparition signifie « vacances » chez les Spellman. J'expliquerai plus tard l'origine de cet usage.

* *Scared Straight* (Peur bleue). Documentaire télévisé d'Arnold Shapiro, avec Peter Falk (1978) sur un groupe de délinquants juvéniles envoyés en prison au contact de condamnés à perpétuité, dans un but pédagogique, afin de leur donner une « peur bleue ».

Maman : Je vais voir ce que je peux faire. À lundi, Isabel.

Moi : Bonne disparition.

Trois heures plus tard, l'agent Linley vint taper avec sa matraque sur les barreaux de la cellule et dit : « Spellman, vous sortez. » Après avoir repris mes affaires personnelles auprès du préposé, je fus conduite dans la salle d'attente où je cherchai des yeux un visage familier

Morty dormait, affalé dans l'un des fauteuils en vinyl vert. Ses cheveux hirsutes et rares retombaient sur ses lunettes carrées aux verres épais comme des culs de bouteille. Sur ses genoux reposait un sac à sandwichs froissé. Ses ronflements évoquaient tantôt le robot de cuisine, tantôt le lave-vaisselle économiseur d'énergie.

« Réveille-toi, Morty », dis-je en lui secouant doucement l'épaule.

Il reprit conscience en sursaut, puis se tourna vers moi et sourit : « Comment va ma délinquante préférée ? demanda-t-il.

– J'ai connu des jours meilleurs.

– On en est où ? À l'arrestation n° 4 ?

– Tu crois que les numéros 2 et 3 comptent pour de bon ?

– On ne les compte pas si tu ne veux pas. Je me suis dit que tu risquais d'avoir faim, alors je t'ai apporté un sandwich, dit Morty en me tendant le sac en papier fripé. Ton préféré. Pastrami pain de seigle.

– Non, Morty, c'est ton préféré à toi. La preuve : il n'en reste qu'une moitié.

– J'ai attendu plus d'une heure », protesta Morty.

Je passai un bras autour de mon minuscule ami octogénaire et l'embrassai sur la joue. « Je savais que tu ne me laisserais pas moisir là-dedans.

– Parlons affaires quelques minutes, dit Morty.

– Vas-y, répondis-je, m'attendant à des choses qui fâchent.

– Tu comparais lundi pour ta mise en accusation. Je ne crois pas pouvoir faire retirer la plainte. Quatre arrestations en moins de deux mois. Ils commencent à en avoir marre de voir ta tronche ici. Tu as violé une injonction. À quoi pensais-tu, Izzila[1] ?

– Les arrestations n° 2 et 3 ne comptent pas, Morty. Quant aux deux autres, je crois que nous pouvons nous défendre contre les accusations. Cela dit, il me faut des preuves supplémentaires.

– C'est en cherchant des preuves supplémentaires que tu as commencé à avoir des ennuis. Il faut arrêter. Et puis ta mère voulait que je te dise que tu as interdiction de sortir.

– J'ai trente ans. Elle ne peut pas me boucler.

– Elle peut te virer, répliqua Morty. Et après, tu feras quoi ? »

Il avait marqué un point. Mais j'étais persuadée que si je résolvais le mystère initial, tous mes ennuis s'évanouiraient. Pour cela, il fallait que je reste en liberté. Donc je devais avoir une stratégie défensive.

Le lundi suivant à neuf heures, je comparaissais dans la salle d'audience n° 4 du tribunal pénal de San Francisco. Morty avait vu juste : les plaintes ne seraient pas retirées. Mon audition préliminaire était fixée au lundi suivant, ce qui nous laissait une semaine entière, à Morty et à moi, pour mettre au point ma défense. Nous avons regagné son bureau plus tard ce matin-là pour examiner les détails de mon affaire.

---

1. Morty aime yiddishifier mon prénom.

LE « CABINET JURIDIQUE » DE MORT SCHILLING

Lundi 24 avril, 10 heures

Morty perfora ma feuille d'arrestation pour l'archiver dans son dossier flambant neuf sur Isabel Spellman ou Spellman Isabel, (cas n° 2)[1]. Moi.

« On devrait arriver à éviter que les deuxième et troisième arrestations ne viennent en jugement. Je peux argumenter qu'elles sont sans lien.

– Parfait.

– Quoi ?

– *Parfait !*

– Pendant nos déjeuners[2], tu m'as raconté deux ou trois choses concernant cette affaire, mais j'ai besoin de tout savoir pour décider comment présenter au mieux ton histoire à l'audience.

– Tu crois que ça va vraiment passer en jugement ?

---

1. Notez le numéro du cas. Le premier et seul autre étant celui du neveu de Morty, pour infraction au code de la route.

2. Morty et moi déjeunons ensemble toutes les semaines. J'expliquerai en temps voulu comment nous nous sommes rencontrés et sur quelles bases est établie notre relation.

– Hein ? Parle plus fort.

– *Tu crois que ça va passer – Morty, mets ton appareil.* »

Morty tendit la main vers le tiroir de son bureau, se vissa l'appareil dans l'oreille et régla le volume.

« Ce machin m'exaspère. Qu'est-ce que tu disais ?

– Tu crois que ça va aller en justice ? Enfin, on peut expliquer les faits au procureur, et peut-être qu'ils se décideront à enquêter sur ce type.

– Isabel, procédons par ordre. D'abord, raconte-moi ta version et après, on verra comment présenter l'affaire au procureur. Pour l'instant, je veux entendre de ta bouche toute l'histoire. N'omets rien. J'aime bien les détails et j'ai toute ma journée. Demain et après-demain aussi.

– Mais j'ai déjà pensé à ma ligne de défense.

– Ne me laisse pas mourir idiot.

– Je suis innocente.

– Tu reconnais avoir violé une injonction ?

– En effet.

– Alors, comment peux-tu être innocente ?

– Parce que la personne qui a demandé l'injonction n'est pas qui elle prétend être. Donc l'injonction n'est pas valide.

– Si on commençait par le commencement, Isabel ? »

Première Partie

Commencements

LE SUJET EMMÉNAGE AU 1797 CLAY STREET

Dimanche 8 janvier. 11 heures

J'ai du mal avec les débuts. D'ailleurs, je ne trouve pas les histoires si intéressantes que ça quand on commence par le début. Si vous voulez mon avis, on ne comprend qu'il y a une histoire qu'une fois arrivé au milieu. En plus, les débuts sont difficiles à délimiter. On pourrait soutenir le point de vue que le vrai début de toutes les histoires est le début du temps. Mais comme Morty a déjà quatre-vingt-deux ans, et compte tenu de nos contraintes de temps, je commencerai cette histoire à la date où j'ai rencontré « John Brown », ou plus exactement où j'ai posé les yeux sur l'homme désigné dans la suite de ce récit comme « le sujet », ou par son nom d'emprunt, « John Brown ».

Je me souviens du jour où le sujet a emménagé dans la maison voisine de celle de mes parents comme si c'était hier. Il reprenait le premier étage d'un triplex occupé auparavant par Mr. Rafter, locataire depuis près de trente ans. David le connaissait mieux que moi puisque sa chambre était à moins de deux mètres du bureau de Mr. Rafter et que leurs fenêtres respectives se trouvaient à un niveau tel que chacun plongeait dans la pièce de l'autre comme dans un aquarium. Rafter passait le plus clair de son temps à regarder la télévision dans son bureau et David le plus clair du sien à étudier dans sa chambre, aussi les deux hommes firent-ils peu à peu connaissance dans le silence (enfin, si l'on fait exception du bruit de la télévision).

Mais je digresse. Pour en revenir à ce que je disais, je me souviens du jour où le sujet a emménagé à côté comme si c'était hier. Et je suppose que si mon souvenir est aussi net, c'est à cause des événements qui se sont produits plus tôt ce jour-là, et qui m'ont amenée chez mes parents au moment précis où le camion de déménagement du sujet s'est arrêté en double file devant la maison. Sans doute vaudrait-il mieux que je commence par ce qui s'est passé au début de la journée et que je relate les événements susmentionnés.

9 heures

Je me suis réveillée dans mon lit, ou plus précisément celui que j'occupe chez Bernie Peterson, lieutenant en retraite de la police de San Francisco, à qui je sous-loue. Mon domicile illégal dans le district de Richmond est séparé de celui de mes parents par une colline géante et une distance de cinq kilomètres exactement, mais je n'habite qu'à un coup de téléphone de chez eux.

Le téléphone sonna, comme toujours, avant que j'aie avalé assez de café pour pouvoir affronter la journée.

« Allô.

– Isabel, c'est maman.

– Qui ?

– Je ne suis pas d'humeur à jouer aujourd'hui.

– Aucun souvenir. On s'est rencontrées quand ?

– Écoute-moi très attentivement ; je ne veux pas avoir à répéter. Il faut que tu ailles chercher Rae à l'hôpital.

– Qu'est-ce qu'elle a ? demandai-je, l'appréhension altérant le ton de ma voix[1].

– Rien du tout. Mais c'est Henry[2] qui a un problème.

– Quoi ?

– Elle l'a écrasé.

– Comment ?

– Avec une voiture, Isabel.

– J'ai compris jusque-là, maman.

– Izzy, je suis en plein milieu d'une affaire. Il faut que je file. S'il te plaît, rassemble tous les détails de l'accident. Comme d'habitude, enregistre tout. Appelle-moi quand tu seras rentrée. »

Hôpital général de San Francisco, 10 heures

La préposée à l'accueil me prévint que seuls les membres de la famille proche étaient admis au chevet de Henry. J'exhibai mon diamant d'un quart de carat et demandai si les fiancées remplissaient les conditions requises.

Une infirmière me conduisit vers la chambre 873 en m'expliquant que l'état du patient était grave, mais que ses jours n'étaient pas en danger.

« Vous pouvez m'expliquer ce qui s'est passé ? lui demandai-je.

– Votre fille est avec lui, elle s'en chargera.

– Ma fille ? »

---

1. Au cas où vous auriez des doutes, je sais quand arrêter une plaisanterie.
2. L'inspecteur Henry Stone. Je vous expliquerai plus tard qui il est.

Je trouvai ma sœur, Rae, assise au chevet de l'inspecteur Henry Stone, l'œil rivé au tableau électronique où s'affichaient les signes vitaux du patient.

L'infirmière de Henry s'efforça de masquer son agacement derrière un sourire en entendant Rae, qui montait la garde devant les graphiques, annoncer à mon entrée : « Soixante douze. Son rythme cardiaque a augmenté de cinq. »

Ma sœur avait les yeux très rouges et ses joues, rouges aussi, montraient des traces de larmes récentes. L'infirmière parut soulagée en me voyant et dit à Rae : « Ah, parfait, voilà votre mère.

– Euh, fis-je, vexée, je ne suis pas sa mère. J'ai l'air assez vieille pour avoir une fille de quinze ans ?

– Je n'avais pas fait attention, répondit-elle.

– Je suis la fiancée de ce monsieur », précisai-je, puis je me tournai vers l'inspecteur.

Henry Stone était harnaché d'un assortiment de tubes et de moniteurs, et vêtu de la chemise d'hôpital standard. Exception faite de cette tenue peu flatteuse et de la compresse de gaze sur sa tempe gauche, il avait son aspect habituel, celui d'un homme soigné, un peu maigre, et dont on ne remarquait pas toujours qu'il était beau. Ses cheveux poivre et sel coupés court avaient poussé au cours de ces dernières semaines, le faisant paraître plus jeune que ses quarante-quatre ans. Un avantage que contrebalançaient toutefois ses cernes prononcés et son agitation manifeste.

« Comment va-t-il ? demandai-je à l'infirmière, m'efforçant de prendre le ton inquiet de rigueur.

– Il a des contusions aux jambes juste au-dessous du genou, mais rien de cassé. Le plus préoccupant, c'est le traumatisme crânien. Il a perdu connaissance cinq minutes et souffre de nausées. Nous avons fait un scanner et tout semble normal, mais nous devons le garder en observation pendant quarante-huit heures.

– Il risque de garder des lésions cérébrales à vie ? » demanda Rae.

Henry m'agrippa le poignet. En le serrant fort : « Il faut que je te parle en tête à tête. »

Je me tournai vers Rae : « Sors d'ici.

– Non ! » répliqua-t-elle. Jamais je n'aurais cru qu'un monosyllabe puisse exprimer un désespoir aussi poignant.

« Sors d'ici, dit Henry, insensible aux émotions tumultueuses de Rae.

– Est-ce que tu me pardonneras un jour ? lui demanda-t-elle.

– Ça ne fait même pas deux heures que tu m'as écrasé.

– Accidentellement », cria-t-elle.

Le regard que lui lança Henry parut avoir beaucoup plus d'effet que tous les sermons, punitions ou restrictions de sortie que mes parents avaient jamais infligés à Rae.

« Deux heures et demie », marmonna-t-elle en sortant, très digne.

Henry crispa encore davantage sa main sur mon bras lorsque Rae fut hors de portée de voix.

« Tu sais que tu me fais mal, Henry.

– Ne me parle pas de douleur, s'il te plaît.

– Bon, bon. Excuse-moi.

– Rends-moi un service, veux-tu ?

– Quoi donc ?

– Débarrasse-moi de sa présence.

– Combien de temps ?

– Disons quinze jours.

– Tu crois au père Noël.

– Isabel, je t'en prie. J'ai besoin d'air.

Je ferai ce que je peux, mais…

– Ta sœur a failli me tuer aujourd'hui, fit-il à voix très haute.

– Accidentellement ! cria Rae de l'autre côté de la porte.

– J'ai besoin d'air, de vacances : des vacances[1] de ta sœur. S'il te plaît, aide-moi. »

---

1. En l'occurrence, le mot est utilisé au sens traditionnel.

LE « CABINET JURIDIQUE » DE MORT SCHILLING

Lundi 24 avril, 10 h 15

« Quand l'inspecteur Stone et toi vous êtes-vous fiancés ?

– Nous ne sommes pas fiancés. Nous sommes "fiancés", dis-je en faisant le signe des guillemets avec les doigts[1].

– Tu ne portes pas de bague de fiançailles.

– Inutile, maintenant.

– Tu veux me répéter ça ?

– C'est vraiment une longue histoire. Tu es sûr de vouloir l'écouter ?

– Je suis prêt à écouter toute histoire susceptible d'expliquer les faits réunis contre toi.

– Ça risque de prendre un certain temps. »

Morty haussa les épaules. La retraite n'était pas sa tasse de thé. Tout ce qui pouvait l'occuper, si.

Comme je l'ai dit, les débuts sont impossibles à cerner. Pour que mon histoire et ma défense tiennent debout, il faut que je donne des détails remontant à bien avant le début de mes démêlés avec « John Brown ».

---

1. En règle générale, je suis contre l'utilisation des guillemets avec les doigts. C'est l'exception qui confirme la règle.

UNE BRÈVE HISTOIRE DE MOI

J e suis le deuxième enfant d'Albert et Olivia Spellman. Depuis l'âge de douze ans, je travaille pour l'entreprise familiale, l'agence Spellman, une firme de détectives privés située dans la résidence familiale des Spellman à San Francisco, Californie. Mon frère aîné, David, a deux ans de plus que moi et ma sœur, Rae, plus de quatorze de moins.

J'ai été sans aucun doute une gamine difficile (adolescente et jeune adulte aussi). Mon règne de terreur sur la maison Spellman a duré presque vingt ans. J'ai souvent émis la théorie selon laquelle mon comportement de fille indigne tenait à ce que j'avais un frère parfait, physiquement et intellectuellement. Comme je ne pouvais pas rivaliser avec lui, j'ai réagi en prenant résolument le contre-pied, laissant partout derrière moi un sillage de vandalisme et d'indiscipline. David a souvent essayé de tempérer mes exploits en les couvrant au maximum, mais il a lui aussi fini par se lasser de jouer les tampons. Aujourd'hui, David est avocat et marié à ma meilleure amie, Petra[1]. Sa principale contribution à l'entreprise familiale, c'est de nous adresser des clients.

---

1. Également mon acolyte pendant mes années de délinquance.

Ma sœur Rae, quinze ans (et demi), en paraît tout juste treize. Elle a hérité de notre mère une charpente menue, mais ses cheveux cendrés et ses taches de rousseur n'appartiennent qu'à elle. La loyauté totale de ma sœur à la famille, et notamment à l'entreprise familiale, la distingue de David et moi. Rae a commencé à travailler pour l'agence Spellman à six ans, et elle semblait croire que c'était l'existence idéale. Pour elle, peut-être ; auquel cas, elle était née dans la famille adéquate.

Vers vingt-cinq ans, j'ai fini par comprendre que mon comportement était l'exemple de référence pour une adolescente impressionnable. À cause de cela et d'autres facteurs modérateurs, je suis devenue adulte. Une transformation rapide et soudaine. Un œil non exercé aurait pu croire que je m'étais endormie délinquante et réveillée citoyenne responsable (enfin, à peu près).

C'est alors que ma famille a connu sa période de normalité la plus longue, qui a duré environ quatre ans. Et il y a deux ans, après l'installation de mon oncle Ray chez nous, des conflits ont commencé à surgir : entre moi, mes parents, ma sœur, mon oncle Ray, mon frère, et Petra, ma meilleure amie. Puis nous sommes entrés en guerre.

Laquelle a commencé quand j'ai entrepris de sortir avec un dentiste à l'insu de ma mère. Il se trouve qu'elle déteste les dentistes. En l'occurrence, je maintiens que ce sont mes parents qui ont tiré les premiers. Ils ont engagé ma sœur Rae (quatorze ans à l'époque) pour me filer. C'est ainsi qu'ils ont découvert que je sortais avec Daniel Castillo, docteur en chirurgie dentaire (ex n° 9, voir appendice). Après une rencontre humiliante entre l'ex n° 9 et ma famille, j'ai décidé de quitter l'entreprise familiale.

C'est alors que notre conflit se durcit. Mes parents commencèrent à me surveiller vingt-quatre heures sur vingt-quatre par le truchement de ma sœur et, juste au moment où nous pensions que ce jeu du chat et de la souris ne pouvait guère s'envenimer davantage, Rae disparut.

On découvrit plus tard que ma sœur s'était enlevée elle-même pour mettre fin à la guerre par une grève dissuasive. Et elle atteignit exactement son objectif, à savoir que la guerre cessa et que la famille retourna à l'état normal antérieur. Mais le numéro d'auto-kidnapping de ma sœur ne resta pas impuni.

Ce fut pendant ses six mois de probation que ma sœur commença à fréquenter Henry Stone, le policier responsable de l'enquête sur sa disparition. Au début, ce furent des visites hebdomadaires à cet inspecteur du quartier général de la police de San Francisco-Sud, à Bryant Street, un homme curieusement soigné de sa personne et d'une moralité au-dessus de tout soupçon. Cela se termina dix-huit mois plus tard par l'épisode où ma sœur faillit le tuer avec sa propre voiture.

HÔPITAL GÉNÉRAL DE SAN FRANCISCO

Dimanche 8 janvier, 10 h 05

Ma mère m'aurait tuée si elle avait su combien de temps j'étais restée dans la chambre d'hôpital sans brancher le magnétophone[1]. Avant qu'un autre mot soit prononcé, je glissai la main dans ma poche et allumai mon enregistreur digital grand comme un mouchoir de poche.

Voici la transcription de la bande :

[Rae rentre dans la chambre au moment où l'infirmière, miss Stinson, complète les graphiques du patient. L'infirmière adresse à ma sœur un sourire professionnel et se dirige vers la porte.]

INFIRMIÈRE : Si vous avez besoin de quoi que ce soit, inspecteur, appuyez sur le bouton d'appel. [Elle se tourne vers Rae et moi.]
INFIRMIÈRE : Mesdames, les visites se terminent dans deux heures.

---

1. J'expliquerai sans tarder la manie de l'enregistrement.

HENRY : Je me sens très fatigué. Je crois qu'elles devraient me laisser maintenant.

ISABEL : Nous n'allons pas tarder.

HENRY : Non. Maintenant. S'il vous plaît. Mademoiselle ?

RAE : Son pouls a augmenté de deux pulsations minute. Il est à soixante-quatorze.

INFIRMIÈRE : Tout va bien. Je repasserai dans une heure.

[Elle sort.]

ISABEL : Henry, on part d'ici une minute. Mais maman veut un compte rendu complet des événements, ce qui veut dire qu'elle souhaite entendre ta version. À propos, j'enregistre cette conversation. Dis-moi exactement ce qui s'est passé.

HENRY : Ta sœur m'a écrasé…

RAE : C'était un accident !

ISABEL : Admettons, Rae. Ce que je voudrais savoir, c'est comment il s'est produit. Tu as un permis de conduire provisoire*, pas un vrai permis. Tu n'es pas censée te trouver au volant sans un conducteur expérimenté à côté de toi en permanence. Si tu as écrasé Henry, à l'évidence, *il n'était pas dans la voiture.*

HENRY : Parlez plus bas. J'ai mal à la tête.

ISABEL : Pardon. [À Rae.] Vas-y.

RAE : On quittait le poste de police pour ma leçon de conduite.

HENRY : J'espère que tu en as été satisfaite, parce que je ne t'en donnerai jamais d'autre.

RAE : Je crois que c'est le choc à la tête qui parle.

HENRY : Souviens-toi de ce que je te dis.

ISABEL : On peut continuer ?

---

* Permis autorisant à prendre des leçons de conduite.

RAE : Henry portait une boîte, et il s'est arrêté pour parler à un type qui sent le poisson.

HENRY : Le capitaine Greely.

ISABEL : Pourquoi sent-il le poisson ?

RAE : Aucune idée.

ISABEL : Il sent donc tout le temps le poisson ?

RAE : Toutes les fois que je l'ai reniflé, il sentait le poisson.

HENRY (exaspéré) : Il prend des compléments alimentaires à l'huile de poisson pour son cœur. On peut passer à autre chose ?

ISABEL : Bien. Soit, alors, qu'est-ce qui est arrivé ?

RAE : Je me suis précipitée vers la voiture, je me suis assise au volant et j'ai attendu Henry. Qui continuait à tenir sa boîte et à parler à Pue-le-poisson.

HENRY : Au capitaine Greely.

RAE [sarcastique] : Au capitaine Greely.

HENRY : Ma petite demoiselle, le jour où tu m'écrases..

RAE : Accidentellement !

HENRY : Évite de me parler sur ce ton.

RAE : Tu devrais te calmer. Ton rythme cardiaque est passé à 80 pulsations minute.

HENRY : Isabel, fais-la sortir d'ici.

ISABEL : Dans une minute. Promis. Je peux savoir la fin de l'histoire ? Rae, dépêche-toi de la raconter.

RAE : Il avait donc cette boîte lourde et il parlait à… au capitaine Greely, alors je me suis dit que si j'approchais la voiture de cinq, six mètres, ça ne prêterait pas à conséquence et ça lui éviterait d'avoir à transporter la boîte jusque-là. Je voulais rendre service. Alors j'ai mis le contact et j'ai commencé à avancer. Et puis j'ai vu Henry : il avait l'air furieux et il s'est mis juste devant en me criant de m'arrêter. J'ai pris peur et au lieu d'appuyer sur la pédale du frein, j'ai écrasé celle de l'accélérateur.

[Des larmes de culpabilité sont montées aux yeux de Rae.]

ISABEL : Tu pleures ?

RAE : J'ai failli tuer mon meilleur ami accidentellement aujourd'hui.

HENRY ET ISABEL : Arrête de dire ça !

BRÈVE HISTOIRE
DE HENRY ET DE RAE

J'ai fait allusion à des guerres tout à l'heure, vous vous souvenez ? Elles ne se limitaient pas à mes parents et moi. Ma sœur Rae avait son propre conflit avec l'oncle Ray. Lequel était le frère aîné de mon père. Il y a presque dix-sept ans, en l'espace de six mois, il a eu un cancer, sa femme l'a quitté, il a failli mourir et il s'en est sorti. L'ancien oncle inspecteur de police irréprochable, l'adepte de la vie saine, propre comme un sou neuf, est alors devenu l'ombre débraillée de lui-même. Le nouvel oncle Ray avait l'habitude de disparaître pour faire la noce, ce que dans la famille on appelait les « week-ends au tapis ». Chaque fois qu'il disparaissait, il nous fallait aller le récupérer, payer ses dettes de jeu, lui faire retrouver un minimum de sobriété pour qu'il n'ait pas l'air d'un clochard, et tenter de le garder à l'œil jusqu'au week-end au tapis suivant.

Compte tenu de son âge et de la haute idée qu'elle se faisait de notre travail, Rae eut au début une attitude pour le moins hostile à l'égard de son homonyme, mais au bout du compte, lorsqu'elle se rendit compte que son oncle n'était pas un vieil imbécile égoïste, mais un solitaire à qui le destin avait distribué une main qu'il ne savait comment jouer, elle se radoucit et ils finirent par faire la paix.

Malheureusement, dès que ma sœur se fut habituée à la compagnie de cet accro aux cartes, au sucre et à la télévision, il mourut dans la baignoire d'un hôtel-casino à Las Vegas, au terme d'une longue journée de pertes au poker et de beuverie.

Ma sœur fut plus affectée que nous tous par la mort de l'oncle Ray et bientôt, ses entretiens bimensuels avec Henry Stone se transformèrent en visites bihebdomadaires à son bureau du commissariat. Henry voulut la renvoyer, mais il eut beau essayer de la persuader de nouer des amitiés avec des jeunes de son âge, elle persista. Si bien que Henry Stone finit par accepter de mauvais gré ma sœur comme une constante dans sa vie, et je le soupçonne de s'être dit que s'il ne pouvait se débarrasser d'elle, au moins, il pourrait lui faire faire ses devoirs.

Au début, j'ai trouvé bizarre de voir cet inspecteur collet monté et adepte de la vie saine dans le rôle du substitut de l'oncle Ray. Mais ma mère m'a expliqué qu'il était un remplaçant idéal : il ressemblait à l'oncle Ray avant que la vie ne l'ait brisé. L'oncle Ray était de ceux qui meurent dans la baignoire. Henry Stone, de ceux qui trouvent le cadavre.

Lors de ses premières visites à l'inspecteur, il y a environ deux ans, ma sœur s'asseyait dans le fauteuil de cuir en face de son bureau et faisait ses devoirs. Leurs échanges verbaux ne devaient pas occuper plus de cinq minutes, alors qu'ils passaient parfois plusieurs heures ensemble dans la même pièce. Comme maman avait rarement eu l'occasion officielle de voir Rae travailler à la maison, elle se garda bien de décourager ces visites, même après un coup de téléphone de Henry essayant de faire valoir son point de vue. Maman répondit que du moment que Rae rentrait à l'heure prévue, elle ne pouvait pas la punir d'être allée voir un ami, surtout quand ledit ami travaillait dans un endroit aussi sûr qu'un commissariat de police.

J'éprouvais quant à moi une certaine sympathie pour le malheureux inspecteur harcelé, et quand il appelait, j'allais souvent chercher Rae à son bureau. Hélas pour lui, selon l'affaire sur laquelle je travaillais, il n'était pas rare qu'il attende plusieurs heures avant que je le débarrasse d'elle.

Il y avait entre eux une pomme de discorde : la façon de définir leurs relations – non pas l'un par rapport à l'autre, mais aux yeux des tiers. Le problème se posa pour la première fois le jour où le supérieur de Henry, le lieutenant Osborne, entra dans son bureau peu après l'arrivée de Rae.

« Henry, dit gentiment le lieutenant, cette jeune personne est-elle un témoin ? »

À quoi Rae, sincèrement flattée, répondit : « Non, nous sommes juste bons amis. »

Le lieutenant scruta l'inspecteur avec attention, lui tendit le dossier d'une affaire et quitta le bureau sur un signe de tête cordial.

« À l'avenir, Rae, évite de me désigner comme ton ami.

– Mais nous sommes amis, non ?

– Sans doute, répondit Stone avec réticence, faute de trouver une autre définition. Simplement, ne le dis pas trop fort. »

Environ six mois après avoir commencé à rendre visite à Stone à son bureau, Rae décida de passer la vitesse supérieure. Un jour où elle avait fait deux heures de colle, elle demanda à Henry de la raccompagner à la maison en voiture, car il pleuvait à verse. Elle l'appela sur son portable – il avait dû lui donner le numéro dans un moment de faiblesse, j'imagine. Après trois messages et une série de négociations[1], Henry accepta d'aller la chercher à l'école. Il arriva dans sa classe quarante-cinq minutes plus tard, apportant pour elle un imperméable d'uniforme.

---

1. J'expliquerai sans tarder la manie de la négociation chez Rae.

« Pas trop tôt », dit Rae en jetant pêle-mêle ses affaires dans son cartable.

Mrs. Collins, le professeur de lettres qui avait infligé la punition, professeur principal au demeurant, approcha le couple bizarrement assorti, piquée au vif par la curiosité et le soupçon.

« Rae, présente-moi ce charmant jeune homme qui a eu la gentillesse de venir te chercher.

– C'est mon… collègue, Henry Stone. »

Henry serra la main de Mrs. Collins avec un sourire gêné.

« Nous ne sommes pas collègues, Rae.

– Associés ? suggéra ma sœur.

– Non.

– Alors nous sommes amis, comme je l'ai dit l'autre fois.

– Je suis un ami de la famille, dit Stone à Mrs. Collins, sentant sa méfiance. L'inspecteur Henry Stone.

– Un nouvel ami ? demanda la dame, plissant les yeux.

– On peut dire ça comme ça », répliqua Stone. Se tournant vers ma sœur, il demanda : « Tu es prête ?

– On gicle vite fait, lança Rae, se dirigeant vers la porte.

– Je ne veux pas t'entendre parler comme ça », l'avertit Henry en faisant un signe de main à Mrs. Collins avant de suivre Rae vers la voiture.

COMMENT JE SUIS DEVENUE LA « FIANCÉE » DE HENRY STONE

Le radar de Mrs. Collins se mit à clignoter dès qu'elle eut rencontré l'inspecteur. Pour cette éducatrice expérimentée, le fait qu'un membre du sexe opposé, extérieur à la famille, vienne chercher une adolescente influençable, était l'équivalent d'une torche allumée lors d'un couvre-feu. De plus, en tant que professeur de lettres de Rae, elle eut une preuve supplémentaire à l'appui de sa méfiance. Elle avait récemment demandé à ses élèves d'écrire une rédaction de cinq pages sur une personne qu'ils admiraient. Comme on pouvait s'y attendre, Rae avait choisi pour sujet Henry Stone. La chose n'était pas suspecte en soi ; en revanche, le fait qu'elle désigne cet homme comme son meilleur ami, si. Peu après que Rae eut rendu cette rédaction, Mrs. Collins tomba sur Rae et Henry sur le parking de l'école, où il passait une fois de plus la prendre. Rae présentait l'inspecteur à quelques filles de sa classe comme son « Oncle Henry ».

Ce que Mrs. Collins n'entendit pas, ce fut la discussion qui s'ensuivit dans la voiture sur le chemin de la maison, et qui fut à peu près celle-ci :

« Pourquoi m'as-tu présenté comme ton oncle ? Je ne suis pas ton oncle.

« – Tu m'as déjà dit que je ne devais pas dire collègue, ni associé, ni ami. Qu'est-ce qui reste ?

– Dis seulement que je suis un ami de la famille.

– Mais tu es plus mon ami que celui de ma famille.

– Rae, la plupart des gens jugeraient déplacé qu'un homme de quarante-quatre ans soit l'ami d'une fille de quinze ans.

– Et alors ? Si mes parents n'y voient pas d'inconvénient, où est le problème ? »

Henry ne voulut pas poursuivre cette conversation avec Rae. Après l'avoir déposée à la maison, il aborda le sujet avec ma mère. Dont il obtint la même réponse.

« Si je vous fais confiance et Albert aussi, je me moque bien de ce que pensent les autres », dit-elle.

Hélas, leur opinion comptait. Mrs. Collins convoqua mes parents à l'école pour avoir un entretien avec eux la semaine suivante. Ma mère, toujours méfiante vis-à-vis de l'administration scolaire[1], enregistra l'intégralité de la conversation.

En voici la transcription :

Mrs. Collins : Si je vous ai demandé de venir, Mr. et Mrs. Spellman, c'est pour vous parler de la relation peu banale de votre fille avec un homme plus âgé nommé Henry Stone.

Olivia : L'inspecteur Henry Stone.

Albert : De quoi s'agit-il ?

Mrs. Collins : Je pense que vous devriez réfléchir aux fréquentations que vous autorisez à votre fille.

---

1. Elle prétend que la bureaucratie, de par sa nature, prépare la voie à un État fasciste.

OLIVIA : Pardon ?

MRS. COLLINS : J'ai entendu à plusieurs reprises Rae parler de l'inspecteur Stone comme de son « meilleur ami ». Je trouve leur relation tout à fait déplacée.

OLIVIA : Avec tout le respect que je vous dois, Mrs. Collins, s'il y avait quoi que ce soit de déplacé entre eux, je le saurais bien longtemps avant vous. Je vous garantis que Henry Stone n'est pas un prédateur.

MRS. COLLINS : Alors, vous approuvez leur relation ?

OLIVIA : Il a manifestement une bonne influence sur ma fille.

ALBERT : Ça ne fait aucun doute.

MRS. COLLINS : Comment ça ?

OLIVIA : Je n'arrive plus à me rappeler la dernière fois que Rae m'a dit qu'il fallait arrêter le crack. Ça doit remonter à au moins trois mois.

ALBERT : Plutôt six.

MRS. COLLINS : Elle le traite d'égal à égal. Je considère cette relation comme très peu orthodoxe.

OLIVIA : Vous avez les carnets de ma fille sous les yeux ?

MRS. COLLINS : Oui.

OLIVIA : Quelle était la moyenne générale de Rae il y a deux ans ?

[Mrs. Collins consulte son dossier.]

MRS. COLLINS : Deux virgule sept.

OLIVIA Et le semestre dernier ?

MRS. COLLINS : Trois virgule quatre.

OLIVIA : Mrs. Collins, j'ai élevé deux enfants avant Rae, et aucun des deux n'a été victime d'un pédophile. Je vous assure que je connais les signes et que je sais ce qui est bon pour ma fille. Je suis sensible à votre vigilance, mais j'espère que le sujet est clos.

[Fin de la bande.]

En fait, il ne l'était pas. Quinze jours plus tard, ma mère reçut chez elle la visite d'une assistante sociale. Toujours sceptique après son entrevue avec mes parents, Mrs. Collins avait déposé un rapport auprès du Service de Protection de l'Enfance et demandé une enquête en règle.

Coincée par l'autorité de l'État et craignant que l'enquête ne jette le doute sur la réputation de Henry Stone, ma mère eut vite fait de clore le débat avec la déclaration ci-dessous :

« Henry Stone est fiancé à ma fille aînée Isabel, qui a trente ans. Je ne sais pas quelle mouche a piqué Mrs. Collins, mais je considère Henry comme un fils ; d'ailleurs, il le sera bientôt de fait. Et si mon futur gendre veut bien aller chercher sa future belle-sœur à l'école de temps en temps et l'aider à faire ses devoirs, j'estime que c'est un parfait exemple du respect des valeurs familiales, non ? »

Perplexe, l'assistante sociale consulta son dossier.

« Je suis désolée, dit-elle. Je ne trouve rien ici qui spécifie que Henry Stone soit fiancé à votre fille aînée. C'est très curieux Écoutez, excusez-moi du dérangement. Nous devrons peut-être faire une visite de suivi : c'est la procédure qui l'exige. Mais cela mis à part, nous en resterons là.

– Merci, répondit ma mère. Par ailleurs, j'aimerais qu'une petite plainte figure dans le dossier à l'encontre de Mrs. Collins : elle aurait pu porter préjudice à la carrière et à la réputation de cet inspecteur avec ses accusations sans fondement. »

Maman raconta cette histoire au dîner, en petit comité : Henry, Papa, et moi. Rae avait été envoyée chez David et Petra sous le prétexte fallacieux de les aider à effacer leur disque dur.

D'emblée, Henry et moi avons été sur la défensive : le comité restreint nous paraissait louche. J'ai enregistré la conversation.

OLIVIA : Vous devez vous demander pourquoi nous sommes tous les quatre.

ALBERT : Eh bien pour dîner, non ? Passez-moi la viande.

OLIVIA : Non, Al. Commence par la salade comme un être civilisé.

ALBERT : En France, on termine avec la salade.

OLIVIA : Quand tu parleras français couramment, tu pourras prendre la salade en dessert si ça te chante. En attendant...

ALBERT : Henry, passez-moi la viande.

OLIVIA : Henry, ne passez pas la viande.

[Henry obéit à ma mère. Albert se sert et passe le saladier autour de la table.]

OLIVIA : Avant d'être interrompue par deux grammes vingt-sept de cholestérol.

ALBERT : Deux vingt-trois.

OLIVIA : Parce qu'il y a de quoi pavoiser ?

ISABEL : Papa, maman, ce sont des réflexions à faire en famille, mais Henry n'a pas à entendre une discussion que vous répétez depuis vingt ans.

OLIVIA : Merci. Si j'ai fait en sorte que nous soyons réunis, c'est pour une raison. J'ai... euh... disons que j'ai eu un problème avec le professeur de lettres de Rae, Mrs. Collins. Je crois que vous l'avez rencontrée, Henry.

HENRY : En effet.

OLIVIA : Eh bien, Mrs. Collins estime que l'affection croissante que vous porte Rae est préoccupante. Je lui ai expliqué qu'Albert et moi n'y trouvions rien à redire, et qu'elle ne devait pas s'en soucier. Mais cette pauvre conne...

ALBERT : Calme-toi, Olivia...

OLIVIA : Cette bonne femme n'a pas écouté mon avis et a déposé une plainte au Service de Protection de l'Enfance.

HENRY : Elle a déposé une plainte à mon sujet ?

OLIVIA : Eh bien, elle s'inquiétait de voir Rae se rapprocher autant d'un membre du sexe opposé de votre tranche d'âge. Bref, j'ai reçu la visite d'une assistante sociale…

HENRY : Olivia, ça devient problématique.

OLIVIA : Oui, Henry, je le sais. Mais j'ai fait le nécessaire.

ISABEL : Comment ?

OLIVIA [Un peu mal à l'aise.] : Eh bien, j'ai expliqué qu'Henry faisait partie de la famille.

HENRY : On peut vérifier que ce n'est pas le cas, vous savez.

OLIVIA : J'ai prévu la chose : je ne vous ai pas présenté comme étant parent par le sang.

HENRY : Je ne comprends pas.

ALBERT : Olivia, on dirait que tu ôtes un pansement : arrache-le d'un seul coup, ça fera moins mal.

OLIVIA [très vite] : J'ai dit que vous étiez fiancé à ma fille aînée Isabel.

ISABEL : Faut arrêter le crack, maman.

OLIVIA : Je n'avais pas vraiment le choix.

HENRY : Si, je crois qu'il y avait d'autres réponses possibles.

ALBERT : Henry, vous n'êtes pas obligé d'épouser Isabel pour de bon. Vous devez seulement faire semblant de vouloir l'épouser.

ISABEL : Et si je me fiance à quelqu'un d'autre ?

OLIVIA : Qui ?

ISABEL : Je n'en sais rien. C'est juste une hypothèse.

OLIVIA : Il n'y a qu'à faire ça pendant deux ans et demi, jusqu'à ce que Rae ait dix-huit ans. Ça m'étonnerait que tu te fiances d'ici là. Je parle sérieusement, Isabel. Tu ne sors avec personne pour l'instant.

ISABEL : Papa, arrête de rigoler.

HENRY : Ça me gêne de mentir pour résoudre le problème.

OLIVIA : J'ai répondu très vite et sans préméditation. Mais finalement, j'ai trouvé que mon idée était géniale. Enfin, que c'est la solution idéale, d'autant qu'elle ne fait de tort à personne. Et elle empêche le Service de Protection de l'Enfance de nous tomber sur le dos, ce qui, compte tenu de votre position dans la police de SF, protège votre carrière.

[Maman me tend une petite boîte en velours.]

OLIVIA : Isabel, tu peux porter mon ancienne bague de fiançailles.

ISABEL : Mon opinion intéresse quelqu'un ?

ALBERT : Non, ma chérie.

HENRY : Écoutez, Al et Olivia. Il pourrait être temps de mettre un terme aux visites de Rae.

OLIVIA : Essayez toujours, Henry. Mais si ça ne marche pas, nous adopterons ma solution.

LES DUETTISTES
STONE ET SPELLMAN

Il y a environ six mois, à peu près entre le premier entretien de Mrs. Collins avec mes parents et la visite de l'assistante sociale, ma mère commença à enregistrer au hasard certaines conversations entre Henry et Rae. À l'origine, ce qui motiva cette entorse à la vie privée fut le désir de se procurer une preuve de la nature de la relation entre Henry et Rae au cas où Mrs. Collins ou tout autre fouineur officiel déciderait de faire un suivi plus musclé. Ma mère a le nez creux quand il s'agit de prévoir les réactions des bureaucrates.

Mais en fin de compte, les bandes des conversations entre Henry et Rae furent enregistrées à de simples fins de divertissement. Maman dit à papa que les écouter en mangeant un sandwich équivalait à un dîner-spectacle. Elle les considérait comme un album photo auditif, et elle étiqueta consciencieusement chacune d'entre elles. Un étranger découvrant cette collection s'imaginerait que les enregistrements étaient ceux d'une émission de radio disparue depuis longtemps.

LES DUETTISTES STONE ET SPELLMAN, ÉPISODE N° 1

« PAS DE NÉGOCIATION »

Antécédents : Lorsque ma sœur eut huit ans, mon frère, pour expliquer sa carrière de juriste à Rae, lui apprit comment négocier. Ce fut une leçon qu'il ne devait pas tarder à regretter, et nous aussi. Rae en retint tout ce qui pouvait être négocié à son avantage, qu'il s'agisse de se couper les cheveux, de tâches ménagères ou de devoirs à la maison.

Contexte : Après avoir déposé Rae à la maison après la classe, Stone accepte d'emmener Olivia jusqu'au garage pour récupérer sa voiture, et Rae les accompagne.

Voici la transcription de la bande

RAE : Prems !

HENRY : Laisse le siège avant à ta mère.

RAE : Est-ce que maman m'aurait dit prems alors que j'étais atteinte de surdité temporaire ?

HENRY : Qu'est-ce que je t'ai dit à propos du sarcasme ?

RAE : Que c'est la forme d'humour la plus élémentaire. Mais tu as tort. L'expression consacrée, c'est : « Le jeu de mots est la forme d'humour la plus élémentaire. »

HENRY : Un jeu de mots suppose un minimum d'astuce. Le sarcasme ne requiert qu'un ton déplaisant.

[Henry ouvre la portière arrière à Rae.]

HENRY : Tu t'assois à l'arrière.

RAE : Je veux bien négocier. Je m'assois à l'arrière si tu me donnes deux leçons de conduite.

HENRY : Rae, tu t'assois à l'arrière ou tu restes chez toi. Tu n'as que ces deux options.

[Rae s'installe à l'arrière et Olivia sur le siège du passager.]

OLIVIA : Impressionnant. Moi, je me fais toujours avoir dans une négociation.

HENRY : J'ai pour principe strict de ne pas négocier avec Rae.

OLIVIA : Vraiment ? Ça me sidère.

RAE : Mets la radio, Henry.

HENRY : J'ai mal entendu.

RAE : S'il te plaît.

HENRY : Merci.

RAE : Tu es un vrai dinosaure.

[Il se met à rire.]

HENRY : Comment m'as-tu appelé ?

RAE : Tu as bien entendu.

Henry Stone ne rit pas. Plus tard, ma mère devait affirmer que *Les duettistes Stone et Spellman* était une preuve archivée de la nature mutuellement bénéfique des relations entre les deux intéressés. Ce moment confirma pour ma mère que l'arrivée de Henry Stone dans notre vie ne fut ni forcée ni cruelle (hypothèse de mon père). Il s'avéra non seulement que Henry avait une bonne influence sur Rae, mais que peut-être l'inverse était vrai aussi. Toutes les réserves qu'avait eues ma mère sur la façon dont Rae s'était insinuée dans l'existence de Henry s'évanouirent. Elle conclut que l'inspecteur Henry Stone était majeur et vacciné, et donc assez grand pour se débrouiller tout seul s'il ne voulait plus voir Rae.

C'est donc ainsi que Henry Stone devint membre honoraire de la famille Spellman. Ce qui me ramène au début de mon histoire : celle qui concerne « John Brown ».

LE SUJET EMMÉNAGE AU 1797 CLAY STREET

Dimanche 8 janvier, 11 heures

Un quart d'heure après avoir laissé Henry à l'hôpital, nous nous garions dans l'allée de chez mes parents au 1799 Clay Street juste au moment où le camion de déménagement du sujet s'arrêtait en double file devant le triplex à côté de chez nous.

Rae et moi avons enregistré le véhicule dans notre vision périphérique. Notre attention était mobilisée ailleurs.

« Sors de la voiture, dis-je en déverrouillant les portes.

– Non, répliqua stoïquement Rae.

– Tu as l'intention de rester assise sur ton siège toute la journée ?

– Non. Je suis décidée à reprendre le bus pour retourner à l'hôpital. »

Rae ne bougea pas, mais je savais qu'elle était prête à piquer un cent mètres. Je pris mon portable et appelai la maison. Ce fut mon père qui répondit. « Allô ?

– Papa, on a une situation délicate à régler.

– Où es-tu ?

– Dans l'allée. Je crois que je vais avoir besoin de renforts. »

Juste au moment où je terminais ma phrase, Rae jaillit de la voiture et fendit l'air en direction de la rue voisine. Partie comme elle l'était, elle aurait trouvé le moyen de regagner l'hôpital avant que nous ayons eu le temps de l'arrêter. Elle serait retournée dans la chambre de Henry Stone et j'aurais violé ma promesse.

Mais bien involontairement, notre nouveau voisin offrit vingt-quatre heures de répit à Henry. Juste au moment où Rae filait comme une fusée sur le trottoir devant chez lui, il sortit de sa camionnette de déménagement, deux cartons de dossiers dans les bras, lui bloquant le passage. Tout se passa en un instant. Il y eut une collision. Les corps s'effondrèrent au sol, les cartons se renversèrent, les dossiers s'éparpillèrent comme un paquet de cartes et quelques papiers isolés s'envolèrent.

Mes parents, sortis de la maison, arrivèrent après la bataille.

« Qu'est-ce qui est arrivé ? demanda ma mère en se tournant vers moi.

– Elle lui est passée dessus, littéralement.

– Elle n'a pas recommencé ! »

À l'œil nu, on ne décelait aucune blessure. Le sujet, qui n'avait pas encore eu le loisir de se présenter, avait pris l'impact de plein fouet. Rae, elle, après avoir rebondi sur le bord des cartons comme un personnage de dessin animé, était retombée d'aplomb sur son séant. Elle se releva d'un bond et s'épousseta. Quant à moi, en voyant le nouveau voisin étalé par terre, groggy après le second traumatisme crânien infligé par Rae ce jour-là, je me dis d'emblée qu'il avait un petit quelque chose. Un quelque chose d'assez séduisant pour que j'envisage de faire de lui un futur ex-petit ami. Non qu'il fût vraiment mon voisin. Je ne vivais plus chez moi, mais il était peut-être temps d'envisager des visites plus régulières.

J'estimai à environ trente ans l'âge de l'inconnu gisant sur le trottoir. Environ un mètre quatre-vingt, blond roux, yeux bleus et naturellement hâlé comme je ne parviens jamais à l'être. Là-dessus, ledit inconnu eut un comportement que je trouvai curieux. Non : suspect.

Au lieu de se tâter pour voir s'il s'était coupé ou meurtri, au lieu de porter son attention sur son agresseur (Rae) pour découvrir une explication, il la concentra sur les papiers épars autour de lui. Il les saisit d'une main avide comme s'il s'agissait de certificats d'actions ou de billets de cent dollars, remit prestement dans les cartons tout ce qui s'en était échappé et referma les couvercles. Ce fut seulement après avoir pivoté plusieurs fois sur lui-même à trois cent soixante degrés pour balayer sa circonférence immédiate et s'être assuré qu'il avait ramassé toutes les feuilles volantes qu'il réagit à la présence de la famille Spellman et se tourna vers nous.

Ses yeux se posèrent d'abord sur Rae. L'expression absorbée qu'il avait eue pendant sa chasse au trésor s'adoucit, cédant la place à un sourire.

« Où courais-tu comme ça ? dit-il à ma sœur.

– Il faut que je retourne à l'hôpital.

– Pourquoi ? » demanda-t-il. Hélas.

Chez Rae, toute question entraîne automatiquement une réponse précise, aussi déclara-t-elle : « J'ai failli assassiner mon meilleur ami par accident.

– Je ne savais pas qu'on pouvait assassiner quelqu'un par accident. Je croyais qu'une mort causée par accident s'appelait un homicide involontaire.

– Merci », dit aimablement ma mère, toujours ravie que les autres jouent un rôle pédagogique auprès de ses enfants, comme vous l'avez sûrement déjà compris.

« Bon, alors j'ai failli homicider involontairement mon meilleur ami aujourd'hui, et je veux retourner à l'hôpital pour le voir.

– Ça suffit, Rae, intervint mon père.

– Mais il ne veut pas la voir, précisai-je au sujet qui paraissait de plus en plus perplexe.

– Qu'est-ce que tu en sais ? rétorqua ma sœur d'un ton sec.

– Il m'a demandé de t'empêcher d'y aller, alors…

– C'est ce qu'on verra », dit Rae, et je sentais bien à sa façon de regarder de tous côtés qu'elle cherchait encore à nous fausser compagnie.

Du coin de l'œil, mon père nota l'attitude éloquente de Rae et lui passa un bras autour des épaules, l'immobilisant. Puis il fit les présentations pour briser la tension avec l'inconnu.

« Bonjour, nous sommes vos nouveaux voisins, on dirait. Je suis Albert Spellman et voici ma femme, Olivia, ma fille aînée, Isabel et celle-ci, là, qui essaie de nous fausser compagnie, c'est Rae.

– Enchanté. Moi, c'est John Brown. »

Le ramassage obsessionnel des papiers avait déjà éveillé mes soupçons, mais ils s'accrurent encore dès que j'entendis le nom du sujet. John Brown. C'était tellement courant, trop courant, commodément courant. Pour le détective privé, le nom courant, c'est le baiser de la mort. En l'absence de numéro de Sécurité sociale ou de date et lieu de naissance, il est parfois impossible de se procurer des informations fiables pour une enquête d'antériorité quand on est face à un individu avec un nom pareil.

John. Brown. Selon le recensement de 1990, « John » est le deuxième nom le plus répandu des États-Unis et « Brown » le cinquième nom de famille le plus commun. Il n'y avait qu'un seul cas de figure encore pire : s'appeler James Smith. Mais comme je l'ai déjà dit, tout le monde est suspect à mes yeux. Et une fois de plus, j'anticipe. Le dimanche 8 janvier, John Brown était très bas sur la liste de ce qui sollicitait mon attention. Le comportement étrange de ma mère, ma sœur, mon père et ma meilleure amie occupait la première place.

RAPPORT SUR
LES COMPORTEMENTS
SUSPECTS

J'établis des listes. On dirait des listes de choses à faire, à ceci près qu'elles sont déjà faites. Elles peuvent illustrer des habitudes, des délits, des relations (voir en appendice la liste complète de mes ex). J'ai toujours constaté que la forme de la liste me convenait. Elle est claire, concise et tient facilement sur une page de rapport. Toutefois, plus récemment, j'ai découvert la nécessité d'amasser des preuves de comportement suspect. J'avais l'habitude de jeter sur le papier quelques notes brèves avant de me coucher ou quand des idées me venaient au milieu de la nuit. Malheureusement, je trouvais souvent ma table de nuit couverte au matin de Post-it cryptiques :

Papa. PPAR n° 3 ?
Maman. Voiture emboutie.
Rae. Coup de téléphone. Pourquoi ?
Sujet. Sacs poubelle.

Vous saisissez ? Mes notes sur les comportements suspects demandaient à être rédigées. J'achetai donc un carnet et pris le temps de développer mes remarques sur mes sujets, qui se trouvaient être, pour la plupart, des membres de ma famille. J'écrivis mon premier rapport complet sur les comportements suspects le soir qui suivit ma rencontre avec le sujet – John Brown – bien que ledit rapport n'eût rien à voir avec ledit sujet.

Après y avoir déposé ma sœur dans l'après-midi, je retournai à la maison Spellman ce soir-là pour l'un des dîners du dimanche soir, institution récente. Ils avaient débuté peu après le mariage de David avec ma meilleure amie de longue date, Petra. Le mariage remonte à un an (à compter de la date de l'arrestation n° 2 ou n° 4) après quatre mois de rencontres subreptices à mon insu et trois mois de fréquentation officielle. Apparemment, David pensait que je serais opposée à ce mariage. Ce qui n'était pas le cas à l'époque. En fait, j'estimais que Petra pouvait viser plus haut que mon frère, ce mec grièvement séduisant, intellectuellement supérieur et charmant à tous égards. Enfin, je finis par m'en remettre et par apprécier à sa juste valeur le fait que les réunions de famille comptaient désormais parmi leurs participants mon ancienne complice en vandalisme, tout aussi délinquante que moi. Aujourd'hui, elle est coiffeuse visagiste, mariée à un avocat respectable, et elle a parfois l'air presque respectable elle aussi.

Ce soir-là, le comportement suspect devait être dans l'air, parce que je l'ai aussi constaté chez tous les autres membres de la famille.

Je commencerai par Petra. J'ai mis une croix près du comportement en question, ainsi qu'une brève explication, au cas où le caractère suspect du comportement ne vous sauterait pas aux yeux.

Quand Petra arriva avec mon frère, elle m'examina attentivement et lança : « C'était quand, la dernière fois que je t'ai vue ?

– Il y a quinze jours, je crois.

– Je n'aurais jamais cru pouvoir les laisser dégénérer à ce point-là, dit-elle en parlant de mes cheveux.

– Du calme, ce ne sont que des cheveux.

– Ne déprécie pas mon travail.

– Oh, pardon. »

Petra me fit passer à côté pour m'administrer ma coupe de cheveux trimestrielle. Quand elle ôta son pull, je remarquai un nouveau tatouage, une rose (très original) là où Puff le dragon magique habitait autrefois avant de disparaître l'an dernier sous un coup de laser. En fait, Petra avait fait enlever plusieurs de ses tatouages quand elle avait commencé à sortir avec mon frère. L'apparition d'un nouveau tatouage mérite un astérisque.

« Qu'est-ce que c'est que ça ? demandai-je.

– Ça s'appelle un tatouage, répondit Petra du ton d'une maîtresse d'école maternelle.

– Mais tu viens juste de t'en faire retirer un paquet !

– Où veux-tu en venir ?

– Si j'étais ta peau, je protesterais méchamment.

– Je trouvais que ça faisait vide.

– Qu'en pense David ?

– Rien à secouer. C'est ma peau »[†], rétorqua Petra. [Je n'ai pas insisté, mais sa réaction m'a semblé d'une agressivité excessive.]

« Puisqu'on est entre nous, dit Petra, changeant de sujet, je voudrais te poser une question.

– Vas-y.

– Est-ce que David et ta mère sont en froid ?

– Pourquoi ?

– Parce qu'elle appelle moins souvent, et que la dernière fois, j'ai eu l'impression qu'ils se disputaient et David lui a raccroché au nez, ou en tout cas, c'est l'effet que ça faisait.[†] [David et maman ne sont pas en froid. David ne raccroche pas au nez de ma mère. Je ne me rappelle pas le dernier conflit qu'ils ont eu.]

– C'était une erreur.

– Tu n'as donc pas entendu parler d'un conflit ?

– Non, mais je me renseignerai si tu veux. »

Pendant le dîner, j'ai repéré le sujet de rapport suivant : papa. Il est arrivé en retard, un tapis de yoga sous le bras[†], s'est assis à table et a demandé à David de lui passer la salade[†]. Tous les yeux étaient braqués sur lui car son comportement était le plus suspect de tous.

« Tu sors d'un cours de yoga, chéri ? demanda maman.

– Oui », répondit papa.

Bien trop stupéfaite et contente que mon père se soucie de sa santé, fût-ce pour une journée, ma mère préféra ne pas insister, de peur de le décourager.

Il y eut alors une brève discussion à propos du quasi-homicide de Rae, mais je mis fin à la conversation car, franchement, j'en avais assez.

« On a décidé de disparaître deux fois cette année », laissa tomber ma mère, mine de rien, pendant que nous mangions un pâté de dinde incroyablement fade. « Tante Grace nous a laissé de l'argent qu'elle souhaitait nous voir utiliser spécifiquement pour nos loisirs[1].

– Vous n'en aviez jamais parlé, intervint David.

– On ne te dit pas tout, David, pas plus que toi tu ne nous dis tout », rétorqua vivement ma mère.[†] » [À l'évidence, il y avait là des sous-entendus hostiles dont je n'avais pas les clés. Des recherches ultérieures s'imposeraient.]

Le moment est sans doute opportun pour expliquer comment « disparition » en est venu à signifier « vacances » chez les Spellman.

---

1. Tante Grace était du côté de mon père. Les Spellman ont le sens de l'organisation jusque dans les détails ; même les legs doivent être utilisés selon les spécifications du défunt.

Disparition (n.f.) : vacances ou du moins escapade reposante.

Environ deux ans avant ce dîner, ma sœur s'est volatilisée. Ce fut une initiative dramatique mais efficace pour ressouder la famille. Et aussi une épreuve épouvantable qui laissa chacun des Spellman épuisé, physiquement et émotionnellement, et assez ulcéré. Sentant cette hostilité silencieuse et voulant qu'elle disparaisse, Rae commença à faire allusion à l'événement pénible comme à ses « vacances ». Mine de rien, elle remplaçait un mot par l'autre. Par exemple :

« Quand es-tu allée chez le dentiste pour la dernière fois, Rae ?

– Oh, je crois que c'était une quinzaine de jours après mes vacances. »

Mes parents tentèrent de la dissuader de telles permutations, mais elle refusa, dans l'espoir débile de réécrire l'histoire. En réaction, mes parents utilisèrent le mot « disparition » à la place de « vacances », de façon à bien marquer le coup. Donc, lorsque Rae utilise le mot « vacances », elle fait généralement allusion à son absence de cinq jours, il y a deux ans. Alors que si mes parents utilisent le mot « disparition », c'est en général pour désigner des vacances[1] qu'ils prennent.

Ce qui occupa le temps du dessert (fruits pour mon père, glace pour nous autres), ce fut surtout la question de savoir si on laisserait Rae seule dans la maison de Clay Street pendant les disparitions parentales. Il s'ensuivit une brève discussion où mes parents envisagèrent d'emmener Rae avec eux pour leur croisière d'été, mais quand elle annonça qu'elle prendrait des vacances[2] pour ne pas avoir à subir leur disparition, mes parents firent machine arrière.

---

1. Mot utilisé au sens classique.
2. Définition révisionniste de Rae.

Le dernier comportement suspect fut celui de Rae quand son téléphone sonna. Elle répondit à la première sonnerie et dit « Allô », puis se tourna vers maman et demanda à sortir de table.

Après son départ, papa dit : « Il faut lui apprendre le savoir-vivre en matière de téléphone. Elle devient une accro du portable.

– À qui parle-t-elle ? demandai-je.

– Elle a des amies† maintenant », dit ma mère. [Jusqu'à présent, ma sœur avait seulement quelques connaissances, qu'elle voyait pour travailler – rarement – et à l'occasion d'un anniversaire ou pour aller au cinéma – plus rarement encore. Mais de vraies amies avec qui elle était susceptible de bavarder au téléphone, cela, c'était exceptionnel.]

Quand la soirée se termina, Rae était toujours au téléphone, ignorant le reste de la famille, mon père buvait une tisane, ma mère prit congé de David avec un « bonsoir » des plus froids et Petra fit des adieux très gênés après avoir été curieusement silencieuse pendant le dîner†. [Penser à la questionner à ce sujet à une date ultérieure.]

PROMESSE NON TENUE

Lundi 9 janvier, 9 h 30

Je ne suis pas du matin. Si le réveil ne me tire pas du lit quand je dois travailler de bonne heure, je suis capable de roupiller jusqu'à midi. En fait, pour me sentir reposée, il faut que je dorme jusqu'en milieu de matinée. Mais le lendemain matin à 9 h 30, je fus réveillée par la sonnerie du téléphone.

« Allô ? » dis-je. En fait, le mot ressemblait plutôt à « ahhooo ».

« Tu avais promis », dit la voix morose à l'autre bout du fil.

Je n'avais pas la moindre idée de qui était mon interlocuteur, mais comme je dois souvent m'excuser d'une chose ou d'une autre, c'est ce que je fis.

« Je suis désolée, dis-je. Vraiment désolée.

– Débarrasse-moi d'elle.

– De qui ? » demandai-je. Si j'avais été mieux réveillée, j'aurais compris tout de suite.

« *De Rae* ! » hurla Henry Stone dans l'appareil, ce qui eut un effet au moins aussi stimulant qu'une tasse de café.

Tout me revint alors. La promesse de lui éviter ma sœur pendant deux semaines. Je ne sais plus trop pourquoi j'avais fait cette promesse au départ, sans doute parce qu'il me serrait très fort le poignet et que ça me faisait mal. Jamais je n'aurais dû prendre un engagement impossible à tenir. Mais j'éprouvais une certaine sympathie pour Henry. Il avait vraiment eu sa dose, alors qu'il ne faisait même pas partie de la famille. Je l'entendais à sa voix. Et je savais de quoi il retournait.

« J'arrive », dis-je.

Hôpital général de San Francisco, 10 h 30

Je brandis ma bague de fiançailles d'un quart de carat sous le nez de l'infirmière de l'accueil et entrai dans la chambre de Henry. Il lisait le *San Francisco Chronicle*, et Rae n'était pas visible dans les parages.

« Où est-elle ? demandai-je.

– Je ne sais pas. Mais elle va revenir, alors tu attends ici et tu l'emmènes une bonne fois pour toutes.

– Je suis désolée pour tout ça, Henry. Mais tu sais qu'à moins de l'enfermer dans sa chambre, ce que le Service de Protection de l'Enfance réprouverait franchement, on ne peut pas l'empêcher de venir te voir.

– Pourquoi n'est-elle pas interdite de sortie ?

– Elle l'est. Pour cinq ans, ce qui… oui… je sais, c'est absurde puisqu'elle a presque seize ans, mais ça ne la dérange pas. »

Une nouvelle infirmière ouvrit la porte et me dévisagea.

« Qui êtes-vous ? demanda-t-elle.

– La fiancée de Henry, répondis-je en faisant le tour de la table de nuit pour prendre la main du patient.

– Ah, fit-elle en me toisant des pieds à la tête d'un air franchement hostile. Je reviendrai plus tard pour la tension et la température, lança-t-elle à l'adresse de Henry.

– Pourquoi m'a-t-elle regardée de travers comme ça ?

– Parce que tu es au-dessous de tout comme fiancée.

– Qu'est-ce que j'ai fait ?

– Elle est là depuis hier soir et c'est la première fois qu'elle te voit. En plus, tu ne m'as rien apporté.

– Pardon.

– Qu'est-ce qui est arrivé à tes cheveux ? demanda Henry après m'avoir fixée une seconde de trop.

– Je me les suis fait couper.

– Ah. Je préférais avant.

– Tu les aimes mieux négligés ?

– Oui.

– Pourquoi ?

– Ça te ressemble davantage. »

Je me rendis compte que je tenais toujours la main de Henry. Ses doigts chauds étaient détendus. Je les lâchai quand Rae entra dans la chambre, chargée de sacs divers. Je plongeai la main dans ma poche pour brancher mon enregistreur. Si j'oubliais, maman ne me pardonnerait jamais. Elle décréta par la suite que l'épisode suivant était un classique.

LES DUETTISTES STONE ET SPELLMAN, ÉPISODE N° 27

PROMPT RÉTABLISSEMENT

Voici la transcription de la bande :

[Rae entre dans la pièce et dépose ses nouveaux achats sur le ventre de Henry.]

RAE (à moi) : Qu'est-ce que tu fais là ?

ISABEL : Je suis venue te ramener à la maison.

[Rae m'ignore et commence à déballer ses provisions.]

RAE : Je t'ai apporté des cadeaux pour te faire oublier l'incident.

HENRY : Cesse d'appeler ça « l'incident ». Tu m'as écrasé. Appelle les choses par leur nom.

RAE : Bon. Voilà quelques cadeaux pour m'excuser de t'avoir écrasé.

[Elle plonge la main dans un sac.]

RAE : Je t'ai trouvé des bonbons. Je sais que tu n'en manges pas, mais je me suis dit qu'hospitalisé, tu ferais peut-être une exception. Des M&M, des Skittles et des Raisinettes. Il y a des raisins secs dedans, comme ça tu manges des fruits. En tout cas, ce sont des bonbons qui ne collent pas, parce que je sais que tu n'aimes pas le poisseux.

HENRY : Merci, mais je ne veux pas de bonbons.

[Rae ouvre un sac de Skittles pour son usage personnel.]

RAE : Je grignoterais bien un petit quelque chose.

ISABEL : Passe-moi les M&M, je n'ai pas pris de petit déjeuner.

HENRY : Mesdemoiselles, il y a une cafétéria en bas.

RAE : Attends, ce n'est pas tout. Je t'ai apporté des magazines. *The New Yorker* – je l'ai vu chez toi, donc je sais que tu le lis –, *The Atlantic Monthly*, ça a l'air ennuyeux, alors je me suis dit que ça te plairait, et *Playboy*, parce que les mecs aiment *Playboy*, non ? Et puis, je voulais aussi voir si le marchand du coin de la Vingt-et-unième et de Potrero me vendrait du porno. J'ai noté l'adresse pour toi, au cas où tu voudrais le coincer. Ah, tiens l'autre jour, je suis allée au magasin qui fait le coin de la Quinzième et de Market Street et j'ai essayé de leur acheter de la bière, mais ils ont refusé de m'en vendre. Tu peux les rayer de ta liste.

HENRY : Tu veux bien arrêter d'acheter du porno et de la bière ? Je me moque de qui en vend. Je ne travaille pas aux Mœurs. Je lirai les autres magazines. Remporte *Playboy*. Pas envie que les infirmières me prennent pour un pervers.

ISABEL : Je ne pense pas qu'on mérite cette étiquette en lisant *Playboy*. Il y a de bonnes interviews dans ce journal.

HENRY : Je suis vraiment très fatigué maintenant. Je voudrais me reposer.

ISABEL : Il est l'heure de partir, Rae.

RAE : Mais je n'ai pas fini ! J'ai aussi acheté un paquet de cartes. Parce que tu pourrais m'apprendre à jouer au poker.

HENRY : On ne peut pas jouer au poker à deux.

RAE : Isabel est ici et j'ai vu tout un tas d'infirmières qui ont l'air de s'ennuyer dehors.

HENRY : Isabel !

ISABEL : Rae, tu ne vas pas me forcer à te prendre par la peau du cou pour te sortir d'ici. [Rae ramasse les bonbons et *Playboy*.]

RAE : Bon, très bien, pas besoin de me faire un dessin.

[Inexact, en réalité.]

RAE : À demain, Henry.

[Fin de la bande.]

OÙ L'ON VOIT
LE SUJET EN TRAIN
DE SORTIR
LES ORDURES

Lundi 9 janvier, 11 h 20

En rentrant de l'hôpital, Rae et moi avons remarqué le sujet, John Brown, en train de mettre quatre sacs plastique transparents de la taille d'un oreiller dans la poubelle de recyclage devant son immeuble. Leur contenu était léger et mousseux. Les sacs de papier déchiqueté sont pour l'essentiel des sacs d'air, ce qui gâche un espace considérable dans les poubelles de recyclage ; d'ailleurs, mes parents ont toujours deux poubelles vertes supplémentaires. Nous avons besoin d'espace, puisque nous passons tout à la déchiqueteuse. Et je dis bien TOUT. Sur le moment, j'ai remarqué les sacs, mais ce n'est qu'un mois plus tard que j'ai noté cet incident dans mon rapport de comportement suspect sur le sujet.

Quand Rae et moi sommes descendues de voiture, notre nouveau voisin nous a fait signe et s'est approché de nous. Cette fois-ci, j'ai remarqué qu'il ressemblait vaguement à Joseph Cotten, mon acteur favori de films classiques depuis toujours. D'après mes calculs, j'ai dû voir *L'Ombre d'un doute* au moins douze fois, et je maintiendrai toujours que ce film est supérieur à *Sueurs froides* et à *Fenêtre sur cour*.

Le sujet a souri à Rae et demandé : « Comment va ton ami ? »

Refusant de traiter la question sur le mode du brin de causette entre voisins, Rae a répondu : « Peut-être qu'il a des lésions cérébrales irréversibles. »

Je l'ai pincée de toutes mes forces, ce qui depuis peu est un message codé signifiant : « *Tu arrêtes ça tout de suite* », et j'ai lancé : « Il va bien. C'est juste un choc.

– Ah, tant mieux », a dit le sujet en se balançant sur la pointe des pieds et les talons. J'ai eu le sentiment qu'il avait envie de dire quelque chose. Mais Rae a tout fait capoter en demandant :

« Si vous étiez à l'hôpital, de quoi auriez-vous le plus envie ?

– D'en sortir, a aussitôt répondu le sujet.

– Merci, ça m'aide vraiment ! » a grincé Rae, qui avait espéré avoir des informations concrètes, une liste d'objets à apporter à Henry Stone, par exemple.

« Je rentre, a-t-elle dit en se précipitant vers notre porte d'entrée.

– Il faudrait que j'y aille moi aussi, ai-je déclaré sans conviction en tournant les talons pour la suivre.

– J'aime bien votre coiffure, a dit le sujet.

– Merci ! » C'est alors que j'ai pensé pour de bon *Se peut-il que ce soit le futur ex n° 11 ?*

LE « CABINET JURIDIQUE » DE MORT SCHILLING

Lundi 24 avril, 10 h 35

« Jusqu'ici, il a tout l'air d'un mensch[1], dit Morty.

– Mais je ne suis qu'au début de l'histoire, objectai-je.

– Il est soigné de sa personne, il bavarde avec la fille qui l'a fait tomber, il te complimente sur ta coiffure. Jusqu'à présent, Izzilla, ta description me fait plutôt bonne impression.

– Laisse-moi le temps. L'histoire vient juste de commencer.

– J'espère que tu n'es pas sortie avec ce type.

– Pourquoi ?

– Parce que si tu es sortie avec lui et qu'il a déposé une injonction à ton encontre… ça s'annonce mal.

– Ah bon.

– Tu es sortie avec lui, hein ?

– Brièvement.

– Et qu'est-ce qui s'est passé ?

---

1. Mensch ou mensh, pl. mensch*es* ou mensch*en*, mot yiddish familier : personne dotée de qualités admirables, telles que le courage et la détermination.

– Tous les morceaux du puzzle se sont emboîtés, et j'ai vu que c'était un sale type.

– Qu'a-t-il fait de si mal ?

– Je n'en sais rien encore, mais je vais le découvrir

– Je suis ton avocat, Izz, et, à ce titre, je dois te mettre en garde contre toute autre investigation. »

La femme de Morty, Ruth, entra dans le bureau, apportant un cardigan. Je dois préciser que le « bureau » de Morty est situé dans son garage. Je vous prie de noter que je n'ai pas dit « Garage aménagé ».

« J'ai eu peur que tu aies froid, dit Ruth.

– Dans ce cas, je suis assez grand pour prendre un gilet.

– Si tu attrapes une pneumonie maintenant, on sera bien avancés.

– Ruthy, je suis en train de traiter une affaire.

– Tiens, bonjour, Izzy, comment ça va ? Vous voulez manger quelque chose ?

– Non, merci.

– Boire ?

– Non, merci.

– Du café, du thé ?

– Non, non, ça va.

– Elle voudrait un chocolat, dit Morty à Ruth, façon détournée de passer commande.

– Si vous avez besoin de quelque chose, vous n'aurez qu'à appeler, dit aimablement Ruth. Ravie de vous avoir vue, Isabel. Morty, mets-moi ce gilet.

– Je le mettrai si j'ai froid. Et maintenant, sois gentille, laisse-nous travailler. »

Ruth retourna dans le corps de bâtiment principal. Morty regarda le cardigan sans y toucher pour l'instant. Il consulta ses notes et réfléchit à la question suivante.

Morty et moi

Il est peut-être temps d'expliquer comment Morty et moi nous sommes rencontrés. Il y a environ un an et demi, je faisais une surveillance qui m'avait amenée dans Hayes Valley. Le sujet (à l'époque, c'en était un autre) était entré chez l'un des rares traiteurs juifs de la ville, Moishe's Pippic. Je n'y avais encore jamais mis les pieds et ne devais pas tarder à découvrir que la boutique était petite et, soit dit en passant, ressemblait à un vrai musée à la gloire de la belle ville de Chicago. De surcroît, elle était déserte, ce qui rendait ma présence encore plus visible. Si j'avais rebroussé chemin sitôt entrée, j'aurais été grillée. Si je m'étais assise à l'une des tables au plateau en faux bois pour commander à déjeuner, j'aurais été exposée aux regards. Je soupçonnais le sujet de se méfier de moi et il fallait que je prenne une décision dans l'instant.

J'avisai un homme âgé aux énormes lunettes et aux cheveux poivre et sel, hirsutes et clairsemés. Je m'approchai avec naturel et m'assis en face de lui.

« Ça ne vous dérange pas que je m'installe avec vous ? chuchotai-je.

– Quoi ? »

Le sujet se retourna et me regarda bien en face, ce qui compromettait toute surveillance ultérieure. Mais il ne savait pas que je le filais. Si je réussissais à me faire passer pour une cliente, la surveillance pourrait être reprise par un autre enquêteur.

Je me penchai par-dessus la table et embrassai l'étrange vieillard sur la joue.

« Salut, Papy, comment ça va ? » dis-je assez fort, puis je griffonnai sur un morceau de papier : DONNEZ-MOI LA RÉPLIQUE : JE SUIS DÉTECTIVE PRIVÉ ET JE FILE UN CLIENT. AIDEZ-MOI !

Il fallut à Morty trente bonnes secondes pour enregistrer ma requête. Au début, je crus que c'était mon expression désespérée qui l'avait convaincu de jouer la comédie que je suggérais, mais je découvris par la suite que Morty s'ennuyait tellement à la retraite qu'il était prêt à tout. Mon nouvel ami fit glisser le menu dans ma direction et dit : « Tu es en retard. »

Pendant le déjeuner, je téléphonai pour avoir du renfort et maman envoya quelqu'un d'autre prendre la relève de la filature. Je commandai un sandwich au pain de seigle et à la dinde et tendis ma carte à Morty.

« Je vous suis redevable », dis-je. Et quinze jours plus tard, Morty suggéra que je m'acquitte de ma dette en déjeunant de nouveau avec lui. Au cours de ce second déjeuner, j'appris que Morty avait eu une longue carrière lucrative comme avocat de la défense à San Francisco. Il avait fini par prendre sa retraite dix ans auparavant, quand son épouse depuis plus de cinquante ans lui avait posé un dernier ultimatum. Morty avait beau avoir quatre-vingt-deux ans, il était toujours très au fait de la loi et lorsque nous avions sur les bras une enquête de nature criminelle, nous pouvions le consulter en toute confiance.

Lorsque j'en fus à l'arrestation n° 4 et que je compris que mes ennuis ne cesseraient pas tout seuls, je me tournai vers Morty en premier, parce qu'il connaît bien son boulot, certes, mais aussi parce qu'il travaille pour moi gratuitement. Et il arrive toujours ventre à terre quand il est question de déjeuner.

« Parle-moi de ta seconde rencontre avec Mr. Brown », me demanda-t-il. Puis il ramassa son gilet et l'enfila. « Fait pas chaud ici, tu ne trouves pas ? »

Mon histoire reste en suspens à la mi-janvier, quelques jours seulement avant ma première sortie avec le sujet. L'événement que je vais relater, sous ses apparences de banale contrariété, a entraîné toute une suite d'autres événements qui m'ont conduite à nouveau chez mes parents, où j'étais aux premières loges pour observer un vaste éventail de comportements étranges. J'ajoute que la série de contradictions concernant le sujet n'était pas mon seul souci. Les contradictions abondaient.

Mais j'anticipe. Il serait temps de parler de Bernie

LE JOUR OÙ BERNIE PETERSON A EMMÉNAGÉ CHEZ MOI

Mercredi 11 janvier, 23 heures

Bernie était un camarade de travail et de jeu d'oncle Ray. Ils avaient en commun l'amour du poker, de la picole, et des petites pépées. Quand Bernie décida de se fiancer avec Daisy Doolittle, son ex-copine, girl à Las Vegas, il me proposa de sous-louer son appartement : il ne savait pas si la relation entre eux durerait longtemps, car ils n'étaient plus ni l'un ni l'autre des perdreaux de l'année. Il prépara ses valises et partit pour Carson City. J'envoyais à Bernie un chèque de huit cents dollars par mois, et il en envoyait un de sept cents dollars à son propriétaire. Notre relation se réduisait à de rares coups de téléphone, où je lui disais ce qui ne fonctionnait pas dans l'appartement ; il transmettait l'information à son propriétaire et je me faisais discrète pendant les réparations.

Je n'avais pas revu le lieutenant à la retraite depuis deux ans, depuis le jour où il m'avait donné un trousseau de clés en me disant : « J'espère que l'appartement te portera chance comme à moi. » Jamais il ne m'était venu à l'idée que Bernie ait pu garder un double des clés. Erreur.

Il était onze heures quand j'entendis quelqu'un tâtonner devant ma porte et une clé s'introduire dans ma serrure. En regardant par l'œilleton, j'aperçus le sommet d'un crâne chauve – que je ne reconnus pas immédiatement. Au moment où le verrou de sécurité s'ouvrit, je le refermai. Quelques instants plus tard, le verrou fut rouvert. Je le refermai, et me précipitai sur le téléphone avant de courir une fois de plus vers la porte pour le fermer à nouveau. J'allais appeler la police quand Bernie devina qu'il y avait quelqu'un de l'autre côté de la porte.

« C'est toi, Isabel ? demanda-t-il d'une voix pâteuse.

– Bernie ?

– Ouvre ! » dit-il en donnant une claque légère sur la porte. Je m'assurai par l'œilleton que c'était bien Bernie. Oui, en effet, mais une version vieillie, bouffie et rougeaude du personnage. Certes, dans son état antérieur, il ne méritait déjà pas le déplacement, loin de là. J'ouvris la porte de mauvaise grâce, intimement convaincue que ma vie (ou du moins mon avenir proche) avait pris un virage fâcheux. Avant même que Bernie ait franchi la porte, je savais qu'il était venu emménager avec moi. Et que mon appartement de deux pièces à huit cents dollars par mois[1] faisait partie du passé révolu.

Bernie entra en titubant, laissant ses deux valises dans l'entrée. Vous voyez ? Ça s'annonçait mal. Et le pire était à venir : il a m'a prise dans ses bras et serrée fort.

« Isabel, ce que je suis content de te voir !

– Bernie ? Qu'est-ce que tu fais là ? », dis-je en cherchant à me dégager. En temps normal, je n'aurais déjà pas été ravie de voir Bernie. Mais ce soir-là, ça me contrariait carrément. Vous comprenez, j'avais passé les deux soirées précédentes en planque, et j'avais dû totaliser cinq

_____

1. À San Francisco, c'est une affaire incroyable.

heures de sommeil. Les heures supplémentaires de ce genre vont à l'encontre des principes des Enquêtes Spellman, mais nous manquions de personnel et j'avais besoin d'argent, alors je m'étais portée volontaire. J'étais donc sévèrement en manque de sommeil. Consoler Bernie Peterson ne comptait pas parmi mes priorités.

Mon intrus me prit par les épaules et me regarda dans les yeux.

« Elle m'a brisé le cœur, dit-il d'un ton grandiloquent digne d'un feuilleton à l'eau de rose.

– Qu'est-ce qui s'est passé ? demandai-je plus par politesse que par curiosité véritable.

– Je l'ai surprise avec le jardinier.

– Tu plaisantes !

– Enfin, ce n'était pas le jardinier. C'était mon meilleur ami. On jouait au poker et on allait aux courses ensemble.

– Alors pourquoi dis-tu que c'était le jardinier ? demandai-je avec une curiosité naissante.

– Il avait une tondeuse électrique. Il lui arrivait de passer tondre notre pelouse. À ceci près que Donnie ne venait pas pour me rendre service. Et il ne tondait pas la pelouse. "L'herbe pousse vite dans le désert." Mon cul, oui. »

Bernie continua à débiter des propos sans queue ni tête. J'avais du mal à le suivre. Je crois que dans la dernière phrase, il faisait allusion à celui qui le cocufiait, mais je n'en suis pas sûre.

« Où étais-tu pendant que Donnie se faisait Daisy[1] ? demandai-je.

– Au casino, ou aux courses, quelle importance ? Tu as quelque chose à boire ?

– Il y a de la bière dans le frigo. »

---

1. La phrase est sortie avant que je me sois rendu compte de ses connotations.

Bernie a ôté son manteau, saisi une bière, s'est dirigé vers le canapé et a soulevé les coussins.

« Je ne me souviens plus si ce machin se déplie ?

– Non. » C'est alors seulement que j'ai percuté : Bernie avait l'intention de passer la nuit là (et beaucoup d'autres).

« Je vais me coucher, dis-je, pas seulement parce que j'étais épuisée, mais parce que j'entendais marquer mon territoire.

– Vas-y. Fais comme chez toi[1]. Je vais me débrouiller », dit Bernie, essayant de susciter ma pitié et peut-être ma compréhension.

Je pris quelques couvertures et serviettes dans le placard, les posai près de lui et m'enfermai dans la chambre. La serrure me protégea contre l'éventuelle conversation nocturne de Bernie. Mais pas contre le festival de bruits qui se succédèrent pendant les huit heures suivantes, interdisant le moindre assoupissement. D'abord, il y a eu le western sur AMC, avec James Stewart et John Wayne[2], diffusé à plein régime, non parce que Bernie est dur d'oreille, mais parce qu'il a dû vouloir essayer de couvrir ses pleurs. Le second numéro au programme de Bernie a été un solo de sanglots étouffés, comme s'il pleurait dans un oreiller. (Si vous me trouvez insensible, laissez-moi vous expliquer une chose : si j'offrais à Bernie une épaule secourable, il pleurerait dessus, et puis il essaierait de me peloter les fesses. Ce type, je ne le connais pas bien, mais assez pour savoir ça.) En troisième, il y a eu un numéro de mouchage de quarante-cinq minutes, accompagné de marmonnements réconfortants : « Tu ne vas pas te laisser abattre. Tu es un dur. Tu vas te trouver une autre gonzesse en moins de deux. » J'écoutai ces propos avec attention, car ils me donnaient le canevas pour mes consolations futures

---

1. Pardon ?
2. *L'homme qui tua Liberty Valance.*

et diurnes. Assurément, les mots que l'on se dit à soi-même ont des chances d'être ceux qu'on a le plus envie d'entendre dans les moments difficiles. Le quatrième morceau de l'album aurait dû être sérieusement élagué : quatre heures de ronflements. Et le numéro final ? Des bruits de casseroles et de vaisselle, et le grésillement du bacon.

À sept heures du matin, je n'avais toujours pas fermé l'œil, et je totalisais quatre-vingts heures de veille contre cinq heures de sommeil pendant les trois derniers jours. J'enfilai mon peignoir de bain et entrai dans le salon-salle à manger.

« Salut, coloc », dit Bernie en levant les yeux pour m'adresser un regard théâtral du genre « j'ai-le-cœur-brisé-mais-je-ne-le-montre-pas ». Tout cela ressemblait à une tentative désespérée pour forcer mon attention.

Après cette dernière nuit blanche, je devais avoir un teint de papier mâché.

« Tu n'as pas bien dormi, toi non plus ? » demanda Bernie d'un ton compatissant, comme si c'était un point commun supplémentaire. Je me laissai tomber sur la chaise de cuisine et réclamai du café. Dieu merci, Bernie était d'humeur serviable, et je m'abstins de lui faire part de tous les fantasmes violents que j'avais eus à son sujet pendant ma nuit d'insomnie.

Incapable de trouver la volonté de faire quoi que ce soit, je bus le café de Bernie (lavasse), mangeai ses œufs (coulants), son bacon (pas assez cuit), ses toasts (brûlés) et écoutai ce que j'espérais être le dernier morceau de son album ; il ne me fit grâce d'aucun détail de la rupture. Je n'ai pas encore rencontré un seul individu capable de relater les événements ayant précipité la fin d'une relation sans tout décrire par le menu. Pourquoi les gens ne peuvent-ils faire simple ? (Voir appendice.)

Je me garderai de vous les infliger à mon tour et vous donnerai seulement les grandes lignes de la saga de Bernie.

« Pour notre second rendez-vous, je l'ai emmenée au Homard Rouge et je lui ai dit : "Commande ce que tu veux." Ce qu'elle a fait. Elle a commandé le homard. Tu vois le genre de femme. Et puis deux cocktails. D'abord, un Manhattan, ensuite, un gin tonic. Après ça, on s'est bu une bouteille de vin à deux. J'ai dit, tu sais, peut-être qu'il faut éviter de faire des mélanges. Mais elle tenait bien. Oui, c'est moi qui aurais roulé sous la table le premier... Et quand le chariot des desserts est arrivé, on est tombés d'accord pour se séparer... »

Je réussis à m'arracher à la conversation indigente de Bernie et pris la voiture pour aller chez mes parents/au bureau et essayer de travailler un peu.

Je trouvai mon père seul dans le bureau. « Il t'est arrivé un malheur ? demanda-t-il.

– Oui, Bernie, répondis-je, trop lasse pour faire une phrase plus complète.

– Tu ne veux pas développer ?

– Non. Où est maman ?

– Chez le dentiste.

– Hmm », dis-je en m'asseyant derrière mon bureau. Je fixai la pile de papiers devant moi : je leur trouvai l'air aussi moelleux qu'un oreiller. Je posai ma tête dessus et fermai les yeux.

« Le disque dur s'est planté hier, dit papa, interrompant ce qui aurait pu devenir un somme béat.

– Eh bien c'est pour ça qu'il y a des sauvegardes.

– Tout est sauvegardé, sauf le travail d'hier. Il faut que tu retapes le rapport de surveillance sur Wilson. »

Trois heures après, j'avais avancé de trois pages sur les trente du rapport, entre des assoupissements involontaires. Ma mère est entrée dans le bureau juste au moment où ma tête allait à nouveau heurter la table.

« Tu as la gueule de bois, Isabel ? demanda-t-elle. Hier soir, tu étais censée rentrer chez toi et te coucher.

– Non, je n'ai pas la gueule de bois, dis-je en m'avisant que ma tête pesait beaucoup plus lourd que d'habitude.

– Qu'est-ce qui ne va pas ? demanda ma mère après avoir enfin vu ma mine.

– Bernie est revenu. Il regarde des westerns, il pleure, il ronfle, et il croit qu'on est colocataires.

– Va piquer un somme dans la chambre d'amis.

– Il faut que je finisse de taper ça. Sauf si tu veux le faire à ma place ?

– Je n'arrive pas à lire ton écriture, Izzy. Désolée. Et ce rapport doit être rendu aujourd'hui. Va dehors, expose-toi au soleil et je vais te préparer un café serré. »

Je n'ai aucun souvenir d'être sortie, de m'être assise dans la véranda et de m'être endormie à même le ciment dans un coin au soleil. Mais c'est ce qui a dû se passer, puisqu'en me réveillant, je découvris le sujet, John Brown, assis à côté de moi.

« Isabel ? Isabel ? Ça va ? » Il me secouait doucement l'épaule. Je me remis lentement sur mon séant et secouai la tête pour qu'elle cesse de tourner.

« Oui. C'est juste un sérieux manque de sommeil. »

À ce moment-là, David déboucha dans l'allée au volant de sa Mercedes flambant neuve, s'arrêta et sortit : comme toujours, il avait l'air d'une star de cinéma. Il ne connaissait pas notre nouveau voisin et nous regarda d'un œil curieux.

« Salut, dit-il, prenant la mesure de ma somnolence. Tout va bien ? »

Le sujet se leva et tendit la main : « Bonjour. Je m'appelle John. Je viens d'emménager à côté.

– Je suis David, le frère d'Izzy.

– Je... euh... J'ai vu Isabel par terre dans la véranda. Elle ne bougeait pas et je suis venu m'assurer que tout était normal.

– Si j'avais reçu un centime chaque fois que je l'ai trouvée dans cet état, je pourrais vous offrir un steak.

– Mettons un cappucino, dis-je d'une voix plus que pâteuse.

– Bon. Maman est là ? demanda David.

– Oui, dans le bureau. »

David adressa un signe de la main à notre nouveau voisin, m'administra une tape sur la tête et entra dans la maison.

« Sympathique, dit poliment le sujet.

– Un enfoiré de première, oui. »

Il y eut dix secondes de silence gêné, pendant lesquelles je m'assoupis à nouveau, posant la tête sur l'épaule du sujet.

« Pardon, dis-je en me réveillant.

– Pas grave », répliqua-t-il avec un sourire. Oui, Joseph Cotten dans *L'Ombre d'un doute*. Cela dit, j'étais bien trop épuisée pour envisager le moindre doute pour l'instant. Le charme considérable du sujet m'aveuglait, voilà tout.

« Vous avez l'air sympa, dis-je.

– Je suis sympa.

– Vous devriez me préparer à dîner un de ces quatre. »

La phrase susmentionnée était de celles qu'on dit quand on est bourré, un état qui se rapproche beaucoup du manque de sommeil. Jamais je ne l'aurais prononcée dans mon état normal. N'empêche, à cet instant précis, j'éprouvai une vague reconnaissance envers Bernie. John Brown n'eut aucune hésitation :

« D'accord », dit-il. Et pour être sûre de ne pas tout gâcher, je me levai et rentrai sans plus attendre.

Un mois plus tard, je devais être complètement happée par mon obsession première : mon enquête sur John Brown. Mais comme je l'ai dit plus haut, les comportements suspects devaient être dans l'air. Cet après-midi-là, j'ai établi mon second rapport.

RAPPORT SUR LES COMPORTEMENTS SUSPECTS N° 2

« Olivia Spellman »

J'entrai dans la maison Spellman quelques minutes après mon frère. À la gauche de l'entrée se trouve le salon, typique de la famille américaine moyenne, canapé marron, télévision et fauteuil assez usagé (jadis celui de l'oncle Ray). Le salon donne dans la salle à manger, meublée d'une grande table en acajou, de chaises et d'une crédence. La salle à manger mène à une cuisine assez exiguë avec un coin-repas encore plus exigu. À droite de l'entrée s'ouvre la porte du bureau ; celui-ci en a une seconde qui mène au sous-sol, où mon père avait l'habitude de mener les interrogatoires à l'époque de mes délits de jeunesse. Face à l'entrée se trouve l'escalier conduisant aux chambres et à mon ancien appartement, le studio sous les combles, transformé en chambre d'amis. À ceci près que je ne parviens pas à me rappeler la dernière fois où nous avons reçu des amis.

De l'entrée, j'entendais vaguement mon frère parler à ma mère dans la cuisine. Même à cette distance, je percevais la tension de leur voix. Écouter aux portes est un talent que se partagent tous les Spellman, mais surtout ceux de la seconde génération. De l'entrée, je suis capable de dire d'où vient chaque bruit. Je montai l'escalier jusqu'au second palier afin d'écouter la conversation entre mon frère et ma mère.

« Je sais que tu me suis, dit David.

– Je ne vois pas du tout de quoi tu veux parler, David.

– Maman, je t'ai vue hier soir.

– Tu es paranoïaque, mon chéri, dit ma mère, d'un ton très désagréable.

– Maman, tu te mêles de ma vie privée. Ça te plairait si je me mettais à te suivre ?

– Je ne pense pas que tu aies le temps, David. Mais même si tu le faisais, ça ne me gênerait pas. Cela dit, je propose que nous déjeunions ensemble plus souvent, parce que ça serait beaucoup plus commode.

– Je ne fais pas ce que tu t'imagines.

– Vraiment ? rétorqua ma mère. Alors, pourquoi es-tu toujours en train de te retourner pour regarder derrière toi ?

– Il faut que ça cesse, et tout de suite » martela David. Jamais, au cours de ma jeunesse rebelle, je n'avais réussi à prendre une intonation aussi hostile. L'espace d'un instant, je craignis pour sa sécurité.

« Ne me parle plus jamais sur ce ton-là », rétorqua maman, glaciale.

Là-dessus, David sortit en trombe de la maison. J'aimerais signaler que, dans la plupart des familles, une prise de bec entre un fils de trente-quatre ans et sa mère n'a rien d'extraordinaire. Toutefois, avant le dîner de la veille, je n'avais jamais été témoin d'un conflit sérieux entre ces deux-là. Il me fallait donc trouver le fin mot de l'histoire, bien évidemment. Je forçai mon corps privé de sommeil à s'arracher à l'escalier pour aller vers la cuisine.

« Salut, maman », lançai-je.

Elle me versa une tasse de café comme si c'était un médicament et dit : « Bois ça. »

J'avalai le breuvage bien plus fort que d'habitude et posai la question de rigueur : « Tu es sûre qu'il n'y a que du café, là-dedans ?

– Tu crois que je droguerais ma propre fille ?

– Avec de la Ritaline* , tu en serais bien capable. »

Maman haussa les épaules sans démentir.

« Qu'est-ce qui se passe avec David ? demandai-je tant que j'en avais l'occasion et que j'étais encore éveillée.

– Rien.

– Je viens de vous entendre vous disputer, maman.

– Ça ne te regarde pas, Isabel.

– Allez. Dis-moi. David a toujours été ton chouchou.

– Non, ça a toujours été Rae. Mais réjouis-toi, ma chérie, tu occupes maintenant la seconde place. »

Maman me tapota la tête et fila avant que j'aie eu le temps de réagir ou de poursuivre la discussion. Il me faudrait découvrir la vérité par une méthode autre que le dialogue.

Plus tard cet après-midi-là, lorsque j'en eus péniblement terminé avec mon rapport de surveillance, je reçus un appel de Henry Stone qui réitérait sa demande. Après deux jours d'hospitalisation, on l'avait laissé sortir en le déclarant parfaitement remis. Il s'était reposé quelques jours chez lui, refusant d'ouvrir sa porte à Rae. Mais maintenant qu'il était de retour sur son lieu de travail, il ne pouvait plus échapper à ses visites.

« Allô ?

– Isabel, c'est Henry. Sors-la d'ici s'il te plaît.

– Tu veux que je procède à une extraction ?

– Oui.

– Je serai là dans un quart d'heure.

---

* Médicament utilisé dans le traitement des enfants hyperactifs.

– Merci », répondit Henry, stupéfait de ma docilité. Habituellement, ma technique consiste à gagner du temps.

En entrant dans le bureau de Henry, je trouvai Rae à sa place habituelle, assise en face de lui, en train de lui montrer une image.

J'avais beau être intriguée par tous les comportements inhabituels autour de moi, c'était tout de même agréable de constater que certaines choses restaient inchangées.

LES DUETTISTES STONE ET SPELLMAN : ÉPISODE N° 32

« ANGLAIS PREMIÈRE LANGUE »

Décor : Le bureau de Henry Stone. Rae est assise dans le fauteuil en cuir marron habituel en face du bureau. Elle tient la fiche de vocabulaire espagnol de façon à la montrer à Henry. J'entre dans le bureau, m'assieds à côté d'elle et branche mon enregistreur digital.

Voici la transcription :

HENRY : Bon, eh bien il est temps que tu partes, Rae.

RAE : On n'a pas fini.

HENRY : Si.

ISABEL : Il faut que je me repose un peu. J'ai trouvé l'escalier beaucoup plus raide aujourd'hui[1].

RAE : C'est quoi, ça ? [Elle désigne la fiche.]

HENRY : Je ne joue plus, Rae.

RAE : Ce n'est pas un jeu. Il s'agit de ta santé.

HENRY : Combien de fois devrai-je te le répéter ? Je n'ai pas eu de lobotomie. J'ai eu un traumatisme crânien et, si je vais très bien, ce n'est pas grâce à toi.

---

1. Deux étages seulement, mais faut-il vous rappeler que j'étais sur les rotules ?

RAE : Tu réponds juste à la question, et on pourra passer à autre chose.

[Henry regarde la fiche.]

HENRY : C'est un bateau.

RAE : De quelle couleur ?

HENRY : Un bateau jaune.

[Rae passe à la fiche suivante.]

RAE : Et ça, qu'est-ce que c'est ?

HENRY : Des ciseaux. Isabel, réveille-toi.

[Apparemment, je m'étais endormie.]

ISABEL : Oh, pardon. Rae, on s'en va.

RAE : On n'a pas fini.

[Elle passe à la fiche suivante.]

HENRY : Si, on a fini.

ISABEL : Qu'est-ce que tu fabriques, Rae ?

RAE : Je m'assure que Henry n'a pas de lésion cérébrale irréversible.

ISABEL : Hein ?

HENRY : Je ne joue plus.

RAE : Alors, je ne pars pas. Et ça, c'est quoi ? [Elle montre une fiche.]

HENRY [furieux] : Un chien.

[Partagée entre l'amusement et l'épuisement, je suis prise d'un incoercible fou rire.]

HENRY : Rae, tu veux bien me laisser seule avec ta sœur deux minutes ?

RAE : Pourquoi ?

HENRY : Parce que je veux lui parler en privé.

RAE : À quel sujet ?

[Henry se dirige vers Rae, la prend doucement par le bras et la conduit à la porte de son bureau.]

HENRY [à mi-voix] : Aurais-tu par hasard oublié qu'il y a une semaine, tu as failli me tuer ?

RAE : Involontairement.

HENRY : Tu as oublié ?

RAE : Jamais je ne pourrai l'oublier. Jamais.

HENRY : Je ne t'en demande pas tant, Rae. Mais quand je te dis « Quitte mon bureau », je veux que tu sortes.

RAE : Mais alors, on ne se verra jamais.

HENRY : Je le répète, tu as failli me tuer.

RAE : Je ne suis pas loin.

[Henry ferme la porte.]

HENRY : Isabelle, arrête de rire.

[Je m'arrête. Si on veut.]

ISABEL : Pardon.

HENRY : Qu'est-ce qui ne tourne pas rond ?

ISABEL : Ça fait quarante-huit heures que je n'ai pas dormi. Non, plus, parce qu'il faut compter la journée avant ma première nuit blanche. Plutôt cinquante-six heures, soixante peut-être. Il faudra que je te raconte, d'ailleurs.

HENRY : Tu as des insomnies ?

ISABEL : Si seulement !

HENRY : Tu étais en service commandé ?

ISABEL : Les deux premières nuits, oui. Ensuite, j'ai eu droit à John Wayne, James Stewart, sanglots, ronflements et bruits de friture.

HENRY : Tu veux que je fasse revenir Rae avec ses fiches ?

ISABEL : Non, on se casse.

[En me relevant, je trébuche et Henry passe un bras autour de ma taille pour me stabiliser. Il sent l'enregistreur dans ma poche et le tire.]

HENRY : Tu es encore en train de m'enregistrer ?

ISABEL : Désolée.

[Fin de la bande.]

L'enregistrement s'arrêta là, mais pas la conversation.

« J'aimerais bien que vous arrêtiez, toutes les deux.

– C'est plus fort que nous. Et puis maman est furieuse si j'oublie.

– Regarde-moi, Isabel. »

J'avais un peu le tournis et un certain mal à accommoder. Henry me prit le menton dans la main pour l'immobiliser et leva un doigt qu'il promena de droite à gauche devant mes yeux

« Suis mon doigt du regard, dit-il.

– Ça va, répondis-je en m'efforçant de le fixer.

– Non, ça ne va pas. Tu ne peux pas conduire dans cet état.

– Henry, ne joue pas au flic.

– On y va. Je vous raccompagne chez vous toutes les deux. Tu reviendras chercher ta voiture demain. »

Rae s'installa d'autorité à l'avant, et je m'endormis sur la banquette arrière. En arrivant à la maison, Henry réprimanda brièvement ma mère de m'avoir laissée conduire. L'idée me vint que jamais je n'avais vu personne la réprimander sans en prendre pour son grade, pas même mon père. Mais Henry faisait craquer ma mère. Avant de partir, il essaya d'aborder avec Rae le sujet qui lui tenait à cœur, à savoir qu'elle devait le lâcher un peu ; mais sans succès. Maman m'expédia dans mon ancien studio sous le toit, sa chambre d'amis actuelle, avec pour consigne de me reposer. Je me réveillai le lendemain matin, treize heures plus tard.

OÙ L'ON VOIT
LE SUJET CREUSER
UN TROU

Samedi 14 janvier, 8 h 30

Quand on se réveille dans un lieu inhabituel, la question qui se pose toujours est : Comment suis-je arrivé là ? Après treize heures de repos j'étais bien reposée, mais en ouvrant les yeux je paniquai, totalement désorientée. Vous comprenez, j'avais occupé ce studio pendant près de neuf ans, mais une fois déblayé et refait après mon départ, il ressemblait à une chambre d'hôtel. Comme je n'y avais pratiquement pas remis les pieds depuis, je ne savais vraiment pas où j'étais.

Je sortis du lit, le cœur battant, troublée. Les rideaux étaient tirés et il faisait étrangement sombre. Plus sombre que chez Bernie – non ! chez MOI. Je me précipitai vers la fenêtre, ouvris les rideaux et regardai dehors. Mon cerveau se mit lentement en branle et, avec l'aide de mes sens reposés, rassembla les éléments du puzzle. Je remarquai alors le sujet en train de creuser un trou dans la cour arrière de la maison adjacente.

J'enjambai le rebord de la fenêtre et m'installai à califourchon pour mieux voir. Le sujet leva les yeux et m'aperçut.

« Bonjour. Je ne savais pas que vous habitiez là.

– Je n'y habite pas.

– Ah, répondit-il, perplexe.

– Il y a quelqu'un qui occupe mon appartement, poursuivis-je, pensant qu'une explication était requise.

– Ah », répéta-t-il. Manifestement, il ne paraissait pas plus avancé.

« Quelqu'un qui ronfle, ajoutai-je.

– Je vois », dit le sujet d'une voix un peu moins neutre. Mais j'eus le sentiment qu'il était toujours dans le brouillard.

« Et qui pleure, continuai-je, car franchement, j'étais en manque de caféine.

– Ce quelqu'un est dans son état normal ? demanda le sujet.

– Il a surpris sa femme avec un autre homme. »

Le sujet se borna à me fixer, comme s'il se demandait quoi dire.

« Qu'est-ce que vous faites ? demandai-je.

– Je jardine.

– Ah, c'est pour ça que vous creusez un trou. »

Le sujet parut prendre la remarque susmentionnée comme une plaisanterie et se mit à rire. Ce n'en était pas une.

« Vous voulez venir prendre le petit déjeuner chez moi ? demanda le sujet.

– Maintenant ?

– D'ici un quart d'heure environ. J'ai presque fini.

– Mmm, d'accord, dis-je en m'avisant que je portais le pyjama XXL de mon père[1]. Il faut que je trouve mes vêtements. »

Ils étaient lavés et pliés dans un panier à linge devant ma porte (qui n'était plus la mienne). Je fis une toilette de chat et m'habillai en moins de cinq minutes. Quand je regardai à nouveau par la fenêtre, j'aperçus le sujet dans sa cuisine, en train de préparer du café.

---

1. Je n'entre pas dans les vêtements de ma mère. Elle fait un trente-huit.

Au lieu d'emprunter l'escalier et de passer par la porte d'entrée, au risque d'être obligée d'expliquer ma destination à un membre de ma famille, je me glissai par la fenêtre et pris l'échelle de secours[1] pour descendre. Le sujet observa ma façon originale de sortir et cria : « Qu'est-ce que vous fabriquez ?

– Chut ! » répliquai-je en lui faisant signe que j'allais prendre la porte de derrière pour rentrer chez lui.

Pendant que le sujet battait les œufs et préparait la poêle pour l'omelette[2], j'expliquai que je ne comprenais pas pourquoi on se focalisait à ce point sur les portes. Je mentionnai très naturellement mon habitude d'entrer et de sortir par les fenêtres comme étant un vestige de ma jeunesse rebelle, ainsi qu'un refus du principe qui donnait aux portes l'exclusivité et imposait de les utiliser pour entrer ou sortir d'une façon socialement acceptable.

Je ne suis pas sûre d'avoir convaincu le sujet d'essayer lui-même les fenêtres. Il me fixa une seconde de trop et déclara : « C'est une autre façon de voir la question. »

Pendant le petit déjeuner, ce fut à qui découvrirait le plus grand nombre de renseignements élémentaires sur l'autre.

« Alors, vous faites quoi dans la vie ? demandai-je.

– Je suis paysagiste à mon compte.

– Ah, c'est ça qui explique le jardinage.

– Parce que le jardinage a besoin d'explications ?

– Je trouve.

– Et vous ?

---

1. Il n'y a aucune raison logique à ce que cette sortie ne soit utilisée qu'en cas d'incendie.

2. Yesss ! Tout ce qu'il y avait au menu chez les Spellman ce matin, c'était le porridge allégé de papa !

– Ça ne vous fatigue pas de rester en mode "vous" ?

– Si. Et toi, alors ?

– Ça fait des années que je n'ai pas jardiné. Trente pour être précise.

– Tu devrais essayer. Il y a des gens qui adorent faire ça pour se détendre.

– Quel genre de gens ?

– Tu changes de sujet, dit de sujet.

– Très bonne, cette omelette.

– Alors, qu'est-ce que tu fais ?

– Et très bon, le café.

– Dans la vie ? »

J'ai déjà rencontré ce problème. Je ne veux pas abattre mon jeu trop tôt, parce que je sais que mon travail peut mettre certaines personnes mal à l'aise. Mais si je mens et prétends être, mettons, enseignante, il faut que je circule pendant des mois en petites jupes droites et twin-sets en faisant semblant d'être prof. Et ce qui se passe en général[1], c'est que la personne à qui j'ai menti se vexe et ne veut plus me voir. Cette fois-ci, j'abordai la question par un autre angle.

« Je suis technicienne de l'information.

– Alors, tu travailles sur ordinateur

– Oui, et sur les gens. Et à l'occasion, sur les chats et les chiens.

– C'est vague.

– Je parle boulot tous les jours. Il y a des moments où j'ai besoin de souffler.

– Soit. »

Le sujet suggéra alors qu'un peu de jardinage pourrait m'être bénéfi-que et me distraire de toute cette technologie. Après le petit déjeuner,

---

1. Affirmation basée sur des témoignages anecdotiques. Pour une explication com-plète, voir le document précédent, *Spellman et Associés*, paru chez Albin Michel en 2007.

nous sommes allés dans la cour de derrière et avons transplanté en pleine terre des hortensias en pot. Le sujet m'a expliqué que les plantes survivaient mieux en terre pendant l'hiver, et nous avons préparé le sol avec du compost avant d'y mettre les plantes vivaces. Curieusement, je prenais plaisir à mes activités, mais mon père ne tarda pas à me repérer par la fenêtre de sa chambre.

« Izzy, je te cherchais.

– Félicitations. Tu m'as trouvée.

– Qu'est-ce que tu fais ?

– À ton avis ?

– Tu jardines.

– Tout juste.

– Attends-moi. Il faut que je te parle », dit mon père, qui disparut de la fenêtre.

Je me relevai et m'essuyai les mains pour les débarrasser de la terre mouillée.

« Retenez mon père, dis-je au sujet. Le temps que je file. »

Cette fois-ci, je plaisantais. Mon père arriva une minute plus tard. Il serra la main du sujet et lança une remarque aimable. Le sujet expliqua notre activité matinale à papa, qui répliqua : « Eh bien, je ne suis pas fâché de voir Izzy faire autre chose que boire. »

Le sujet se mit à rire. Je lançai un regard noir à papa, qui se hâta de changer de conversation.

« Tu es passée devant chez Mrs. Chandler ?

– Je ne vois pas du tout de quoi tu veux parler », dis-je. C'était une réaction épidermique chaque fois que j'entendais ce nom. J'expliquerai sans tarder, mais disons pour le moment que je ne voyais vraiment pas de quoi il voulait parler.

« Tu as vu son chien ?

– Non, dis-je, sentant mes soupçons grandir.

– J'aimerais que tu passes chez elle avant qu'elle ait eu le temps de donner un bain à son chien. »

Le sujet était perplexe, mais je décidai de ne pas éclairer sa lanterne. Je tendis ma main terreuse et dis : « Merci pour ce bon moment. À bientôt. »

ATTAQUES CONTRE MRS. CHANDLER

J e pris la voiture jusqu'à la maison de Mrs. Chandler, devant laquelle je me garai. En descendant, j'aperçus son caniche nain en train d'aboyer devant la barrière de la cour arrière. Difficile de ne pas le remarquer, car il était teint en rose pétard. Je n'avais pas plus tôt vu le chien que je retournai au pas de course à ma voiture pour éviter de me faire repérer. C'est que, dix ans plus tôt, mon premier forfait contre cette femme, veuve depuis vingt ans, avait été de peindre son caniche nain en bleu cobalt. Mais ce ne fut que le premier de nombreux forfaits à l'encontre de ladite personne.

D'aussi loin que je me souvienne, Constance « Connie[1] » Chandler habitait Pacific Avenue, à trois rues de chez nous. Elle avait une formation de professeur d'arts plastiques, une allure de hippie et un carnet de chèques de millionnaire. À quarante ans, elle était restée veuve d'un financier. Je n'ai jamais vu un couple illustrant de façon plus frappante l'attraction des extrêmes. Quelques années après la mort de son mari, des restrictions budgétaires dans le secteur scolaire de San Francisco (et, je le soupçonne, l'assurance qu'elle aurait une situation matérielle

---

1. Pour ses amis. Ne faisant pas partie du nombre, je l'ai toujours appelée Mrs. Chandler.

aisée) la poussèrent à prendre une retraite anticipée. Ceci se passait il y a une vingtaine d'années. Peu après, l'enthousiasme de Mrs. Chandler au moment des fêtes prit un tour désastreux (ou heureux, selon les personnes interrogées).

Expression artistique ou *musée des horreurs*, telles étaient les deux positions sur lesquelles s'alignaient les voisins lorsqu'ils voyaient les décorations de Mrs. Chandler pour les diverses fêtes de l'année. Peu après sa retraite, la veuve commença à canaliser son énergie « artistique » dans diverses installations saisonnières qu'elle faisait devant sa maison. Ses tentatives pour couvrir les événements majeurs et mineurs, depuis les scènes de nativité de Noël jusqu'aux paysages ornés de cupidons pour la Saint-Valentin n'étaient rien moins qu'une invitation au saccage ! Et Petra et moi, en tout cas, l'avions reçue cinq sur cinq.

C'est en 1992 que nous avons commencé à rectifier les décorations recherchées de Mrs. Chandler. Après avoir examiné pendant deux ans la résidence de la veuve, nous avions fini par prévoir son style décoratif et mettre au point nos attaques en conséquence. Voici une liste complète des forfaits commis par Petra et moi à l'encontre de Mrs. Chandler pendant la saison 1992-1993. Nous avons commencé par Thanksgiving.

Aménagements des tableaux de fêtes de Mrs. Chandler

Thanksgiving

Mrs. Chandler avait réalisé une scène de banquet paisible entre les Indiens d'Amérique et les Britanniques récemment débarqués[1]. Optimiste incurable, elle avait représenté le monde tel qu'elle aurait voulu le voir. Les Diables blancs et les Indiens se tenaient par la main en signe d'union et chacun goûtait aux petits plats des autres. Sur la table de Mrs. Chandler, le menu « authentique » se composait de dinde sauvage, poisson, maïs, noix, courge, haricots et fruits secs (aucun n'étant de saison). Afin de rendre la scène plus réaliste, Petra et moi avons drapé des couvertures de l'armée autour des épaules des Indiens, peint sur leur visage des marques de petite vérole et placé à côté d'eux des bouteilles de whisky vides[2].

Noël

Noël était naturellement le grand événement de l'année pour Mrs. Chandler. Sa scène de nativité était une œuvre d'art amateur profane tout à fait exceptionnelle. Et elle y imprima sa marque personnelle en représentant Jésus en hippy des années soixante (en Birkenstocks, vêtements de chanvre et signe de la paix bien en évidence pendu au cou). De plus, elle brûla de l'encens patchouli au lieu de myrrhe. Petra et moi voulions respecter ses efforts, mais donner une portée plus universelle à son message[3]. Nous avons maquillé tous les mannequins avec du fond de teint marron. Puis, après avoir fumé de l'herbe, nous avons développé notre idée première et sommes revenues quelques heures plus tard avec des perruques afro et des bandeaux de la fédération nationale de basket, que nous avons mis aux trois rois mages.

1. S'il est vrai que les intérêts scolaires de Petra comme les miens étaient au mieux limités, nous nous réveillions toujours en cours d'histoire quand Mr. Jackson partait dans ses digressions sur les nombreux crimes de nos pères fondateurs.

2. L'ironie du sort a voulu que Petra et moi fassions des recherches en bibliothèque pour décider des modifications à opérer sur la pelouse de Mrs. Chandler. En fait, nous avons sans doute appris plus d'histoire au cours de nos tentatives de sabotage que pendant toute notre scolarité.

3. Et, comme pourraient le soutenir certains, une plus grande exactitude historique.

Jour de l'an

Je soupçonne Mrs. Chandler de n'avoir trouvé aucun message politique dans le nouvel an, aussi ne fit-elle rien. Petra et moi, de notre côté, l'avons laissée tranquille – surtout parce que nous avions trop la gueule de bois pour prendre cette peine.

Jour des marmottes*

Lorsque ces petites vacances arrivèrent et que la pelouse de Mrs. Chandler resta intacte, Petra et moi décidâmes (en partie à cause du film de Bill Murray* récemment sorti et que nous avions adoré) d'honorer cette journée nous-mêmes. Toute pelouse est une rareté à San Francisco. Parfois, on en trouve un petit carré à l'abandon à l'arrière d'une rangée de maisons mitoyennes de style victorien, mais devant, c'est extrêmemen rare. La maison de Mrs. Chandler est l'une desdites exceptions. Il y a des années de cela, elle a cassé l'allée en ciment devant sa maison, l'a remplacée par une pelouse d'environ un mètre quatre-vingt sur deux mètres cinquante entourée d'une palissade. L'effet est d'un ridicule achevé, mais cela lui fournit l'espace idéal pour mettre en scène ses extravagances.

Petra et moi avons trouvé un truc vraiment débile en guise d'ode au Jour des marmottes. Nous avons simplement creusé des « trous de rongeurs » dans l'herbe de Mrs. Chandler.

Jour de la Saint-Valentin

Il est difficile d'expliquer pourquoi une vieille hippie a un faible pour une fête commerciale, mais nous avons appris plus tard que Mr. Chandler était un incurable romantique qui mettait le paquet le 14 février :

---

* Le 2 février, jour où les marmottes sont censées sortir de leur hibernation.
** *Un jour sans fin* (*Groundhog day*), 1993.

fleurs, bonbons, dîners aux chandelles, violons etc. Mrs. Chandler s'inspirait de la mythologie et décorait sa cour avec des amours ailés, au sexe couvert d'un pagne pudique, ainsi qu'avec des cœurs et des flèches suspendus en l'air. Selon nos recherches, elle mélangeait les genres. Nous avons donc ajouté à son pot-pourri un genre supplémentaire : le film d'horreur.

Nous avons renversé sur le flanc ses amours, en avons démembré certains et ouvert le ventre en tissu des autres ; nous avons répandu du colorant alimentaire rouge afin de suggérer une scène de crime, et oublié sur place les armes des assassins – des couteaux en plastique pris à la boutique des déguisements. Afin de ne pas laisser d'empreintes, nous avons essuyé tous les objets lisses et jeté nos linges tachés à la décharge. Nous avons intitulé le tableau « Le Massacre de la Saint-Valentin ».

La Saint-Patrick

Veuve d'un Irlandais, Mrs. Chandler ne pouvait négliger cette fête. Nous avons transformé un allègre tableau verdoyant qui représentait des lutins, des pots d'or et un arc-en-ciel en lendemain de beuverie. Nous avons renversé les lutins sur le côté et balancé une bonne cinquantaine de canettes vides de Guinness[1] sur la pelouse. Nous avons intitulé cela « Le lendemain qui chante. »

Pâques

Mrs. Chandler avait choisi comme motif le paysage violet pastel traditionnel d'une course aux œufs de Pâques, avec des paniers emplis d'œufs laborieusement décorés à la main. La seule touche chandlerienne était le signe de la paix décorant tous les œufs. Après avoir dis-

---

1. Nous les avions toutes bues.

cuté des heures avec Petra pour savoir quel traitement réserver à cette installation particulière, j'ai eu une illumination. Nous avons échangé les œufs pastel contenus dans les paniers géants peints en blanc contre des boules de billard. Si vous estimez que cela prend beaucoup de temps de peindre des œufs de Pâques, essayez donc de vous procurer deux douzaines de boules de billard sans les payer[1].

Fête nationale de l'Indépendance

Lorsque arriva le 4 juillet, le bruit courait dans la rue que Petra et moi étions les auteurs des sabotages à l'encontre de ces décorations recherchées. Pourtant, Mrs. Chandler ne paraissait prendre aucune mesure pour nous empêcher d'agir. Un jour où nous faisions un repérage devant chez elle pour notre prochaine attaque, essayant d'imaginer comment perturber une collection de mannequins pacifistes en plein sit-in, Mrs. Chandler sortit et se dirigea vers nous.

« Bonjours, mesdemoiselles, dit-elle. Il est temps de se présenter. Je suis Constance Chandler ; mes amis m'appellent Connie. Et vous, comment vous appelez-vous ? »

Petra et moi avons marmonné nos noms en essayant d'imaginer une méthode pour filer sans avoir l'air coupable.

« Nous ne sommes pas si différentes, vous et moi », dit-elle en nous dévisageant.

Petra et moi avons échangé un regard de biais en attendant la suite.

« Je suis tout à fait en faveur de l'expression personnelle. C'est ce que je recherche en tant qu'artiste, continua-t-elle en faisant un geste qui englobait sa dernière installation. Et je comprends le besoin de sabotage. Mais je vous demande de réfléchir à l'implication de vos posi-

---

1. Des années plus tard, mon père devait dire que c'était ce tour-là qu'il préférait, à cause de « sa grande simplicité ».

tions. Il y avait une idée politique sous-jacente dans vos interventions de Thanksgiving et de Noël, même si je trouve que vous auriez pu vous dispenser des serre-têtes et des perruques afros, qui étaient superflus car ils diminuaient la portée du message. Mais ces derniers temps, je trouve que vous vous laissez aller. »

Petra et moi reculions discrètement, mais Mrs. Chandler, persuadée d'avoir trouvé en nous un public captivé, ne s'arrêta pas là.

« Le jour des marmottes ? La scène de meurtre de la Saint-Valentin ? La Saint-Patrick ? Mesdemoiselles, c'est du vandalisme juvénile, voilà tout. Si vous voulez attaquer mon art, je vous demande de réfléchir à ce que vous faites. Je vous demande de prendre position.

– Je ne vois pas du tout de quoi vous parlez, dis-je. Mais bonne soirée à vous. »

Petra et moi avons tourné les talons et filé. Tandis que nous montions la côte d'un bon pas, Mrs. Chandler a crié derrière nous : « Et j'espère que pour teindre mon chien, c'est du colorant alimentaire naturel que vous avez pris ! »

Quelques minutes passèrent en silence, pendant que Petra et moi réfléchissions à la rencontre qui venait d'avoir lieu

« On est grillées ici, dit Petra, tirant un trait final sur nos "aménagements".

– Tu l'as entendue. Elle ne va pas nous dénoncer. Elle veut juste que nous prenions un angle plus politique.

– Primo, Izzy, si nous devons retoucher nos retouches pour faire plaisir à la victime, c'est pas marrant ; deuxio, je pense que le comité de vigilance veut passer à l'acte. Même si Mrs. Chandler n'a rien contre nous, eux, si ! Enfin, je préfère rester dans les petits papiers de la dame.

– Pourquoi ?

– Tu n'as rien vu ? Elle était complètement pétée. On sera bien contentes d'avoir une autre source si celle de Justin se tarit. »

En fait, jamais nous n'avons utilisé Mrs. Chandler comme pourvoyeuse, mais nous avons cessé de nous en prendre à ses décorations. Ce soir-là, Petra et moi nous nous sommes juré de ne jamais avouer nos forfaits, afin de ne pouvoir être punies ou utilisées l'une contre l'autre. Lorsque nous entendions une allusion à nos méfaits antérieurs, nous chantions exactement le même refrain : « Je ne vois pas du tout de quoi vous parlez. »

LE « CABINET JURIDIQUE » DE MORT SCHILLING

Lundi 24 avril, 10 h 50

Les sourcils broussailleux de Mort se relevèrent d'au moins deux centimètres tandis qu'il prenait des notes sur mon passé de délinquante.

« Tu as un casier, en dehors de l'affaire qui nous occupe ?

– Il est effacé.

– Parce que tu étais mineure ?

– Oui, Morty. C'était il y a longtemps. On commet parfois des erreurs de jeunesse.

– Izzy, tu as trente ans et tu en es à ta quatrième arrestation en deux mois.

– Il y en a deux qui ne comptent pas.

– Et les deux autres ?

– Elles tomberont dès que j'aurai pu incriminer le sujet.

– Ce que je veux te faire comprendre, Izzy, c'est que ta réputation va souffrir. Or ce qui compte dans ton travail, c'est la réputation.

– Non. C'est de parvenir à la vérité. »

ISABEL SPELLMAN, D.P. DIPLÔMÉE

L a vérité n'est pas mon premier objectif. Mon travail consiste à découvrir des réponses à certaines questions précises qu'on me soumet. Par exemple, si je fais une enquête d'antériorité sur un membre du personnel qu'une grande société se propose d'embaucher, ce que les employeurs veulent savoir, c'est si le nouveau venu est bien tel qu'il prétend être et s'il ne risque pas de présenter un danger pour les employés déjà en poste.

Je commence par consulter le casier de l'employé potentiel afin d'être sûre qu'il n'a pas de passé criminel, puis je vérifie qu'il est bien celui qu'il prétend être. Si l'employé potentiel dit habiter au 12, Lombard Street, je contrôle l'adresse par recoupement à partir de son relevé de compte bancaire. L'essentiel de mon travail est routinier. Quand une femme veut savoir si son mari la trompe, je le suis pendant une semaine ou deux, jusqu'à ce que je sois fixée. En règle générale, ce qu'on veut savoir sur une personne donnée se découvre assez facilement, mais le hic avec mon boulot, c'est que j'ai l'habitude d'obtenir des réponses très vite. Je m'attends à ce qu'un bref élan de curiosité soit satisfait au bout de cinq minutes devant l'ordinateur ou cinq heures au volant de ma voiture.

Mon travail m'oblige à être curieuse et naturellement soupçonneuse. Mais il existe de nombreux cas où je ne parviens pas à trouver d'explication aux faits qu'on me soumet. Alors, il peut m'arriver de dépasser certaines limites éthiques pour atteindre mon but, ne serait-ce que pour trouver des réponses à des questions obsédantes. J'ai beaucoup de défauts, mais je pense que le seul qui me handicape vraiment dans la vie est ma conviction que toutes les questions ont des réponses et que j'ai le droit de les obtenir.

J'espère que ces précisions expliqueront les événements qui se sont produits. Si vous vous trouvez face à un certain nombre de questions sans réponses, elles constituent un mystère avéré, et ça, c'est irrésistible.

PPAM ET PPAR

PPAM, n. : 1. Acronyme pour pétage de plombs de l'âge mûr ; 2. Quelque chose qui ressemble à la crise de l'âge mûr, mais se produit plus d'une fois.

PPAR, n. : 1. Acronyme pour pétage de plombs de l'âge de la retraite ; 2. Quelque chose qui ressemble à la crise de l'âge mûr, mais se produit plus d'une fois et plus tard que la normale.

Après le petit déjeuner avec le sujet, je suis retournée au bureau des Spellman pour terminer une série d'enquêtes d'antériorité pour notre plus gros client, la société Xylor. Depuis que papa et maman travaillent pour ce conglomérat géant, nous n'avons plus de problèmes de trésorerie, à ceci près que le boulot est beaucoup moins intéressant. Ce type d'enquêtes implique presque exclusivement du travail de bureau – des recherches de données informatiques auxquelles s'ajoutent un ou deux coups de téléphone. Chaque fois que je suis coincée dans le bureau, je profite davantage de ma famille.

Comme on était samedi, Rae se trouvait à la maison et s'ennuyait. Elle est entrée dans le bureau, finissant de compromettre mon ardeur professionnelle déjà chancelante, s'est laissée tomber sur une vieille chaise en vinyl, s'est tournée vers moi et a mis les pieds sur mon bureau.

« Papa nous fait un PPAR, c'est sûr, a-t-elle annoncé.

– Un cours de yoga ne signifie pas nécessairement un PPAR.

– Je l'ai observé. Il prend des douches en dehors de la maison. Ça ne peut vouloir dire qu'une seule chose.

– Aïe, ai-je répondu (car d'autres facteurs entraient en jeu dans ma réaction). Il va au club de sport, non ? Je croyais qu'il avait maigri.

– Il y va au moins trois fois par semaine. Et il suit ce fameux cours de yoga. Mais ce que je ne comprends pas, c'est qu'il essaie de cacher tout ça à maman.

– À quoi ça rime, puisqu'elle le tanne depuis des années pour qu'il fasse de l'exercice ?

– Il y va en douce quand elle n'est pas là, non ⸱

– Ce n'est peut-être qu'une coïncidence.

– M'étonnerait. Mais je pencherais plus pour un PPAR que pour un PPAM n° 3, dit Rae en se tournant sur la chaise.

– Tu m'en diras tant.

– Ce serait donc un PPAR n° 2, non ?

– Selon mes calculs, oui. »

PPAM n° 1 : « Narcisse »

Papa a fait son premier PPAM dans sa quarante-huitième année[1]. À l'époque, nous en parlions comme d'une crise de l'âge mûr car ça y ressemblait tout à fait. Chez papa, ça a pris la forme de la vanité. Il s'est acheté des fringues à la mode, s'est teint les cheveux et s'est mis à se regarder dans la glace avec la régularité d'un métronome. Il a même

---

1. Un peu tard pour la crise de l'âge mûr, mais il se rattrape, vous allez voir.

sollicité des conseils sur ses vêtements et demandé à divers membres de la famille de l'accompagner dans les magasins. Il a commencé à porter des bracelets et à utiliser des crèmes hydratantes coûteuses. Si l'origine de ce premier PPAM n'a jamais été éclaircie, Rae et moi avons émis l'hypothèse que c'était la conséquence directe de la vingtième réunion des anciennes élèves du lycée de maman. Mon père est un homme baraqué – un mètre quatre-vingt-dix, dans les cent kilos, avec des traits assez ingrats. Cette réunion lui a rappelé qu'il avait épousé une femme à la fois beaucoup plus jolie que lui et de dix ans sa cadette, ce qui, d'après nous, a contribué à lui donner un sentiment d'insécurité. Le PPAM a duré environ un mois. Cependant, mon père, qui n'est pas naturellement vaniteux, n'a pas tardé à se désintéresser de son aspect physique lorsqu'il s'est rendu compte que ma mère, elle, s'y intéressait toujours.

L'acronyme PPAM a été forgé lorsque papa a eu son second pétage de plombs. Rae et moi pensions que la crise de l'âge mûr ne se produit qu'une fois dans la vie d'un homme. Nous nous sommes dit que si papa risquait de nous en faire plus d'une, il fallait trouver un nouveau nom au syndrome. Le PPAM n° 2 est survenu environ quatre ans plus tard. Nous avons fini par constater que les PPAM et les PPAR revenaient avec la fréquence des années bissextiles. Pas de façon ponctuelle, mais presque.

PPAM n° 2 : « Détective de l'espace »

À l'époque, l'agence Spellman connaissait quelques difficultés financières. Un matin, papa a lu dans le supplément Arts et Loisirs du *San Francisco Chronicle* un article sur un scénariste qui avait pondu le dernier film de Bruce Willis, du cousu main pour l'acteur, et avait empoché deux millions de dollars. Alors, papa s'est dit qu'il avait une idée de scénario. Au cours des deux semaines qui ont suivi, il a acheté le livre de Syd Field sur l'art et la manière d'écrire un scénario, a travaillé dans le domaine qu'il connaissait et a fini par concocter une histoire sur un détective qui échoue par accident[1] dans une navette spatiale et découvre le corps d'un astronaute assassiné. Dans l'espace clos de la navette, en apesanteur, le détective Jack Spaceman[2] doit résoudre l'énigme avant que tous les « vrais astronautes » soient tués et qu'il n'y ait plus personne pour ramener la navette sur terre.

L'un des principaux problèmes du scénario de papa, en dehors des personnages et de l'intrigue, c'était qu'il n'avait pas vraiment envie de l'écrire. Ce qu'il voulait, c'était lancer la balle aux autres membres de la famille en s'attendant à ce qu'ils la renvoient. À l'époque, j'étais adolescente, et je n'ai accepté de jouer avec lui qu'une fois. David, un peu plus patient, la lui a renvoyée peut-être deux ou trois fois avant d'invoquer l'excuse du « trop-de-devoirs-à-faire ». Maman, après avoir entendu le titre, a refusé d'écouter un seul mot. L'oncle Ray avait la meilleure excuse de nous tous : « Les films, c'est pas mon truc », disait-il en filant au bar.

Malheureusement, il ne restait qu'un membre de la famille, Rae, qui avait huit ans à l'époque. Papa la bordait, soir après soir, et reprenait le résumé de son scénario comme histoire pour l'endormir. Le septième soir, elle s'est précipitée dans la chambre des parents en pleurant à chaudes larmes, suppliant maman de lui raconter une autre histoire. Maman a dit à papa que forcer Rae à écouter l'argument de vente de son scénario revenait à de la maltraitance. Elle lui a suggéré

---

1. J'ai eu beau lui poser la question trente-six fois, papa n'a jamais été capable de me donner une explication plausible à cela.

2. NB : ce n'était pas une comédie.

d'écrire son scénario et d'arrêter d'en parler, ce qui a marqué le terme du PPAM n° 2.

PPAM n° 3 : L'éducation permanente

Trois ans et demi plus tard, papa est arrivé à la conclusion que sa vision du monde était limitée : alors a commencé le PPAM n° 3. Il a d'abord suivi un stage d'éducation permanente intitulé « deux mille ans d'histoire du monde en deux jours ». Après quoi, il est passé de « Comment parler de n'importe quoi à n'importe qui » au « Latin courant », puis à « Tricot 101 », un intitulé curieusement choisi. Ces cours auraient été parfaits si papa les avait gardés pour lui, mais il éprouvait le besoin de partager et Rae, la plus jeune et la moins apte à se défendre, essuyait en général les informations régurgitées par lui.

Enfant curieuse et intelligente, Rae prit un certain plaisir à la leçon d'histoire condensée que lui donna papa, même si nous devions apprendre plus tard qu'il n'avait sur la guerre de Sécession et la guerre d'Indépendance que des connaissances fragmentaires au mieux, et qu'il mélangeait un certain nombre de faits. Mais elle fit grise mine à la brève leçon qu'il lui donna sur les salutations latines car à onze ans, elle commençait tout juste à maîtriser sa langue maternelle.

Ce qui l'énerva vraiment, ce fut la leçon de tricot. Elle protesta haut et fort toute une soirée, et mon père finit par laisser dans sa chambre cinq pelotes de laine en lui disant de réfléchir. Rae, qui avait compris qu'on ne peut pas tricoter un fil s'il est coupé en tous petits morceaux, se réveilla de bonne heure le lendemain matin et entreprit de détailler les pelotes en petits brins de cinq à sept centimètres avec des ciseaux pris dans sa boîte à fournitures de dessin. En arrivant chez ma sœur ce matin-là, ma mère découvrit la scène de crime : un sol entièrement tapissé de fils multicolores. Elles passèrent l'heure suivante à nettoyer la chambre. Quand mon père sortit enfin du lit, maman l'informa que le PPAM n° 3 était terminé.

Lorsque le PPAM n° 4 s'annonça, Rae fit remarquer que papa commençait à sortir de l'âge mûr. Nous sommes tombées d'accord toutes les deux qu'il fallait rebaptiser les PPAM, et nous avons trouvé l'acronyme beaucoup plus satisfaisant de PPAR. Ce qui m'amène au PPAR n° 1.

PPAR n° 1 : L'atelier de menuiserie

Après avoir fabriqué une jardinière au cours, papa décida d'entreprendre un projet beaucoup plus ambitieux. Peu après la fin de ses trois semaines de cours, il décida de fabriquer un lit en mezzanine dans la chambre de Rae, avec un coin bureau dessous. Pendant les deux mois qu'il fallut à papa pour mener à bien l'opération, Rae dormit dans la chambre de David, qui était parti à l'université. Quand je repense à cette période, je me souviens d'une grande quantité de jurons et de cris de douleur en provenance de l'étage. Je me souviens des doigts de papa couverts de pansements de fortune, et du sang suintant de blessures diverses. Mais mon père se consacrait sans relâche à son travail. Lorsqu'il eut mené à bien son projet, il recouvrit l'œuvre d'un grand drap et invita la famille à son inauguration solennelle.

Ma mère regarda avec un scepticisme prononcé la construction d'apparence primitive. Rae courut vers l'échelle, impatiente de grimper sur son nouveau meuble, qui l'intriguait fort. Mais ma mère la tira au moment où elle mettait le pied sur le premier barreau et se tourna vers moi.

« Isabel, tu ne veux pas essayer d'abord ?

– Bon, d'accord. Tu me sacrifies ! dis-je en prenant l'air de la fille trahie. On se croirait dans *Le Choix de Sophie.* »

Je m'approchai de l'édifice. L'échelle gémit sous mon poids avant
que j'atteigne le lit. Alors, je me jetai sur le matelas en m'attendant à ce
que tout s'écroule sous moi, et en l'espérant à moitié[1]. Hélas, le lit se
borna à osciller en craquant comme les escaliers d'un bâtiment aban-
donné après des années de décrépitude. Jamais il n'y aurait d'effondre-
ment spectaculaire. Ma mère demanda à mon père de démonter le lit
sur-le-champ. Rae pleura tout l'après-midi et le PPAR n° 1 prit fin.

---

1. J'ai pensé que la culpabilité paternelle pourrait m'être très utile pendant les
années à venir.

PPAR N° 2 OU RAPPORT SUR LES COMPORTEMENTS SUSPECTS N° 3 ?

« Albert Spellman »

Après notre conversation sur les PPAM et PPAR, Rae sortit pour passer un coup de fil. J'étais en train de vérifier les éventuels antécédents criminels de Martha Baumgarner, candidate à un poste de secrétaire de direction, espérant secrètement qu'elle avait été arrêtée au moins une fois au cours de ses quarante-cinq années, quand papa arriva dans le bureau, les cheveux encore un peu humides (à cause de sa douche d'après le sport, je suppose). Il dit bonjour, me tapota la tête et s'assit derrière son bureau. Un quart d'heure s'écoula en silence avant que je remarque la fréquence inhabituelle des regards de mon père dans ma direction.

« Tu veux ma photo ? demandai-je.

– Charmante comme tu es, c'est un crime que tu ne sois pas mariée », grinça-t-il avant de se remettre au travail.

Cinq minutes après, je le surpris encore à me regarder. Je plissai les yeux et lui rendit son regard.

« Je peux te poser une question ? demanda papa.

– J'aimerais mieux pas. »

Long silence.

« Tu es heureuse ? demanda-t-il tout à trac.

– Je le serais davantage si tu m'augmentais.

– Je ne parle pas d'argent.

– Mais moi si.

– On change. De sujet, déclara mon père d'un ton sans réplique.

– Soit.

– C'est à ça que tu veux passer ta vie ? demanda-t-il. Ça te suffit ?

– Où veux-tu en venir ?

– Ces derniers temps, j'ai réfléchi.

– Symptôme de PPAR, à tous les coups.

– Je ne suis pas un homme compliqué, Isabel.

– C'est toi qui le dis.

– Il n'est pas trop tard pour toi, dit-il d'un ton un peu trop solennel.

– Ah, tant mieux.

– Ce que je veux dire, c'est qu'il n'est pas trop tard pour faire autre chose.

– Quoi, par exemple ?

– Beaucoup de choses. Tu es encore jeune. Tu pourrais entreprendre des études de médecine…

– Papa, si tu tiens absolument à avoir un médecin dans la famille, tu ferais mieux de convaincre Rae. Ou David. Il peut très bien être un de ces surdoués qui accrochent un doctorat en médecine et en droit à leur palmarès. Tu sais, je crois que moi, j'ai plus de points communs avec un braqueur de banques qu'avec un médecin-tiret-juriste. »

Mon père prit une pile de papiers sur son bureau en me jetant un regard déçu.

« Je sais que tu es très fière de tes mécanismes de défense tout à fait exceptionnels, mais je te garantis que, parfois, il est impossible d'avoir avec toi la conversation la plus simple. »

Papa sortit de la pièce assez agacé. Les PPAR (comme les PPAM) n'ont jamais pris ouvertement la forme de l'hostilité. Il s'agissait peut-être de tout autre chose.

L'EX N° 9

Lundi 16 Janvier, 13 heures

Daniel Castillo, chirurgien dentiste, téléphona au bureau des Spellman juste au moment où j'attaquais une pile de soixante centimètres de papiers qui me restaient à archiver.

« Mon rendez-vous de trois heures s'est décommandé et tu as laissé passer la date de ton détartrage. À tout à l'heure », et il raccrocha. L'expérience a appris à Daniel que s'il attend une réponse de ma part, cela ne mènera qu'aux méandres d'une conversation ou d'une négociation. Il a découvert peu après notre rupture la tactique qui consiste à raccrocher avant la réponse et l'utilise depuis. Et si cela a très bien réussi, c'est qu'une fois qu'il a raccroché, il ne répond pas à son portable et n'accepte aucun appel de moi, rendant toute communication impossible.

J'aime encourager les innovations, aussi arrivai-je à mon rendez-vous à trois heures tapantes[1].

« Tu es en retard, dit Daniel.

---

1. C'est une figure de style. Je n'arrive jamais à l'heure tapante. Il était environ le quart.

– Tu ne m'as même pas demandé si je pouvais être là à l'heure.

– Assieds-toi. »

Je m'installai dans le fauteuil et Daniel me passa la bavette en papier puis dit : « Ouvre.

– Ah bon. Pas de fioritures. Tu ne veux même pas me demander "Quoi de neuf ?" d'abord ?

– Soit, dit Daniel de mauvaise grâce. Quoi de neuf ?

– Eh bien, Rae a failli trucider accidentellement son meilleur ami *manu vehiculari* ; moi, j'ai eu très peu de temps un coloc de soixante balais, mais je viens de me réinstaller à titre temporaire chez mes parents. J'ai l'impression que papa nous fait son second PPAR, provisoirement nommé le PPAR de la gym. Et je sens quelque chose de bizarre chez ma mère, mais je n'arrive pas à mettre le doigt dessus.

– À propos de ta mère, intervint Daniel que mes gros titres laissaient froid, dis-lui qu'elle est en retard pour son détartrage.

– Mais elle est venue il y a quelques jours !

– Pas du tout, je te le garantis. Je me souviens des visites de ta mère[1].

– Intéressant. Il faudra que je mette ça dans mon rapport.

– Ouvre la bouche.

– Non. Maintenant, je vais te demander : "Quoi de neuf de ton côté, Daniel ?"

– Je suis fiancé. Ouvre grand. »

J'en restai bouche bée, ce que Daniel prit pour de l'obéissance et il en profita pour me glisser prestement le miroir et le détartreur dans la bouche.

« Hoi ? Han hé arrihé ?

_____

1. Il y a 40 pages, papa a dit que maman était chez le dentiste.

– Je lui ai demandé sa main il y a trois semaines », répliqua-t-il. Il comprend couramment la langue sans consonnes.

« Hélihihahions.

– Merci.

– Hech chell hé ?

– Elle est neurochirurgien. Rince-toi. »

Je me rinçai et dis : « C'est une plaisanterie, hein ?

– Qu'est-ce que tu trouves de drôle là-dedans ? dit Daniel en remettant ses doigts dans ma bouche.

– Ha hahil à exliher.

– Tu te sers régulièrement de fil dentaire ?

– Han haan.

– C'était un "oui" ou un "non" ?

– Hiii !

– Menteuse », s'écria Daniel. Puis il changea de ton. « Rince-toi. »

Je m'exécutai. « Et qu'est-ce que tu peux me dire d'autre sur elle ? demandai-je.

– Elle est latino, alors mes parents sont ravis. Excellente joueuse de tennis, authentique cordon bleu. Qu'est-ce que tu veux savoir d'autre ?

– Elle a fait mannequin pour se présenter à l'école dentaire ? demandai-je d'un ton acide, mais Daniel n'embraya pas.

– Pas que je sache. Ouvre.

– An-hieu.

– Mais elle a participé aux Jeux olympiques », ajouta-t-il, retournant le couteau dans la plaie.

LE « PHILOSOPHER'S CLUB »

Après avoir subi un détartrage et un rappel de ma médiocrité tous azimuts, j'avais besoin de boire un coup. Sachant que mon barman (oui, *mon* barman) me prêterait une oreille compatissante, je mis le cap sur le Philosopher's Club.

« Tu veux devenir neurochirurgien ? demanda Milo, sèchement.

– Non !

– Alors où est le problème ?

– Laisse tomber.

– Tu veux participer aux Jeux olympiques, c'est ça ?

– J'ai dit "laisse tomber".

– Entendu, dit Milo non sans soulagement. Ah tiens, ta sœur s'est pointée ici l'autre jour.

– Quand ?

– Il y a une quinzaine. J'ai oublié de t'en parler.

– Pourquoi ne m'as-tu pas appelée ?

– Elle est venue, a commandé un verre, je lui ai dit de partir et elle a appelé un flic pour qu'il vienne la chercher.

– Henry ?

– Je crois qu'il s'appelle comme ça, oui. Plutôt sévère comme mec. Pas souriant.

– C'est bien lui.

– Et hier, il est venu au bar tout seul. Il a posé des questions sur toi. Voulait savoir quand tu venais, etc.

– Qu'est-ce que tu lui as répondu ?

– Que tu n'avais pas d'habitudes régulières. Je me suis dit que j'avais intérêt à la jouer fine. Un flic qui vient ici pour poser des questions...

– Merci de ta vigilance, mais ne t'inquiète pas. Je n'ai pas d'ennuis avec la loi. »

LE PROBLÈME
PETERSON

Pendant les cinq jours après le retour de Bernie dans ma vie, je suis restée chez les Spellman, sans toutefois abandonner l'espoir de retrouver la jouissance de mon appartement. La façon la plus directe de régler le problème était de réunir Bernie et Daisy. Le troisième jour après que Bernie s'est fait éjecter, j'ai téléphoné à Daisy et suggéré une réconciliation, précisant que Bernie était accablé par leur rupture. Daisy me raconta alors sa version de l'histoire, d'après laquelle au bout de dix-huit mois de mariage, son cher et tendre passait près de trente heures par semaine au club de strip-tease local. Quand je lui recommandai d'aller voir un conseiller conjugal, elle me raccrocha au nez.

Peu après être passée boire un verre chez Milo, je repris le chemin de l'appartement, me disant que, pour changer un peu, je pourrais essayer de passer une nuit à l'adresse figurant sur ma facture de téléphone. J'ôtai la cravate pendue au bouton de porte et ouvris le verrou de sécurité. Jamais je ne pourrai effacer de ma mémoire la vision qui s'offrit à moi quand j'ouvris la porte, quel que soit le nombre de whiskies que j'ingurgite : Bernie, à moitié nu, en train de pourchasser dans l'appartement une certaine Letty, une femme d'une cinquantaine d'années, avec une coiffure en choucroute et des yeux bouffis tartinés d'ombre à paupières bleue, elle aussi à moitié nue. En une semaine, les lieux avaient pris l'aspect d'une zone sinistrée.

Je regardai le couple, n'en croyant pas mes yeux.

« Mais enfin, Bernie, qu'est-ce qui se passe ?

– Je reçois une amie, dit Bernie sans même essayer de se couvrir. Tu n'as pas vu la cravate à la porte.

– Si, répliquai-je, essayant de détourner les yeux sans savoir où les poser.

– Et tu as cru que ça voulait dire quoi ?

– Que tu laissais tout traîner.

– À l'avenir, ma petite coloc, tu sauras que la cravate sur la porte veut dire…

– Qu'il n'y a pas d'avenir entre nous, lançai-je, attrapant ma valise dans le placard et filant dans la chambre. Je ne reviendrai que quand tu auras dégagé. »

Je remplis de vêtements une autre valise et un sac à dos et dis à Bernie de m'appeler quand il aurait l'intention de vider les lieux. Il réussit même à prendre l'air triste quand je me dirigeai vers la porte avant de la claquer. À San Francisco, un appartement à loyer contrôlé est une mine d'or, et je venais de perdre mon trésor. J'acceptai ma défaite pour le moment, mais me mis à projeter une série de mesures radicales pour récupérer mon toit.

RAPPORTS SUR LES COMPORTEMENTS SUSPECTS N°s 4 ET 5

« Olivia Spellman »

En remontant le pâté de maisons en direction du 1799 Clay Street, à 23 h 15 d'après l'horloge du tableau de bord, je vis ma mère sortir sa voiture de l'allée. Je savais qu'elle n'était pas en service et ne pourrait fournir aucune explication raisonnable pour son expédition tardive, aussi décidai-je de la suivre.

Pendant tout le trajet, je laissai au moins une voiture entre elle et moi. Au volant de sa banale Honda, Maman conduisait tranquillement, à une allure juste au-dessus de la limitation de vitesse. À l'évidence, elle ne suivait personne et ne se rendait pas compte qu'elle était filée. Elle enfila Gough Street, Market Street et monta Dolores Street qui l'emmena de l'autre côté de la colline, à Noe Valley. Elle se gara en stationnement interdit à un carrefour et sortit de sa voiture. Je m'arrêtai en double file, me doutant qu'elle n'avait pas prévu de rester longtemps, et la suivis dans la rue, où elle escalada haies et buissons tout du long. J'étais à six mètres derrière elle quand je la vis s'agenouiller devant une moto, dévisser les valves des pneus, y enfoncer une aiguille et laisser sortir tout l'air. Elle jeta des coups d'œil inquiets autour d'elle en se livrant à cet acte de vandalisme, puis se releva prestement et retourna vers sa voiture d'un pas rapide mais assuré. Je restai dans les buissons et la regardai repartir.

« Henry Stone »

Quand on regarde sa mère mettre une moto en panne sans raison apparente, il n'y a pas trente-six personnes à qui l'on peut en parler. Je notai l'adresse où était garé l'engin et regagnai ma voiture. Il était trop tard pour téléphoner à Petra, aussi allai-je chez Milo. Encore qu'il n'ait pas une oreille aussi compatissante qu'autrefois.

En entrant, je vis Henry au bar, un whisky sec à la main, l'œil fixé sur le zinc. Je fis un signe de tête à Milo, qui me tira une Guinness à la pompe. J'avais récemment pris l'habitude de commander cette bière-là parce qu'elle prend un temps fou à servir et que ça agace Milo. Et puis, j'en aime la densité et le goût riche comme une soupe, mais c'est secondaire.

« Qu'est-ce que tu fabriques dans *mon* bar, Henry ?

– On est en démocratie », dit-il.

À sa voix, on l'aurait presque cru ivre.

Son visage dénué d'expression était indéchiffrable. Avec lui, la communication était strictement verbale, et il choisissait ses mots avec grand soin. Mais il devait y avoir une raison à sa présence dans mon bar à près de minuit, dans un état voisin de l'ébriété.

« Tu es saoul ? » demandai-je, espérant qu'il répondrait oui, et que je l'avais finalement surpris la garde baissée.

Alors il eut un geste incroyable : il se pencha vers moi, mit les mains dans les poches de ma veste, puis les descendit le long de mes hanches et de mes cuisses.

Je lui donnai une claque sur la main : « Après ça, tu me paies à boire.

– Pardon. Je voulais être sûr que tu ne m'enregistrais pas, dit-il en manière d'explication.

– Je ne le fais que lorsque Rae est dans le secteur. » Il reporta alors son attention sur le fond de son verre. Milo glissa la Guinness devant moi. Je désignai Henry.

« C'est lui qui paie. »

Henry prit son portefeuille et s'exécuta. Normalement, quand Henry vous regarde, il vous désarçonne, vous donne l'impression de savoir exactement ce que vous pensez et d'en être déçu. Mais Henry ne regardait personne dans les yeux. Je ne lui avais jamais vu l'air si… fragile.

« Henry, je vais te demander si tu es préoccupé, parce que c'est manifestement le cas. Je t'en prie, ne le nie pas, tu me vexerais. Si tu veux me dire ce dont il s'agit, je te promets d'écouter et de me taire. »

Henry finit son verre et le montra du doigt à Milo pour qu'il le lui remplisse.

Pendant qu'il lui reversait du whisky, Milo se tourna vers moi et me lança : « Alors, tu regrettes toujours de ne pas avoir fait les Jeux olympiques ?

– Je ne te reconnais plus », rétorquai-je sèchement.

Milo gloussa et se tourna vers Henry : « Ça va comme tu veux, fiston ?

– Très bien, répondit poliment Henry.

– Il en a bu combien ? » demandai-je à Milo. Alors, Henry leva enfin les yeux. Le regard qu'il lança à *mon* barman lui enjoignait très clairement de garder le silence. Milo saisit le message, hocha la tête en retour et se tourna vers moi.

« Ça ne te regarde pas. C'est une affaire entre mon client, moi et le chauffeur de taxi. »

Je brandis ma bague sous le nez de Milo et dis : « Tu peux me laisser seule pour que je dise deux mots en privé à mon fiancé ? »

Milo leva les yeux au ciel et s'éloigna.

« Il y a plus de trois cents bars à San Francisco. Il doit y avoir une raison pour que tu sois venu dans *le mien* », dis-je.

Henry vida son verre et continua à m'ignorer.

« Je vais te reconduire chez toi, proposai-je.

– Non. Je prendrai un taxi.

– Pourquoi ? Je te conduis. Viens, on y va. »

Henry prit ma main gauche dans la sienne et ôta la bague de ma mère. Puis il la mit dans ma poche et se leva.

« Tu ne devrais pas la porter tout le temps. Ça donne aux gens l'impression que tu n'es pas libre et ça attire des types peu recommandables, dit-il.

– Je me débrouille très bien toute seule pour attirer des types peu recommandables. Mais je constate que si je porte le caillou, je suis beaucoup mieux servie dans les magasins. Donne-moi tes clés, Henry. »

Il parut réfléchir. Je ne voulais pas de discussion, seulement les clés. Alors je mis la main dans sa poche et les pris. En me dirigeant vers la porte, je fis un signe d'adieu à Milo.

« Allons-y », dis-je.

Henry prit son temps pour me suivre jusqu'à la voiture, comme s'il voulait me faire sentir quelque chose, mais quoi ? Allez savoir.

Il boucla sa ceinture et déclara : « Vous autres, vous avez envahi ma vie. » Il y avait dans cette déclaration une décharge d'hostilité authentique qui me laissa sans voix.

Aucun de mes trajets dans une voiture de police avec un flic n'avait été aussi tendu que celui-ci. Le silence était étrange, comme dans le désert, lorsqu'on a le sentiment qu'un bruit bouleverserait l'équilibre de la nature. J'avais dix minutes pour comprendre ce que nous avions fait à cet homme. Ce qu'il disait était vrai : nous avions envahi sa vie. Mais nous avions commis l'erreur de croire que cela ne le dérangeait pas.

Lorsque j'arrêtai la voiture devant chez lui, je verrouillai la porte à partir du tableau de contrôle et lui pris le bras au moment où il se disposait à sortir en hâte.

« C'est ma famille la source de tes ennuis ? demandai-je de but en blanc.

– Non. Mais si je veux réfléchir en paix, j'ai besoin qu'on me donne de l'air.

– À quel sujet ?

– Là, tu ne me donnes pas d'air.

– Vu », dis-je. Et je déverrouillai la porte.

DISPARITION N° 1 : LE CANYON-PAS-SI-GRAND-QUE-CA

Quatre jours plus tard, répugnant toujours à avoir Bernie comme compagnon de chambrée, je retournai passer la nuit chez mes parents. Que je trouvai en train de préparer leurs bagages pour leur disparition. Le lendemain matin, ils prenaient la route à huit heures tapantes pour le Grand Canyon. Maman rangeait ses affaires avec une attention au détail qui est normalement l'apanage des neurochirurgiens. La dernière fois que mes parents étaient partis en disparition remontait à quinze ans, et depuis, leurs seuls voyages étaient des déplacements pour se rendre à des colloques de détectives privés sur des sujets aussi porteurs que « Le meilleur ami d'un détective privé : le dernier cri en matière de gadget » ou « Le détective privé après Pellicano* », et pendant lesquels personne ne met le nez en dehors de l'hôtel.

Le matin, papa, maman, Rae et moi avons pris le petit déjeuner ensemble. La nervosité de mes parents concernant une activité que la plupart des gens considèrent comme agréable était préoccupante. Pen-

---

* Anthony Pellicano, détective privé ayant beaucoup travaillé dans les scandales de Hollywood. Sans scrupule et avide de notoriété, il a été emprisonné et jugé en 2006 pour racket et écoutes illégales.

dant que Rae aidait mon père à charger les valises dans la voiture, maman me serra dans ses bras pour me dire au revoir.

« Je suis contente de ne pas avoir à laisser Rae toute seule », me souffla-t-elle. Et elle sourit au moment où Rae passait, chargée d'une valise.

« J'ai presque seize ans, dit Rae. Je peux rester seule à la maison sans qu'un adulte responsable me surveille.

– Ma petite fille, "responsable" est un peu excessif en ce qui concerne Isabel.

– Oui, enfin, bon », dit Rae, qui continua son chemin vers la voiture.

J'ignorai leurs remarques et me concentrai sur un sujet plus sérieux : « Les disparitions sont censées être un moment agréable, maman. Pourquoi as-tu l'air aussi nerveuse ?

– Ton père et moi n'avons pas vraiment eu autant de temps en tête à tête depuis notre lune de miel.

– Et alors ?

– Imagine qu'on ne puisse pas se supporter ? »

SEULE MAÎTRESSE À BORD :

CHAPITRE 1

Samedi 21 janvier

Mes parents partirent sans incident. En débarrassant avec Rae la table du petit déjeuner, je lui demandai si elle avait des projets pour la journée.

« Je vais voir si j'arrive à convaincre Henry de me donner une autre leçon de conduite », répliqua-t-elle. Alors, je débitai à ma sœur le Discours sur l'Air.

J'optai pour la simplicité, parce que Rae préfère les têtes de chapitre aux développements circonstanciés, surtout si la leçon est en fait un sermon.

- Si tu ne donnes pas d'air aux autres, ils en ont marre de toi.
- S'ils en ont marre de toi, tu risques de les perdre pour de bon.
- Donc pour qu'une relation dure, il faut parfois ignorer la personne concernée pendant un moment.

Rae me demanda de préciser combien de temps elle devait donner de l'air à Henry. Je suggérai six mois. Au terme d'une négociation, ils se réduisirent à un seul. On s'en préoccuperait le moment venu. En attendant, je donnai des leçons de conduite à Rae pour la distraire de l'absence de son meilleur ami. Mes parents m'avaient clairement signifié que je ne devais sous aucun prétexte enseigner à Rae le code de la route, mais ils étaient partis et il me fallait bien l'occuper d'une manière ou d'une autre.

Une heure plus tard, tandis que Rae s'entraînait à faire des marches arrière dans l'allée, le sujet sortit de chez lui, portant deux sacs de terreau. Après les avoir chargés sur son camion, il s'approcha de notre voiture.

« Pas mal, dit-il à Rae, impressionné par ses talents à la manœuvre.

– C'est mon meilleur ami qui m'a appris, dit-elle en descendant de voiture.

– Celui qui était à l'hôpital ?

– Oui », répondit-elle. Derrière son dos, j'essayai de faire signe au sujet de changer de conversation, mais il se borna à me regarder d'un air interrogateur et demanda : « Comment va-t-il ?

– Bien. Enfin je suppose. J'essaie de lui donner de l'air. »

Je passai un doigt sur ma gorge pour signifier au sujet qu'il devait parler d'autre chose. Il s'exécuta prestement.

« Tiens, j'ai rencontré tes parents ce matin. Ils m'ont dit qu'ils partaient en excursion, mais ils ont appelé ça d'un drôle de nom.

– Une disparition, dit Rae.

– C'est ça.

– Il faut que j'aille faire pipi. Salut », dit Rae. Apparemment, elle donnait de l'air à notre voisin.

Je restai dans la cour, mal à l'aise, espérant qu'il m'inviterait peut-être à nouveau, mais comme vous vous en apercevrez sans tarder, je ne suis pas très patiente.

« Eh bien, euh, merci pour le petit déjeuner de l'autre jour.

– Je t'en prie.

– Peut-être que tu me feras à manger une autre fois, pour que je découvre tes vrais talents.

– Peut-être.

– Quand penses-tu envisager la chose ?

– Peut-être à six heures ce soir. Tu peux amener ta sœur.

– Pas sûr. »

Comme je préparais à Rae un sandwich pour le dîner (non qu'elle en soit incapable, mais parce que je me suis dit que si je le préparais moi-même, elle le mangerait plutôt qu'un bol de Fruit Loops), elle m'interrogea sur mon rendez-vous imminent.

« Il te plaît, ce type ?

– Je ne le connais pas, mais je le trouve mignon.

– Moi je pense qu'il est trop jeune pour toi.

– Il doit avoir mon âge.

– Mais maman dit toujours qu'il faut sortir avec un type plus vieux si on veut mûrir.

– Je suis assez mûre comme ça.

– Ce n'est pas l'avis de maman. »

RAPPORT SUR LES COMPORTEMENTS SUSPECTS N° 6

« Sujet »

Quand j'arrivai chez le sujet, il mit son manteau et dit qu'il fallait prendre la voiture car il avait besoin de deux ou trois choses pour le dîner. Au lieu d'aller à la supérette, il m'emmena dans un jardin communautaire du quartier de Mission. Le sujet ouvrit le verrou de la clôture et se dirigea vers un carré d'un mètre vingt sur deux, où poussait un assortiment de légumes d'hiver. Il arracha des carottes, un chou frisé et des courges, qu'il mit dans un sac en papier.

En rentrant à Clay Street, il m'expliqua que le petit lopin du jardin dont il avait la clé appartenait à un ami absent en ce moment, et qu'il s'en occupait, ce qui lui donnait le droit de se servir.

Si je trouvai le côté jardin du sujet intéressant, j'avais néanmoins quelques autres questions pratiques en réserve. J'attaquai pendant qu'il préparait le repas. J'avais découvert que les gens sont souvent moins sur leurs gardes quand ils font deux choses à la fois.

« Tu es d'où ? demandai-je.

– De St. Louis.

– C'est là que tu es né[1] ? »

Un silence. « Oui.

– Pourquoi es-tu venu ici ?

– Pour changer de rythme de vie. Et toi, tu aimes ce que tu fais ? demanda le sujet, essayant de détourner la conversation.

– Mmm.

– Toujours pas envie de parler de ton travail ?

– Eh non.

– C'est prêt, je vais servir.

– Excellente idée. »

Le sujet savait certainement bien faire la cuisine et bien boire, deux choses que j'apprécie beaucoup chez un homme. Pendant les quatre-vingt-dix minutes que dura le repas, de nombreux sujets furent abordés, mais aucun ne fournit de véritables renseignements personnels, ce qui, pour ma part, me convenait parfaitement. Mais même après la fin du repas, le sujet continua à aller à la pêche aux informations.

« Tu as des hobbies ?

– Pas que je sache.

– Et des talents spéciaux ? »

Il se trouve que je suis une assez bonne spécialiste de la sitcom classique *Max la menace*, diffusée entre 1965 et 1970*, ainsi que de quelques films de télévision dérivés et sans génie produits ultérieurement. Je décidai de mentionner ma connaissance encyclopédique des cent trente-huit épisodes de la série. Le sujet affirma n'en avoir jamais vu un seul. Bien entendu, je lui demandai s'il avait été élevé chez les loups. Il m'expliqua alors qu'il n'avait pas beaucoup regardé la télévision quand il était jeune. Je lui manifestai toute la sympathie requise puis m'excusai et partis chercher ma collection de DVD chez mes parents (un cof-

---

1. Le lieu de naissance facilite considérablement les enquêtes d'antériorité.

* Série de Mel Brooks et Buck Henry, avec Don Adam dans le rôle de Max.

fret piraté « emprunté » à mon ex n° 9.) Pendant les deux heures suivantes, je forçai le sujet à regarder les épisodes qui sont à mon avis le clou de cette série classique.

Après deux heures de *Max la Menace* et une bouteille et demi de vin, le sujet ne m'avait toujours pas proposé de me faire visiter son appartement. Je décidai donc de prendre les devants.

« Où sont les toilettes ? demandai-je pendant qu'il faisait la vaisselle[1].

– Au bout du couloir à droite. »

Il est facile d'oublier le détail des indications qu'on vous donne, surtout quand on a bu au moins les trois quarts d'une bouteille de vin. J'essayai donc les quatre portes qui se présentèrent.

Porte n° 1

La chambre : nue et dépouillée. Pas les lignes nettes et les surfaces vides d'un maniaque de l'ordre, mais la netteté qui vient de ce que la personne ne possède pas grand-chose.

Porte n° 2

Placard du couloir : contenant manteaux et chaussures. Rien de suspect à proprement parler, sauf si on estime que porter des Hush Puppies est suspect.

Porte n° 3

La salle de bains : assez propre. Satisfaisante à l'inspection. Enfin, de ma part, parce que je ne suis pas sûre qu'elle satisferait tout le monde.

---

1. *Si*, j'avais proposé de l'aider, mais il avait refusé.

Porte n° 4

Fermée à clé. Hautement suspect.

Tellement suspect, en fait, que je n'ai pas remarqué que l'eau avait cessé de couler et que le sujet m'observait à l'autre bout du couloir tandis que j'essayais d'ouvrir la porte n° 4.

« C'est l'autre porte, dit-il, soupçonneux à son tour, car la porte de la salle de bains était ouverte et devant mon nez.

– Ah, mais oui », dis-je, faisant semblant d'être torchée, alors qu'il m'aurait fallu au moins encore une bouteille de vin entière pour que j'en arrive au point où je n'aurais pas reconnu une salle de bains.

En retournant à la cuisine, je débattis avec moi-même pour décider si je devais interroger le sujet sur la porte. Je vous laisse deviner quel parti l'a emporté.

« Tu veux encore du vin ? Ou du café ? demanda-t-il.

– Du vin, s'il te plaît.

– Parfait.

– Alors, qu'est-ce qu'il y a derrière cette porte ?

– Quelle porte ?

– Celle qui est fermée à clé.

– Mon bureau.

– Pourquoi fermes-tu la porte à clé ?

– Il est en désordre.

– Normalement, quand une pièce est en désordre, les gens se contentent de tirer la porte, ils ne la ferment pas à clé.

– J'y range des dossiers importants.

– Tu crois que je risquerais de les voler ? » demandai-je. J'avais à peine fini de prononcer la phrase que je sentis mon erreur tactique.

« Si tu oubliais cette porte ? » dit-il d'un ton sans réplique.

Je laissai tomber le débat. Mais sans l'oublier pour autant.

RAPPORT SUR LES COMPORTEMENTS SUSPECTS N° 7

« Rae Spellman »

Quand je rentrai à la maison, Rae était au téléphone et mangeait de la pâte à biscuits au chocolat – celle qui s'achète en magasin sous forme de petits rouleaux, pas de la pâte qu'elle avait faite elle-même.

« Je ne t'ai pas parlé de Mr. Peabody ? Alors voilà, on est en cours de maths et il se mouche. Et pas qu'un peu, non ; copieux, comme s'il avait un gros rhume ou une allergie sévère. Il plie son kleenex et, au lieu de le mettre dans la corbeille à papiers, il le fourre dans le tiroir du haut de son bureau à droite Mais c'est pas comme si le kleenex n'était utilisé qu'à moitié et qu'il essayait d'économiser. D'après le bruit qu'il a fait, il a mouché plein de morve. *Comment ça, tu trouves que c'est dégoûtant, ce que je raconte ?* Et si tu l'avais vu toi-même, hein ! Où j'en étais, moi ? Ah oui. Alors quand on sort de la classe, il se met à côté de la porte pour distribuer les devoirs à faire à la maison. Je décide d'aller voir ce qu'il y a d'autre dans le tiroir et devine ce que je trouve ? Non, pas du porno. Non, pas du rouge à lèvres. Tu veux que je te le dise ou quoi ? Donc, j'ouvre le tiroir et qu'est-ce que je vois ? Des dizaines de kleenex usagés. Il devait y avoir au moins dix centilitres de morve dans ce tiroir. »

Rae part d'un rire hystérique. « Je te jure que je n'ai jamais rien vu de plus répugnant… Attends que je réfléchisse, quand même. »

Elle me voit entrer dans la cuisine et pivote de façon à me tourner le dos.

« Je te laisse. Isabel vient de rentrer. Faut qu'elle me raconte son rancart. »

Elle raccroche et se retourne.

Je demande : « Qui était-ce ?

– Une amie.

– Tu la connais d'où ?

– De l'école.

– Quel âge a-t-elle ?

– Le même que moi.

– Comment s'appelle-t-elle ?

– Ashley Pierce. Si tu veux son numéro de Sécurité sociale, il faudra que tu attendes que j'aie eu l'occasion de fouiller chez elle. »

Je prends le rouleau de pâte à biscuit sur la table, le remballe et le remets dans le réfrigérateur. Là-dessus, Rae ouvre le congélateur et en sort un pot de crème glacée.

« C'est un miracle que tu ne sois pas grosse, dis-je.

– David prétend que ce n'est qu'une question de temps, rétorque Rae, quarante-trois kilos toute mouillée. Tu en veux ? »

En finissant notre glace, Rae et moi avons débattu du Mystère de la Porte Fermée.

« Si tu vivais seule, pourquoi fermerais-tu une porte à clé chez toi ? demandai-je.

– C'est clair qu'il l'a fermée pour t'empêcher d'aller fouiner.

– Jusqu'à ce soir, il ne pouvait pas se douter de mes talents de fouineuse.

– Il ne sait toujours pas que tu es détective privé ?

– Nooon.

– Tu ne t'es pas fait passer pour une enseignante, au moins ? s'enquit Rae, faisant allusion au mensonge que j'avais raconté à Daniel Castillo, chirurgien dentiste, quand j'avais commencé à sortir avec lui.

– Non. J'ai dit que je travaillais dans la technologie de l'information.

– Ce qui peut signifier n'importe quoi.

– Précisément.

– Et lui, qu'est-ce qu'il fait ?

– Il est paysagiste.

– Jardinier amélioré, quoi ?

– Ouais. »

LE « CABINET JURIDIQUE » DE MORT SCHILLING

Lundi 24 avril, 11 h 15

« C'est entièrement la faute de la porte. Mes deux arrestations…

– Quatre, coupa mon avocat.

– Je ne compte pas les deux autres.

– Ça ne t'ennuie donc pas d'avoir un casier ?

– Bien sûr que si. Je risque de perdre ma licence.

– Exact.

– Mais je suis persuadée que si je découvre ce que j'ai besoin de découvrir, et si je peux prouver ce qu'a fait John Brown..

– Jusqu'ici, la seule chose que tu as contre cet homme, c'est qu'il a fermé une porte à clé, Isabel.

– Il y a aussi eu un comportement louche quand Rae l'a bousculé et qu'il a tout de suite ramassé ses papiers ; et puis il a ce nom pas possible, et ce boulot de jardinier qui est hautement suspect, mais ça, ça entrera en ligne de compte beaucoup plus tard. Je présente les faits dans l'ordre où ils se sont produits, Morty. Si tu veux que j'accélère et que je donne juste les têtes de chapitre, je veux bien. Mais je t'assure qu'il a d'autres choses à se reprocher. Pour en revenir à la porte… C'est elle qui a tout déclenché. Cette porte a été mon point de non-retour. »

Deuxième partie

Disparitions et autres rapports sur les comportements suspects

COMPTE RENDU DE DISPARITION N° 1

Dimanche 22 janvier

Rae et moi désignons souvent nos parents comme « l'Équipe », mais s'ils présentent un front uni face au conflit, ce sont au quotidien deux individus distincts et uniques. Pendant les premières vingt-quatre heures de leur semaine de vadrouille, nous avons reçu notre premier lot de comptes rendus de voyage. Quand j'entrai dans le bureau, Rae était en train de consulter leurs e-mails.

« On a reçu des nouvelles des parents », dit-elle.

Tirant une chaise, je lus les e-mails par-dessus son épaule.

De : Albert Spellman
Date : 22 janvier
Pour : Isabel Spellman, Rae Spellman
Sujet : Disparition, jusqu'à présent.

C'est un miracle que nous soyons arrivés jusqu'ici avec votre mère au volant. J'envisage de me mettre à la religion si nous rentrons sains et saufs. Le Grand Canyon est en effet grandiose, mais à force de regarder un abîme géant, on se lasse.

Ce sera peut-être notre dernière disparition avant un certain temps.
Bises,
Papa.

De : Olivia Spellman
Date : 22 janvier
Pour : Isabel Spellman, Rae Spellman
Sujet : Un bonjour d'un cratère géant.

J'espère que vous êtes bien sages toutes les deux et que vous donnez de l'air à Henry. Rae, ce n'est pas parce que je suis partie que tu peux manger des saloperies toute la journée. Isabel, je t'en prie, donne l'exemple.

Votre père conduit comme un pépé. Jamais plus de 15 km/h au-dessus des limitations de vitesse. On se demande bien pourquoi. Je ne suis pas sûre que passer vingt heures ensemble en voiture soit l'idéal pour notre couple.

Ce matin, réveil à 4 h 30 pour regarder le lever du soleil. J'aurais préféré faire la grasse matinée. Conduire, toujours conduire et regarder les lointains, c'est pas mon truc.
Bises.
Maman.

Rae resta les yeux rivés sur l'écran de l'ordinateur, étudiant les messages e-mail, et secoua la tête :

« Ça se présente mal. Il va falloir que je prenne les choses en main », dit-elle en cliquant sur l'icône « Répondre ».

De : Rae Spellman
Date : 22 janvier
Pour : Olivia Spellman
Sujet : Re : Un bonjour d'un cratère géant.

Maman, j'ai l'impression que papa s'amuse bien. Peut-être devrais-tu prendre sur toi et essayer de voir les choses du bon côté dans l'intérêt de ton couple.
Ici, tout baigne. Isabel et moi avons mangé des brocolis hier.
Bises,
Rae.

De : Rae Spellman
Date : 22 janvier
Pour : Albert Spellman
Sujet : Re : Disparition, jusqu'à présent.

Papa, maman a l'air enchantée de ses vacances. Je crois qu'elle avait vraiment besoin de prendre l'air. Il faudrait peut-être que vous dormiez un peu plus, tous les deux. Maman avait l'air très fatigué avant votre départ. Ne lui dis pas que tu ne t'amuses pas. Il faut la laisser souffler, papa.
Bises,
Rae.

« Je n'y crois pas, soufflai-je en lisant les réponses diaboliques de ma sœur.

– Je n'ai pas le choix, fit-elle avec ingénuité. Sinon, ils ne décolleront jamais d'ici, et un de ces jours, j'aimerais bien avoir la maison à moi. »

Rae avait besoin que ses parents lui donnent de l'air ! Voilà un nouveau palier dans son adolescence. J'étais forcée de reconnaître qu'elle avait fini par grandir.

Lorsque arriva l'après-midi du deuxième jour de la disparition parentale, Rae avait déjà passé à la déchiqueteuse le mètre cube de papiers à détruire dans le bureau de l'agence (maman tenait à ce que l'opération soit effectuée en priorité avant son retour), fait le ménage dans sa chambre (autrement dit, elle avait fourré sous le lit et dans le placard tout ce qui dérangeait l'œil), fini tous ses devoirs à la maison (encore que je la soupçonne de ne pas avoir travaillé avec la même vigueur que sous la surveillance de Stone) et préparé deux fournées de Rice Krispies Treats.

Quand elle eut avalé son troisième carré de marshmallow au riz soufflé, elle se mit à déambuler sans but dans la maison.

« Je m'embête », dit-elle, me forçant à lever les yeux de mon journal.

Pendant un week-end ordinaire, j'aurais pu distraire Rae avec une activité de surveillance quelconque. Seulement voilà, depuis ces dernières semaines, nous avions une accalmie dans notre travail, et des loisirs à ne savoir qu'en faire. Comme on peut le conclure d'après les mails de mes parents, les Spellman n'ont pas l'habitude des loisirs et ils n'y sont pas à l'aise.

« Tu veux aller au ciné ? proposai-je.

– Non.

– Et si tu téléphonais à ta copine pour voir si elle a envie de faire quelque chose avec toi ?

– Je l'ai appelée, mais il faut qu'elle aille voir une tante malade à Pleasanton.

– Il n'y a pas d'autres copines que tu pourrais appeler[1] ?

– Si, mais elles sont toutes prises.

– Parce que tu as des amies au pluriel, maintenant ?

---

1. C'était une question à laquelle j'attendais une réponse négative. Je l'ai posée par acquit de conscience.

– Oui, mais elles ont toutes des trucs à faire et moi, je m'embête.

– Tu pourrais passer chez David pour voir combien de fric tu peux lui extorquer[1].

– Non. Il est bizarre, ces temps-ci.

– Comment ça, bizarre ?

– Nerveux, tu sais. De mauvais poil.

– Tu sais pourquoi ? »

Rae avait piqué ma curiosité. Elle sait souvent sur la famille des choses qui m'échappent. J'attribue ceci à sa petite taille et à son talent à devenir couleur de muraille encore supérieur au mien.

« Non, je ne sais pas. Tu crois que je peux appeler Henry ou c'est trop tôt ?

– Ça fait seulement dix jours, Rae.

– Dix jours pleins pour respirer ! dit-elle en secouant une tête incrédule.

– Ça ne suffit pas. Et là-dessus, il va falloir que tu m'écoutes. »

Je ne sais pas si j'ai eu raison ou tort, toujours est-il que j'ai décidé d'occuper ma sœur grâce à un stratagème simple mais nécessaire : depuis mon rendez-vous de l'avant-veille, cette porte fermée m'obsédait. Il me fallait la réponse à une question très simple : était-elle fermée à cause de ma venue ou en permanence ?

---

1. Jusqu'à il y a dix-huit mois, les visites hebdomadaires de Rae à David (autrement dit ses rackets) se soldaient par un revenu de presque cent dollars par mois. Mes parents y ont mis le holà le jour où ils ont découvert un livre d'algèbre évidé en son milieu renfermant presque deux mille dollars.

OPÉRATION
PORTE FERMÉE

Rae se dissimula sous une couverture à l'arrière de la voiture. Je sortis ma vieille Buick du garage pour la ranger trois rues plus loin.

« Tu es prête ? demandai-je à Rae.

– Affirmatif.

– Laisse ton portable branché et appelle-moi dès que tu auras fini. Tu entres et tu sors, Rae. Pas d'improvisation. Compris ?

– Compris », dit-elle, levant les yeux au ciel. Et elle rebroussa chemin vers le 1799, Clay Street.

Deux minutes plus tard, elle frappait à la porte de la maison Spellman. Elle m'appela (pour la galerie, bien entendu). Elle regarda par les fenêtres et essaya même d'en forcer une ou deux. Elle arpenta le trottoir et regarda aux alentours. Sautilla. M'appela sur son portable.

« Passage à la phase deux », dit-elle avant de raccrocher.

Rae sonna au 1797, à l'appartement n° 2, et appuya frénétiquement sur la sonnette jusqu'à ce qu'on lui ouvre. Elle grimpa à la course jusqu'au premier et se trouva nez à nez avec le sujet lorsqu'il ouvrit sa porte donnant sur le couloir.

« Qu'est-ce que tu fais là, Rae ? demanda-t-il gentiment.

– Isabel est sortie, j'ai perdu mes clés et j'ai envie de faire pipi, dit-elle en dansant d'un pied sur l'autre. C'est vraiment très urgent. Je peux utiliser tes toilettes ?

– Bien sûr », dit-il en la laissant entrer. Rae courut jusqu'à la salle de bains au bout du couloir. Au bout de trente secondes, elle tira la chasse, ouvrit le robinet du lavabo et jeta un coup d'œil à l'extérieur. Le sujet n'était pas visible. Elle traversa le couloir, tourna la poignée de la porte mystérieuse – j'avais dessiné un plan très clair – et la trouva fermée à clé. Elle essaya de nouveau pour être bien sûre et retourna à la cuisine.

« Merci beaucoup, dit-elle au sujet. Faire pipi dans la cour de derrière, ça n'est vraiment pas mon truc.

– Pas de problème.

– Ça te dirait de venir dîner ? proposa-t-elle de but en blanc.

– Quand ?

– Ce soir.

– Tu es sûre que ta sœur sera d'accord ?

– Oui, oui. Sept heures, ça te va ?

– C'est bon. Qu'est-ce que j'apporte ?

– Le dîner, par exemple, dit Rae, qui ne plaisantait pas tout à fait. Non, on s'occupe du dîner, dit-elle après une longue pause. Et du dessert. Ce ne sera peut-être pas un repas top, mais le dessert sera très bon.

– D'accord. Je me réjouis d'avance. »

Pendant que Rae me faisait son rapport dix minutes plus tard, je posai la question de rigueur :

« Pourquoi l'as-tu invité à dîner ?

– Parce qu'on a besoin d'une DDN avant de pouvoir faire une enquête d'antériorité et je me voyais mal passer de "Je peux me servir de tes toilettes ?" à "C'est quoi ta date de naissance ?", sans avoir l'air complètement barjo. En l'invitant à dîner, on peut amener le sujet tout naturellement dans la conversation. On peut aussi prendre son manteau et explorer ses poches pour voir si par hasard il n'y a pas laissé son portefeuille.

– Qui a dit que je voulais faire une enquête sur qui que ce soit ?

– La porte était fermée à clé. De qui se méfie-t-il, de lui ? Et puis, poursuivit-elle – et là, j'aurais préféré qu'elle s'abstienne –, tu fais toujours une enquête d'antériorité sur les mecs avec qui tu sors. »

Cette invitation du sujet à dîner avait un effet secondaire regrettable, hormis l'obligation de faire la cuisine : ranger. En l'absence des parents, Rae et moi étions retournées à notre désordre naturel. En arrivant dans l'entrée, nous nous débarrassions de nos chaussures et jetions nos manteaux sur le canapé : chaque jour une paire de chaussures différente et un manteau différent, ça finit par faire masse au bout de quelques jours. Nous avions l'habitude de remplir l'évier de vaisselle sale jusqu'à épuisement de la propre ; nous transférions ensuite le contenu de l'évier dans le lave-vaisselle. Nous prétendions sans en être dupes que cette stratégie économisait du temps. Avec le courrier, nous avions le même système. Nous le laissions s'entasser sur la table en piles et n'ouvrions que les lettres à l'aspect le plus prometteur (magazines, chèques et tous les paquets.)

Dans le living, la salle à manger et la cuisine (tous au rez-de-chaussée), notre négligence s'étalait au grand jour. Imaginez des amoncellements de verres, de chaussures, de manteaux, de vaisselle sale et de manuels scolaires en train de proliférer dans le living. La table de la salle à manger luttait contre une invasion de papiers de toutes sortes et la cuisine s'avouait vaincue par la vaisselle et la poubelle débordante. Je ne suis pas fière de cette fâcheuse tendance qui est la mienne ; je me borne à relater les faits.

Cela dit, j'aime que mon déplorable désordre reste un secret, aussi Rae et moi avons-nous passé l'après-midi à en dissimuler les preuves et à ranger.

Il restait une dernière mise en scène à effectuer avant l'arrivée du sujet. À l'entrée de la maison familiale se trouvent quatre boîtes aux lettres distinctes : l'une pour la famille et les trois autres pour les affaires de la famille. Sur celles-ci on lit respectivement : Agence Spellman, Marcus Godfrey, Entreprises Grayson. Plutôt que d'en enlever trois, Rae et moi avons mis sur les boîtes des étiquettes aux noms de chacun des membres de la famille. Certes, il pourrait sembler bizarre que chacun des Spellman ait besoin de sa boîte aux lettres personnelle, mais au moins, ça ne révélerait pas la nature de l'entreprise familiale.

OPÉRATION DDN

Le sujet arriva à l'heure convenue, avec une bouteille de vin rouge qui devait accompagner avantageusement la pasta. Comme je m'en doutais, il posa des questions sur les boîtes aux lettres, mais Rae expliqua sans que j'aie eu besoin de le lui souffler que les Spellman ne supportaient aucune atteinte à leur vie privée. Même de la part des autres membres de la famille.

Rae proposa poliment de débarrasser le sujet de son manteau, disparut dans le vestiaire (nous n'en avons pas) et fouilla ses poches. Il s'avéra qu'il était venu sans portefeuille ; ou alors, il le mettait dans sa poche arrière de pantalon. Comme je n'avais eu avec lui qu'un rendez-vous et demi, je n'avais pas encore trouvé le moyen d'accès à ses poches. Il faudrait avoir recours à une autre technique pour découvrir sa DDN : nous l'interrogerions.

Il aurait été facile d'amener la conversation sur le sujet de l'astrologie, puis les mois de naissance, puis les dates de naissance. Mais notre homme menait sa propre enquête : il voulait connaître l'origine de l'innommable cochonnerie qu'on lui faisait manger.

« Qui a fait la cuisine ? demanda-t-il.

– Moi, dit Rae.

– Où as-tu trouvé la recette ? » demanda le sujet après avoir avalé sa première bouchée.

Rae le regarda sans trop savoir quoi répondre. « C'est un secret », dit-elle enfin.

Je goûtai à mon tour une première bouchée… qui fut la dernière. Je débarrassai la table avant que la politesse puisse provoquer une nouvelle ingestion de la mixture.

« Rae, tu as piqué dans les provisions d'urgence pour le dîner ?

– Et alors ?

– Tu as vérifié les dates de péremption ?

– Il n'y en a pas pour les boîtes de conserve.

– Bien sûr que si, dis-je en me tournant aussitôt vers notre invité. Désolé, John. Hum, si on commandait une pizza, hein[1] ? »

Rae hurla : « Yessss ! », et je me rendis compte qu'elle m'avait bien eue.

Nous avons demandé au sujet de commander la pizza avec son portable et de la faire livrer à sa porte, car il n'était pas, lui, sur une liste de clients à ne pas servir. Le dîner arriva sans tarder.

Après ma deuxième part de pizza et mon troisième verre de vin, mais avant que Rae serve ses marshmallows aux grains de riz soufflés pour le dessert, je croisai son regard et indiquai ma montre, pour lui signifier que le moment était venu.

« C'est quoi, ton signe ? demanda-t-elle au sujet.

– Pardon ? » répondit-il en s'étranglant avec son vin. De fait, la question était abrupte.

« Poisson, je parie.

– Il n'a rien du tout d'un Poisson, voyons, coupai-je. C'est un Gémeaux, à tous les coups.

---

1. En partant, ma mère avait laissé une consigne pour dîner : pas de pizza. Rae ne voulait plus rien manger d'autre comme plat de résistance, et ma mère entendait couper court à cette mauvaise habitude. Elle était même allée jusqu'à appeler les principales pizzerias du voisinage pour leur demander de refuser de servir la maison Spellman en son absence.

– Faut arrêter le crack, Isabel, me dit Rae.

– C'est toi qui devrais arrêter, oui ! Un Poisson ?

– Écoute, il est tout à fait Poisson. Ou peut-être,… celui avec les écailles, ou le… hum… celui qui a l'air d'un bœuf ?

– Tu veux dire un Taureau ? rectifiai-je.

– C'est ça, oui. J'avais oublié. Encore un coup d'Alzheimer.

– Rae, seuls les vieux peuvent dire ça. Venant de toi, c'est vraiment ridicule.

– Ce n'est pas à toi de décider ce que je peux dire ou pas, rétorqua-t-elle. Je te garantis qu'il n'est pas Poisson. Ça saute aux yeux.

– Merci de ton intervention, Rain Man. On peut très facilement en avoir le cœur net, lançai-je, résolue à aller droit au but. C'est quoi, ta date de naissance ? demandai-je au sujet.

– Le vingt-six décembre.

– Et alors, tu es de quel signe ?

– Capricorne, répondit-il soupçonneux.

– Capricorne ! m'exclamai-je. Ça alors, je ne m'en serais jamais doutée. Tiens donc !

– Le vingt-six décembre, répéta Rae, pour être bien sûre qu'elle avait enregistré l'information. C'est vraiment pas de pot d'avoir un anniversaire si près de Noël. Moi, je me flinguerais, je crois. »

Le sujet se demandait s'il devait rire ou s'inquiéter de la réaction excessive de Rae.

« Dis donc Izzy, où il est, le livre d'astrologie chinoise ? »

Après avoir repéré où se situait son année de naissance dans les douze ans du cycle zodiacal chinois, le sujet nous informa qu'il était un Rat.

Mission accomplie. John Brown, DDN 26/12/72.

LE « CABINET JURIDIQUE » DE MORT SCHILLING

Lundi 24 avril, 11 h 35

« Après le départ de John ce soir-là, Rae et moi avons passé deux heures au bureau à essayer de faire une enquête d'antériorité sur lui, expliquai-je à Morty.

– C'est ton habitude, Izz ?

– Quoi ?

– D'enquêter sur les types avec qui tu sors ?

– J'essaie de réduire.

– Sans grand succès, à ce que je vois.

– Ne me juge pas, Morty.

– Tu sais que j'ai un fils. Enfin, deux. Mais il y en a un qui est en train de divorcer.

– Où veux-tu en venir ?

– Il est médecin. Chirurgien pour être exact.

– Je n'envisage pas d'avoir recours à la chirurgie.

– Je peux répondre de lui. Pas de casier judiciaire. Rien. Tu pourrais te dispenser de l'enquête et de tout ça.

– C'est ton fils ?

– Oui.

– Quel âge a-t-il ?

– Cinquante-deux.

– J'ai trente ans, Morty. Il est trop vieux pour moi.

– Alors, j'ai un petit-fils pour toi. Il n'a que vingt-cinq ans.

– Trop jeune, Morty.

– Bon, bon, tu as sans doute raison. Quand on arrive à mon âge, tout le monde paraît si jeune !

– On revient à mon affaire, d'accord ?

– Comme tu veux. Mais quand tu seras à nouveau sur le marché, préviens-moi. Je connais beaucoup de monde.

– Où en étais-je ? dis-je, espérant enfin décrocher Morty du sujet.

– Au moment où ta sœur et toi veniez de soutirer une DDN à John Brown.

– Nous avons commencé par les banques de données des DDN. Comme tu sais, ça fonctionne par État. Le sujet m'avait dit être originaire du Missouri. J'ai donc supposé qu'il y était né. Eh bien, il y avait deux John Brown nés ce jour-là dans le Missouri. L'un est mort et l'autre, qui y vit toujours, tient une concession Audi.

– Alors il a été élevé dans le Missouri mais est né dans un autre État.

– Quand je lui ai posé la question, il m'a confirmé qu'il était né dans le Missouri et y avait été élevé.

– Tu es sûre de ne pas avoir éveillé sa méfiance avec toutes tes questions ?

– Pas à ce moment-là.

– Il ignorait toujours ton métier ?

– Je n'avais pas menti sur ce que je faisais. Je m'étais juste abstenue de lui donner l'information exacte.

– Qu'est-ce qui s'est passé ensuite ?

– Je ne l'ai pas revu pendant le reste de la semaine. Et puis les parents sont rentrés de leur disparition et ont vendu la mèche. »

OÙ LE SUJET AIDE PAPA À DÉCHARGER LES BAGAGES

Samedi 28 janvier, 17 heures

Rae et moi avons vu la voiture des parents remonter l'allée et s'y arrêter avec deux bonnes heures d'avance. Il nous restait des pièces à conviction à faire disparaître – boîtes de pizzas, sac de réglisse, vaisselle sale de la veille au soir – avant qu'ils n'entrent. Tandis que nous nous activions fébrilement pour remettre la maison dans l'ordre auquel tient ma mère, le sujet, qui sortait de chez lui, proposa à mon père de l'aider à décharger les bagages. Papa avait jadis lu une étude selon laquelle quand vous laissez quelqu'un vous rendre un service, cette personne se sentira plus tard en dette envers vous. Du coup, papa ne refuse pratiquement jamais qu'on l'aide.

Rae et moi n'attendions pas les parents si tôt, car maman avait fait exprès de nous induire en erreur. C'est une fervente adepte de la surprise. Lorsqu'ils étaient à une heure de San Francisco, elle nous avait appelées pour nous dire de les attendre vers l'heure du dîner (soit environ cinq heures après leur coup de fil). Elle avait si bien préparé son coup qu'elle avait repéré la ville où ils se seraient trouvés approximativement s'ils avaient encore eu cinq heures de route à faire. En entrant dans la maison, elle entendit un concert de bruits de vaisselle, de sacs

157

poubelle froissés et de portes de placards[1] ouvertes et fermées pour vérification. J'avais le sac poubelle à la main quand je sortis de la cuisine au moment où ma mère y entrait.

« Maman ! Vous avez quatre heures d'avance. La voiture a appris à voler ? » Je l'embrassai sur la joue et filai vers la porte. « J'étais juste en train de sortir les ordures. Je veux tout savoir sur votre voyage. »

Quand je sortis de la maison, papa et le sujet s'apprêtaient à entrer. J'ai surpris quelques bribes de leur conversation.

« Je ne suis pas fâché d'être de retour, dit papa, même si ça signifie reprendre le travail.

– Je voulais vous demander… », dit le sujet.

À ce stade, j'essayai de croiser le regard de mon père pour lui faire signe de ne divulguer aucune information. Mais il se borna à me tapoter la tête quand je passai à sa hauteur. Le sujet me salua et continua sa phrase.

« … ce que vous faites comme travail.

– Nous sommes détectives privés. Je pensais qu'Izzy vous l'aurait dit. »

Enfer et damnation !

« Isabel, qu'est-ce qui est arrivé aux boîtes aux lettres ? »

Après un compte rendu diplomatique du voyage par les parents, dont chacun manifesta de l'enthousiasme en présence de son conjoint, je remarquai un changement chez mon père.

« Papa, on dirait que tu as encore perdu du poids.

– Un ou deux kilos, peut-être, répondit-il d'un ton dissuasif.

– Plutôt cinq, à vue de nez. Encore qu'avec une charpente comme la tienne, ce ne soit pas facile à évaluer.

---

1. Où nous avions précipitamment mis différents objets dans nos efforts de rangement de la veille.

– À quel âge auras-tu enfin un minimum de savoir-vivre ? »

Maman regarda papa d'un air soupçonneux. « Maintenant que tu le dis, Isabel, c'est vrai qu'il a l'air plus mince. Quand tu vis avec quelqu'un, ce sont des choses que tu ne remarques pas. C'est bizarre, poursuivit-elle à son intention, parce que tu étais toujours en train de dire que tu allais te servir aux buffets. »

Mais papa détourna l'attention de maman en parlant du plaisir qu'il avait pris à leurs excursions quotidiennes.

Plus tard dans la soirée, j'eus l'occasion de compiler le rapport sur les comportements suspects n° 7 : Rae Spellman.

Quand j'entrai dans le bureau, ma mère y était, à consulter ses e-mails.

« Maman, est-ce que tu t'es rendu compte que Rae a des amies maintenant ?

– Oui, ma petite fille, répondit-elle sans lever les yeux.

– Des amies de son âge, précisai-je.

– Je sais, dit maman sans paraître émue le moins du monde.

– J'ai même l'identité de l'une d'elles. Nom et prénom.

– Je sais tout sur les amies de Rae.

– Ça fait combien de temps que ça a commencé ?

– Au moins six mois.

– Comment se fait-il que je ne l'aie pas remarqué ?

– Il y a beaucoup de choses que tu ne remarques pas, Isabel. Tu es tellement obsédée par le petit bout de la lorgnette que souvent, tu ne vois pas l'ensemble du tableau.

– Si tu le dis, maman… Question suivante : pourquoi a-t-elle des amies maintenant ?

– Henry lui a dit qu'il refuserait de la voir si elle ne commençait pas à avoir des amies de son âge.

– Et ça a marché ?

– Oui.

– Eh bien ! En fait, il élève ta fille à ta place.

– Il faut tout un village pour élever un enfant*, dit ma mère.

– Je ne suis pas sûre que l'auteur préconisait que l'inspecteur de police local soit co-parent.

– Je vais t'apprendre quelque chose sur les ados. Même les plus gentils s'éloignent de leurs parents pour se tourner vers quelqu'un d'autre. Si c'est vers Henry Stone que se tourne Rae, alors nous n'avons rien à redouter. Toi, franchement, tu m'as rendue folle d'inquiétude. Je ne veux plus avoir à subir ça. »

---

* Titre du livre d'Hillary Clinton (*It takes a village to raise a child*, 1996), lui-même tiré d'un proverbe africain.

RAPPORT SUR LES COMPORTEMENTS SUSPECTS N° 8

« Olivia Spellman »

À deux heures du matin la nuit où mes parents sont rentrés, j'ai entendu du bruit en bas. Réveillée, je suis sortie du studio, ai descendu l'escalier sur la pointe des pieds et vu ma mère quitter la maison en pyjama et manteau.

Je suis remontée à la course, ai mis une paire de baskets et empoigné ma veste et mes clés avant de descendre prestement par l'échelle d'incendie et de contourner la maison pour gagner ma voiture. Maman venait de sortir la sienne de l'allée et descendait le pâté de maisons. Je me suis installée au volant et l'ai suivie.

Elle avait environ deux cents mètres d'avance, mais à cette heure-là, sa voiture était pratiquement la seule dans la rue. Je l'ai vue mettre son clignotant à gauche en s'approchant de Gough Street et ai eu alors la quasi-certitude qu'elle retournait à Noe Valley, là où je l'avais précédemment surprise. Me fiant à mon nez[1], j'ai pris un trajet différent pour éviter de me faire repérer. Je me suis garée à une rue de distance et me suis avancée avec précaution le long des buissons et des arbustes

---

1. Qui a un taux d'exactitude d'environ 75 %.

jusqu'à ce que je voie ma mère. Elle était à genoux devant la même moto que la fois précédente mais, cette fois-ci, armée d'une pompe et d'un entonnoir, et elle siphonnait l'essence du réservoir. C'est pas beau, ça ? J'aurais pu m'approcher d'elle et lui demander ce qu'elle fabriquait, mais je me suis abstenue. Elle agissait à l'évidence clandestinement pour une raison inconnue et je voulais qu'elle croie encore que personne ne l'avait remarquée.

Je suis rentrée directement à la maison, espérant pouvoir garer ma voiture au même endroit pour ne pas attirer son attention. J'allais devoir m'organiser pour dormir un peu pendant la journée si je voulais tenir le rythme maternel la nuit.

Mais le cas de ma mère n'était pas le seul sur lequel je travaillais gratis. Il y avait aussi le sujet, et lui, il n'avait pas encore d'identité.

LA FÊTE
DES MARMOTTES

Jeudi 2 février

Le matin du 2 février, en passant par hasard devant chez Mrs. Chandler, je remarquai dans sa pelouse cinq ou six trous ressemblant à ceux que creusent les marmottes, et à ceux de notre vilain tour de jadis. Pour éviter que Mrs. Chandler me croie retombée dans mes anciennes habitudes, je pris une initiative née en partie de ma culpabilité, mais aussi du désir de prévenir toute accusation éventuelle.

Je me rendis chez le sujet et lui demandai s'il pouvait rendre à la pelouse son aspect normal. Je préférai ne pas expliquer la vraie raison de l'intérêt que je portais à ce méfait. Je fis passer ce geste pour un acte de bon voisinage, ce qu'il goba sans poser de question.

Plus tard cet après-midi-là, je repassai devant la maison de Mrs. Chandler et, voyant que sa pelouse avait retrouvé un aspect presque normal, je décidai de m'arrêter chez le sujet pour le remercier.

Juste au moment où j'allais sonner, il sortit de chez lui les bras chargés de deux gros sacs de papier déchiqueté à recycler. Je pensai : *Pour un jardinier, il déchiquette beaucoup de papier.*

« Je voulais te remercier, dis-je. Je viens de passer devant chez Mrs. Chandler.

– C'était une farce à l'occasion de la fête des marmottes, dit-il comme si ça ne se voyait pas à l'œil nu.

– Je sais, répondis-je en le suivant pendant qu'il mettait ses sacs dans la poubelle verte

– Elle a dit que ce n'était pas la première fois, lança le sujet, me regardant droit dans les yeux.

– Je ne vois pas du tout de quoi tu parles, rétorquai-je, entonnant mon refrain habituel. Alors, je t'offre un verre tout à l'heure ? »

OÙ LE SUJET ARRIVE AU PHILOSOPHER'S CLUB

« **P**as de gaffe, glissai-je à Milo un moment avant que le sujet s'installe sur le tabouret de bar adjacent, tu ne me connais pas.

– Bon, bon, dit-il en se renfrognant.

– Qu'est-ce que tu bois ? demandai-je au sujet.

– Qu'est-ce que vous avez comme bières pression ? » s'enquit-il.

Milo désigna un tableau où était inscrite une liste de bières locales.

« Une Anchor Steam, dit le sujet.

– Je peux voir une pièce d'identité ? demanda Milo.

– Oh, hum, certainement », dit le sujet en prenant son portefeuille. Dans la pénombre du bar, je vis seulement que son permis de conduire n'avait pas été délivré en Californie.

Milo vérifia le permis comme je le lui avais dit. Il fit semblant de ne pas voir clair et se déplaça sous la lumière[1].

« Merci », dit-il, rendant le permis. Puis il se tourna vers moi. « Pièce d'identité ?

– Mais ce n'est pas la première fois que je viens ici !

– Je ne m'en souviens plus. Allez, ma jolie, on montre patte blanche. »

---

1. Je lui avais suggéré cette feinte afin qu'il ait le temps de mieux mémoriser les détails.

Je me renfrognai en entendant Milo m'appeler « ma jolie » (une première si j'ai bonne mémoire) et lui passai mon permis de conduire.

Mon barman étudia le document un moment et commença à glousser.

« Qu'est-ce qu'il y a de si drôle ? demandai-je.

– Soixante kilos ? » fit-il en me rendant mon permis.

Je lui lançai un dernier regard noir, puis il servit la bière au sujet.

Quand il se fut retiré à l'autre bout du comptoir, mon compagnon me posa la question qui lui brûlait les lèvres depuis une semaine.

« Alors comme ça, tu es détective privé ?

– Mmmm.

– Tu as fait une enquête sur moi ?

– Non.

– Tu es sûre ?

– Affirmatif.

– Parce qu'après le petit numéro avec ta sœur, toutes ces questions sur l'astrologie occidentale et orientale, j'ai vraiment eu l'impression que vous vouliez me faire dire ma date de naissance.

– On s'intéresse à l'astrologie, voilà tout.

– Tiens donc », dit le sujet en me regardant droit dans les yeux. Puis il se pencha vers moi et me chuchota à l'oreille : « Je vais te confier un secret. Je ne suis pas Rat.

– Alors, tu es quoi ?

– Serpent », répondit-il, ce qui me fit froid dans le dos.

Ma mère dit toujours que quand on ne peut avoir confirmation de l'existence de quelqu'un, il est imprudent d'aller chez lui.[1] Mais compte tenu de mes récentes observations sur le comportement maternel,

---

1. Pour une liste partielle des critères de maman concernant les hommes, voir en appendice.

j'estimais qu'elle n'était pas la personne la plus fiable en matière de discernement. Deux heures plus tard, j'en étais à mon deuxième whisky dans l'appartement de John Brown.

Je m'abstins d'aborder le sujet des anniversaires ou de la carrière professionnelle, histoire de dérouter mon interlocuteur. En revanche, je laissai la discussion dériver vers moi car à l'évidence, il ne tenait pas à parler de lui. J'évoquai mes ex n° 4 et 9 (face à un éventuel partenaire, on parle en général de ses relations passées) ; après quoi, la conversation porta pendant une heure sur Bernie et mon appartement à loyer contrôlé. D'après le sujet, je devais me battre pour sauvegarder mon espace. Je l'observai pendant qu'il parlait et eus l'impression que son intérêt était entièrement feint. Il pensait avoir détourné mon attention de sa non-existence et des portes fermées à clé pour la réorienter vers mes propres soucis de SDF haut de gamme.

Mais je ne suis pas si facile à manipuler. Je demandai à utiliser ses toilettes 1) parce que j'avais envie de faire pipi, et 2), parce que je voulais me mesurer une fois de plus à cette porte. Après en avoir terminé aux toilettes, je sortis et m'approchai de la porte mystérieuse. Toujours fermée. Mais je n'étais pas venue les mains vides. Sortant un passe-partout de ma poche, je m'agenouillai devant la serrure. Je n'avais pas beaucoup de temps. Même si j'ouvrais la porte, je ne pourrais jeter qu'un rapide coup d'œil à l'intérieur avant de la refermer.

Mais le sujet était sur ses gardes. L'expérience lui avait appris qu'il ne fallait me laisser seule nulle part chez lui. J'étais encore en train de m'escrimer sur la serrure lorsque je l'entendis tourner le coin du couloir. J'avais le choix entre deux tactiques : la parade ou l'attaque directe.

« Je peux t'aider ? demanda-t-il pendant que je m'affairais.

– Si tu n'y vois pas d'inconvénient, je voudrais rester en tête à tête une minute avec ta porte.

– Isabel. » C'était un avertissement.

« Juste une minute, dis-je sans bouger, et je te rejoins. »

Le sujet s'approcha de moi, l'air très sévère et me coinça en face de la porte.

« Qu'est-ce qu'il y a entre toi et ma porte ? Je commence à être un peu jaloux.

– Tu dois me laisser entrer dans cette pièce.

– Je ne dois rien du tout.

– Je vais dire ça autrement. Ce serait ton intérêt de me laisser voir ce qu'il y a là-dedans. »

Le sujet me glissa un bras autour de la taille, m'attira vers lui, et me chuchota à l'oreille – ce qui était à la fois inquiétant et sexy : « Tu as intérêt à oublier cette putain de porte. C'est faisable ? »

Je le regardai dans les yeux et ignorai les ordres de la moitié de mon cerveau qui me disait de prendre mes jambes à mon cou.

« Pour l'instant, oui », dis-je, car l'autre moitié avait vraiment très envie de rester.

Le sujet m'embrassa, ou c'est moi qui l'embrassai (les détails se brouillent maintenant). Ce que je notai à propos de ce baiser fut l'absence de monologue intérieur qui accompagne souvent les premiers baisers. En général, je me préoccupe de ce que font les mains du type, je me dis que le baiser va tout gâcher. Parce que parfois, on ne sait pas vraiment ce qu'on éprouve pour un type avant de l'avoir embrassé. Le sujet avait ceci de particulier que son baiser me fit tout oublier. Mon esprit se vida. Mes soupçons disparurent.

Ils revinrent toutefois au milieu de la nuit. À trois heures du matin, je fis une autre vaillante tentative pour ouvrir la porte mystérieuse, mais il me prit sur le fait et me déclara sévèrement : « Si tu ne sais pas mieux te tenir, tu devrais peut-être rentrer chez toi. » Ce que je fis. Surtout parce que je ne voulais pas que mes parents sachent que j'avais passé la nuit avec notre nouveau voisin, même s'ils le trouvaient charmant et inoffensif.

Le lendemain matin, j'appelai Milo pour qu'il me donne le scoop récolté la veille.

« Attends une minute, dit Milo, je cherche ce bout de papier.

– Dans quel État avait été délivré le permis ?

– Deux secondes. Je l'ai noté.

– Tu ne te souviens même pas de ce détail ?

– C'est comme ça que tu parles à quelqu'un qui te rend un service ?

– Tout ce que je dis, c'est que tu devrais peut-être consulter un médecin.

– Je n'ai pas besoin d'aller voir un foutu toubib. Voilà, j'ai retrouvé le papier. C'était un permis de l'État de Washington.

– Au nom de ?

– John Brown.

– La date de naissance ?

– 7 mars 1971.

– Vraiment ?

– Ouais.

– Tu es sûr ?

– Ouais.

– Absolument ?

– Je raccroche maintenant, dit Milo.

– Non, je t'en prie. Pardon. Tu as rien d'autre ?

– Non.

– Tu n'as pas noté son adresse ?

– Tu ne crois pas que ça aurait éveillé ses soupçons si j'avais pris du papier et un crayon pour me mettre à recopier tout ce qu'il y avait sur son permis ?

– Tu te souviens de la ville ?

« – Je suis pratiquement sûr que c'était Olympia.

– Sûr à combien pour cent ?

– Pratiquement sûr.

– Plutôt quatre-vingt-dix pour cent ou plutôt soixante ?

– Au revoir Izzy. » Milo coupa.

D'après le permis délivré dans l'état de Washington, le sujet n'était ni Rat ni Serpent. C'était un Poisson-Cochon, qui paraissait plus jeune que son âge. Or il prétendait être né à St. Louis et y avoir grandi. Jamais il n'avait parlé d'un séjour à Washington. L'idée me vint qu'il m'avait servi cette histoire de St Louis dans le but précis de me lancer sur une fausse piste. Je fis une recherche informatique sur l'État de Washington à partir de sa date de naissance et trouvai deux John Brown nés le 7 mars 1971. L'un était en ce moment expert comptable à Seattle et l'autre était mort il y a cinq ans. Rien n'allait plus. Le permis de conduire du sujet ne me suffisait pas ; il me fallait son portefeuille au complet. Je comptais y trouver sa carte d'assuré social. Avec un nom aussi courant et sans date de naissance fiable, il me fallait un numéro de Sécurité sociale. Je m'adossai à mon fauteuil de bureau et essayai d'imaginer une nouvelle stratégie.

LE MASSACRE DE LA SAINT-VALENTIN

Mardi 14 février

Pendant les quinze jours suivants, je restai chez mes parents, passant de temps à autre un coup de fil à Bernie et priant pour une réconciliation imminente avec Daisy. Bernie m'invita à plusieurs reprises à revenir m'installer avec lui, m'expliquant qu'il était à nouveau sur le marché et que la réconciliation était hors de question.

Je continuai à jardiner avec le sujet, espérant toujours le surprendre à un moment où il ne serait pas sur ses gardes, et où il laisserait tomber une information personnelle permettant de l'identifier. Mais j'eus beau déployer des trésors d'ingéniosité, je ne pus mettre la main sur son portefeuille. Mon impatience et mes soupçons croissaient avec chaque massif de fleurs et plan de tomate que j'arrosais.

De bonne heure le matin du 14 février[1], le sujet et moi revenions d'un de ses jardins partagés quand son portable se mit à sonner et il décrocha tout de suite.

« Allô ? Ah, salut. Oui, j'ai eu votre message. Vous êtes sûr/e ?

---

1. J'avais fait semblant d'être une lève-tôt dans l'espoir de récolter plus d'informations. J'ai failli y laisser ma peau.

D'accord. Je ne peux pas parler maintenant ; je suis en voiture. Rendez-vous jeudi à dix heures au jardin partagé d'Ashby, à Berkeley. À jeudi. »

« Qui c'était ? demandai-je en espérant que ma question semblerait plus détachée qu'elle ne l'était.

– Une cliente potentielle avec qui j'ai pris rendez-vous, répondit-il, puis il changea de sujet. J'aimerais bien passer devant chez Mrs. Chandler, histoire de voir comment se porte sa pelouse. »

Cinq minutes plus tard, le sujet et moi étions sur les lieux. S'il s'était agi de vrais chérubins et de vrais couteaux, Mrs. Chandler aurait été la suspecte n° 1, car elle était debout devant les corps, les mains couvertes de « sang ». Mais il me paraissait évident qu'elle était simplement en train de nettoyer les dégâts. Quand je m'approchai avec le sujet, Mrs. Chandler me regarda avec une réelle stupéfaction. Elle savait que c'était moi l'auteur du premier massacre, et elle avait préféré ne pas sévir. Comme le crime était la réplique exacte du précédent, on avait l'impression que c'était encore moi la coupable. Mais pourquoi une trentenaire répèterait-elle les délits de son adolescence ? Cela ne tenait pas debout. Malgré moi, j'éprouvai de la sympathie pour elle. J'étais indirectement responsable, mais par quel biais ? Ces installations étaient des monstruosités de mauvais goût, j'en reste persuadée. Mais c'étaient ses créations et elle en était fière. Le sujet et moi l'avons aidée à déblayer les débris avant de nous séparer rapidement.

LE JARDIN PARTAGÉ D'ASHBY

Jeudi 16 février, 9 heures

Je quittai la maison Spellman à neuf heures du matin et traversai le pont. Je me garai à environ cinq rues du jardin et trouvai sous un chêne un endroit d'où j'avais une vue parfaite sur tout le jardin. Tout en sirotant du café, j'attendis, jumelles à la main, l'arrivée du sujet à son rendez-vous.

Peu avant l'heure, il gara son camion près de la palissade du jardin et entra. Cinq minutes plus tard, une femme – environ trente ans, longs cheveux bruns, jean et sweat, s'approcha de lui d'un pas hésitant. Ils parlèrent pendant environ cinq minutes. Puis la femme donna au sujet une enveloppe et le sujet lui tendit un sac en papier kraft. Ils parlèrent encore quelques minutes. À en juger par leurs gestes et leur posture, cette conversation n'avait rien d'un plaisant bavardage entre amis. Après quoi, ils échangèrent une poignée de mains et partirent chacun de leur côté. Ni l'un ni l'autre ne jardina[1].

---

1. Autre détail que j'inclus dans mon rapport sur le sujet.

LE CONTRAT CHANDLER

CHAPITRE 1

Samedi 18 février

Quelques jours plus tard, alors que j'étais assise à mon bureau à réfléchir à différentes méthodes pour obtenir la véritable identité du sujet, ma mère vint m'interrompre avec une proposition de travail.

« Nous avons une nouvelle affaire à te confier. Essentiellement de la surveillance. Ça te sortira du bureau.

– Quel genre de boulot ?

– Mrs. Chandler. Sa cour est de nouveau l'objet d'actes de vandalisme. Elle en a assez d'être témoin passif. Elle est prête à payer pour que ça cesse.

– Mrs. Chandler ? répétai-je.

– Oui, dit ma mère. Je me suis dit que ce serait un juste retour des choses si la première vandale enquêtait sur la génération suivante.

– Je ne vois pas du tout de quoi tu parles, répondis-je, récitant mon texte habituel.

– Ben voyons, laissa tomber ma mère avec nonchalance.

– Maman, je préférerais ne pas me charger de ce boulot.

– Dommage, répliqua-t-elle. Elle a bien spécifié qu'elle tenait à ce qu'il te soit confié, Isabel. Et elle paie très bien. Je lui ai dit que tu serais chez elle ce matin à onze heures précises. Pas de retard. Elle est très ponctuelle. »

« J'y mets tout mon cœur, dit Mrs. Chandler, parlant de ses tableaux pour les fêtes. Je sais qu'ils ne sont pas accessibles à tous, mais je prends plaisir à les réaliser et je trouve qu'ils apportent une note de couleur dans le voisinage, vous ne trouvez pas ? »

Il est vrai que les musées des horreurs sont souvent hauts en couleurs.

« J'admire votre ferveur artistique, dis-je.

– Chaque tableau peut prendre de dix à trente heures de travail. Je fais tout moi-même. Je suspends chaque banderole, je peins chaque œuf et je couds chaque vêtement. Comme vous le savez, ça fait quinze ans que ça dure.

– Je me souviens vaguement de l'époque où vous avez commencé. »

Le calme de Mrs. Chandler s'altéra légèrement. « Bon, on arrête les conneries, Isabel. J'ai laissé passer vos petites gamineries, parce que vous aviez besoin de vous défouler. De vous exprimer, tout comme moi. Mais cette fois, c'est différent. Copier une œuvre n'implique aucune expression personnelle. Ce qui se passe aujourd'hui, c'est une mauvaise farce, et je veux que ça cesse. Vous savez, c'est le coup de la fête des marmottes qui m'a toujours exaspérée. Il n'y a rien de créatif là-dedans. C'est du vandalisme pur et simple. »

La situation avait beau être délicate, je n'étais pas fâchée de mener l'enquête. Quelqu'un nous plagiait servilement, Petra et moi. Il me fallait élucider ce mystère.

« Mrs. Chandler, je suis vraiment désolée pour tous ces désagréments. Je vous assure que je vais donner à cette affaire la priorité absolue et trouver qui est derrière tout ça au juste. »

Mrs. Chandler me suivit jusqu'à la porte.

« Je ne vous en veux pas, Isabel, dit-elle au moment où je me retournais pour lui serrer la main.

– Désolée, je ne vois pas du tout de quoi vous parlez », répliquai-je avant de partir prestement.

Après cette poignée de mains, je me rendis directement chez Petra et David pour discuter avec mon ancienne acolyte en délits divers.

RAPPORT SUR LES COMPORTEMENTS SUSPECTS N° 9

« David Spellman »

On était samedi, et en voyant la voiture de David garée dans l'allée, j'ai supposé qu'il était chez lui. Pourtant, au bout de mon cinquième coup de sonnette, personne n'avait encore répondu. Comme David déteste les visites impromptues[1], je me suis demandé s'il ne m'ignorait pas délibérément dans l'espoir que je m'en irais. Ce qui ne marche jamais. J'ai commencé à tambouriner du poing sur la porte en criant son nom comme Marlon Brando quand il hurle « Stella » dans *Un tramway*.

La porte s'est ouverte peu après. David portait un pantalon de pyjama, un T-shirt blanc taché (du jamais vu), des chaussettes dépareillées et un peignoir de bain.

« Salut, David est là ?

– Très drôle. »

Il laissa la porte entrouverte et tourna les talons. Je le suivis, espérant qu'il me donnerait une explication quelconque.

« La nuit a été rude ? demandai-je.

---

1. Les miennes. Je n'ai pas encore réussi à savoir si c'était une règle générale.

– Mfrgr, ou quelque chose d'approchant fut la seule réponse que j'obtins.

– Parle notre langue, s'il te plaît.

– Qu'est-ce que tu veux, Isabel ? aboya-t-il.

– Il faut que je voie Petra, j'ai quelque chose à discuter avec elle.

– Elle n'est pas là.

– Où est-elle ?

– Chez sa mère en Arizona.

– Elle déteste l'Arizona… et sa mère.

– Alors, elle est à plaindre.

– Pourquoi est-elle allée voir sa mère ?

– Tu arrêtes parfois d'emmerder le monde avec tes questions ?

– Si tu me dis ce qui se passe, je file. »

David tituba jusqu'à son armoire à liqueurs, saisit une bouteille de scotch et s'en versa une rasade.

« David, il est seulement midi.

– Tu veux un verre ? me demanda-t-il.

– C'est du pur malt ?

– Mm-mm.

– D'accord. »

Trois heures et deux scotchs plus tard, j'avais raconté tous les détails de mes rendez-vous récents avec le sujet, relaté la saga Henry Stone, évoqué maman en saboteuse et parlé du tour de taille aminci de papa. À l'évidence, il était temps de redonner la parole à David.

« David, est-ce que Petra t'a quitté ? »

David a regardé fixement son verre. « Pas exactement.

– Sois plus précis, veux-tu ?

– N'en parle pas à maman.

– Dis-moi de quoi je ne dois pas lui parler.

178

– Je t'en prie, Isabel. Ne t'en mêle pas.

– Tu as couché avec une autre, c'est ça ? »

David a évité mon regard.

« Je ne veux plus en parler.

– Mais c'est ça, non ?

– Non ! Ça ne te regarde absolument pas. Et ne dis rien à maman. Si tu lui en parles, je lui donne toutes les preuves que j'ai contre toi depuis des années

– Pourquoi Petra ne m'a-t-elle pas appelée ? Elle me téléphonait tout le temps.

– Ce n'est pas ce que tu crois, Isabel. Reste en dehors de tout ça, c'est préférable.

– Espèce d'enfoiré. Je te préviens, en cas de divorce, c'est elle qui obtient ma garde », dis-je avant de me lever pour partir. En sortant, j'entendis David se verser un autre scotch.

J'étais trop ivre pour conduire, alors j'ai pris le bus pour rentrer. Quand maman m'a vu monter les marches en titubant, elle m'a demandé d'où je venais. Puis elle m'a forcée à faire une reconstitution de ma visite chez David au moins dix fois. Malgré un interrogatoire quasiment policier, elle n'a obtenu aucune information significative en dehors de la barbe de trois jours de David, son T-shirt taché et les mystérieuses vacances de Petra. En m'entendant répéter pour la sixième fois que David m'avait servi du scotch pur malt, elle a crié : « Oui, Izzy, je le sais déjà. » C'est seulement quand j'ai demandé un paquet de cigarettes et un avocat qu'elle a mis fin à l'interrogatoire.

« Tu es vraiment au-dessous de tout », dit-elle. Là-dessus, je suis montée dans mon ancien studio pour cuver ma cuite.

17 heures

À mon réveil, j'ai téléphoné à Petra sur son mobile et lui ai laissé ce message : « Je suis au courant. Il m'a parlé. Je suis désolée. Rappelle-moi, s'il te plaît. »

STONE ET SPELLMAN...
RETROUVAILLES

Mardi 21 février, 16 h 10

En entendant ma mère parler à une interlocutrice inconnue dans le salon, je suis descendue voir ce qui se passait.

Mrs. Schroeder, du Service de Protection de l'Enfance, était en train de boire poliment une tasse de thé pendant que maman lui interprétait quelques-uns des grands succès de Stone et Spellman. Car à force d'entendre Rae parler de façon presque compulsive de son quasi-assassinat de Henry Stone, un autre de ses professeurs avait fait un rapport anonyme au service susmentionné. À l'arrivée de Mrs. Schroeder, ma mère a téléphoné à Henry pour lui demander de venir. Puis elle alla dans la cuisine et m'appela sur mon portable alors que j'étais deux étages au-dessus pour me dire de descendre au salon et de mettre ma bague. J'avais cessé de la porter régulièrement, mais l'ai trouvée dans la boîte à bijoux de la chambre de maman.

Quand j'arrivai, ma mère sortait sa collection de bandes pour les faire écouter à l'Inquisition.

« Voilà une de mes préférées », dit-elle.

LES DUETTISTES STONE ET SPELLMAN, ÉPISODE N° 18

Décor : L'appartement de Henry Stone. Rae avait un pneu de vélo à plat après avoir roulé sur un clou. Maman venait d'arriver pour la chercher et était restée prendre une tasse de café.

Voici la transcription de la bande :

HENRY : Sors ton livre, Rae.

RAE : J'ai pas envie.

HENRY : On a fait un marché. Je t'ai préparé des crêpes. Maintenant on travaille le test.

RAE : Il a fait des galettes de blé noir. Tu en as déjà mangé, maman ?

OLIVIA : Pas que je sache.

RAE : Rien à voir avec les autres crêpes.

HENRY : Va chercher ton livre.

[Rae va dans la pièce voisine prendre le manuel de préparation au test du SAT*.]

---

* SAT : Scholastic Aptitude Test. Test pour mesurer l'esprit critique, le raisonnement mathématique, les aptitudes à comprendre un texte et à rédiger. Il est utilisé pour la sélection à l'entrée des universités américaines.

OLIVIA : Pourquoi ton livre est-il ici ?

HENRY : C'est un exemplaire en double. Je l'ai trouvé chez un bouqui-niste et je l'ai mis en réserve pour ces visites impromptues.

OLIVIA : On ne vous mérite pas, Henry.

HENRY : À propos, comment Rae a-t-elle eu mon adresse ?

OLIVIA : Je ne sais pas. Chaque fois que je le lui demande, elle reste éva-sive.

[Rae donne le livre à Henry puis ouvre un des placards de la cuisine.]

RAE : Où sont passés mes bonbons ?

HENRY : Je les ai jetés.

RAE : Pourquoi ?

HENRY : Tu devrais t'*abstenir* un moment de manger des cochonneries.

RAE : Mais c'est le week-end[1] !

HENRY : « Absolution ». Donne d'abord la définition, puis utilise le mot dans une phrase.

RAE : Absolution. Pardon. Je... euh... te donne l'absolution pour avoir jeté mes bonbons.

HENRY : Bien. « Compromettre » ?

RAE : Donner une mauvaise image de quelqu'un.

HENRY : J'attends une seconde définition.

RAE : Je ne vois pas.

HENRY : Mettre en danger. Utilise le mot dans une phrase.

RAE : Tu compromets mon plaisir.

HENRY : Tu compromets mon week-end.

RAE : Qu'est-ce que tu avais prévu de faire sinon ?

HENRY : Travailler.

RAE : Tu es un véritable ascète.

---

1. Mes parents ont posé la règle selon laquelle Rae ne peut manger de sucreries que le week-end.

OLIVIA : En voilà un mot intéressant. Non que je vous croie ascétique, Henry.

RAE : Moi non plus. Mais c'est Isabel qui a dit ça de toi.

HENRY : Je ne savais pas qu'Isabel connaissait des mots aussi savants.

RAE : Tu parles ! Celui-là, elle l'a appris dans ce livre un jour où elle me faisait travailler.

HENRY : Donc tu as travaillé.

RAE : Je te l'ai dit.

HENRY : Olivia, vous n'êtes pas en train d'enregistrer cette conversation ?

OLIVIA : Si.

HENRY : Merci d'arrêter.

[Fin de la bande.]

On entendit sonner juste au moment où l'enregistrement se terminait. Je courus dans l'entrée pour répondre. Le sujet était à la porte, une paire de bottes à la main.

« Tu les as laissées chez moi, dit-il.

– Je savais bien que j'avais oublié quelque chose. »

Ma mère – et Mrs. Schroeder aussi, sans doute – pouvaient entendre notre conversation. Maman m'a jeté un regard sévère signifiant « *Gare aux gaffes* ». Je sortis avec mes bottes en compagnie du sujet.

« Maman est en réunion à l'intérieur.

– Je ne voulais pas déranger.

– Pas de problème.

– Tu es libre pour dîner ce soir ?

– Chez toi ?

– Non, non. Je crois préférable de te tenir à l'écart de cette porte, vois-tu. »

Du coin de l'œil, j'avisai Henry Stone en train de se garer de l'autre côté de la rue. Il avait son habituel masque indéchiffrable.

« Parfait. Où ?

– Chez Delfino.

– Quelle heure ?

– Je passerai te prendre à sept heures.

– Alors à tout à l'heure. »

J'attendis Stone sur le trottoir pour lui faire un petit briefing. « L'assistante sociale est là depuis une heure environ. Elle veut sans doute te voir deux minutes avant de fermer le dossier pour de bon.

– Qui c'est, ton ami ? demanda Stone, désignant du menton le sujet, qui regagnait la maison voisine.

– Je ne sais pas, répondis-je. C'est ça le problème. »

Ma mère essayait d'amadouer l'assistante sociale avec des gâteaux, mais Mrs. Schroeder restait de marbre. Le motif de sa visite n'était pas tant l'inquiétude sur la nature des relations entre Henry et Rae que le désir d'en savoir plus sur ce quasi-homicide auquel ma sœur faisait sans cesse allusion. Maman suggéra à Mrs. Schroeder d'en discuter avec l'intéressé, mais en l'absence de Rae, qui avait tendance à tout exagérer et risquait de déformer les faits. Henry raconta les événements du jour fatal de façon calme et claire, et expliqua que Rae avait été punie : il ne lui donnerait plus de leçons de conduite.

Mrs. Schroeder parut convaincue qu'il n'y avait rien de suspect dans les relations entre Rae et Henry. En revanche, elle considéra d'un œil hautement sceptique le couple de « fiancés » que nous formions, Henry et moi. Était-ce à cause des cinquante centimètres de distance maintenus entre nous, de l'absence totale de regards échangés ou du moment gênant où, quand j'offris un petit gâteau à Henry, il me dit : « Je ne mange pas de ça », à quoi je répliquai : « Ah bon » ?

Déçue par notre performance lamentable, ma mère tourna d'abord son agressivité contre moi après le départ de l'assistante sociale.

« Eh bien, ça valait un Oscar ! dit-elle d'un ton sarcastique. Qu'est-ce qui se passe avec le voisin ?

— Rien.

— Les hommes ne sont pas obligés de te rapporter tes chaussures quand il ne se passe rien avec eux.

— Nous avons fait du jardinage.

— J'espère que ce n'est pas un euphémisme.

— Vraiment, maman !

— Tu es censée être fiancée à Henry. Et l'assistante sociale voit un autre type te rapporter tes chaussures. Je suis sûre qu'elle te prend pour une traînée.

— Il pourrait être cordonnier, pour ce qu'elle en sait ! »

Rae dévala l'escalier (je suis sûre qu'elle attendait de voir la voiture de Mrs. Schroeder quitter l'allée) et ralentit brusquement au-dessous du palier, comme si elle essayait de paraître naturelle.

Elle s'assit en face d'Henry et sourit poliment.

« Salut, Henry.

— Salut, Rae », dit Henry en souriant aussi. Un sourire ouvert et chaleureux. Ce sourire semblait absolument étranger à l'homme que je connaissais. Je me dis alors que la froideur que je percevais chez lui n'était pas une hostilité générique contre les Spellman. Elle était spécifiquement anti-Isabel. Du moins à ce qu'il semblait.

« Tu t'es assez aéré ? demanda Rae.

— De quoi parles-tu ?

— Isabel m'a dit qu'il fallait que je te donne de l'air parce que tu avais besoin de paix et que sinon, tu me détesterais. »

Henry me lança un regard d'une rare noirceur.

« Jamais je ne te détesterai, Rae. J'avais simplement besoin de temps pour me remettre les idées en place. C'est tout. »

Ma mère avait l'air d'une femme en extase.

« Donc je t'ai donné de l'air pendant quarante-six jours alors que ce n'était pas nécessaire ? dit Rae, qui se tourna vers moi avec une expression haineuse que je n'avais pas vue souvent.

– Vous n'enregistrez pas cette conversation, Olivia ? demanda Henry.

– Bon sang ! J'ai oublié.

– Non, non, je ne veux pas être enregistré. Ça vous ennuie si Rae et moi allons faire un tour ? Je voudrais avoir avec elle une petite conversation sur la respiration, etc. », dit-il avant de me fusiller du regard.

Henry et Rae sortirent de la maison. Postée à la fenêtre du salon, ma mère étudia l'inspecteur.

« Il y a quelque chose qui ne tourne pas rond chez lui.

– Quoi donc ?

– Je ne sais pas. Il a l'air déprimé.

– Il a l'air comme d'habitude.

– Non. Il y a un truc », insista ma mère.

J'ignore ce que Henry et Rae se dirent pendant cette promenade, mais quand ma sœur rentra, elle avait le pas élastique.

Elle annonça : « Je ne donne plus d'air à Henry, mais quand il me demandera de rentrer chez moi, j'accéderai à sa requête. » Elle prononça cette dernière phrase comme si elle récitait un scénario. Puis elle poursuivit : « Maman, je vais chez Ashley faire mes devoirs. Je peux ?

– Bonne idée. Laisse-moi son numéro de téléphone sur le plan de travail de la cuisine. Appelle-moi si tu as besoin que j'aille te chercher. »

Rae saisit ses affaires et fila.

« Je n'arrive pas à m'habituer à ce que Rae ait des amies, dis-je.

– Et aucune délinquante parmi elles », lança ma mère perfidement, faisant allusion à mes fréquentations d'adolescente.

Papa rentra peu après le départ de Rae, les cheveux mouillés et le visage encore rouge après ses activités physiques.

« Bonsoir, chéri ! lança maman d'un air détaché quand il se dirigea vers l'escalier.

– Tu étais au sport ? demandai-je.

– Hum, oui ! » dit-il très vite en grimpant l'escalier.

Quand il fut hors de portée d'oreille, maman dit : « Ton père fait un PPAM, c'est sûr, même s'il essaye de le camoufler le plus possible. C'est insensé. Avant, quand il allait au sport ou mangeait des brocolis, il envoyait un communiqué à la presse. Enfin bref, c'est un PPAM que j'aimerais bien avoir derrière moi.

– Maintenant, ça s'appelle un PPAR et plus un PPAM, maman.

– C'est quoi, un PPAR ?

– Un pétage de plombs de l'âge de la retraite. Papa commençait à être trop vieux pour les PPAM.

– Ça a changé quand ?

– Il y a environ quatre ans. Tu n'as pas reçu la circulaire ? »

Pendant que je remontais vers mon grenier, mon portable a sonné.

« Allô ?

– Izzie, c'est ton coloc qui t'appelle.

– Qui ?

– Bernie.

– On n'est pas colocs.

– Bien sûr que si.

– Je t'écoute, Bernie.

– J'ai un message pour toi. Petra t'a rappelée.

– Qu'est-ce qu'elle a dit ?

– Elle m'a juste demandé de te dire qu'elle t'avait rappelée.

– Si elle rappelle, dis-lui que je n'habite pas là et donne-lui mon numéro de portable.

– Redonne-le-moi, dit Bernie.

– C'est celui que tu viens de faire », répondis-je, et je raccrochai.

Je retéléphonai à Petra et laissai un message, lui rappelant que j'avais quitté l'appartement de Bernie et lui demandant encore une fois de prendre contact avec moi.

OÙ J'AI FAILLI
MONTER
UNE AGRESSION BIDON

16 h 30

En prévision de mon rendez-vous du soir, je décidai d'aller voir mes copains acteurs, Len et Christopher. Je les retrouvai entre deux répétitions pour prendre un café au Conservatoire, où ils terminaient tous les deux leurs études. Len et Christopher sont deux beaux trentenaires noirs très branchés mode. Le style vestimentaire de Len penche plutôt du côté du chic urbain, à l'opposé de celui de Christopher, qui fait un clin d'œil à l'Angleterre traditionnelle. Ces temps derniers, il s'est mis à porter des cravates à pans croisés avec ses chemises blanches empesées et ses pantalons impeccablement coupés. Cette mise prétentieuse passe parce qu'il a l'accent qui va avec. En fait, il est britannique.

J'ai une histoire trouble avec Len : au lycée, j'aurais pu détruire sa réputation et je me suis abstenue. Depuis, il se sent redevable. Il y a presque deux ans, je me suis fait rembourser en demandant à Len et son ami, Christopher, de m'aider à monter un faux deal d'héroïne, mesure de rétorsion contre mes parents qui avaient posé des micros dans ma chambre. Mes deux amis avaient toujours eu mauvaise conscience d'avoir participé à ce stratagème, mais les acteurs ont du mal à refuser de jouer. Résultat : on en trouvera toujours un pour faire une pub vantant les mérites d'un médicament contre les hémorroïdes.

Je leur payai leur café latte écrémé, ce qui les mit aussitôt sur leurs gardes. Au départ, j'optai pour une conversation anodine, afin de les amadouer en vue de leur prochain rôle ; aussi parlai-je du sujet favori des acteurs : eux-mêmes.

« Len va jouer Othello cet automne, dit Christopher.

– Génial, répondis-je. Quelle chance !

– Et Christopher a été choisi pour interpréter le rôle de Walter Lee dans *Un raisin sec au soleil*, dit Len.

– On a un mal fou avec les accents, gémit Len.

– Ça nous tue ! » renchérit Christopher.

Je faillis leur suggérer d'échanger leurs rôles, puisque Len était américain et Christopher anglais, mais je pris le parti de me taire, parce qu'avec les acteurs, il faut toujours faire attention à ce qu'on dit.

Je me demandais comment ils réagiraient à une production un peu plus d'avant-garde.

« J'ai des rôles pour vous, les amis, si ça vous intéresse.

– Quoi donc ? répondirent-ils en chœur d'un ton méfiant.

– Des loubards. Je voudrais que vous fassiez semblant d'agresser mon copain. Il s'agirait juste de lui piquer son portefeuille et de disparaître. Vous pouvez vous servir d'un pistolet non chargé. Ou d'un couteau. Ou encore emprunter une arme au magasin d'accessoires, je suis sûre qu'elles sont inoffensives.

– Ton copain sera au courant ?

– Non. Où serait l'intérêt ?

– Et s'il voulait se bagarrer au lieu de nous donner gentiment son portefeuille ?

– Aucun risque. Enfin, je ne pense pas. Ça marche ?

– Hors de question, répondit Christopher.

– Pourquoi ? » demandai-je. Mais je connaissais la réponse.

« Parce que c'est l'idée la plus tordue que tu aies jamais eue, Isabel.

– Oh, vous me sous-estimez ! »

J'essayai de trouver un autre plan.

« J'en ai une meilleure, repris-je.

– Je crains le pire, dit Christopher.

– Mais non. J'emmène mon copain dans un bar bondé et vous faites un numéro de pickpockets à deux. Christopher, tu renverses ton verre et, pendant que tu éponges mon copain, Len lui pique son portefeuille. Ça n'est pas la première fois que tu le fais, Len, ne me dis pas le contraire.

– Mais enfin, si c'est ton copain, tu devrais pouvoir prendre son portefeuille toute seule.

– Eh bien non. Il se méfie de moi. J'ai essayé, mais il n'y a pas moyen.

– Ça sera sans moi, dit Len.

– Sans moi non plus, dit Christopher. C'est vraiment trop risqué. »

Sans l'assistance de Len et Christopher pour appliquer la méthode douce, j'allais devoir recourir à une approche plus directe.

LE SUJET
PERD PATIENCE...

Il n'entrait pas dans mes projets de mettre fin à ma relation avec le sujet ce soir-là. Mais des semaines s'étaient écoulées sans apporter de réponses nettes à mes questions et ma patience s'épuisait. Il était temps de découvrir la vérité, quel qu'en soit le prix.

Malheureusement, le sujet a décidé de me renvoyer mes questions. J'ai enregistré la conversation, au cas où le vin m'embrumerait la mémoire.

Voici la transcription de la bande :

ISABEL : Alors, tu as vécu combien de temps à St. Louis ?

LE SUJET : Quatorze ans. Et toi, tu as toujours vécu à San Francisco ?

ISABEL: Oui. Tu y es resté jusqu'à quatorze ans ?

LE SUJET : Oui. Et tes parents ?

ISABEL: Normaux. Ce sont des parents tout à fait ordinaires. Aucun intérêt.

LE SUJET : Ta mère a un drôle de rythme de vie.

ISABEL: Elle est insomniaque. Il lui arrive de conduire pour se détendre.

LE SUJET : C'est pour ça qu'elle est toujours en pyjama quand elle sort au milieu de la nuit. J'ai trouvé ça très bizarre.

ISABEL: Tu as la clé du mystère. Alors, où es-tu allé après St. Louis ?

LE SUJET : Dans l'Iowa.

ISABEL: Pourquoi ?

LE SUJET : Parce que mon père y a été nommé enseignant.

ISABEL: Ah, il est professeur ?

LE SUJET : Était. Il est mort il y a quatre ans.

ISABEL. Désolée de l'apprendre. Qu'est-ce qu'il enseignait ?

LE SUJET : Les maths. Un soir où je n'arrivais pas à m'endormir, j'ai vu ta mère sortir pour une de ses promenades nocturnes en voiture, et très peu de temps après, je t'ai vu sortir aussi. C'était une coïncidence, ou tu la suivais ?

ISABEL: Ça t'arrive souvent d'avoir des insomnies ?

LE SUJET : Oui.

ISABEL: Comment ça se fait ?

LE SUJET : J'ai beaucoup de choses en tête.

ISABEL: Lesquelles exactement ?

LE SUJET : Pourquoi suivais-tu ta mère ?

ISABEL: Je voulais savoir ce qu'elle allait faire.

LE SUJET : Pourquoi ne pas lui avoir posé la question ?

ISABEL: Parce qu'elle aurait menti.

LE SUJET : Et tu maintiens que tes parents sont des gens barbants ?

ISABEL: Je les trouve très quelconques. Tu es resté longtemps dans l'Iowa ?

LE SUJET : Trois ou quatre ans.

ISABEL. Trois ans ou quatre ans ?

LE SUJET : Je ne me rappelle pas.

ISABEL: Tu te caches ?

LE SUJET : Où as-tu pris cette idée ?

ISABEL: Je ne crois pas que John Brown soit ton vrai nom.

LE SUJET : Tu es toujours aussi soupçonneuse ?

ISABEL: Oui. Ne prends pas ça comme une offense personnelle.

LE SUJET · Est-ce qu'il y a une chance que tu laisses tomber ?

ISABEL: Pas vraiment.

LE SUJET : Pourquoi ?

ISABEL: Parce que je n'arrive pas à trouver beaucoup de bonnes raisons à l'utilisation d'un nom d'emprunt.

LE SUJET : Je m'appelle bien John Brown.

ISABEL: Imaginons que tu sois un témoin protégé par le FBI. C'est possible, j'imagine, mais j'ai toujours eu l'impression que les agents fédéraux étaient très forts pour créer des antécédents plausibles à ceux qu'ils protègent. Je veux dire que si un détective privé lambda peut prouver que quelqu'un n'est pas celui qu'il prétend être, cela veut dire que ledit quelqu'un n'a pas beaucoup de chances de rester anonyme.

LE SUJET : Ma patience s'épuise.

ISABEL: La mienne aussi. Qui es-tu ?

LE SUJET : Je t'ai déjà dit mon nom.

ISABEL: Si tu me donnais le vrai ?

LE SUJET : Le vrai, c'est John Brown.

ISABEL: Qui était la femme que tu as rencontrée au jardin partagé l'autre jour ?

LE SUJET : Comment sais-tu que j'ai rencontré une femme ?

[Silence.]

LE SUJET : L'addition, s'il vous plaît.

[Fin de la soirée.]

Pendant le trajet de retour à nos résidences respectives, Il régna un silence complet dans la voiture. Le sujet se gara dans son allée et ouvrit la portière.

« Au revoir », dit-il. Jamais je n'avais entendu d'adieu aussi définitif.

Je me bornai à répondre : « Tu ne perds rien pour attendre. »

Ce furent les derniers mots polis échangés entre nous.

LE « CABINET JURIDIQUE » DE MORT SCHILLING

Lundi 24 avril, 11 h 55

Morty continua à jeter des notes sur son carnet.

« Tu as l'air soucieux, dis-je.

– Tu vas passer pour une traqueuse, Isabel : tu commences à le harceler quand il t'a larguée.

– J'avais commencé longtemps avant.

– Pourquoi as-tu été aussi soupçonneuse ?

– Tu veux voir la liste complète de mes raisons ?

– Une chose à la fois, répliqua Morty[1]. Dis-moi juste ce que tu savais à ce stade de la partie.

– Je savais que le sujet m'avait donné une DDN bidon et peut-être un faux nom. Il avait échangé des enveloppes en papier kraft avec une femme dans un jardin partagé. Qui sait ce qui s'y trouvait ? Et puis tout ce jardinage. Il y avait du louche là-dessous.

– Quand as-tu eu un nouveau contact avec Mr. Brown ?

– Quelques semaines plus tard.

---

1. Il essayait de faire durer le plaisir le plus possible.

– Pourquoi s'est-il écoulé tant de temps entre les deux ?

– Je ne savais pas comment m'y prendre. C'est difficile d'enquêter sur quelqu'un quand on ne sait pas qui c'est au juste. Et puis, j'avais d'autres préoccupations immédiates.

RAPPORT SUR LES COMPORTEMENTS SUSPECTS N° 10

« ALBERT SPELLMAN »

Jeudi 21 février

En rentrant à la maison ce soir-là, je découvris que ma mère était sortie en service commandé et que mon père était sur internet, en train de préparer leur prochaine disparition.

« Qu'est-ce que tu fais, papa ?

– Ta mère et moi envisageons de partir en croisière, parce que c'est ce que font les gens quand ils deviennent vieux.

– Ça va, la tête ?

– Très bien, merci », rétorqua papa. Il me rangeait visiblement parmi ceux avec qui on ne peut pas avoir de conversation sérieuse.

« Tu voulais me parler de quelque chose en particulier ?

– Non.

– Tu es sûr ?

– Ouais.

– Parce que l'autre jour, je n'étais pas en forme.

– Non, tu étais naturelle.

– Qu'est-ce que ça veut dire ?

– Rien. Juste que tu avais une réaction habituelle chez toi.

– Tu m'insultes, là, papa. Mais comme je ne veux pas mourir idiote, j'aimerais essayer de reprendre cette conversation. »

Silence de mort.

« S'il te plaît, dis-je.

– Pas question.

– J'aimerais vraiment revenir dessus. »

Papa s'est éclairci la voix, hésitant à me donner ou non une seconde chance. Il prit le parti de le faire.

« Je t'ai demandé si tu étais heureuse de ce que tu faisais. C'est le cas ?

– Pourquoi tu me demandes ça ?

– Pourquoi tu ne peux pas juste répondre à la question ?

– Pourquoi tu ne peux pas me dire pourquoi tu la poses ? »

Il soupira et mit les pieds sur son bureau, regrettant sans doute d'avoir pris le parti susmentionné.

« Ta mère et moi refaisons nos testaments.

– Pourquoi ?

– Parce que voilà dix ans que nous ne les avons pas changés, que j'ai plus de soixante ans et que nous prévoyons une ou deux autres disparitions. Il faut que nos affaires soient en ordre.

– Je vois.

– C'est ça que tu attends de ta vie ? » demanda papa avec un geste embrassant le bureau. Il avait choisi un mauvais jour pour attirer mon attention sur l'exiguïté de notre environnement de travail. L'agence Spellman occupe une seule grande pièce qui abrite quatre bureaux et un mobilier dépareillé. Elle aurait eu besoin d'un grand ménage : la moquette était sale, les classeurs poussiéreux et la déchiqueteuse pleine.

« Je préférerais des couleurs plus vives », répliquai-je.

– Isabel, tu vas répondre à cette question, oui ou merde[1] ? Ma patience a des limites.

– Tu peux préciser, papa ?

– Veux-tu qu'on te laisse l'affaire dans notre testament ? On peut vous laisser ça en indivision à tous les trois, mais comme on espère que Rae ira à l'université, ce serait toi qui aurais à diriger l'affaire toute seule au cas où il nous arriverait quelque chose, à maman ou à moi.

– Oh ! » soufflai-je. Le sang se mit à cogner dans ma tête, car je ne m'attendais pas à ce que la conversation prenne un tour aussi sérieux. « Je ne sais pas.

– Ça répond à ton attente dans la vie ?

– Je ne sais pas. Je suis obligée de répondre à cette question tout de suite ?

– Non. Mais il serait bon que tu commences à y réfléchir.

– Faut que je boive quelque chose », dis-je en fonçant sur le réfrigérateur.

---

1. Papa, qui avait été flic, faisait un usage libéral et fréquent du mot. Mais en tant que père, il s'était aperçu qu'en en limitant l'usage, il pouvait s'en servir comme d'un avertissement pour ses enfants.

RAPPORT SUR LES COMPORTEMENTS SUSPECTS N° 11

« Olivia Spellman »

Maman entra dans la cuisine au moment où je venais de décapsuler une bouteille de bière.

« Comment va l'affaire Chandler ? demanda-t-elle.

– Hein ? répondis-je, la tête encore à ma conversation avec papa.

– Tu as avancé ou doit-on s'attendre à voir des lutins bourrés dans un futur proche ?

– Je suis encore en train de mettre au point ma stratégie. »

Ma mère alluma la bouilloire sans répondre et s'assit de l'autre côté de la table.

« Où étais-tu ? demandai-je.

– Nulle part.

– Vraiment ? Tu peux me donner des indications ? Parce qu'il y a des jours où j'aimerais bien y aller.

– Excuse-moi. Je t'ai donné une réponse floue, dit maman. La réponse correcte serait "Pas dans un endroit qui présente le moindre intérêt pour toi."

– Tu en es si sûre ?

– Absolument, répondit ma mère en posant sur moi le regard très spécial qu'elle a lorsqu'elle elle veut me faire baisser les yeux.

– Alors tu n'étais pas en train de saboter la moto d'un pauvre mec ? » demandai-je. Et je vis à son expression que j'étais tombée pile.

Elle se leva prestement et dit : « Si j'étais toi, Isabel, je la bouclerais, tu vois. »

Il y a des gens qui menacent sans que leurs mots portent. Pas ma mère. Si je voulais savoir la vérité sur son comportement de plus en plus bizarre, il faudrait que je sois très circonspecte. Entre-temps, j'avais à me soucier d'un autre type de vandalisme.

L'AFFAIRE CHANDLER

CHAPITRE 2

Mercredi 22 février, 9 heures

Le lendemain matin, je commençai mon enquête en interviewant tous les témoins des actes de vandalisme originaux d'il y a environ treize ans.

Interview n° 1 : Spellman, Albert

Voici la transcription de la bande :

ISABEL : Papa, est-ce que tu te souviens de la suite d'aménagements apportés aux tableaux grandeur nature de Mrs. Chandler au cours de l'année scolaire 1992-93 ?

ALBERT : Aménagements. J'apprécie le choix du mot.

ISABEL : Merci de répondre à la question.

ALBERT : Oui, je me souviens des aménagements en question.

ISABEL : En détail ?

ALBERT : Oui.

ISABEL : Tu te souviens d'en avoir parlé à qui que ce soit ?

ALBERT : Oui.

ISABEL : À combien de personnes environ ?

ALBERT : Environ quarante ou cinquante.

ISABEL : Tu es dingue ou quoi ? Tu n'avais pas d'autre sujet de conversation ?

ALBERT : Tu m'excuseras, Isabel, mais j'en avais assez d'entendre mes collègues délirer sur les bonnes notes de leurs filles, leurs victoires dans l'équipe de natation, leurs premiers prix de science et leur éducation dans les universités les plus prestigieuses. C'était le seul domaine où tu me permettais de la ramener un peu, et ça m'amusait d'en parler. Je n'appréciais pas que tu commettes des actes de vandalisme, non, mais certains de ces « aménagements », comme tu les appelles, étaient géniaux.

ISABEL : Je ne vois pas du tout de quoi tu veux parler.

ALBERT : Change de disque.

ISABEL : Sur la cinquantaine de personnes à qui tu as mentionné les faits, y en a-t-il à qui tu as donné un compte rendu très précis ? Ce que j'essaie de savoir, c'est qui pourrait connaître les détails. Je veux dire, tous les détails. Les interventions d'aujourd'hui dans la cour de Mrs. Chandler sont les répliques exactes de la saison 92-93.

ALBERT : Il y avait une bonne vingtaine de personnes qui avaient assez d'informations pour reproduire les... aménagements si elles y tenaient vraiment. Mais tu oublies ton oncle Ray. Il prenait des photos. Je crois qu'il a même fait un album qu'il emportait avec lui dans les bars et autres lieux. Ça a eu beaucoup de succès, à ce qu'il m'a dit. Ton vivier de suspects est considérable, Izzy. Considérable. Tu n'arriveras à résoudre cette affaire que par la bonne vieille méthode de la surveillance.

ISABEL : C'est bien ce que je craignais.

[Fin de la bande.]

Notes sur la surveillance

Comme il faut souvent des heures ou des semaines pour convaincre quelqu'un d'une action illégale, suspecte ou immorale, et comme la surveillance coûte au moins 50 dollars (et parfois jusqu'à 75) de l'heure par enquêteur[1], c'est elle qui constitue la base des revenus des détectives privés. Mais c'est une tâche très fastidieuse. Je la trouvais marrante quand j'étais ado et protégée par les lois contre le travail des enfants. Et aussi juste après avoir obtenu ma licence, car je ne travaillais jamais en solo. Mais la première fois que j'ai passé huit heures d'affilée[2] seule dans ma voiture, à écouter la radio de nuit, j'ai été bien guérie de mon goût pour la filature.

Jusqu'à ces temps derniers, Rae avait contracté une sévère addiction à la surveillance sauvage. Nous n'avions pas réussi à la guérir de ce vice jusqu'à ce que Henry Stone nous ait fait remarquer que la surveillance est une activité extrêmement ennuyeuse et que nous encouragions Rae en lui confiant des tâches beaucoup plus contraignantes que la surveillance courante. Pendant deux mois, mes parents ont fait pointer Rae pour plus de quarante heures de surveillance traditionnelle, quarante heures mortelles où elle a dû rester assise dans une voiture avec un adulte qui l'ignorait[3], sans rien à grignoter, et avec des permissions d'aller aux toilettes restreintes. Cette modification très simple a réduit le goût de Rae pour la surveillance sauvage

---

1. L'enquêteur rapporte au moins quinze dollars. Mon tarif courant est de 25 dollars l'heure pour une surveillance, 20 dollars pour un travail d'enquête et 15 dollars pour un travail administratif, que j'essaie de réduire au minimum.

2. Dont les quatre dernières obsédées par l'envie croissante de faire pipi.

3. Henry a expliqué que si nous entrions en conversation, le temps passerait plus vite. Il fallait qu'il lui semble interminable.

d'environ 80 %. Nous ne l'avons jamais éliminé complètement, mais maintenant que Rae avait Henry Stone, des copines de lycée et le mystère de la morve de Mr. Peabody, il ne lui restait plus guère de loisirs pour d'autres activités.

LE « CABINET JURIDIQUE » DE MORT SCHILLING

Lundi 24 avril, 12 h 05

Morty était perturbé, ou plutôt fasciné, par l'affaire mystérieuse des vandales plagiaires.

« C'est fatalement un de tes proches, dit-il en mettant ses doigts bout à bout et en me regardant en coin par-dessus, comme un détective dans un mystère en chambre close.

– Comment ça, un proche ?

– Un membre de ta famille.

– Tu crois que mon père ou ma mère ont le temps d'aller mettre à sac la cour d'une vieille dame ?

– Si ta mère trouve celui d'aller saboter la moto d'un ado quelconque, je ne sais pas trop où elle s'arrêtera.

– Écoute, j'ai vérifié l'emploi du temps de tous les membres de ma famille. Mrs. Chandler m'a donné des dates très précises des méfaits commis. Maman, papa et Rae ont tous des alibis pour la plupart de ces dates. Et puis, ce n'est pas leur style. D'ailleurs, ce n'est plus le mien non plus. Le ou les auteurs de ces actions ont un lien avec moi, mais pas un lien de sang.

– Si j'étais toi, je réfléchirais davantage à ces actes de vandalisme qu'aux faits et gestes de ton fameux voisin.

– Merci, mais ce sont plutôt des conseils juridiques que je veux.

– Pour en revenir à l'injonction, dit Mort, Mr Brown n'en avait pas encore déposé la requête, à ce stade ?

– Non.

– Quand a eu lieu votre premier contact après qu'il a rompu ?

– Je ne pense pas qu'il ait rompu avec moi. L'initiative venait des deux côtés, je crois.

– Izzila, tu veux bien répondre à ma question ?

– Environ quinze jours après notre dernier rendez-vous. »

DISPARITION N° 2

OHÉ, DU BATEAU !

Mercredi 8 mars

Comme j'avais en tête plusieurs stratégies pour déloger Bernie de mon appartement, je me refusais fermement à en chercher un autre. Mes parents ont donc décidé de profiter de ma présence imprévue pour partir ensemble. Papa a trouvé sur le net une croisière de quinze jours avec une réduction de soixante pour cent sur un site de départs de dernière minute. Apparemment, ce bateau (*Princesse Leia*, baptisé par Carrie Fisher en personne) avait récemment été l'objet d'un détournement (oui, un détournement de bateau, c'est impressionnant) et les réservations avaient chuté à leur niveau le plus bas depuis dix ans. Papa a sauté sur l'occasion et commencé à faire ses bagages.

Maman m'a expliqué plus tard que mon père et elle éprouvaient la même réticence à laisser Rae toute seule, tout en sachant bien l'un et l'autre qu'elle savait comment se comporter en cas d'urgence. Papa m'a dit que je les avais échaudés, et que leur confiance était détruite à jamais. À mon avis, ils considéraient encore Rae comme un bébé et n'arrivaient ni l'un ni l'autre à imaginer qu'elle avait l'âge de rester seule.

La veille de son départ, ma mère avait posé sur le frigidaire la liste de choses à faire et ne pas faire :

Consignes pour la durée de notre disparition :
PRIÈRE de sortir les poubelles
PRIÈRE de vous laver les dents et de rester propres sur vous.
PRIÈRE de s'assurer que Rae va à l'école
INTERDICTION de laisser le feu sans surveillance
INTERDICTION de commander de la pizza plus d'une fois
par semaine (sous peine d'une amende de 200 dollars).

Après avoir lu la liste, je rappelai à ma mère que je n'étais ni une gamine, ni une débile légère, ni une souillon. « Je sais, ma chérie, répondit-elle, mais tu as toujours eu une légère tendance à être paresseuse et destructrice, et je veux juste m'assurer que tu ne contamines pas Rae pendant ce qui sera, je l'espère, un merveilleux moment de rapprochement entre mes deux filles.

– Tu n'as aucun moyen de faire payer cette amende sur la pizza », dis-je en regardant ma mère comme si elle était folle à lier.

Elle me toisa aussi : « Je la déduirai de ton salaire. Tu ne t'attendais pas à ça, hein ? Amusez-vous bien. Et si vous avez un problème, appelez Henry.

– Tu ne crois pas que ça serait plus logique d'appeler David ? C'est notre frère et en plus, il est avocat.

– C'est vous qui voyez », répondit froidement maman qui, apparemment, en voulait toujours à mon frère.

Nous nous sommes fait nos adieux et j'ai regardé le taxi des parents disparaître. Rae est partie au lycée. Après quoi, j'ai appelé le bureau de David, où sa secrétaire m'a appris qu'il était souffrant depuis trois jours. J'ai téléphoné chez lui. Comme je m'y attendais, il n'a pas répondu. J'ai donc décidé d'aller voir sur place, histoire d'en avoir le cœur net.

RAPPORT SUR LES COMPORTEMENTS SUSPECTS N° 12

« David Spellman »

La voiture de David était garée dans l'allée, mais personne n'a répondu à mon coup de sonnette. À voir les papiers empilés sur le pas de sa porte, je me suis dit qu'il ne l'avait pas ouverte depuis quatre jours. On était mercredi.

David habite une maison victorienne rénovée assez semblable à celle des Spellman, en plus chic. Je suis passée par l'escalier de derrière pour accéder à la fenêtre de l'arrière-cuisine. J'avais pris dans ma voiture un tournevis simple que je garde pour les urgences, ou pour le cas où je dois casser les feux arrière. J'ai forcé la fenêtre sans bruit et me suis introduite tant bien que mal par l'étroite ouverture. Je me suis trouvée sur le dessus du sèche-linge, puis en rampant, ai fini sur le sol, où j'ai atterri avec un bruit sourd sur le flanc avant de me relever lentement.

En me repérant au son, j'ai trouvé mon frère dans la salle de télévision, équipée d'un écran plasma de cent quarante centimètres, d'un canapé de cuir, d'un bar et d'une chaîne stéréo haut de gamme. La pièce était plongée dans la pénombre, les stores baissés, et

David était couché sur le canapé en pyjama. Quand je me suis assise à côté de lui, c'est à peine s'il a tourné la tête.

« N'entre plus chez moi par effraction, dit-il sans cesser de regarder l'odieuse télévision.

– Eh bien ! Tu as vraiment dû faire fort pour descendre aussi bas.

– Isabel, tu parles sans savoir.

– Si tu me disais ce qui se passe ? Je pourrais peut-être t'aider à arranger les choses. Tu la récupérerais peut-être.

– Fous le camp.

– Voilà trois semaines que j'essaie de joindre Petra, et je n'arrive même pas à lui parler au téléphone. C'est ma meilleure amie, David. Moi je veux la retrouver, même si toi tu ne veux plus d'elle. Dis-moi ce qui s'est passé.

– Je ne veux plus en parler.

– Mais est-ce qu'on en a déjà parlé ?

– Finis ton verre et va-t'en. Et ne reviens pas sans être invitée. Compris ?

– David, je viens de forcer une fenêtre pour entrer chez toi. Il est clair que je ne respecte pas les interdictions. Tu crois vraiment qu'il suffit de me dire "non" pour me dissuader ? »

David m'a prise par le bras, m'arrachant à mon fauteuil. Il est plus grand que moi, et s'il veut jouer les durs, il le peut[1]. Après m'avoir menée jusqu'à sa porte et poussée dehors, il m'a fixée aussi droit que le lui permettait son regard injecté d'alcool.

« Je ne plaisante pas, Isabel… je veux juste… »

Et il m'a claqué la porte au nez sans terminer sa phrase.

---

[1]. Enfin, à moins que je décide de taper sous la ceinture. Restez en ligne, querelle entre frère et sœur en perspective.

En regagnant ma voiture à grands pas, j'ai essayé de rassembler mes souvenirs pour voir si j'avais noté un signe de désaccord entre David et Petra. Aucun. Pendant deux ans, tout baigne et puis voilà que Petra se fait tatouer et quitte la ville, que David cesse de se laver et de sortir de chez lui. Et personne ne veut me dire ce qui se passe.

SEULE MAÎTRESSE À BORD :

CHAPITRE 2

Cet après-midi-là, quand je regagnai la maison Spellman, Rae était au téléphone. Elle m'observa attentivement tout en écoutant le ou la correspondant(e) à l'autre bout du fil. Ses réponses devinrent soudain vagues et contraintes.

« Oui, ça va... Je n'en suis pas sûre... Je te le dirai quand je le saurai... Mm-mmm... J'ai entendu... Ouais... Ça serait bien, ouais. Je l'achèterai. Ouais... Isabel est rentrée alors tu vois.

– Qui c'était ? demandai-je quand elle eut raccroché.

– Quelqu'un de la classe.

– La même que la dernière fois ?

– Non.

– Comment elle s'appelle ?

– Jason.

– Drôle de nom pour une fille.

– C'est pas une fille.

– J'avais compris.

– T'as d'autres questions ?

– C'est ton petit copain ?

– Tu es un vrai dinosaure, dit Rae en sautant du plan de travail sur lequel elle était assise. Il y a un message pour toi sur la ligne du bureau », poursuivit-elle avant de partir dans sa chambre.

Je découvris le message sauvegardé après avoir entré mon code secret.

« Salut, Izzy. C'est Petra. Je suis en Arizona, chez ma mère. Je rentre d'ici quelques semaines. On parlera à ce moment-là. »

J'appelai son portable à la seconde où j'entendis son message, et tombai sur sa boîte vocale.

« Salut, Petra, c'est Izzy. J'ai un peu de mal à comprendre ce que tu fabriques. J'ai un portable Le numéro est programmé sur le tien. Je le sais parce que c'est moi qui l'ai fait. Si tu avais laissé tomber ton téléphone dans une rivière, je pourrais comprendre pourquoi tu m'appelles sur la ligne du bureau, mais comme on a une présentation du numéro et que je vois celui d'où tu m'as appelé, tu n'as aucune excuse. Rappelle-moi sur mon portable. Je veux savoir ce qui se passe. Je t'en prie. »

Le coup de la sonnette

Mon projet était de passer la soirée en planque devant chez Mrs. Chandler. La veuve avait installé ses décorations de bonne heure, espérant attraper les vandales avant même le début des vacances. Elle avait suivi mon conseil, dans l'espoir que je parviendrais à les coincer au plus tôt et à clore le dossier pour de bon. Peut-être était-ce le souvenir de mon péché de jeunesse qui me poussa au crime ? Toujours est-il qu'à 23 h 59, je garai ma voiture à une rue de mon ancien appartement, sonnai et me glissai dans l'entrée de l'immeuble voisin en attendant que Bernie appuie sur l'interphone. Dix minutes plus tard, je sonnai à nouveau avant de disparaître dans l'entrée voisine. J'attendis encore dix minutes et sonnai une troisième fois, puis regagnai ma voiture et me garai devant la maison de Mrs. Chandler.

Jeudi 9 mars, 1 h du matin

Quand j'arrivai, les lutins étaient debout, et sobres. Les pots dorés d'où partaient des arcs-en-ciel de papier crépon n'étaient pas encore submergés par une flopée de canettes de Guinness ni noyés dans une mer de soupe aux légumes ressemblant à du vomi. D'après mes calculs, basés exclusivement sur des preuves anecdotiques[1], les plagiaires frapperaient entre ce jour et celui de la Saint-Patrick.

S'ils se manifestaient à une heure tardive, j'étais bonne pour une longue nuit, puis une autre et encore une troisième. C'est alors que j'ai changé de programme.

La décision a été prise en une fraction de seconde. J'avais le choix entre le mystère qui m'était assigné et celui qui m'intéressait davantage. Par une coïncidence heureuse (ou malheureuse, selon le point de vue) je vis passer la Volkswagen Jetta du sujet devant mon véhicule de surveillance aux premières heures du jeudi matin. Je ne la reconnus pas immédiatement à sa plaque d'immatriculation, mais à sa portière côté conducteur, nettement enfoncée et à la peinture éraflée.

Je mis le contact et la suivis, priant pour que les lutins s'abstiennent de se saouler en mon absence.

La voiture du sujet tourna à gauche sur Van Ness Avenue et passa devant Market Street. Le hic dans les filatures de nuit, c'est que dans les rues vides, on se rend vite compte qu'on est suivi, surtout si on a

---

1. Dont 90 % étaient basées sur mon propre comportement.

tendance à regarder souvent dans son rétroviseur. Et je parie que c'est le cas d'un homme qui ferme une porte à clé chez lui et adopte de fausses identités. Mon seul avantage était que ses feux arrière ne brillaient pas également. Cela arrive souvent lorsqu'un des deux a été remplacé.

Je restai à distance le plus longtemps possible, m'efforçant de laisser au moins un véhicule entre le sien et le mien. Il descendit Mission Street vers le sud pendant dix ou quinze minutes, passa devant Cesar Chavez et la quatre voies et entra dans le quartier d'Excelsior. Il tourna alors à gauche dans une rue résidentielle, dont je ne distinguai pas le nom, bordée de petites maisons en stuc, plus ou moins bien entretenues. Je me rapprochais dangereusement et ne pouvais me permettre de me faire repérer. J'éteignis donc mes phares[1] et continuai à naviguer dans les petites rues sur les traces du sujet.

Qui se gara devant une maison délabrée dont la pelouse était jonchée d'une foule d'objets ressemblant à des rebuts de brocantes sauvages. La peinture devait remonter à vingt ans, à en juger par ce qui en restait. Pas une seule lumière n'était allumée à l'intérieur. Mais peu importe, je ne m'étais pas trompée de maison. Trois portes plus bas, une femme blonde vêtue d'un pyjama sur lequel elle avait enfilé un sweat pourri des San Francisco Giants sortit d'une autre maisonnette en stuc, celle-ci en bon état, à ceci près qu'elle avait aussi besoin d'un coup de peinture. Elle était également plongée dans le noir complet.

La blonde ouvrit la portière et resta assise sur le siège du passager de la voiture du sujet pendant environ dix minutes. Les lumières étaient éteintes et je ne pouvais prendre le risque de m'approcher davantage, aussi était-il impossible de voir ce qu'ils faisaient. Puis la femme sortit de la voiture en tenant quelque chose qu'elle n'avait pas en y entrant.

---

1. Exemple à ne pas suivre.

Peut-être s'agissait-il d'un sac en papier, mais je ne pouvais pas le dis-
tinguer.

Le sujet remit le moteur en marche et s'éloigna. Je le suivis sur une
courte distance, jusqu'à ce qu'il fût évident qu'il rentrait chez lui. Alors,
je repartis chez Mrs. Chandler par un chemin différent et me garai une
fois de plus devant chez elle. En mon absence, les lutins étaient restés
sobres.

Trois heures plus tard, au lever du jour, je rentrai me coucher.

OÙ J'AI FAILLI METTRE EN SCÈNE UNE AGRESSION BIDON N° 2

J e me réveillai l'après-midi avec un plan. Un plan né de mes soupçons obsédants concernant le sujet, qui me persuadaient qu'il était dealer, et que c'était cela son secret. Voilà qui pouvait expliquer les cachotteries, la porte fermée et l'échange de paquets après minuit dont j'avais été témoin.

Je m'habillai, avalai deux tasses de café et me mis en quête de Rae pour être sûre qu'elle était bien là. Je la découvris dans le bureau de l'agence, en train de chercher sur Google des réponses à la question « Pourquoi garder sa morve ? » formulée selon plusieurs variantes. Ces jours derniers, la question était devenue un refrain constant chez nous, comme le chœur d'une chanson, et elle était toujours formulée sur un ton très intense : *Pourquoi ? Pourquoi garder sa morve ?* Selon mon habitude, je répondais : « Je ne vois pas du tout. »

Je pris ma voiture, traversai le pont et arrivai sans tarder à l'entrepôt familier de Oakland.

D'emblée, Len et Christopher furent sur leurs gardes, sachant pertinemment que je ne m'étais pas pointée pour prendre du thé avec des petits gâteaux (même si c'était un bonus).

Len alla droit au but : « On t'écoute, ma louloute.

– J'ai un autre rôle pour vous.

– Hein ? s'écria Chris, stupéfait.

– J'aimerais que vous refassiez votre numéro de dealers.

– Qui est la cible ?

– Mon ex. C'est mon voisin. Je crois qu'il deale.

– Qu'est-ce qui te fait penser ça ? demanda Christopher.

– Primo, je l'ai vu échanger des paquets au moins deux fois. Dont une au milieu de la nuit. Deuxio, il fait du jardinage. Vraiment, et vous savez ce que ça veut dire. »

À voir l'expression de Christopher, ça n'était pas le cas.

« Tu sais, si c'est un dealer, il a probablement son réseau d'approvisionnement, dit Len.

– Okay. Alors, essayez de lui acheter de la dope. »

Len, qui avait été dans la partie, avait gardé une certaine loyauté envers son ancien milieu. « Isabel, ça s'appelle piéger les gens.

– Non. Ça s'appelle jouer la comédie.

– Je le sens mal », dit Christopher.

Je soupirai et essayai de trouver un autre plan.

« Et puis il faut que je te dise une chose, poursuivit-il, on n'aime pas s'enfermer dans le même rôle.

– Exact, dit Len.

– Comment ça ? demandai-je.

– On a déjà joué les dealers pour toi ; l'autre jour, tu nous as proposé de jouer les voleurs à main armée, et puis les pickpockets. Aujourd'hui, tu reviens au deal. Tu nous vois dans quoi la prochaine fois ? Un rôle de souteneurs ?

– Désolée, les mecs. Mais dans mon genre de boulot, je ne fréquente pas beaucoup les ducs et les comtes. Ceux que j'essaie de coincer sont dans l'illégalité, et j'ai plutôt besoin de gens qui vivent dans l'univers du crime pour les y attirer. Vous me pardonnez ?

– Ce n'est pas faux, ce qu'elle dit, concéda Christopher.

– Il n'y a vraiment pas moyen de vous convaincre ? demandai-je.

– Excuse-nous, ma chérie, dit Chris. On se verrait mieux dans un rôle à la Denzel Washington. Un peu plus de thé ? »

L'EX N° 10

Nom :	Greg Larson
Âge :	38 ans
Activité :	Shérif du comté de Marin
Passions :	Tir à la cible et bière
Durée :	Six semaines
Dernières paroles :	« Non plus. »

J'ai rencontré le shérif Larson lors des guerres spellmaniennes mentionnées plus haut. C'était l'un des personnages importants dans mon « insoluble » affaire de personne disparue. Il a éveillé mes soupçons dès que je l'ai rencontré. Il prononçait rarement une phrase complète, préférant les réponses d'un seul mot, voire deux, à presque toutes les questions. Cependant, une fois l'affaire terminée, quand je compris que je m'étais lourdement trompée à son sujet – j'étais pratiquement sûre qu'il couvrait un meurtre à moins qu'il ne fût lui-même l'assassin –, je ne suis pas restée insensible à son charme.

Je me dis que je devais des excuses à Greg Larson. Et ces excuses prirent la forme d'une brève relation, qui ne saurait mieux se résumer que par notre conversation finale, exemple de la volubilité sans précédent du shérif, à ma connaissance du moins.

SHÉRIF : Les questions, ça suffit.

ISABEL : Ignorer les questions, ça suffit.

SHÉRIF : Tu n'arrêtes donc jamais ?

ISABEL : Au bout d'un moment, peut-être.

SHÉRIF : Quand ? J'aimerais une date exacte.

ISABEL : Quand j'aurai toutes les informations dont j'ai besoin.

SHÉRIF : Ça excite peut-être ton cerveau, mais ton cœur n'y est pas.

ISABEL : C'est toi qui n'y es pas : mon cœur a besoin de plus d'informations que les autres cœurs.

SHÉRIF : Tu y trouves ton compte ?

ISABEL : Pas vraiment. Et toi ?

SHÉRIF : Non plus.

Cela faisait un an que je n'avais pas revu le shérif. Je me dis qu'il était grand temps de profiter de ce dont il pouvait m'être redevable après une banale histoire de six semaines. Larson m'adressa un sourire amical et allongea ses jambes sur son bureau quand j'entrai.

« Spellman, s'exclama-t-il. Qu'est-ce qui me vaut ce plaisir ? »

Je m'assis sur le rebord de son bureau et répondis : « J'ai besoin d'un service.

— Je m'en doutais. Ça se voyait dans ton regard.

— Je t'ai laissé tranquille pendant un an plein. Rends-moi cette justice.

— Je n'aurais pas eu d'objection à te voir de temps en temps. Seulement il faut toujours que tu poses des questions.

— Je ne serai pas longue, dis-je en lui tendant un bout de papier sur lequel j'avais noté toutes les informations, même minimes, que j'avais sur le sujet.

– Je ne suis même pas sûre que ce soit son nom, poursuivis-je, mais à supposer que oui, je n'arrive à retrouver sa trace ni à St. Louis, ni à Washington, ni dans l'Iowa – alors qu'il prétend avoir vécu dans ces trois endroits. Ce que tu peux savoir, toi, c'est s'il a un dossier à la police. Par exemple, s'il a fait l'objet d'une plainte. Ce genre d'info qui ne se trouve sur aucune banque de données. Peux-tu chercher ça pour moi ? »

Larson prit le bout de papier. « Qui c'est, ce type ?

– C'est le voisin immédiat de mes parents. Il y a quelque chose de louche chez lui. »

Larson mit le papier dans sa poche et dit : « Je vais me renseigner. »

La phase « service » de notre dialogue étant terminée, nous sommes passés en mode « conversation ». L'une des choses que j'appréciais particulièrement chez Larson, c'était que bavarder ne l'intéressait pas vraiment. Je savais donc que notre entretien se terminerait sans tarder.

« Alors, ça se passe bien pour toi ? poursuivis-je.

– Je ne peux pas me plaindre. Et toi ?

– Moi, si, mais comme je sais que tu détestes ça, je m'abstiendrai. »

Alors, je commis l'erreur de remarquer la photographie d'une femme encadrée sur son bureau.

« Qui est-ce ? demandai-je

– Ma fiancée. » Si la jalousie n'était pas du tout à l'ordre du jour, j'éprouvai cependant une impression vaguement désagréable. Je me levai pour partir.

« Elle est neurochirurgien ? lançai-je.

– Non, répondit Larson en riant.

– Elle n'a pas participé aux Jeux olympiques ?

– Comment le sais-tu ? » fit-il, surpris.

LE PHILOSOPHER'S CLUB

Milo continuait à se montrer assez désagréable.

« Tu sais qu'il n'est jamais trop tard pour s'entraîner pour les Jeux olympiques. Enfin, tu es trop vieille pour l'athlétisme, la gymnastique, le patinage artistique, le volley, le basket et tous les sports nobles, mais pour certains autres "sports", tu pourrais essayer en commençant tout de suite et en t'entraînant vraiment dur.

– Qu'est-ce qui t'est arrivé, Milo ? Autrefois, tu étais plus sympa.

– Je me fais vieux, j'ai de plus en plus mal aux pieds, j'ai un problème de prostate et je deviens carrément grognon. T'entendre te lamenter sur ta médiocrité parce que tu ne fais pas partie de l'équipe olympique, je trouve ça stupide. Le seul sport que tu aies pratiqué, c'était le vandalisme. Et encore : en amateur.

– Je suis désolée pour ta prostate. Je suis sûre que ça ne doit pas être marrant d'avoir à faire pipi tout le temps. »

Au regard que Milo me lança, je devinai qu'il regrettait son court moment de franchise.

Car l'info, c'est le pouvoir.

LE CONTRAT CHANDLER

Vendredi 10 mars, 10 h 30

Le lendemain étant un samedi, j'ai invité Rae à m'accompagner pour planquer devant la maison Chandler. Elle a commencé par refuser, mais quand je lui ai dit qu'elle aurait libre accès aux sacs de bonbons et snacks, elle a accepté. Au milieu de la nuit, dans une voiture tous feux éteints, sans rien à faire, il est difficile de résister aux Pringles, chocolats fourrés au caramel et dragées à la cannelle.

En temps normal, sur une période de cinq heures, ma sœur aborde une série de sujets de conversation variés, mais cette fois-ci, ce ne fut pas le cas. Elle ne pensait qu'à Mr. Peabody, son professeur.

« Pourquoi ? Pourquoi conserver sa morve ? »

Quatre heures plus tard, le mystère de la morve et celui des vandales plagiaires étaient toujours entiers. Rae et moi avons fait la grasse matinée et nous sommes réveillées après midi, avec une telle gueule de bois au glucose que j'ai forcé Rae à prendre rendez-vous avec Daniel pour un détartrage, et nous nous sommes préparé des omelettes pour le petit déjeuner.

Pendant que je buvais mon café et que Rae avalait deux verres de lait chocolaté, nous avons regardé nos e-mails et trouvé les premiers messages des parents en croisière.

De : Albert Spellman
Date : 10 mars
Pour : Isabel Spellman, Rae Spellman
Sujet : Chronique de croisière n° 1.

On se croirait sur une prison flottante. Il y a des fois où j'ai envie de me jeter par-dessus bord tellement je me sens claustro. Je ne vois pas l'intérêt d'une croisière. En plus, votre mère est malade comme un chien et je suis obligé de faire les cent pas sur le pont tout seul. À bord, tout le monde a été drogué avec une substance abominable qui provoque un sourire permanent. Les membres de l'équipage passent leur temps à me demander si j'ai besoin de quelque chose. Quand je marche dans un couloir, ils me proposent de m'aider. À quoi ?

J'espère que vous êtes sages, toutes les deux. Sinon, je le saurai.
Papa.

De : Olivia Spellman
Date : 10 mars
Pour : Isabel Spellman, Rae Spellman
Sujet : Un bonjour de l'enfer.

Après m'être nourrie de crackers pendant deux jours, je suis finalement sortie de notre cabine, qui doit avoir la taille de notre Audi. L'avantage, c'est qu'au moins, personne ne s'y balade en string. Quant à votre père, je ne sais pas ce qu'il mijote. Chaque fois qu'il dit aller au buffet, il revient avec les cheveux mouillés, comme s'il venait juste de prendre une douche. Quand je lui pose des questions, il me répond qu'il a piqué une tête dans la piscine, mais il sent le shampooing.

Pour changer complètement de sujet, il n'y a pas de téléphone ici. Isabel, j'ai besoin que tu fasses à Ron Howell une commission pour moi. Sa mémoire est une vraie passoire. Appelle-le et dis-lui : « Ron, n'oublie pas de t'occuper de ce que je t'ai dit. » Voilà. Baisers. Maman

Rae envoya les réponses suivantes :

De : Rae Spellman
Date : 10 mars
Pour : Olivia Spellman
Sujet Re : Un bonjour de l'enfer.

Maman, peut-être que vos prochaines vacances ne devraient pas se passer sur un bateau. Papa aime bien faire le vide et partir loin de tout, alors tâche de faire bonne figure, comme si tu appréciais. Je vais chercher sur le net un moyen d'évasion qui vous conviendra mieux. Les bateaux, c'est pas votre truc. Allez. Ici, tout baigne. Ne vous inquiétez pas. Baisers. Rae.

De : Rae Spellman
Date : 10 mars
Pour : Albert Spellman
Sujet Re : Chronique de croisière n° 1

Papa, maman est vraiment désolée d'être aussi malade. Elle attendait tellement de ces moments privilégiés passés avec toi. Vous devriez passer vos prochaines vacances à terre, et il ne faut surtout pas renoncer à disparaître. En tout cas, j'ai entendu dire que les buffets à bord étaient fabuleux. Éclatez-vous comme des fous.

Pendant que Rae composait ses réponses diaboliques, j'obéis à la requête de ma mère et contactai Ron, l'un de nos agents de surveillance réguliers. Il décrocha à la troisième sonnerie.

« Allô ? »

– Ron, c'est Isabel Spellman.

– Qu'est-ce que je peux te faire[1], Izzy ?

– Gros malin.

– Je savais que tu apprécierais.

– Maman voulait que je te dise de ne pas oublier de t'occuper de ce dont elle t'a dit de t'occuper.

– Mm-mmm.

– Ça te rappelle quelque chose, Ron ?

– Oui, je n'avais pas oublié. J'avais prévu de m'en occuper ce soir.

– Tant mieux, répondis-je, m'efforçant de trouver la meilleure façon d'en savoir plus.

– C'est tout, Spell ?

– Tu as besoin d'aide ?

– Non. J'ai la situation en main.

– Parce que je serais ravie de te donner un coup de main.

– Izzy, c'est une affaire entre ta mère et moi.

– Ce que j'en disais… », lançai-je en raccrochant.

Ce soir-là, après avoir forcé Rae à avaler des légumes et un blanc de poulet grillé, j'ai exigé qu'elle reste à la maison pour faire ses devoirs, précisant de surcroît que mon programme de la soirée, c'était de monter la garde devant l'ode aux lutins de Mrs. Chandler. Je me suis ensuite rendue à l'adresse de Ron Foster et me suis garée une rue plus bas. Deux heures et un CD de *L'Espagnol pour débutants* plus tard, j'ai vu Ron sortir de chez lui, prendre sa voiture et se diriger droit vers Noe Valley. Il a regardé autour de lui, mais pas à vingt mètres derrière. Estimant avoir ses coudées franches, il est allé lacérer les pneus de la moto du pauvre mec.

Après avoir regardé travailler l'acolyte de ma mère, j'ai pris le chemin de la maison Chandler et me suis garée devant. Les lutins étaient

---

1. Notez le déplacement syntaxique.

intacts et le sont restés jusqu'au matin. Mais ce soir-là, je n'ai pas perdu totalement mon temps. Le shérif Larson m'a appelée pour me donner une info très intéressante.

« Tu as du nouveau pour moi ? demandai-je.

– Ce qui m'a toujours plu chez toi, Spellman, c'est que tu ne t'embarrasses jamais de politesses.

– Eh bien dis donc ! Jamais je n'aurais cru que tu arriverais à combiner deux phrases complexes. Bravo !

– Un peu de gentillesse, m'avertit Larson. J'ai du neuf.

– Quoi donc ? répondis-je en sortant papier et stylo.

– J'ai un copain dans la partie à Tacoma, dans l'État de Washington. Je lui ai donné les détails concernant ton type. Il s'est renseigné. Un détective qui travaille sur les personnes disparues se souvenait de ce nom. Il n'y a jamais eu de plaintes enregistrées contre lui, mais ton John Brown a été interrogé dans le cadre d'une enquête sur une personne disparue.

– Qui ça ?

– Une dénommée Élizabeth Bartell. Je te faxerai les détails la concernant. Pour faire court, le mari a accusé ton type d'avoir été mêlé à la disparition de sa femme. Il soutient qu'elle a beaucoup vu Mr. Brown pendant les semaines précédant sa disparition. Mais ils n'ont rien pu prouver contre lui et le dossier a été clos.

– Tu es certain que c'est le même John Brown ?

– Même DDN sur le permis de conduire, et, d'après le dossier, il est jardinier.

– Paysagiste, rectifiai-je.

– Jardinier amélioré, quoi.

– Autre chose ?

– Non.

– Merci », répondis-je avant de raccrocher.

LE « CABINET JURIDIQUE » DE MORT SCHILLING

Lundi 24 avril, 12 h 35

« Tu vois, ça devrait jouer en ma faveur, non ? dis-je

– Erreur. C'est inadmissible. Tu as violé l'injonction, et c'est la seule chose qui compte. Les circonstances extérieures n'ont aucun poids. Sauf si tu tirais cet homme d'un immeuble en flammes, par exemple. En plus, tu l'as menacé.

– Pas du tout.

– Il a une bande où on t'entend dire – je cite – "Je vais te faire payer pour ce que tu as fait."

– Sans vouloir pinailler, la menace en question présuppose que le sujet a fait quelque chose de mal. Si ce n'est pas le cas, en quoi cela peut-il être une menace ?

– Tu ne pourrais pas prendre ça un peu au sérieux ? Tu risques de perdre ton boulot, tu l'as compris, ça ?

– Oui, mais deux femmes ont disparu, et elles ont eu un contact avec le sujet avant leur disparition. Je crois que ça, c'est plus important que mon boulot, tu n'es pas d'accord, Morty ? »

Mais une fois de plus, j'anticipe.

SEULE MAÎTRESSE À BORD :

CHAPITRE 3

J usqu'au coup de téléphone du Sheriff Larson, reçu le troisième soir de ma surveillance des lutins, j'avais essayé de ne plus penser au sujet. En tout cas, son comportement suspect avait cessé d'occuper mes pensées quotidiennes. J'étais passée à d'autres préoccupations telles que le sabotage des motos, les vandales plagiaires, un frère infidèle et une meilleure amie disparue de la circulation.

Seulement voilà, le sujet accaparait de nouveau mon attention, et mes autres énigmes repassaient au second plan.

Je partageai les dernières nouvelles compromettantes sur notre voisin avec Rae, qui m'aida à le surveiller vingt-quatre heures sur vingt-quatre, sans rien remarquer d'inhabituel dans sa routine. Il chargea du terreau dans son camion, fit sa tournée dans différents jardins de la baie, plantant, désherbant et se livrant aux activités classiques des jardiniers paysagistes. Je le vis parler avec une femme pendant cinq minutes environ et lui donner sa carte. Je ne notai aucun autre échange diurne de paquets, mais il retourna à cette maison du quartier Excelsior et passa un second sac en papier à la même femme blonde, dont j'allais devoir vérifier plus minutieusement les rapports avec lui.

DÉCHÉTOLOGIE 101

Jeudi 16 mars, 9 heures

Après avoir surveillé avidement le sujet pendant quatre jours pleins, Rae et moi n'étions pas plus avancées dans notre enquête. Mais en le voyant sortir ses poubelles, ma sœur et moi avons échangé un regard de connivence.[1]

« Cinq dollars, dis-je.

– Vingt, répliqua Rae.

– Dix.

– Vingt-cinq.

– Quinze, proposai-je.

– Trente.

– On est censées baisser, pas augmenter.

– Il n'y a pas de règles, rétorqua Rae.

– Dix.

– Trente-cinq.

– Bon, d'accord. Vingt », dis-je, sortant un billet de mon portefeuille.

---

1. Si notre perception extrasensorielle de sœurs vous surprend, sachez que nous avons décidé au même instant que nous devions aller vérifier les ordures du sujet.

Rae prit l'argent et fila vers la porte. Dans la famille, quand on perd dans une négociation, on aime faire comme si on avait gagné.

« Je t'en aurais donné trente, lançai-je.

– J'aurais marché pour cinq ! »

Dix minutes plus tard, Rae et moi étions au sous-sol, en train de trier deux sacs d'ordures.

« Tu as pris les ordures ou le recyclage ? demandai-je.

– Un de chaque, dit-elle en s'attaquant à l'un des sacs de cent litres.

– Ça pue. »

Rae, qui avait enfilé des gants de vaisselle jaunes, plongea dans les ordures comme une pro.

« Il doit y avoir au moins quatre peaux de banane là-dedans. Ça, c'est suspect.

– Ne juge pas les gens sur leurs préférences alimentaires. Dis donc, il déchiquette une de ces quantités de papier ! Tu en as dans ton sac ?

– Des serviettes en papier, mais c'est tout. Je crois que là, on a juste des ordures, dit Rae, s'efforçant de ne pas respirer par le nez.

– Jette tout ça. »

Rae fit glisser le sac ouvert à l'intérieur d'un autre sac poubelle et ressortit. Je la regardai par la fenêtre remettre le sac parmi les ordures du sujet. Puis elle revint à la maison.

« Pourquoi as-tu remis ses ordures dans sa poubelle ? Et s'il t'avait vu ?

– J'étais censée les mettre où ?

– Ben… dans la nôtre.

– Et s'il avait remarqué que ses ordures avaient disparu ?

– Il est rare que les gens fassent le pointage de leurs ordures ménagères.

– Ils le font s'ils ont jeté des articles compromettants susceptibles de les incriminer », répliqua Rae.

Parfois, sa logique est si imparable qu'elle balaye tout sur son passage. Je renonçai à argumenter. Le sac restant, gros et mou, contenait du papier déchiqueté. Nous en avons étalé le contenu sur le sol pour voir si quelque chose tranchait sur l'ensemble. Nous cherchions des anomalies. La plupart des confettis sous nos yeux étaient en papier blanc, mais si dans le lot nous trouvions un fragment différent, nous pourrions en chercher un autre pour faire la paire.

Je me concentrai sur des fragments de papier plastifié, pensant pouvoir rassembler tous les morceaux d'une carte d'identité déchiquetée. Rae avisa l'en-tête distinct d'un e-mail et s'efforça d'en retrouver les autres morceaux.

Trois heures plus tard, j'avais la certitude qu'une pièce d'identité avait été passée à la machine, mais j'étais incapable de dire quel en était le porteur, ni si c'était une carte de bibliothèque, un permis de conduire ou une carte de fidélité. Rae eut plus de chance. Peu après avoir menacé de se flinguer[1] si elle devait continuer, elle assembla les fragments de l'e-mail suivant :

m James
e : Alley Cat [alleycat25 a Nora [jj 2376
Vér. boîte demain. Appelle ensuite

« Mystère résolu, dis-je en m'allongeant sur le sol et en protégeant mes yeux de l'implacable lumière.

– Quatre heures de ma vie que je ne pourrai jamais récupérer, dit Rae. Quelle perte de temps !

---

1. Lorsqu'on a affaire à des maniaques de la sécurité (c'est-à-dire des déchiqueteurs patentés), la déchétologie est toujours une effroyable corvée.

– Il passe ses papiers à la déchiqueteuse, puis les sépare et les jette dans différents sacs poubelle.

– Comment pouvait-il prévoir que nous ferions ça ?

– Il ne pouvait pas, mais il prend des précautions parce que ça a déjà dû lui arriver.

– Et maintenant ?

– Il faut que j'entre dans cette pièce. »

OPÉRATION
PORTE FERMÉE

DEUXIÈME PARTIE

Jeudi 16 mars

Presque vingt-quatre heures plus tard, après une nuit de garde sans incident devant la maison Chandler, je me suis installée à nouveau dans l'ancienne chambre de David pour surveiller l'appartement du sujet. À son retour du lycée, Rae m'a rejointe. Entre deux textos à ses copines, nous avons bavardé à bâtons rompus.

« Tu vas rester là toute la nuit ? demanda-t-elle.

– Non. J'ai un plan.

– C'est pour ça que tu es tout en noir ?

– Oui.

– Ton plan a un rapport avec l'échelle posée contre la palissade de la cour ?

– Possible.

– Qu'est-ce que tu attends ?

– Que le sujet parte pour mettre mon plan à exécution.

– Je vois, dit Rae. Et l'affaire Chandler ? La Saint-Patrick, c'est demain.

– Ils ne feront rien avant minuit. J'ai tout le temps.

Le sujet quitte son appartement, 23 heures

Coiffée d'un bonnet noir et armée d'un tournevis, je mis mon portable sur vibreur et dis à Rae de m'appeler si le sujet rentrait à l'improviste, en lui recommandant de ne pas bâcler sa surveillance, ce qui lui fit lever les yeux au ciel. Après quoi, je sortis de la maison par la porte de derrière.

Je fis glisser l'échelle de peintre sur le sol puis la dressai contre le mur de la maison du sujet. Elle arrivait environ à soixante-quinze centimètres au-dessous de la fenêtre de son bureau. J'allais devoir m'étirer un peu, mais j'avais confiance dans ma chance. Je grimpai jusqu'en haut de l'échelle, puis utilisai le mur pour me stabiliser en escaladant les derniers barreaux, jusqu'à ce que j'aie les pieds sur l'avant-dernier, et les mains agrippées à la vitre. Je pris le tournevis dans ma poche et forçai ladite fenêtre.

Le bureau était sombre à l'intérieur ; je tenais une lampe de poche entre les dents pour voir la pièce. Plusieurs types d'ordinateurs et d'imprimantes s'alignaient contre les murs. Par terre, une déchiqueteuse grand format et deux téléphones. Juste au-dessous de la fenêtre se trouvait un classeur. Pour entrer, j'allais devoir me glisser par-dessus. Je remis la torche dans ma poche et posai le tournevis sur le classeur. Puis je pris appui sur le dernier barreau de l'échelle pour me hisser à l'intérieur.

Mon pied se posa de travers sur le barreau et l'échelle se déroba sous moi. Je dégringolai de trois mètres cinquante.

La chute me coupa le souffle. Je ne retrouvai mes esprits qu'environ cinq minutes plus tard, et vis Rae debout à côté de moi, l'air franchement inquiet.

« Il faut que j'appelle les urgences ?

– Pas question ! » J'avais voulu crier, mais la douleur étouffa ma voix. « Ça va », dis-je. Ce qui n'était pas prouvé.

Me relevant lentement, je découvris avec soulagement que tous mes membres étaient en état de marche. Nous avons longé les murs de la cour pour regagner la maison Spellman par-derrière.

« Débarrasse-toi de l'échelle », dis-je à Rae avant d'entrer.

Rae la tira jusque dans le garage pendant que je me tâtais pour voir où je m'étais blessée. J'avais une petite coupure sur une joue et une vilaine éraflure sur le bras, mais rien qui demandait des points de suture. Voilà pour le bon côté des choses. Le mauvais, c'était que chaque fois que je respirais, j'avais l'impression de recevoir un coup de poignard ; enfin, d'après ce que j'imaginais, car cela ne m'était jamais arrivé.

« Tu as peut-être une côte fêlée ou cassée, dit Rae. Attends-moi, je reviens. »

Je pris une bonne gorgée du whisky de mon père et m'efforçai de trouver une position indolore pour m'étendre sur le canapé. Impossible. Je choisis donc l'angle le moins inconfortable.

Environ un quart d'heure plus tard (le temps requis, apparemment, pour faire des recherches approfondies sur internet au sujet des côtes cassées), Rae revint diplômée de médecine.

« Montre-moi où ça fait mal », demanda-t-elle, l'air plus professionnel que nature.

J'obtempérai.

« Ça te fait mal si je touche là ?

– *Aïïïïïe !!!*

– Douloureux à la palpation, nota Rae sur son carnet. Et quand tu respires ?

– Aussi.

– Quand tu tousses ?

– Je ne sais pas. Je n'ai pas eu à tousser.

– Tu ne sais pas faire semblant de tousser ?

– Je suppose que ça va être douloureux, alors je ne vois pas l'intérêt.

– Tu devrais essayer pour qu'on soit sûres. »

Je me forçai pour qu'elle cesse d'insister. « Ça fait mal », dis-je. Elle écrivit ma réponse.

« Tu as une respiration rapide et superficielle ?

– Je ne crois pas. Verse-moi encore un fond de whisky.

– Dans ma recherche, il n'y a aucune précision sur la consommation de whisky.

– On ne dit pas qu'il ne faut pas en boire ? »

Rae parcourut les feuilles qu'elle venait d'imprimer. « Non. »

Je me versai la rasade moi-même, Rae étant occupée ailleurs.

« Il faut que je prenne ton pouls et que je voie s'il est rapide, dit Rae, qui plaça deux doigts sur mon poignet, l'œil sur sa montre. C'est quoi, la fréquence normale ? demanda-t-elle.

– Je n'en sais rien.

– Alors comment savoir s'il est rapide ?

– Je ne pense pas qu'il le soit », dis-je en terminant mon second whisky. Finalement, la douleur commençait à s'atténuer un peu.

« Tu craches du sang ? demanda Rae.

– Non. Tu voudrais que j'essaie de faire semblant ?

– Pourquoi pas ? »

Après quarante-cinq minutes d'interrogatoire symptomatologique mené par Rae, je finis par la convaincre que je n'étais pas sérieusement en danger et qu'une visite à l'hôpital ne s'imposait pas. Je me doutais bien que si elle suggérait cette visite, c'était pour avoir une occasion de conduire.

Je pris trois antalgiques et essayai de dormir. Mais la douleur m'en empêcha. Je regardai les programmes de nuit à la télévision pendant quatre heures, puis m'endormis pendant deux heures environ avant l'aube. Je fus réveillée à sept heures pétantes par le téléphone.

« Hmmm ? dis-je

– Isabel, lança une voix de femme peu amène.

– Oui ?

– Joyeuse Saint-Patrick. »

J'étais trop épuisée, trop faible et je souffrais trop pour discuter. Je laissai donc Rae me conduire à deux rues de la maison, chez Mrs. Chandler. Elle était déjà en mode nettoyage, mettant les canettes de Guinness dans sa poubelle de recyclage et dessoûlant ses lutins. Mes plagiaires avaient frappé au milieu de la nuit de la Saint-Patrick pendant que j'étais couchée sur mon lit de douleur.

En pyjama, je sortis de la voiture et traversai la pelouse pour m'approcher de Mrs. Chandler. Son expression furieuse se radoucit quand elle vit mon état.

« Qu'est-ce qui vous est arrivé ?

– Un accident.

– De voiture ?

– Non », dis-je, calculant une réponse acceptable. Il fallait que je trouve un mensonge invérifiable au cas où il serait répété à ma mère.

« J'ai trébuché et j'ai dégringolé un étage dans l'escalier.

– Je suis désolée, ma petite fille.

– Et moi désolée de voir ce qui vous est arrivé.

– Rentrez vous coucher, dit-elle.

– La prochaine fois, je les aurai. Je vous le promets. »

SEULE MAÎTRESSE À BORD :

CHAPITRE 4

Vendredi 17 mars, 18 heures

Rae fit chauffer une boîte de soupe au poulet pour mon dîner et me la servit au lit. Les nouilles me rappelèrent le vomi des lutins, ce qui me coupa l'appétit.

« Comment te sens-tu ? demanda-t-elle.

– J'en veux à mort à cette échelle, mais à part ça, je souffre atrocement.

– Tu veux que je reste à la maison pour m'occuper de toi ?

– Et qu'est-ce que tu ferais ? Tu me servirais une autre soupe tiède ? Non, merci.

– Alors ça ne t'ennuie pas que j'aille chez mon amie ?

– Laquelle ?

– Ashley Pierce.

– Ton co-limier dans l'affaire de la morve ?

– Ouais.

– Laisse-moi ses coordonnées par écrit et garde ton portable branché. »

Rae griffonna sur un morceau de papier.

« Si je dors là-bas, ça t'ennuie ? Ou tu as besoin que je rentre pour changer ton bassin ?

– Tu es répugnante. Allez, vas-y, à ta soirée pyjama. Et amusez-vous bien en vous faisant des nattes.

– Alors *ça*, c'est répugnant, dit-elle. À demain matin. Si tu as besoin de quoi que ce soit, appelle les urgences. »

Elle partit peu après sept heures.

Vers onze heures, je mourais de sommeil, mais la douleur était insupportable. Je fis une descente dans le placard à pharmacie de ma mère et avalai deux antalgiques puissants et un somnifère[1]. Je restai inconsciente jusqu'à trois heures du matin, où je sentis deux mains fortes sur mon épaule.

Il faisait noir dans la pièce, l'effet des médicaments n'était pas encore dissipé, et mes yeux distinguèrent seulement au-dessus de moi l'ombre d'un homme qui me secouait vigoureusement.

Je me rappelle la peur qui m'étreignit aussitôt. Me réveillant d'un coup, je cherchai à reprendre ma respiration. Puis je poussai un hurlement de douleur et envoyai un coup de poing à l'inconnu qui se trouvait là.

Il recula vivement et porta la main à sa joue.

« Tu n'y es pas allée de main morte, Isabel. »

La voix me parut familière, mais cela ne signifiait pas pour autant que j'étais hors de danger.

Je voulus dire : « J'appelle les flics », mais ce qui sortit fut quelque chose comme « Flics à l'appel. »

Henry Stone appuya sur l'interrupteur.

---

1. Je sais. Ce n'est pas malin.

« Qu'est-ce que tu fais là ? demandai-je, la voix toujours pâteuse, mais mettant mes mots dans le bon ordre.

– Rae m'a appelé il y a environ trois quarts d'heure. Elle était à une soirée, complètement pétée. Elle a dit qu'elle avait essayé de t'appeler, ainsi que David, mais que personne ne répondait. La communication a été interrompue avant que j'aie pu lui demander une adresse. J'ai téléphoné ici aussi et ça fait près d'une demi-heure que je carillonne.

– Ah oui ?

– Isabel, tu as pris quoi ?

– Antalgiques et somnifère. Au singulier, somnifère.

– Pourquoi ?

– Je crois que j'ai une côte cassée. Ou plusieurs.

– Tu es allée à l'hôpital ?

– Hors de question !!!

– On verra ça tout à l'heure. Tu sais où est Rae ?

– Euh, oui. Elle m'a donné l'adresse de sa copine. »

Je trouvai tout de suite le morceau de papier que Rae avait laissé avant de partir. Henry alla dans mon placard prendre ma veste et des baskets. Tout en essayant d'enfiler la manche de la veste, je protestai contre le choix des chaussures.

« Je ne peux pas mettre ça.

– Et pourquoi ? demanda Stone, agacé. Tu as une gueule de déterrée. Ce n'est pas une paire de baskets qui va faire une grosse différence.

– Toujours aimable ! Je ne peux pas les mettre parce que je ne peux pas les attacher. Je ne peux pas me pencher en avant.

– Assieds-toi », ordonna Henry.

Je m'assis sur le lit. Henry m'enfila prestement les baskets et les laça.

« On y va », dit-il. Et nous voilà partis à la recherche de Rae dans sa voiture.

Quand nous sommes arrivés, la fête était en fin de parcours. La scène évoquait fortement celle des lutins ivres endormis au milieu de leurs canettes de bière. La maison était éclairée en partie et, par la fenêtre, on voyait des corps inertes par terre, d'autres sur le canapé ou affalés contre le mur.

Stone sonna au moins cinq ou six fois puis cogna violemment à la porte.

« Police. Ouvrez », dit-il. Je me souvins alors qu'il était effectivement la police.

Comme « Police » est en général bien plus efficace pour réveiller les gens que « Il y a quelqu'un ? », la porte ne tarda pas à être ouverte par un mec assez grunge aux cheveux longs qui pendouillaient. Son air béat d'accro de la fumette vira rapidement à la peur quand Henry Stone fonça et le prit au collet.

« Où est Rae Spellman ?

– Ben, ch'sais pas. »

Stone poussa le petit grunge dans un coin et planta dans ses yeux un regard à vous cailler le sang. J'avais tellement l'habitude de le voir filer doux devant ma mère et céder aux demandes les plus extravagantes de Rae qu'il ne m'était jamais venu à l'idée qu'il puisse être autre chose qu'un inspecteur courtois et parfois légèrement excédé.

« Fais travailler ce qui te sert de cervelle, parce que je ne pars pas d'ici tant que je ne l'ai pas trouvée.

– Peut-être au premier.

– Tu as intérêt à ce qu'elle y soit. »

Henry grimpa les escaliers quatre à quatre. Je clopinai derrière lui. Il commença à ouvrir des portes en criant le nom de Rae et à les refermer. Puis il fit une chose incroyable : il ramassa par terre un ado à moitié inconscient, le gifla légèrement pour le réveiller et, quand le jeune ouvrit les yeux, il lui lança : « Tu me déçois beaucoup. Tu auras de mes nouvelles. »

Le laissant retomber par terre, il continua dans le couloir. Au bout, il restait une pièce où nous n'avions pas encore regardé. Henry tourna la poignée, mais la porte était fermée à clé. Il cogna dessus en hurlant « Ouvrez ! » Aucune réponse. Alors il s'écarta comme s'il s'apprêtait à l'ouvrir d'un coup d'épaule.

« Arrête, criai-je en cherchant dans les poches de ma veste. Je vais crocheter la serrure. » Je trouvai un trombone et une lime à ongles Comme je portais cette tenue la dernière fois que j'étais sortie avec le sujet, j'avais les outils appropriés pour entrer dans la fameuse pièce secrète. Derrière moi, Henry arpentait nerveusement le couloir. Peut-être était-ce l'effet des médicaments ou le fait que cette soirée n'arrivait pas à la cheville de certaines fêtes où j'étais allée dans ma jeunesse, toujours est-il que je n'étais pas tellement inquiète.

« Dépêche-toi », dit Henry quand je me mis au travail.

Deux minutes plus tard, nous entrions dans la chambre et trouvions Rae inconsciente sur le lit. Seule, heureusement. Elle s'était enfermée juste avant de s'écrouler, ivre morte. J'essayai de la réveiller, mais elle était trop sonnée pour marcher seule jusqu'à la voiture.

Henry la transporta, plus ou moins dans les vaps, hors de la zone des combats. Les quelques retardataires réveillés par notre passage s'écartèrent prudemment.

Je sanglai Rae avec la ceinture sur le siège arrière et m'assis a côté d'elle. Henry s'installa au volant.

« On va à l'hôpital.

– Non, Henry.

– Et si elle a été droguée ?

– Elle pue la bière. Elle a juste beaucoup trop bu et elle est ivre morte.

– Ça lui est déjà arrivé ?

– Non, répondis-je. Mais ce n'est pas trop tôt. »

Lorsque Henry arrêta sa voiture dans l'allée du 1799 Clay Street, Rae se réveilla et annonça : « Je crois que je vais gerber. » Elle vomit sur la pelouse devant la maison, puis se précipita dans la salle de bains voisine de la cuisine.

« Merci », dis-je à Henry. Debout dans l'entrée, nous écoutions le bruit spasmodique et guttural des hauts-le-cœur de Rae.

Les activités du petit matin m'avaient distraite de ma douleur. La distraction disparue, la douleur revint. Je crispai ma main sur mon côté et dis : « Ne t'inquiète pas. Elle ne risque rien.

– Qu'est-ce que tu as, Isabel ?

– Je ne sais pas, répondis-je, contrariée. Un petit passage à vide.

– Non, je parle de ton côté. Qu'est-ce que tu t'es fait ?

– Rien. »

Henry voulut soulever ma chemise et je lui donnai une claque sur la main. « Arrête.

– Montre-moi.

– Arrête d'essayer de mater mon ventre.

– Arrête de gigoter, dit Henry, qui finit par voir la marque tuméfiée sur mon flanc gauche.

– On demande la permission avant de soulever la chemise d'une fille.

– Tu devrais aller à l'hôpital, tu sais.

– Hors de question !!!

– Isabel, sois raisonnable.

– Je ne crache pas le sang.

– Hein ?

– Je peux respirer. Je n'ai pas un pouls rapide. Enfin, je ne crois pas.

On a tout vérifié sur internet. Si mes côtes sont fêlées ou cassées, elles se ressouderont toutes seules. »

Henry s'adossa à la porte et regarda ses pieds en secouant la tête. Puis il ôta sa veste et la jeta sur le divan.

« Qu'est-ce que tu fais ?

– Je reste, dit-il, l'air morose.

– Pourquoi ?

– Parce que si je m'en allais, ce serait comme si j'abandonnais deux handicapées mentales dans un dépôt de déchets nucléaires.

– Ça c'est gentil, Henry. Tu m'excuses, il faut que j'aille m'occuper de Coco la Gerbe. »

Je pris mon tour de garde auprès de ma sœur, autrement dit, je restai assise par terre dans la salle de bains à la regarder rejeter tout ce qu'elle avait avalé au cours des six dernières heures. Henry prit le relais, et se mit en devoir de la réhydrater méthodiquement. Cette nuit-là, j'étais si épuisée que je dormis huit heures d'affilée. Je me réveillai, souffrant toujours, mais assez reposée, à onze heures.

MATIN QUI CHANTE

Samedi 18 mars, 11 heures

J'arrivai dans la cuisine attirée par une odeur de crêpes et de pain grillé. Plus des œufs, pas en train de frire mais de pocher.

« Je peux avoir aussi du bacon ? » demanda Rae à Henry. Je précise que Rae, qui buvait du jus d'orange, n'avait pas le teint vert, ni jaunâtre, et paraissait presque fringante.

« Non, dit Henry d'un ton sans réplique.

– Bonjour, lançai-je en entrant.

– Je suis vraiment désolée pour la nuit dernière, Isabel, dit Rae.

– Bon, ça va, répondis-je en scrutant son visage pour y déceler des signes de nausée irrépressible ou la présence d'un marteau-piqueur dans sa tête.

– Pourquoi tu ne veux pas me faire du bacon ?

– Parce que tu m'as réveillé en pleine nuit pour que j'aille te chercher à une soirée où tu étais complètement ivre. Voilà pourquoi », rétorqua Henry.

Je m'approchai de lui à côté de la cuisinière et lui chuchotai finement : « Laisse-la manger du bacon, ça l'aidera à faire passer sa gueule de bois.

– Elle n'a pas la gueule de bois, dit Henry.

– Comment ça ? dis-je, sentant mon hostilité grimper en flèche.

– Parce que, répondit Henry. Elle a vomi tout ce qu'elle a bu, et je lui ai fait avaler deux litres d'eau, un demi-litre de Gatorade*, et trois tranches de pain grillé avant qu'elle aille se coucher.

– Pourquoi ce traitement ? demandai-je, agacée.

– Pour qu'elle n'ait pas de gueule de bois.

– Mais elle est censée avoir la gueule de bois, justement ! Toi, dis-je en m'adressant à Rae, tu devrais être malade comme une bête.

– Je ne suis pas en super-forme.

– À quoi ça servirait, une gueule de bois ? demanda Henry.

– À lui faire faire un lien de cause à effet. À comprendre que si elle boit trop, elle se sent très mal. Après ça, on pourrait espérer qu'elle ne recommence plus, ou du moins qu'elle boive avec modération.

– Ah oui ? dit Henry en reportant son attention sur la cuisinière. Et combien de gueules de bois t'a-t-il fallu pour apprendre à boire modérément ?

– Cent soixante-dix-huit[1] », répondis-je, bonne joueuse.

Je me versai une tasse du café préparé par Stone[2] et m'assis en face de Rae. Henry posa deux œufs pochés et une tranche de pain complet grillée devant ma sœur.

« Tu es sûre que tu ne veux pas de crêpes ? demanda-t-il.

– Non, merci », répondit Rae sans conviction aucune. Puis elle se mit à arroser ses œufs de ketchup.

« Je peux avoir des crêpes, moi ? demandai-je, trouvant hautement suspect que Rae décline l'un de ses plats favoris, tous repas confondus.

---

* Boisson énergétique la plus consommée dans le monde, mais non commercialisée en France.

1. Le chiffre n'est pas exact, mais ce doit être dans ces eaux-là.

2. Il sait faire le café, cet homme-là.

– Combien ? demanda Stone.

– Trois.

– Elle n'en mangera qu'une, intervint Rae.

– Non, j'ai faim. J'en prendrai trois. »

Pendant que Stone remuait la pâte à crêpes et la versait dans la poêle, je décidai qu'il était temps d'interroger ma sœur sur ses activités de la nuit précédente.

« Pourquoi tu ne m'as pas dit que tu allais à une fête ?

– Tu le disais toujours aux parents, toi ? »

Le hic, c'était mon manque de crédibilité, je m'en rendais bien compte. Je décidai de changer d'angle d'attaque.

« Qu'est-ce que tu as bu ? demandai-je.

– Cinq bières seulement.

– *Seulement* ?

– Je n'ai pas pensé que c'était trop. »

C'est alors qu'Henry se retourna, l'air inquiet. « Comment peux-tu croire ça ?

– J'ai vu Isabel boire un pack de six pendant le dernier Super Bowl. »

Henry secoua la tête, réprobateur.

« Pour commencer, dit-il, ta sœur a l'habitude.

– Non mais dis donc ! protestai-je.

– Ensuite, elle pèse presque vingt kilos de plus que toi.

– Eh là, quinze !

– Tu veux monter sur une balance ? » demanda Stone.

Comme il l'avait prévu, je n'insistai pas. Mais il fallait que je me justifie.

« À ma décharge, je buvais de la Bud Light, j'avais parié deux cents dollars sur cette partie et je voyais que mon équipe n'allait pas pouvoir repousser l'attaque.

– C'est ça ta défense ? » demanda Henry.

Trop contente de voir l'attention se détourner d'elle, Rae continua à manger ses œufs et son pain grillé comme si de rien n'était.

À la voir aussi peu perturbée, je sentis mon exaspération grimper. Je sortis discrètement de la cuisine, traversai l'entrée, entrai dans le bureau de l'agence et saisis un enregistreur digital que je branchai et mis dans la poche de ma robe de chambre. Je voulais être bien sûre d'avoir ses aveux sur bande.

Quand je rentrai dans la cuisine, les crêpes étaient servies, avec un assortiment de fruits frais sur l'assiette.

LES DUETTISTES STONE ET SPELLMAN, ÉPISODE N° 32

« AVEUX DE LENDEMAIN DE CUITE »

Voici la transcription de la bande :

ISABEL : Merci, Henry.

HENRY (bougon) : Je t'en prie.

RAE : Tu es fâché contre moi ?

HENRY : Évidemment, je suis fâché. Ce que tu as fait hier soir était 1) illégal, 2) irresponsable, et 3) réellement dangereux.

RAE : Je suis désolée, Henry. Vraiment. C'est juste que je ne m'étais encore jamais saoulée et j'ai voulu savoir ce que ça faisait.

[Yesss ! J'ai ses aveux enregistrés.]

HENRY : Alors, ça ne se reproduira pas ?

RAE : Pas avant que je sois étudiante[1].

HENRY : Bien[2].

[Long silence.]

RAE : Merci d'être venu me chercher.

HENRY : Je t'en prie.

---

1. En disant ça, elle s'est gratté le nez tout en évitant de le regarder dans les yeux. Selon le langage du corps le plus élémentaire, c'était à l'évidence un mensonge.

2. Ledit mensonge n'est pas passé inaperçu.

RAE : Je savais que tu ne me laisserais pas m'étouffer avec mon vomi.

ISABEL : Il y a des gens qui essaient de manger dans cette pièce.

RAE : Pardon.

[Je plonge la main dans ma poche pour arrêter l'enregistreur puisque j'ai toutes les preuves dont j'ai besoin. Mais Stone surprend mon geste du coin de l'œil.]

STONE : Tu es en train d'enregistrer ?

ISABEL : Oui.

[Fin de la bande.]

Henry passa l'heure suivante à essayer de joindre David, qui, d'après lui, devait assumer la charge de ses deux sœurs ingérables. Lorsqu'il réussit enfin à l'avoir, ce que j'entendis de la conversation de ce côté-ci fut ce qui suit.

« David, ici Henry Stone. Oui, merci et vous ? Je vois. Je vois. Mais où êtes-vous ? Vraiment ? Vous faites un stage de yoga. Hmm. Oui, bien sûr, il faut être flexible. Je ne peux vraiment pas vous convaincre de rentrer ?…. Non, ce n'est pas exactement une urgence, mais Isabel a une côte cassée ou fêlée. Non, elle ne crache pas le sang, mais quand même. Ah bon. Vous savez, je pense qu'il faut garder vos sœurs à l'œil. … Je sais qu'Isabel est adulte, mais… Je vois. Je comprends. D'accord. Je lui transmettrai. Je vous en prie. Au revoir.

– Qu'est-ce qu'il a dit ?

– Qu'il fait un stage de yoga en Californie du Nord. Il a besoin de s'éclaircir les idées.

– Qu'est-ce qui les lui a embrouillées ?

– Nous ne sommes pas entrés dans les détails. Il a dit qu'il fallait que tu m'écoutes et que tu ailles voir un médecin.

– Hors de question.

– Tu l'as déjà dit. Pourquoi ? »

Je ne répondis pas, de peur de me compromettre. Rae traduisit mon silence : « Elle ne veut pas parce que c'est maman qui reçoit les papiers de la Sécurité sociale, et elle voudra savoir pourquoi Isabel s'est blessée.

— Alors, Rae sait que tu es tombée dans les escaliers ? »

Rae leva les yeux au ciel.

« Ce n'est pas arrivé comme ça ? » demanda Henry.

Je me tournai vers Rae, la mine menaçante : « Tu as intérêt à la boucler. »

On sonna à la porte. Rae alla ouvrir. À deux officiers de police en uniforme.

« Isabel Spellman est chez elle ? demanda l'agent n° 1, dont le bronzage semblait sortir d'un tube.

— Je vais voir », dit Rae qui regarda vers moi, en quête de directives.

Henry me saisit le bras et m'entraîna vers la porte.

« Bonjours, messieurs. Je suis l'inspecteur Henry Stone et voici Isabel Spellman. Il y a un problème ? »

L'agent n° 2, dont le physique quelconque était la seule chose remarquable, garda le silence pendant que son collègue menait la conversation.

« Nous avons reçu une plainte de votre voisin, Mr. John Brown. Apparemment, quelqu'un a essayé d'entrer chez lui par effraction avant-hier soir pendant qu'il était sorti. Mr. Brown a reçu un appel d'un autre voisin qui prétend avoir vu une femme sur une échelle près de sa fenêtre de bureau. Quand il est allé voir, il a trouvé par terre un tournevis qui a dû être utilisé pour forcer la fenêtre. Vous êtes au courant de cet incident, Ms Spellman ?

— Je regrette, pas du tout. Mr. Brown a-t-il suggéré que c'était moi qui avais essayé d'entrer chez lui par effraction ?

– Mr. Brown n'a rien suggéré de tel. En revanche, il a dit que le voisin qui l'a prévenu pense qu'il s'agissait de vous.

– Pouvez-vous me dire le nom de ce voisin ?

– Je ne suis pas autorisé à vous le communiquer, répondit l'agent chargé de la communication.

– Eh bien, je vous certifie que je n'ai rien à voir avec cette tentative de cambriolage, mais désormais, je guetterai les éventuels rôdeurs. Merci de m'avoir avertie.

– C'est tout, messieurs ? demanda Henry avec autorité.

– Une dernière chose. Mr. Brown nous a demandé de vous prévenir qu'il n'hésiterait pas à demander une injonction de restriction temporaire contre vous s'il le juge nécessaire.

– Je suis sûre que les choses n'en arriveront pas là. »

Henry et moi avons poliment pris congé des deux agents. J'avais à peine fermé la porte qu'il m'a prise par les épaules et m'a regardée droit dans les yeux.

« Tu es tombée de l'échelle en essayant d'entrer chez ce type, c'est ça ? C'est comme ça que tu t'es blessée, hein ?

– Mais non, dis-je d'un ton presque convaincant.

– Qu'est-ce qui se passe entre vous ?

– Plus rien.

– Tu ne sors donc pas avec lui ?

– Non.

– Alors, pourquoi essayes-tu d'entrer chez lui par la fenêtre ?

– Parce que c'est un malfaisant.

– Comment ça, un malfaisant ?

– Je ne sais pas ! C'est ce que je voudrais prouver. »

Henry essaya de m'impressionner en prenant son air déçu.

« Prends ton manteau, on sort.

– Je ne pense pas, non. »

Henry s'approcha de moi et me lança un regard glacial. « Tu veux que je parle de la visite des flics à tes parents ?

– Non.

– Bon, alors tu as le choix entre arriver à l'hôpital avec l'allure d'une malade échappée de l'asile ou celle d'un être humain civilisé. Tu as dix minutes pour t'habiller. Ou ne pas t'habiller. C'est toi qui vois. » Je me drapai dans ma dignité et montai me préparer.

Quatre heures plus tard, dont trois d'attente aux Urgences de l'hôpital général de San Francisco, on découvrit après une radio que j'avais une côte fêlée. Je reçus une ordonnance d'antalgiques et le conseil de me reposer pendant six semaines. Comme Henry était d'humeur détestable, je m'abstins de répéter pendant le trajet de retour que c'était une perte de temps d'un sixième de la journée et d'une franchise de cinq cents dollars que nous ne reverrions jamais.

L'ÉTERNELLE QUESTION

« **P**ourquoi conserver sa morve ? » demanda Rae à Henry pendant qu'elle débarrassait les assiettes du dîner. Ma sœur avait insisté pour que Henry reste à dîner, au cas où j'aurais une réaction d'allergie aux antalgiques[1].

Ce fut sa réponse à la question qui éclaira sous un angle différent l'affection inébranlable de Rae pour lui.

« Tu envisages le problème sous un angle trop littéral, Rae, déclara Henry. Je ne crois pas qu'il stocke ses mouchoirs sales dans un but précis. Je suis persuadé que ce comportement n'est que le symptôme d'une autre pulsion.

– Alors il conserve sa morve parce qu'il est dingue ?

– Non, répondit Henry. Ne regarde pas seulement le résultat de ce qu'il fait, soit un tiroir plein de mouchoirs sales. Considère l'acte lui-même.

– Se moucher ? Ben, il a une sinusite.

– Réfléchis, Rae. Qu'est-ce qu'il fait ?

– Il conserve sa morve.

– D'accord. Il conserve quelque chose. Eh bien, tu as des gens qui

---

1. Tactique de manipulation pure et simple pour que Henry reste plus longtemps.

collectionnent les poupées, les timbres, ou toutes les cartes postales qu'ils reçoivent, mais est-ce que tu n'as pas déjà rencontré des gens qui collectionnent des objets peut-être un peu inhabituels ?

– La seule fois où je suis allée dans un camp d'été, je partageais la chambre d'une fille qui se rongeait les ongles et gardait les rognures dans une vieille boîte à bonbons.

– D'autres exemples ?

– Mr. Lubovich, qui habite au coin de la rue, conserve ses journaux. Il doit avoir au moins les numéros de deux ans dans sa maison. Et il ne veut pas les recycler.

– Je vais te montrer quelque chose, dit Henry, qui alla ouvrir la porte de l'arrière-cuisine. Combien y a-t-il de boîtes de céréales en tout genre, Fruit Loops, Cap'n Crunch et Choco Pops, stockées ici ?

– Vingt, la dernière fois que je les ai comptées.

– Tu es censée n'en manger que le week-end, d'accord ?

– Et alors ?

– Et on peut supposer que tu n'en consommes pas plus d'une boîte par week-end, d'accord ?

– J'essaie de réduire.

– Donc tu as un stock pour environ cinq mois.

– Où tu veux en venir ?

– Tu stockes les céréales. Mr. Lubovitch stocke les journaux. Mr. Peabody stocke les mouchoirs sales. Le symptôme est différent, mais je ne suis pas sûr que la pulsion le soit.

– Non, non et non ! hurla Rae, acculée. Est-ce que tu assimiles ma collection de céréales à celle d'une semaine de vieux kleenex morveux dans un tiroir de bureau ?

– J'aime ton utilisation du mot "assimiler". C'était bien venu, répliqua Henry.

– Ça n'a rien à voir, Henry. Ce que je fais répond à un souci de survie.

– Explique-toi.

– Tu n'as pas entendu parler de la façon de se préparer aux tremblements de terre ?

– Si. Mais si tu te soucies à ce point des catastrophes naturelles, pourquoi n'as-tu pas de stock d'eau minérale ici ? »

Rae fixa sur Henry un regard ahuri.

« Je voudrais juste que tu aies l'esprit plus ouvert, dit-il pour conclure une fois pour toutes.

– Et merde ! m'écriai-je.

– Qu'est-ce qui se passe ? demanda Henry.

– Les piles de l'enregistreur sont mortes. Maman l'aurait adorée celle-là. Vous ne voulez pas répéter ? »

Henry confisqua l'appareil.

Après le dîner et un demi-comprimé d'antalgique en guise de dessert, je décidai de sortir pour une petite mission de R&R[1].

« Où vas-tu ? demanda Henry en me voyant enfiler prestement mon imperméable.

– Pardon, papa. Je suis bouclée aussi ? rétorquai-je.

– Tu n'as pas le droit de conduire, Isabel. »

Je lui jetai mes clés de voiture. « Alors, tu fais le chauffeur.

– D'accord, dit Henry contre toute attente. On y va.

– Je peux venir aussi ? demanda Rae.

– Toi, tu es bouclée, répondit Stone.

– Si c'est ça… » Rae prit la télécommande et se laissa tomber sur le canapé.

---

1. Recherche et reconnaissance.

CHASSE
AUX RENSEIGNEMENTS

« **T**ourne à gauche. À droite.

– Je monte là ?

– C'est une allée privée. À droite à la prochaine rue.

– Et après ?

– Tu continues tout droit.

– Jusqu'où ?

– Jusqu'à ce que je te dise de tourner. Si j'avais su que tu serais tellement fouineur comme chauffeur, j'aurais serré les dents et pris le volant moi-même.

– Pourquoi ne me dis-tu pas où nous allons, tout simplement ? Je connais peut-être un raccourci, proposa Henry.

– Je ne suis pas sûre de la destination. Je suis en train de faire le chemin en sens inverse.

– Alors, à défaut de où on va, tu vas peut-être me dire pourquoi ?

– Garez-vous, chauffeur. »

Henry trouva une place environ quatre immeubles plus bas que la maison où j'avais vu entrer le sujet l'avant-veille, dans le quartier d'Excelsior.

« Attends-moi ici. Je reviens. »

Henry m'agrippa le bras avant que j'aie pu sortir de la voiture.

« Dis-moi d'abord ce que tu fais.

– Je vérifie une adresse après un boulot de surveillance récent. Le sujet se déplaçait et il faisait trop sombre pour que je lise le numéro de la rue. Il faut que je le mette dans mon rapport[1]. »

Henry me lâcha le bras. « C'est bon », dit-il.

L'adresse était 1341, San Jose Avenue. Comme il n'y avait pas de lumière à l'intérieur de la maison, je me dis que je pouvais aller regarder le nom sur la boîte aux lettres sans risque. Je pouvais toujours faire une recherche à partir de l'adresse, mais si les occupants étaient locataires, ça ne me donnerait pas leur identité.

MR. & MRS. DAVIS

D'après le recensement de 1990, Davis est le sixième nom sur la liste des patronymes les plus courants aux États-Unis. Or, les noms très répandus me rendent la tâche extrêmement difficile. Au lieu de repartir tout de suite après avoir lu le nom sur la boîte aux lettres, je m'attardai un peu sur la véranda des « Davis » (ou présumés tels) et cherchai d'autres preuves de l'identité des résidents. Je m'attardai un peu trop, et un homme qui ne pouvait guère être que Mr. Davis ouvrit la porte d'entrée de la maison.

« Je peux vous aider ? » demanda « Mr. Davis ». Il portait une chemise de flanelle sur un T-shirt blanc, un jean et des pantoufles, et tenait une bouteille de bière. Il avait les yeux injectés et devait sans doute sa mauvaise mine à un manque de sommeil ou de vitamines.

« Mary[2] n'est pas là ?

– Ma femme s'appelle Jennifer, dit le présumé Davis.

---

1. Pas mal, hein ?
2. Le prénom féminin le plus commun, selon la source ci-dessus.

– J'ai dû me tromper de maison. Vous n'avez pas de bibliothèque tournante ici ?

– Ah mais non.

– Excusez-moi, j'ai dû mal noter l'adresse.

– Sans doute.

– Bonne soirée, dis-je, prête à filer.

– Dites donc, vous ! lança le présumé Davis.

– Oui ? répondis-je en me retournant.

– Où il est, votre livre ?

– Hein ?

– Vous cherchiez une bibliothèque tournante, alors je me demandais où était le livre que vous rendez.

– Oh, je ne lis jamais. Je vais dans ces trucs pour boire à l'œil. Tchao. »

« On y va, dis-je à Henry une fois assise dans la voiture.

– Tu t'es fait un nouveau copain ?

– Non. Je viens juste de me griller. »

Stone et moi sommes rentrés en silence. La journée avait été longue et tout ce dont j'avais envie, c'était une autre nuit de sommeil médicamenteux. Si je n'avais pas été obligée de respirer, je n'aurais pas souffert. Mais vous connaissez la chanson.

Henry arrêta la voiture devant la maison. Juste au moment où j'allais ouvrir la portière, j'eus un flash où je revis un incident de la soirée de la veille.

« Qui c'était, cet ado, Henry ?

– Quel ado ?

– À la soirée. Tu es allé droit vers un ado, tu l'as secoué et tu lui as dit quelque chose genre : "Tu me déçois beaucoup."

– Je ne me souviens pas, dit Henry d'un ton détaché.

– Tiens donc. Moi qui étais sous antalgiques, je me souviens.

– On peut aussi dire que tu as la mémoire floue à cause des médicaments.

– Tu connaissais ce gamin. Qui c'est ?

– Je ne vois pas de quoi tu veux parler.

– Sale menteur.

– Je n'ai pas ta longue pratique.

– Qui c'était, ce gamin ?

– Isabel, je t'ai sur le dos depuis près de vingt heures.

– Moi aussi, j'ai eu grand plaisir à passer tout ce temps avec toi.

– Sors de ma voiture », dit-il en essayant de prendre un ton menaçant.

J'étudiai son expression impassible pour mesurer sa détermination.

« Bon, eh bien, bonsoir. »

Alors je fis une chose extrêmement bizarre. Je l'embrassai sur la joue. Henry eut un léger mouvement de recul quand je me penchai vers lui, comme s'il avait peur que je l'agresse.

« Pardon, dis-je, rouge d'embarras. Je ne sais vraiment pas ce qui m'a pris.

– Ça doit être l'effet des médicaments.

– Peut-être », dis-je en descendant de voiture.

SEULE MAÎTRESSE À BORD :

CHAPITRE 5

En entrant dans la maison Spellman, je trouvai ma sœur vautrée devant la télévision où elle se passait un vieux film de science-fiction en DVD.

« Qu'est-ce que tu regardes ?

– *Doctor Who* : Les cinq docteurs.*

– D'où tu sors ça ?

– C'est Henry qui me l'a passé. Il a environ quarante ans de *Doctor Who* en DVD. Je voulais juste regarder la nouvelle série, mais il ne veut pas me la prêter avant que j'aie vu quelques épisodes des premières. Il est bourré de principes, dit Rae.

– C'est vrai. À cette soirée, dis-je, changeant de conversation, il y avait un type de seize ou dix-sept ans, un grand maigre avec des cheveux châtain, fringué en skater. Quand on s'est pointés, Henry l'a pris aux épaules, l'a secoué et lui a dit : "Tu me déçois beaucoup." Alors ?

– Alors quoi ?

– Réponds à ma question.

---

* Série britannique de la BBC. La diffusion de la première série (679 épisodes) a duré de 1963 à fin 1989. Une seconde série a commencé en 2005.

– Formule-la.

– Rae, qui c'était, ce mec ?

– Ça doit être Dylan Loomis. Mais il en y a deux autres qui répondent à ta description.

– Pourquoi Henry a-t-il dit "Tu me déçois beaucoup" ?

– Qu'est-ce que j'en sais, moi ? Tu as demandé à Henry ?

– Oui.

– Qu'est-ce qu'il a dit ? » s'enquit Rae en se tournant vers moi. Jusqu'alors, elle avait répondu à mes questions sans y prêter attention. Mais celle-ci avait éveillé sa curiosité.

« Rien. Mais il n'a aucune raison d'être déçu par un garçon lambda dans une soirée à laquelle tu as participé. Alors j'ai une deuxième question pour toi : Dylan Loomis, c'est le vrai nom de ton copain ou tu en as inventé un faux pour me balader ? Et je sais que j'ai dit ma phrase sur un ton interrogatif. »

Ray appuya sur le bouton « marche » et reporta son attention sur cinq hommes d'un certain âge en blouse blanche. Je ressentis comme une bouffée de ma propre adolescence et me dis que si je n'insistais pas, si je ne posais pas de questions, peut-être aurait-elle de meilleures chances que moi de s'en tirer. Je renonçai. Pour le moment.

« C'est vrai, ça ne me regarde pas. Cela dit, tu devrais éviter la bière aux fêtes ces temps-ci. »

Cette fois-ci, Rae appuya sur le bouton *arrêt*. « Tu vas raconter l'histoire aux parents ?

– Si je ne le fais pas, Henry s'en chargera. Tu t'es saoulée à une soirée, Rae.

– Ça n'est pas de ça que je te parle.

– Ils ne savent pas que tu as un petit copain ?

– Ben non.

– Pourquoi Henry sait-il des choses que les parents ne savent pas ?

– Parce que je lui raconte tout », dit Rae qui se leva pour aller inspecter l'arrière-cuisine, cherchant de quoi grignoter. Elle prit un sac de chips, une boîte de *root beer** et retourna s'asseoir sur le canapé. « Alors, tu ne diras rien ?

– Je ne sais pas. Je vais réfléchir.

– J'ai quelque chose à te proposer en échange de ton silence, dit-elle sur un ton de conspiratrice.

– Quoi donc ?

– Quitte à faire une enquête sur quelqu'un de la famille, choisis donc quelqu'un de plus intéressant.

– Qui ?

– Papa.

– Qu'est-ce qu'il a ?

– Je ne crois pas qu'il nous fasse un PPAR.

– Qu'est-ce que tu racontes, Rae ?

– Regarde dans la boîte à gants de sa voiture. »

* Boisson gazeuse non alcoolisée, à base de plantes.

RAPPORT SUR LES COMPORTEMENTS SUSPECTS N° 13

« Albert Spellman »

Les sources confidentielles sont fréquentes dans tout travail d'enquête, mais c'était bien la première fois que Rae transmettait une information au lieu de l'utiliser à ses propres fins. De fait, j'avais trouvé le comportement de mon père suspect ces derniers temps, mais sans chercher à voir plus loin que cheveux mouillés, légumes verts et tentatives de conversations cœur à cœur à propos de la vie et la mort. Selon moi, papa faisait purement et simplement un PPAR. Mais après avoir ouvert sa boîte à gants, je me dis que le rapport sur les comportements suspects méritait une mise à jour.

Je découvris trois flacons de comprimés à ouverture sécurisée, ainsi que des ordonnances d'un certain Dr Nate Glasser, du Centre de Soins California Pacific. Je glissai les bouteilles dans ma poche (Les parents ne devaient pas rentrer avant trois jours) et regagnai la maison. J'appuyai sur le bouton Arrêt de la télécommande pour demander à Rae si elle avait fait des recherches sur internet. Elle me répondit que non, car elle avait peur de ce qu'elle risquait de trouver. Je lui dis de ne pas s'inquiéter et je mentis en ajoutant que papa n'avait sûrement rien de grave. Je dus faire un gros effort sur moi-même pour ne pas aller surfer sur le net à partir des ordonnances et j'attendis mon rendez-vous du lendemain avec Morty à Moishe's Pippic[1].

---

1. Notre rendez-vous est le jeudi, normalement, mais je ne voulais pas attendre et Morty, comme d'habitude, était libre.

DIMANCHE 19 MARS

11 heures[1]

Morty commanda un café décaféiné avec son sandwich au pastrami. J'ai remarqué que l'association café-sandwich était peut-être l'un des plus symboles les plus significatifs de notre différence de générations. J'ai du mal à concevoir une combinaison moins appétissante. Puis, comme d'habitude, Morty se brûla la langue et mit un glaçon dans son café. Après quoi il commença à parler et l'oublia.

« Hier au téléphone, tu m'as dit que tu avais un service à me demander.

– Je voulais savoir si tu pourrais me donner le numéro de téléphone de ton fils.

– Je croyais que tu le trouvais trop vieux ?

– Exact. Mais j'aurais besoin de le consulter au sujet d'une ordonnance que j'ai trouvée dans la boîte à gants de mon père. »

Morty m'écrivit le numéro, déchiqueta son sandwich au bout de deux bouchées et goûta son café. Entre-temps, le liquide avait refroidi et, comme d'habitude, Morty appela la serveuse, à qui il fit un clin d'œil :

---

1. Morty aime bien prendre ses repas tôt.

« Vous pouvez me réchauffer ça, ma petite fille ? »

Habituée aux manies de Morty, elle cacha son agacement derrière un sourire commercial et mit la tasse dans le micro-ondes.

« Avec toi, il n'y a pas de surprise, dis-je à Morty.

– Tu aimes le café tiède ?

– Laisse tomber.

– C'est fait. »

LE « CABINET JURIDIQUE » DE MORT SCHILLING

Lundi 24 avril, 12 h 45

« Alors, tu as parlé à mon fils ?

– Oui. On a prescrit à mon père du Lisinopril, du Zocor et du Carve-dilol. D'après ton fils, il s'agit du traitement standard de la coronaropa-thie. J'ai expliqué les changements d'habitudes de mon père ces derniers temps, et ton fils en a conclu qu'il s'efforçait par tous les moyens d'éviter l'opération.

– Ta mère n'est pas au courant ?

– Elle ne se doute de rien. Elle sait qu'il a un peu de cholestérol, mais c'est tout. Elle pense qu'il s'est décidé à faire plus attention à sa santé. Tu comprends, il s'est bien gardé de lui dire toutes les précautions qu'il prend. S'il pouvait aller au club de sport et manger végétarien sans qu'elle le sache, il le ferait. Si elle connaissait l'ampleur de son revire-ment, elle se douterait de la gravité du problème.

– Qu'est-ce que tu vas faire ? »

Mais une fois de plus, j'anticipe. Le cas de mon père avait la priorité, mais je dois reconnaître que celui de John Brown m'intriguait bien davantage.

LE SUJET RESTE INVISIBLE PENDANT TROIS JOURS

Lundi 20 mars, 18 h 30

J'eus beau surveiller sans relâche le domicile du sujet, John Brown et son véhicule restèrent invisibles pendant les trois jours suivant la débâcle de la Saint Patrick. Sans le sujet pour me guider dans telle ou telle direction, mon enquête retournait fatalement au point de départ. Comme je m'étais grillée avec mon numéro de fan de bibliothèque tournante qui s'était trompée d'adresse, je pouvais difficilement retourner aux nouvelles sans éveiller de soupçons. Aussi m'adressai-je à la seule personne capable de m'aider et disposée à le faire.

« C'est quoi, ma couverture ? » demanda Rae

Je me mis l'écouteur dans l'oreille et, postée dans ma voiture, à environ cinquante mètres, je regardai ma sœur frapper à la porte du 1341 San Jose Avenue.

Voici la transcription de la scène :

[On entend frapper.]
MR. DAVIS : Oui ?

RAE : Bonjour. Je m'appelle Mary Anne Carmichael. Est-ce que Mrs. Davis est là ?

MR. DAVIS. Non. C'est à quel sujet ?

RAE : Je suis Guide, et elle m'a pris un bon pour des petits gâteaux il y a quelques semaines. Je viens les lui apporter et me faire payer.

MR. DAVIS : Vous n'avez pas d'uniforme ?

RAE : On n'en porte plus. On fait comme les religieuses.

MR. DAVIS : Elle n'est pas là. Je ne sais pas si j'ai de l'argent.

RAE : Vous savez quand elle rentrera ?

MR. DAVIS : Non.

RAE : Vous ne savez pas quand votre femme rentrera ?

MR. DAVIS : Non.

RAE : Je suis désolée. Moi, mes parents ont divorcé. C'est dur pour tout le monde.

MR. DAVIS : On n'est pas en train de divorcer.

RAE : Alors comment se fait-il que vous ne sachiez pas où est votre femme ?

MR. DAVIS : Parce qu'elle a disparu.

RAE : Vous avez prévenu la police ?

MR. DAVIS : Évidemment.

RAE : Ça fait longtemps qu'elle a disparu ?

MR. DAVIS : Quinze jours environ.

RAE : On ne soupçonne pas un assassinat ?

Tout en appréciant la précision des questions de Rae, je trouvais qu'elle allait trop loin. J'appelai son portable.

RAE : Excusez-moi. [Elle répond au téléphone.] Mary Anne à l'appareil.

ISABEL : Tu es censée jouer une Guide, pas Hercule Poirot. Casse-toi.

RAE [au téléphone] : Oui, maman. Oui, maman Pas la peine de répéter. Au revoir. [À Mr. Davis] Je suis désolée pour ce qui vous arrive.

J'espère que ça va s'arranger. Je vous fais cadeau des gâteaux. Désolée de vous avoir dérangé.

[Fin de la bande.]

« Ces gâteaux devaient avoir quatre ans, dis-je à Rae pendant le trajet de retour.

– Je sais. C'est bien pour ça que je les lui ai donnés.

– Il a fait quelle tête ?

– Il semblait soucieux. Avec la mine du type qui ne dort pas. D'après ce que j'ai pu voir de l'intérieur, la maison était un vrai foutoir. »

Mon cerveau carburait à cent à l'heure. Je m'efforçais de ne pas relier le rendez-vous du sujet avec Mrs. Davis à la disparition soudaine de celle-ci, mais il était difficile d'éviter l'association d'idées. Une fois de plus j'en revenais à la même conclusion : il fallait que je pénètre dans ce bureau fermé à clé.

À notre retour, Rae et moi avons regardé nos e-mails, espérant que les parents nous annonceraient l'heure où ils prévoyaient de rentrer le lendemain, mais ils n'avaient envoyé aucun message. J'en ai cependant trouvé un de Petra.

De : Petra Clark
Date : 20 mars
Pour : Isabel Spellman
Sujet : Pas de réseau

Salut, je sais que tu as essayé de m'appeler, mais je suis partie faire une cure dans le désert de l'Arizona et le portable ne passe pas ici. Je serai injoignable pendant une semaine. Te rappellerai quand je retrouverai la civilisation.

Je n'ai pas cru un mot de ce qu'elle racontait et lui ai répondu aussitôt.

De : Isabel Spellman
Date : 20 mars
Pour : Petra Clark
Sujet : Re : Pas de réseau.

Tu ne vas pas me faire croire qu'il n'y a pas de téléphone fixe dans ton mystérieux refuge ? Je vois bien que tu m'évites, mais pourquoi ? Je suis dans ton camp. Sérieusement, Petra, rappelle-moi. Je commence à me faire du souci pour toi...

OPÉRATION
PORTE FERMÉE

TROISIÈME PARTIE

Mercredi 22 mars, 9 heures

Rae et moi nous sommes préparées au retour de nos parents le lendemain en faisant un grand ménage dans la maison. Dans des circonstances ordinaires, nous l'aurions laissée à l'état de porcherie jusqu'au dernier moment, mais la présence de Henry avait modifié notre comportement habituel. Il avait même obligé Rae à ranger son placard. Il ne nous restait plus à nettoyer que la pile de vaisselle sale qui s'était amoncelée depuis le départ de Henry, et qui était effarante compte tenu du peu de temps qui s'était écoulé. Tout en raclant les assiettes pour les ranger dans le lave-vaisselle, je me suis avisée que c'était le dernier soir où je pourrais enquêter sur le sujet (c.-à-d. entrer chez lui) sans avoir à me soucier du regard vigilant de l'équipe parentale. Et il n'y avait pas moyen de savoir quand ils prévoyaient de disparaître à nouveau.

J'ai remarqué que le sujet avait oublié de fermer la fenêtre de sa pièce mystère en son absence. En fait, je n'avais encore jamais vu cette fenêtre grande ouverte. J'ai interprété cela comme un signe, une occasion à ne pas rater. J'ai attendu que la nuit tombe, mis mon portable sur vibreur et l'ai glissé dans ma poche arrière. J'ai descendu l'escalier en courant pour rejoindre Rae qui, dans la cuisine, préparait un Délice aux Rice Krispies et chamallow en guise d'adieu au sucre[1]. J'ai mis les lumières en veilleuse dans le salon, puis ai conduit ma sœur jusqu'à la fenêtre.

« Je ne crois pas qu'il rentre ce soir, mais si tu vois le sujet garer sa voiture dans l'allée, appelle-moi sur mon portable. Ne bouge pas de la fenêtre avant que je te le dise.

– Qu'est-ce que tu vas faire ? demanda Rae, soupçonneuse.

– T'inquiète. Appelle mon portable s'il rentre, c'est tout ce que je te demande. »

Je grimpai quatre à quatre dans l'ancienne chambre de David, remontai complètement le panneau inférieur de la fenêtre donnant à l'est, sortis l'échelle qui m'avait trahie la fois précédente et la poussai de façon à lui faire traverser les deux mètres de vide entre la maison Spellman et celle du sujet.

En fin de parcours, avant d'atteindre la fenêtre du sujet, le poids de l'échelle faillit me faire basculer. Mais je fis contrepoids et réussis à la manœuvrer sur les cinquante derniers centimètres pour qu'elle se pose sur la fenêtre du bureau du sujet et forme un pont entre les deux maisons. Pourvu que l'obscurité du soir protège mon équipée contre d'éventuels témoins !

J'avais bien conscience de commettre un acte criminel, mais j'étais néanmoins convaincue que le bien-fondé de mon entreprise pesait plus lourd que son éventuelle ambiguïté morale. Autrement dit, qu'il était légitime de transgresser la loi, si cela me permettait de faire éclater la culpabilité du sujet, quelle qu'elle soit.

---

1. Je me montrais beaucoup plus tolérante sur la règle interdisant la consommation de sucre en dehors des week-ends, compte tenu de toutes les règles beaucoup plus sérieuses que j'avais transgressées pendant mon séjour.

Si je n'ai pas le vertige, je ne suis pas non plus amateur de sensations fortes (en tout cas, pas du genre saut à l'élastique) et en rampant sur mon échelle à environ six mètres du sol, je sentis mon estomac se nouer sérieusement. La traversée ne me prit pas plus de quarante secondes, mais les barreaux de métal me meurtrirent profondément genoux et tibias. Seule l'adrénaline masqua la douleur qui commença à se manifester quand j'atteignis l'appui de fenêtre du sujet. Je plongeai la tête la première dans le bureau et m'effondrai sur le sol, les mains crispées sur mes jambes endolories.

Une fois dans la pièce interdite, je me rendis compte que j'avais oublié d'apporter une torche et me décidai à allumer la lumière. La pièce était meublée d'un bureau en L, sur lequel se trouvait un ordinateur flanqué de deux imprimantes et d'une déchiqueteuse. L'une des imprimantes couleur semblait pouvoir servir à fabriquer de fausses cartes d'identité. Mais aucun indice visuel ne permettait de le prouver. J'allumai l'ordinateur et, en attendant qu'il charge, j'essayai d'ouvrir tous les classeurs. Fermés à clé. J'entrepris d'ouvrir la serrure de celui qui était à côté du bureau. Cela me prit dix minutes. À l'intérieur, je trouvai une petite liasse de billets de cinquante dollars et deux cartes de crédit au « nom » du sujet. Le tiroir du bas était empli de factures personnelles ou relatives à son affaire de jardinage. Rien d'anormal. Aucune raison pour que cette pièce soit fermée à clé en permanence.

Je me tournai vers l'ordinateur et cherchai les dossiers, mais le sujet semblait avoir utilisé un programme d'effacement après usage. Il devait y avoir sur le disque dur une sauvegarde à partir de laquelle il travaillait. Il conservait sans doute ce disque dur dans l'un des autres classeurs fermés à clés. Je me mis donc en devoir de forcer les serrures.

Environ un quart d'heure après mon arrivée, mon portable se mit à vibrer.

« Qu'est-ce qu'il y a ? »

– File tout de suite, dit la voix de Rae.

– Il est revenu ? » demandai-je. Mon cœur se mit à cogner dans ma poitrine.

« Dépêche-toi », fit-elle avant de raccrocher.

Je promenai mon regard autour de la pièce, cherchant des signes de mon passage. J'éteignis l'ordinateur, rangeai le contenu du tiroir du classeur et remis la serrure en place avec mon pouce. Je ne m'étais pas imaginé une pièce si bien préparée à une éventuelle effraction : ordinateur nettoyé, tiroirs du meuble classeur fermés à clé, corbeille à papiers vidée. En retournant vers la fenêtre, je m'avisai que j'avais laissé des empreintes partout. Je rabattis la manche de mon chemisier sur ma main et la passai rapidement sur tout ce que j'avais touché, espérant ainsi brouiller mes empreintes.

Puis j'enjambai l'appui de fenêtre et repartis à quatre pattes sur l'échelle pour traverser mon pont improvisé. Mon numéro de cirque se termina par un atterrissage maladroit la tête la première dans la chambre de David. J'allais me mettre en devoir de rentrer l'échelle lorsque je découvris Henry Stone assis sur le lit, l'air furieux, et Rae à côté de lui, penaude.

Mais les priorités d'abord : il fallait faire disparaître les indices compromettants, à défaut des témoins oculaires. Henry vint à ma rescousse car je fus déséquilibrée lorsque je retirai l'échelle de l'appui de fenêtre du sujet et qu'elle se mit à osciller dans le vide. Il m'écarta, la rentra dans la pièce, ferma la fenêtre de la chambre et baissa les stores.

Pendant de longues minutes, il me regarda fixement. Je ne savais plus où me mettre.

« Rae, tu veux bien me laisser seul avec Isabel ?

– Non ! Tu restes ici, sale cafteuse ! » m'écriai-je. Rae avait dû l'appeler dès que je m'étais défenestrée.

« Ne la traite pas de cafteuse », grinça Henry.

Je me tournai vers ma sœur : « À qui as-tu donné la priorité, là ? À Henry ou à moi ? »

Rae regarda ses pieds : « Ce que tu faisais m'a paru dangereux, vraiment dangereux.

– Laisse-la tranquille », me dit Stone. Puis il ajouta : « Rae, donnemoi une minute. »

Ray sortit. Elle savait que je me vengerais d'une manière ou d'une autre. Stone s'assit sur le lit et prit son temps pour m'asséner son petit discours · « Je suis inspecteur de police et je viens d'être témoin d'un acte criminel. Qu'est-ce que je suis censé faire ?

– Il a quelque chose à se reprocher et quand je découvrirai ce que c'est, tu me remercieras.

– Est-ce que tu peux t'arrêter ? » me demanda-t-il. C'était une vraie question, pas une directive.

« Je ne crois pas. » Je sentis que les larmes me montaient aux yeux et que je perdais pied. Ce n'était ni une question de volonté ni de discipline ni de connaissance de la loi. J'avais un comportement totalement compulsif. Je n'aurais aucun répit avant d'avoir découvert la réponse. Mon unique souci était de savoir de quoi John Brown était coupable.

« Et si tu te trompais à son sujet, Isabel ?

– Peut-être. Il m'est déjà arrivé de mal interpréter des faits. Mais je sais reconnaître les gens qui cachent quelque chose. Et lui, il a quelque chose d'important à cacher. »

Stone sentit que j'étais incapable de contrôler ma détermination, et il parut désarmé. Il se leva et se dirigea vers la porte.

« Ce n'est pas une façon de vivre, dit-il.

– Sans blague ? »

Il s'apprêtait à dire quelque chose, mais se ravisa, secoua la tête et sortit.

Notre dîner de ce soir-là, à Rae et à moi, se composa d'une pizza suivie du délice aux Rice Krispies. Après quoi, les boîtes des pizzas, preuves de nos méfaits, partirent dans la poubelle de recyclage derrière l'épicerie du coin.

Je m'abstins de surveiller l'appartement du sujet, sachant que si j'observais le moindre comportement suspect, je ne serais plus responsable de mes actes. Enfin, techniquement, si, mais psychologiquement, non.

ARRESTATION Nº 1

Jeudi 23 mars, 8 heures

Mes parents ne purent cacher leur joie en retrouvant le sol spellmanien. Je les soupçonne d'avoir chacun interprété l'enthousiasme du conjoint comme l'expression du simple contentement à se retrouver chez soi. Un sentiment que je n'avais pas éprouvé depuis quelque temps, moi qui n'avais plus de domicile propre.

À peine ma mère avait-elle posé ses valises qu'elle commença son inspection. Rae la suivit pas à pas, posant d'innocentes questions sur la croisière, tout en s'assurant subrepticement que nous n'avions rien oublié en faisant le ménage. Pour ma part, je surveillai étroitement papa. Il faudrait que nous parlions de son secret sans tarder. Mais j'allais lui laisser le temps de souffler un peu.

Quand on sonna à la porte, ce fut mon père qui répondit. J'étais dans la cuisine et entendis le début de la conversation.

« Est-ce qu'Isabel Spellman est ici ?

– C'est à quel sujet ?

– Elle est là ?

– Isabel ! »

J'allai dans l'entrée sans me douter que je venais de rater ma dernière chance de m'échapper. Encore que la fuite n'eût sans doute pas été le bon choix.

« C'est moi. Qu'est-ce qui se passe ? demandai-je en apercevant deux policiers en uniforme dans l'encadrement de la porte.

– Nous avons un mandat d'arrestation, dit le premier.

– Hein ? » répondis-je, effarée.

Mon père examina le mandat. « Effraction ? »

Il tourna vers moi un regard abasourdi. Je haussai les épaules et décidai de jouer l'innocence pour l'instant.

« Quel genre de preuves avez-vous pour cette inculpation ?

– Irréfutables, dit le second. Mr. Brown avait une caméra cachée braquée sur sa fenêtre donnant à l'ouest et il a un enregistrement très net de Ms. Spellman en train d'en enjamber l'appui, puis de fouiller les lieux. »

Pendant que le policier était en train d'exposer les motifs de mon inculpation, ma mère entra. Cela faisait dix ans que je n'avais pas commis d'acte criminel – ou plus précisément été prise en train d'en commettre un. Si elle s'attendait à tout pendant mes années d'adolescence, cette fois, elle fut prise au dépourvu. Elle en resta bouche bée.

« C'est vrai ? demanda-t-elle.

– Je peux tout expliquer, répondis-je.

– Pas un mot de plus », coupa mon père.

Rae, qui de sa chambre avait entendu un brouhaha inhabituel, descendit ventre à terre pour voir le premier policier me passer les menottes.

« Oh non ! dit-elle seulement.

– Isabel Spellman, annonça le policier d'une voix monocorde, vous avez le droit de garder le silence. Tout ce que vous direz pourra être utilisé contre vous devant un tribunal. Vous avez le droit de consulter un avocat… »

Troisième partie

Mystères et nouvelles arrestations

ARRESTATION N° 1

DEUXIÈME PARTIE

Jeudi 23 mars, 9 heures

Mon dernier passage en cellule remontait à il y a deux ans, quand j'avais « agressé » ma sœur après avoir découvert qu'elle s'était fait disparaître toute seule. Comme Rae était indemne et que ma réaction s'expliquait par mon affection pour elle, les plaintes avaient été retirées. Mon casier était vierge. Mais si l'accusation d'effraction était maintenue, j'aurais un casier et je risquais de perdre ma licence.

J'ai été mise en accusation quatre heures après mon arrestation, avec une caution fixée à cinq mille dollars. Là-dessus, Maman a pris son temps – huit heures – avant d'arriver au commissariat et de déposer la caution. Pendant ce délai, face à ma brochette de compagnons de cellule, j'ai affiché un air distant mais sans agressivité. Pendant cette demi-journée où je n'avais rien à lire pour m'occuper l'esprit, j'ai réfléchi à la série de comportements suspects relevés au cours des mois précédents et ai conclu que trois d'entre eux méritaient d'être promus au rang de mystères. Pour vous rafraîchir la mémoire, en voici la liste ·

Le mystère de maman

Faits : actes de vandalisme sur une moto, absence à des rendez-vous dentaires, hostilité envers son fils aîné, sorties inexpliquées.

Le mystère de David

Faits : Absorption d'alcool avant midi, présentation de plus en plus négligée, disparition de l'épouse, agitation constante, comportement de coupable, fuite dans un stage de yoga.

Le mystère de John Brown

Faits : Nom et prénom commodément passe-partout. Impossible d'établir une identité avec pareil patronyme ; le sujet a donné différentes dates et lieux de naissance. A donné des réponses suspectes à presque toutes les questions susceptibles de permettre son identification. A chez lui une pièce sécurisée sans raison apparente. A été vu en compagnie de deux femmes qui ont disparu par la suite. M'a délibérément tendu un piège pour me convaincre d'effraction. Pourquoi ?

Le mystère de mon père était résolu, même s'il restait encore à le révéler à maman. En rentrant à la maison en voiture avec celle-ci, sans guère desserrer les dents, je me demandai si je devais lui en parler. J'étais tellement plongée dans mes pensées que je ne remarquai pas qu'au lieu de prendre le chemin de Clay Street, elle s'arrêtait devant mon ancien appartement sur les Avenues.

« Ta valise est dans le coffre », dit-elle. Comme j'essayais de comprendre ses intentions, elle précisa : « Tu ne peux plus rester chez nous. Je t'en prie, ne m'oblige pas à changer les serrures.

– Tu plaisantes, maman.

– Tu viens de perdre les douze dernières heures de ta vie en prison..

– Techniquement, ça s'appelle une cellule de garde à vue…

– … pour effraction. Ça me laisse sans voix.

– Tu ne veux pas savoir pourquoi j'ai fait ça ?

– Je m'en fous. Tu risques de perdre ta licence. Il peut nous traîner en justice devant les tribunaux civils. Ce serait la ruine.

– Je te demande pardon, maman. Mais je suis certaine qu'il a une activité inavouable. Je veux juste savoir ce que c'est. Ça peut rendre service. »

Ma mère ouvrit la portière : « Laisse la police s'en occuper. Écoute, il est tard. Je suis fatiguée. Cette disparition m'a mise sur les genoux. Appelle si tu as besoin de quoi que ce soit. Mais ne viens pas à la maison pendant au moins quelques semaines, jusqu'à ce qu'on ait mis les choses au point avec Mr. Brown.

– Et le boulot ?

– Tu n'as que l'affaire Chandler. Essaie de concentrer ton énergie sur les vandales qui admirent à ce point ton œuvre.

– Je ne vois pas du tout de quoi tu parles », répondis-je sans ma conviction habituelle.

Ma mère me lança un regard peu amène et ouvrit le coffre. Je sortis ma valise et la posai au bord du trottoir avant de retourner vers la vitre du passager et de me pencher à l'intérieur. J'essayai de penser à une phrase susceptible de justifier mes actes, mais ce fut maman qui eut le dernier mot.

« Tu as trente ans », dit-elle en remontant la fenêtre. Je reculai et la regardai s'éloigner. Sa dernière réplique m'avait blessée plus que vous ne l'imaginez.

Je montai lentement l'escalier jusqu'à mon ancien appartement et frappai à la porte, histoire d'être prudente. Une voix de basse répondit : « C'est ouvert. »

À travers un brouillard de fumée de cigare, j'aperçus cinq « messieurs » d'un âge certain assis autour d'une table de cuisine encombrée de bouteilles de bière et de bretzels, en train de jouer au poker. Le visage de Bernie s'illumina en me voyant.

« Salut, coloc, dit-il en se levant. Tu ne fais pas la bise à Tonton Bernie ? »

Il s'approcha de moi les bras ouverts. Je l'évitai en zigzaguant vers le frigidaire, un peu comme un demi à l'attaque, et pris une bière. Je remarquai le tas de jetons sur la table. Ce jeu, c'était du sérieux.

« Si j'appelais les flics, je pourrais vous faire coffrer, dis-je.

– Les flics, c'est nous, ma poulette », dit un type d'une soixantaine bien sonnée assis devant le plus gros tas.

Bertie vint se mettre à côté de moi. « Qu'est-ce que tu veux, Izz ?

– Dormir, répondis-je, presque en larmes.

– Prends le lit. *Mi casa es su casa.*

– *Su casa* était en effet *mi casa*. Combien de temps va durer ce jeu ?

– Va savoir ? Aussi longtemps qu'on aura les yeux ouverts et que personne n'aura gagné tout le blé.

– Alors salut », dis-je. Après une nuit en garde à vue, la perspective d'une autre avec Bernie et quatre anciens flics bourrés était trop pour moi.

Pendant que j'étais à l'ombre, mes parents avaient garé ma voiture à l'ancien domicile légal de Bernie. Je décidai de passer cette nuit-là dans un motel pour faire le point. En dehors des trois mystères que je devais résoudre, il fallait que je trouve à me loger dans une ville où le pourcentage d'appartements vacants doit tourner autour de quatre pour cent.

Je passai la nuit dans une Days Inn des Avenues. Maman avait fait ma valise avec le soin qu'une femme pourrait témoigner à un mari qui la trompe et qu'elle fiche dehors dans une crise de colère. Je mis un pyjama de flanelle et me glissai dans le lit.

Mon paysage mental rendait le sommeil impossible. Quelque chose dans la déception de ma mère m'avait anéantie. Si je prenais du recul, je voyais que les secrets de John Brown ne faisaient pas le poids face à ma famille et à ma carrière. Je le comprenais intellectuellement, du moins. Le sommeil ne vint qu'au petit matin, quand mon esprit fut incapable de traiter davantage d'informations.

RENDEZ-VOUS DENTAIRE IMPROMPTU N° 7

Vendredi 24 mars, 16 heures

Rae m'appela sur mon portable le lendemain après-midi pour me proposer de me retrouver dans le bureau de Daniel pour un tête-à-tête concernant les derniers événements chez les Spellman. Comme j'en étais réduite à camper dans un café, à consommer beaucoup trop dudit breuvage et à continuer mon enquête d'antériorité infructueuse sur le sujet, j'acceptai sa proposition.

Le compte rendu commença dans la salle d'examen avant l'entrée de Daniel.

« Papa a-t-il parlé à maman de ses médicaments ? demandai-je.

– Je ne crois pas, répondit Rae. C'est grave, ce qu'il a ?

– Ne t'inquiète pas. Il va bien. Mais il faut qu'il fasse attention. Je vais lui laisser un peu de temps pour la mettre au courant. »

Daniel entra sur ces entrefaites et son regard d'abord distrait revint sur moi quand il s'avisa que j'étais appuyée contre le mur, dans un coin de la pièce.

« Isabel. Quelle bonne surprise !

– Salut, Daniel, dis-je en lui faisant la bise. J'avais certains problèmes à discuter avec Rae et comme je n'ai pas le droit de mettre les pieds à la maison, on s'est dit qu'on pourrait se donner rendez-vous ici.

– Pourquoi n'as-tu pas le droit... ? Non, on passe cette question », dit Daniel avec sagesse. Il avait eu sa dose du cinéma à la Spellman, et voulait désormais rester en dehors. Il mit la bavette à Rae pendant que je continuais à aller à la pêche aux détails.

« As-tu remarqué quoi que ce soit d'anormal chez le sujet ? demandai-je.

– Papa est allé lui parler ce matin, dit Rae.

– Ouvre la bouche, Rae, dit Daniel sur le fond sonore de la fraise.

– Qu'est-ce qu'il faisait ? demandai-je.

– A-hon-i-ai-é-ang.

– Il arrondissait les angles, traduisit Daniel.

– Ça a marché ?

– E-hé-a.

– Hein ?

– Je ne sais pas, traduisit Daniel. Rae, tu te sers de fil dentaire ?

– Tous les jours, répondit Rae.

– Menteuse !

– Alors, les parents sont furieux ?

– Rince-toi », enjoignit Daniel à Rae.

Elle cracha deux fois et se mit à parler avant que Daniel ait pu lui remettre la fraise et le miroir dans la bouche.

« Maman est furieuse, mais j'ai remarqué qu'elle regardait John Brown différemment. Il m'arrive de la surprendre en train de l'observer à la fenêtre du salon.

– Elle continue à circuler à des heures bizarres ?

– La nuit dernière, je l'ai entendue sortir vers deux heures du matin.

– Hum, toussota Daniel. Cet examen dentaire ne dérange pas votre conversation ?

– Non, répliquai-je aimablement. Ouvre la bouche, Rae. »

Daniel intervint avant que je puisse reprendre mon interrogatoire.

« Rae, tu te rends bien compte que tes dents d'adulte n'existent qu'en exemplaire unique, hein ? »

Lorsqu'il eut retiré la fraise et qu'elle eut craché, Rae demanda : « C'est une question rhétorique ? »

L'examen se termina par une radio qui révéla quatre nouvelles caries. Alors, Daniel fit asseoir Rae dans son bureau et lui montra des photos de ce qui arrive quand on ne se brosse pas les dents. Mais Rae fit alors remarquer à Daniel que c'étaient des photos de gens qui ne vont jamais chez le dentiste. Après quoi, elle posa une de ses questions pertinentes.

« Donc, quand on me fait un plombage, je ne pourrai plus avoir de carie à cet endroit-là, c'est ça ? »

Daniel opina en silence, se méfiant du tour que prenait la conversation.

« Donc, mes chances d'avoir une carie diminuent à chaque plombage puisque ça réduit l'espace où une nouvelle carie pourrait apparaître ? »

Daniel dit à Rae de prendre rendez-vous la semaine suivante pour qu'il puisse lui soigner ses caries. Pendant qu'elle discutait avec Mrs. Sanchez, l'assistante, il me prit à part.

« Tu as reçu ton invitation ? demanda-t-il.

– À quoi ?

– Mon mariage. Je l'ai postée il y a une semaine.

– Je fais suivre mon courrier et je ne l'ai pas regardé depuis quelque temps.

– Ce sera le vendredi 23 juin. Tu penses que tu pourras y assister ?

– Oui. À moins que je ne sois en prison. »

À l'époque, j'ai lancé ça comme une plaisanterie.

CHANGEMENT D'ADRESSE

PREMIÈRE PARTIE

C e soir-là, avant de trouver un lit pour la nuit, je suis passée au Philosopher's Club afin de réfléchir aux diverses possibilités qui s'offraient à moi. J'ai surpris Milo en train de rire tout seul en peaufinant dans sa tête une plaisanterie liée aux Jeux olympiques, et lui ai lancé un regard si noir qu'il a préféré ne pas me faire part de son trait d'esprit.

« Je peux dormir dans ton bureau, ce soir ?

– Non.

– S'il te plaît.

– Non.

– Pourquoi ?

– Parce que je tiens un bar, pas un motel.

– Ce que tu peux être désagréable en ce moment.

– J'ai des soucis, moi, en dehors des Jeux olympiques.

– Tu ne veux pas laisser tomber ?

– À l'avenir, avec un patron de bar, évite d'aborder la rubrique "Ma vie n'est pas à la hauteur de mes capacités." Vu ?

– Tu m'excuseras, mais mon problème à moi, c'est d'avoir trop bien exploité les miennes. »

Milo m'a servi une Guinness puis s'est versé deux doigts de whisky et s'est assis sur un tabouret derrière le bar.

« Alors, ça roule pour toi ? demandai-je, histoire de parler.

– Ça pourrait aller mieux. »

Je ne lui ai pas demandé de préciser, me disant que sa réponse pouvait s'appliquer aussi bien à son boulot qu'à ses cheveux, ou à ses factures à payer. Elle était passe-partout. Je ne cherchai pas à approfondir et me bornai à lui faire écho.

« Pour moi aussi », répondis-je.

Je finis ma bière et partis. Dans ma voiture, je restai assise quelques minutes et passai mes choix en revue : retourner chez Bernie ; traverser le pont pour aller chez Len et Christopher ; prendre une chambre dans un motel ; dormir dans ma voiture ; aller chez David. Cette dernière solution me parut la plus sage et je fis le trajet en dix minutes.

Je n'avais pas encore analysé les éléments précis qui avaient provoqué le déclin récent de mon frère. J'avais supposé qu'il y avait eu une infidélité suivie par de profonds regrets. Sachant que David était toujours à son stage de yoga et Petra toujours hors circuit, rien ne s'opposait à ce que je m'introduise chez eux pour y passer la nuit. Personne dans ma famille ne cache les clés. Celui qui oublie les siennes appelle quelqu'un qui a un double ou force la serrure. On ne laisse pas une clé en circulation, à la disposition du premier venu dépourvu de talent de crocheteur.

Je fis le tour de chez David en quête d'une fenêtre ouverte. Comme je m'y attendais, tout était bien fermé. Je pris une torche dans ma voiture et ma trousse à outils dans la boîte à gants. La porte d'entrée de David et celle de derrière ont chacune deux verrous de sécurité. Mais il y a aussi au sous-sol une entrée avec un seul verrou ; de plus, elle est à l'abri des regards de la plupart des voisins. Cinq minutes plus tard, j'étais dans la place.

Je me versai deux doigts de son bourbon de premier choix et m'assis devant son écran plat sur son canapé en daim à dix mille dollars.

Les goûts de luxe de David me choquaient toujours, mais je trouvais éminemment jouissif de profiter de son espace à son insu. Je suppose que David a lui aussi trouvé jouissif d'apprendre par la suite que mon entrée chez lui avait déclenché une alarme silencieuse. Quinze minutes après m'être assise sur son canapé scandaleusement coûteux, j'ai entendu frapper à la porte.

Je suis allée répondre le verre à la main. Lorsque le policier en uniforme m'a demandé de lever les mains, je me suis renversé du bourbon sur le bras.

Le second officier (à ce stade, je laisse tomber les précisions de noms, apparence ou rang) m'a débarrassée de mon verre et m'a bloqué les mains derrière mon dos avant de me passer prestement les menottes.

« Il y a erreur. Je suis Isabel Spellman, la sœur de David.

– Madame, un voisin vous a vue en train de forcer une serrure à l'arrière de la maison et vous avez déclenché une alarme silencieuse.

– J'ai le droit de forcer la serrure de David. Appelez-le et posez-lui la question.

– Madame, nous devons vous emmener au commissariat.

– Cessez de m'appeler madame. »

ARRESTATION N° 2

I l fallut neuf heures pour vérifier mes explications embarrassées justifiant mon effraction amicale. J'attendis en cellule jusqu'à deux heures du matin, espérant que David rappellerait le commissariat avant que je ne lâche des noms. Mais la perspective de passer encore douze heures en garde à vue était plus dissuasive que celle d'affronter mon père. À deux heures du matin, l'officier de service appela celui-ci, qui n'arriva au commissariat que cinq heures plus tard. J'essayai de dormir sur une banquette sale dans la cellule avec la lumière allumée. Quand papa est enfin apparu, j'ai éclaté.

« Pourquoi as-tu mis si longtemps ?

– Je me suis rendormi.

– Super. Tu peux oublier ton cadeau de fête des pères cette année.

– Bon, alors il faudra que je m'achète moi-même ma bouteille d'Old Spice.

– Comment as-tu pu me laisser mariner ici ?

– Je me suis dit qu'une nuit en prison te rappellerait peut-être que l'effraction est un acte criminel.

– Mais je suis juste entrée chez David. Il n'était même pas là.

– Si tu n'as pas la clé ni le code d'accès d'un lieu, quel qu'il soit, tu n'as pas à entrer sans y avoir été invitée. C'est un principe de base, que je ne devrais pas avoir besoin de te rappeler à ton âge. »

Papa gara sa voiture dans l'allée de David, juste derrière ma Buick.

« Je connais ton petit secret, dis-je.

– Hein ?

– J'ai trouvé les comprimés dans ta boîte à gants. J'ai interrogé un médecin, et il m'a dit… »

Papa me saisit par le col de ma veste en me lançant un regard menaçant.

« Pas un mot de plus, chuchota-t-il d'une voix lente et rauque.

– Tu m'étonnes », chuchotai-je en retour.

Je ne sais pas si j'avais vraiment eu l'intention de faire chanter papa avec sa santé, mais c'est ainsi qu'il interpréta le ton de ma voix.

Il se pencha et me souffla à l'oreille : « Ne t'avise pas de dire quoi que ce soit à ta mère.

– Sinon ? rétorquai-je, sentant la colère me brûler les joues.

– Évite de jouer à ce petit jeu avec moi, Isabel. N'oublie pas que je sais où te trouver.

– Ah bon ? Rappelle-moi où ? »

Je descendis de voiture et ne me retournai pas. Dans mon cerveau, un ensemble de faits isolés prenait des proportions démesurées. Mais j'avais pour l'instant d'autres urgences au programme : 1) prendre une douche ; 2) trouver où dormir.

Pour la douche, j'allai chez Bernie. Il était dans la chambre, ivre mort. À en juger par la quantité de bouteilles de bière et de mégots de cigare, il ne risquait pas de reprendre conscience avant plusieurs heures. Je me douchai et me changeai en paix, puis cachai sa bière dans le placard et partis, ne laissant derrière moi qu'une odeur de shampooing aux fruits. Bernie serait persuadé d'avoir passé la nuit avec une femme dont il ne se rappellerait ni le nom ni l'allure.

Il était dix heures quand je quittai les lieux. Comme je n'avais aucune affaire à suivre, hormis le cas Chandler, et que Pâques n'était que dans quelques semaines, j'avais du temps à tuer. Je pris le chemin de la bibliothèque et passai la journée avec d'autres sans-abri. Dans la section d'histoire médiévale, je trouvai un endroit sympa où je fis une petite sieste. Quelques heures plus tard, j'appelai Morty et lui demandai s'il voulait bien qu'on se retrouve pour déjeuner.

J'arrivai à notre cantine habituelle peu après une heure.

« Vous ne pourriez pas par hasard m'héberger quelques jours, Ethel et toi ? fis-je de mon air le plus candide.

– On attend nos petits-enfants ce soir, répondit Morty en mettant de la glace dans son café. Mais si tu peux supporter le bruit, tu es la bienvenue.

– C'est gentil, mais je trouverai une autre solution.

– Tu es sûre ? demanda-t-il en avalant une gorgée de café.

– Absolument sûre. »

Deux minutes plus tard, Morty appela la serveuse pour qu'elle fasse encore réchauffer son café. Quatre heures plus tard, j'étais de l'autre côté de Bay Bridge, chez Len et Christopher.

Je les trouvai en train de disposer leurs fauteuils et leurs canapés en demi-cercle autour d'un espace vide. Christopher me servit du thé et dit : « Qu'est-ce qui nous vaut le plaisir de cette visite ? Tu aimerais me voir jouer un gangster ? Dis-le-moi pour que je choisisse les vêtements ad hoc.

– Je me demandais si vous ne pourriez pas me donner l'hospitalité quelques jours. Il faut que je fasse désinfecter mon appartement. Fumigation.

– Volontiers », répondit aimablement Len. Puis il me donna le fin mot du réaménagement de leur espace : « Comme ça, tu verras notre mise en scène maison de *En attendant Godot*. On joue la pièce toute la semaine. »

Deux heures plus tard, j'étais sur un tabouret du Philosopher's Club et redemandais à Milo un endroit où passer la nuit, à ceci près que cette fois-ci, j'avais une autre idée.

« Je ne peux pas dormir chez toi ? Je coucherai sur le divan et filerai de bonne heure demain matin.

– Désolé, gamine. C'est hors de question. J'ai, euh… il y a des travaux chez moi. Je loge dans un motel.

– Quel genre de travaux ?

– De peinture. Rentre chez tes parents, Izzy. Excuse-toi et tiens-toi correctement. Ils ne peuvent pas te refuser l'hospitalité. »

Je réfléchis à ma situation pendant trois heures chez Milo. À onze heures, je repris le chemin de Clay Street et remarquai en arrivant que toutes les lumières étaient éteintes. Je me garai trois rues plus bas et revins à la maison à pied. Je passai par-derrière et grimpai l'escalier de secours pour gagner mon ancien studio. J'étais tellement épuisée après la nuit passée en prison que je me contentai d'ôter mes baskets avant de me glisser sous la couette et de sombrer dans le sommeil.

LE SUJET VA FAIRE
UN TOUR DE NUIT

Dimanche 26 mars, 3 h 15

Je fus réveillée par un bruit de portes : portières de voiture, coffres, portes d'entrée, portes grillagées, etc. Il y eut un effort pour atténuer les bruits, mais allez donc fermer une portière de voiture sans la claquer. (Je me suis souvent demandé pourquoi les constructeurs de voiture n'essayaient pas de corriger ce point faible.) Sans allumer dans le studio, j'écartai juste assez les stores pour jeter un coup d'œil dehors. L'appartement du sujet était partiellement éclairé. Il ne dormait pas et circulait d'une pièce à l'autre. En l'observant, j'avais l'impression de regarder un folioscope, un de ces livres qui donnent l'illusion d'un dessin animé.

Dans la lucarne lumineuse de la fenêtre, je le vis passer deux fois du bureau à l'entrée puis de l'entrée à sa voiture, garée dans l'allée devant chez lui. Je quittai le studio et descendis l'escalier sur la pointe des pieds, pour essayer de repérer le moment où il quitterait son appartement. La porte du bureau de l'agence était fermée à clé, et je m'installai dans le salon. La fenêtre en saillie offrait un angle d'observation malcommode. Le sujet entassait des cartons dans sa voiture. Je l'observai pendant dix ou quinze minutes, essayant de décider quel parti prendre s'il partait. Ma voiture était garée trois rues plus loin. Impossible d'aller la chercher et de revenir sans me faire remarquer pour attendre son éventuel départ.

Ma mère pend un double de ses clés de voiture à un crochet à côté du réfrigérateur. Je pris le trousseau, retournai me poster derrière le canapé. Le sujet chargea encore deux séries de cartons dans sa voiture et monta dans son véhicule juste au moment où mon père descendait l'escalier.

« Qu'est-ce que tu fais là, Izzy ? » demanda-t-il. Trop préoccupée par les allées et venues du sujet, je ne remarquai pas le ton ouvertement hostile de la question.

« Il faut que je file, dis-je sans quitter des yeux le sujet. Je prends la voiture de maman. Ça ne devrait pas être long.

– Non, Isabel.

– Ne t'inquiète pas. Je reviens. »

Papa cria quelque chose que je ne compris pas. Sautant dans la Honda de maman, je me lançai sur les traces de la Volkswagen cabossée du sujet.

Je la suivis dans California Street, montai et descendis deux côtes et débouchai sur les Avenues. À quatre heures du matin, je laissai une voiture entre celle du sujet et la mienne, espérant que la voiture passe-partout de ma mère ne déclencherait pas son radar interne.

Note au lecteur concernant ce qui se passa ensuite : Quand on fait une surveillance, l'attention se porte à quatre-vingt-dix pour cent sur l'objet à surveiller et il n'en reste qu'un dixième pour observer les lois élémentaires de la circulation automobile. Voilà pourquoi je n'ai pas remarqué que papa me suivait au loin et c'est ainsi qu'au volant de sa voiture, il a eu le temps d'appeler la police et de donner mes coordonnées précises.

J'ai d'abord entendu la sirène, puis remarqué dans mon rétroviseur la lueur aveuglante des phares braqués sur moi. Les policiers sont arrivés à hauteur de mon véhicule (enfin, celui de ma mère) et m'ont fait signe de m'arrêter. J'ai obéi. Un policier est descendu pendant que l'autre restait derrière pour parler à mon père. Le premier s'est approché de moi et j'ai baissé ma vitre. Il m'a demandé mon permis et ma carte grise. Je n'avais même pas mis mes chaussures, alors pensez, prendre mon permis... Je sortis la carte grise de la boîte à gants et expliquai que j'étais partie précipitamment et avais oublié mon permis, mais que l'homme au volant de la voiture derrière moi pourrait confirmer que j'étais bien la fille d'Olivia Spellman, propriétaire du véhicule que je conduisais.

Mon policier retourna vers sa voiture et échangea quelques phrases avec son collègue et avec mon père. Puis il revint et me demanda de descendre de la voiture. J'obtempérai.

Mes pieds nus se refroidirent au contact de l'asphalte rugueux.

« Tournez-vous face à votre véhicule, ordonna-t-il.

– Hein ? » dis-je. Mais il me fit pivoter avant que j'aie eu le temps d'enregistrer ce qui se passait.

Il me passa les menottes et répéta les paroles qui commençaient à me devenir un peu trop familières.

« Vous avez le droit de garder le silence. Tout ce que vous direz pourra être utilisé contre vous devant un tribunal. Vous avez le droit de consulter un avocat... »

ARRESTATION N° 3

En dehors de chez soi, il y a peu d'endroits où l'on se sent à l'aise en pyjama de flanelle et pieds nus. A priori, je n'en vois aucun, mais une cellule de garde à vue ne fait pas partie du lot, c'est certain.

Je fis défiler dans ma tête le film de la dernière heure tout en réfléchissant aux solutions pour obtenir une caution. Quand le policier me passa les menottes, je me tournai vers mon père et criai : « Papa ! Qu'est-ce que tu fais ? »

Trop gêné pour me regarder en face, mon père retourna à sa voiture et lança par-dessus son épaule : « Ce n'est pas ta voiture ! »

À la réflexion, je décidai de ne pas demander à mes parents de déposer la caution. À une heure plus décente, j'aurais appelé Morty, mais il ne me paraissait pas judicieux de téléphoner au petit matin chez un octogénaire amateur de pastrami. David était à son stage de yoga et Petra toujours hors circuit, à ma connaissance. Elle ne répondait à aucun de mes messages. Ma vie aurait été beaucoup plus simple pendant ces dernières semaines si elle avait été présente.

J'attendis le matin et téléphonai à la personne qui était mon dernier recours. Quarante-cinq minutes plus tard, j'étais assise dans sa voiture et gardais un silence gêné.

« Ce n'est pas une tenue convenable pour une cellule de garde à vue », constata Henry. À la différence des membres de ma famille, il ne semble tirer aucun plaisir des sarcasmes.

« Je sais.

– Je t'emmène où ? demanda-t-il.

– Ma valise est chez mes parents, avec des vêtements, des chaussures, mon portefeuille, mes clés de voiture. Il faut que je passe la prendre. »

Dix minutes plus tard, Henry arrêtait sa voiture dans l'allée de la maison Spellman.

« Je ne peux pas entrer, dis-je.

– Attends-moi ici. »

Pendant que Henry devait être en train de récupérer mes affaires, et de suggérer fermement à mon père de retirer sa plainte pour vol de voiture, le sujet jeta un petit coup d'œil sur moi de sa fenêtre. Un coup d'œil chargé d'hostilité. Peut-être m'avait-il vue pendant la nuit et n'avait-il dû son salut qu'à l'intervention de mon père. À moins que son regard n'ait trahi en réalité de la peur. J'approchais peut-être du pot-aux-roses. Ou alors, il avait peur de moi. Mais pour l'instant, avec trois arrestations sur le dos, je ne pouvais guère me soucier de ses actes criminels. J'avais déjà de quoi faire avec les miens.

En reportant mon attention sur la porte du 1799 Clay Street, je vis Rae sortir, portant un sac de sandwichs et un gobelet en plastique couvert. Elle ouvrit la portière du conducteur, s'assit à côté de moi et me tendit ses offrandes.

« Tu dois avoir faim », dit-elle. Le geste de ma sœur était tellement bienvenu (plus que la galette fourrée qu'elle avait glissée dans le sac en papier) que je faillis l'embrasser. Je me contentai de lui tapoter la tête et de boire mon café en m'efforçant de retenir des larmes dont je ne pouvais identifier la source.

« Je surveillerai, promit Rae.

– Ne fais rien, Rae.

– Non, non. J'ouvrirai l'œil, c'est tout. »

Henry ouvrit la portière de la voiture et prit la place de Rae.

« J'ai eu un A à mon contrôle de géométrie, lui annonça-t-elle.

– Un A ? fit-il d'un ton soupçonneux.

– A moins, soupira Rae. C'est quand même un A.

– Bravo, dit Henry.

– Il faut que je te dise un secret », glissa Rae, qui se pencha à l'intérieur de la voiture et lui chuchota quelques phrases à l'oreille. Il hocha la tête, apparemment d'accord, puis Rae referma la portière et s'éloigna en faisant un signe de la main.

Henry s'arrêta en double file à côté de ma voiture.

« Si tu es en panne, j'ai une chambre d'amis », annonça-t-il.

Sa proposition me surprit. Mais la fierté me dicta ma réponse.

« Merci, mais je vais retourner chez Bernie. Il couchera sur le divan si je le lui demande gentiment. »

En fait, je n'eus rien à demander. Bernie n'était pas là. Je regardai la télévision toute la soirée, assise sur le canapé. À onze heures, je me préparai à affronter son retour et l'appelai sur son portable pour essayer de savoir quand il comptait rentrer.

« Salut, coloc », me dit-il en prenant l'appel. En fond sonore, j'entendais le brouhaha caractéristique d'un casino.

« Où es-tu ? demandai-je.

– À Tahoe.

– Tu reviens quand ?

– Pourquoi, je te manque ?

– Tu plaisantes !

– Toujours le mot pour rire, celle-là. Je suis ici pour quelque temps. La chance est avec moi. Tu es revenue à l'appartement ?

– Oui, répondis-je. Sois gentil, appelle-moi quand tu décideras de rentrer.

– Hein ? J'entends mal.

– Rien », répondis-je. Et je coupai la communication.

Ce soir-là, je changeai les draps, pris une douche sans verrouiller la porte de la salle de bains et dormis huit heures dans ce qui avait été jadis mon lit.

Pendant les quatre jours suivants, je quittai à peine « mon » appartement, sachant que cette bulle où j'avais mon espace à moi ne tarderait pas à éclater. Je rattrapai mon sommeil en retard, décontaminai l'appartement et fis des recherches sur « John Brown » via internet, espérant trouver celui que je cherchais.

Mais toutes les bonnes choses ont une fin. Le jeudi après-midi, sans avoir prévenu comme je l'aurais souhaité, Bernie arriva avec son sac de voyage et du ravitaillement.

« Salut, camarade, dit-il aimablement en entrant chez nous.

– Bernie ! répondis-je, la gorge serrée. Je croyais que tu étais toujours à Tahoe.

– Je suis juste allé souffler un peu. Reste ici, Izz. Je te l'ai déjà dit, *Mi casa es su casa.*

– Arrête de répéter ça, répondis-je d'un ton qui dérapait juste un peu vers l'agressif.

– Mais c'est vrai, Izz, c'est assez grand pour nous deux.

– Il n'y a qu'une chambre.

– Dans certains pays, les gens dorment à huit dans un deux pièces. »

Je préférai ne pas poursuivre la conversation ainsi engagée. Je pris un sac de chips et une bière dans le paquet que portait Bernie.

« C'est quoi, tous ces trucs pour l'apéritif ?

– Poker ce soir. Tu en es ? »

Quatre heures plus tard, j'avais perdu deux cents dollars et une montre que j'avais mise en jeu, espérant gagner de quoi passer la semaine
dans un motel. À l'évidence, Bernie avait décodé mes gestes et
réflexes[1], et en avait fait part à ses potes.

« J'arrête, dis-je après avoir perdu quatre fois d'affilée. Ça pue là-
dedans. » Je me levai et allai entrouvrir une fenêtre.

« Je pue le cigare », dis-je en reniflant mon chemisier.

Mac, l'un des amis de Bernie, sortit de son sac une bouteille d'eau de
Cologne dont il m'aspergea.

« Hé là !

– Ça couvre l'odeur du cigare. Plus tard, tu me remercieras[2].

– Alors, combien il va durer ce jeu, à votre avis ?

– Maintenant que tu es sortie ? dit Bernie. Jusqu'au matin sans
doute. »

Ce n'était pas seulement la fumée de cigare, l'eau de Cologne, les
miettes de chips sur la table et le nombre de bouteilles de bière vides
envahissant l'appartement qui m'indisposaient. Je regardai la scène et
compris que je ne pouvais pas passer une nuit de plus sous le même
toit que Bernie.

Je remplis ma valise et annonçai : « Je me casse.

– À plus tard, gamine », lança Bernie. Et il se replongea dans le jeu.

Je ne restai pas assez longtemps pour voir s'il gagnait la partie ou
perdait sa chemise.

---

1. Le regard fixe, les doigts qui pianotaient sur la table pour un coup de bluff, l'air
dédaigneux quand j'avais une bonne main.

2. Ce qui n'a pas été le cas.

CHANGEMENT D'ADRESSE

DEUXIÈME PARTIE

Jeudi 30 mars, 23 heures

« Ta proposition tient toujours ? » demandai-je, debout dans son entrée. Je devais avoir un air penaud et désolé, sans aucun doute.

Henry Stone hocha la tête et ouvrit la porte en s'effaçant. J'entrai dans son appartement immaculé.

« Tu sens le cigare, dit-il.

– Et l'eau de Cologne bas de gamme », ajoutai-je.

Henry me conduisit dans la chambre d'amis, m'indiquant la douche avec insistance. La chambre d'amis, comme le reste de l'appartement, avait l'impeccable propreté d'un cinq étoiles. Sortant de chez Bernie, j'éprouvais une satisfaction étrange à me trouver dans un environnement aussi aseptisé. Après ma douche, je me couchai, et me réveillai huit heures plus tard, au moment où Henry partait travailler.

Il me versa une tasse de café lorsque j'entrai dans la cuisine.

« Mets-toi à l'aise, dit-il, encore qu'à en juger d'après les apparences, lui, il ne se mettait pas très à l'aise chez lui.

– Merci.

– Je poserai juste une condition…

– Une seule, tu es sûr ? Parce que tu as l'air d'avoir beaucoup de principes.

– Si tu te fais arrêter encore une fois, je te vire.

– Soit, répondis-je.

– Et j'ai deux ou trois choses à te demander : évite les contacts avec les voisins – ce sont des citoyens au-dessus de tout soupçon – et, hum, essaye de refréner tes instincts de fouineuse. Je n'ai pas de secrets coupables, mais je n'aime pas qu'on fouille dans mes affaires.

– Quand rentres-tu ? »

Stone sourit. La question n'était pas si innocente que ça.

« Tu verras bien. » Là-dessus, il partit.

Je ne pus résister à l'envie de visiter l'appartement en son absence. Je résiste rarement aux visites non guidées. J'étais déjà venue chez lui, notamment presque deux ans auparavant, où j'étais entrée par effraction. J'avais imaginé qu'il était mêlé aux « vacances » de ma sœur, et j'étais venue chercher des preuves. Mes autres visites, au nombre de cinq ou six, avaient été motivées par une « extraction » de Rae et parfois agrémentées de quelque breuvage, mais je n'avais jamais eu l'occasion de fouiller tranquillement les lieux.

Au bout de trois heures, je n'avais découvert que du linge bien plié, des costumes pendus dans un ordre digne d'un magasin, un réfrigérateur sans trace de moisissure (hormis celle des fromages), une collection de livres qui semblaient avoir été lus, un assortiment de CD et de vinyls allant des Ramones à John Coltrane et à Outkast[1], un bureau avec un seul classeur fermé à clé, qui devait contenir sept ans de documents financiers et un ordinateur qui, après examen minutieux, n'avait

---

1. Je jurerais que c'était un cadeau de ma sœur, qui voulait pouvoir écouter de la musique chez lui.

jamais visité un seul site porno. Après avoir déjeuné, je fis même ma vaisselle et la mis à sécher sur l'égouttoir.

Je lus le journal pendant l'heure suivante, puis en passai deux à zapper d'une chaîne câblée à l'autre, mais la sélection était limitée. Comme vous vous en doutez peut-être, j'ai du mal à faire autre chose qu'enquêter, boire ou avoir des relations amoureuses aussi bizarres que foireuses. En temps ordinaire, je ne prête aucune attention à mes défauts car mon attention est mobilisée par des comportements suspects. Mais quand tout devient suspect et que je suis censée occuper mes journées comme le ferait une personne normale sans profession, c'est là que ça coince.

DOCTOR WHO ?

Vendredi 31 mars, 16 h 30

À trois heures trente, on frappa à la porte.

« Rae ! Qu'est-ce que tu fais là ? »

Rae m'écarta et dit : « On n'a pas beaucoup de temps. »

Allant droit à la télévision, elle ouvrit dans le meuble au-dessous un tiroir qui m'avait échappé quand j'avais passé l'appartement au peigne fin.

« Assieds-toi », m'ordonna-t-elle. Comme je n'avais rien d'autre à faire, j'obéis.

Elle introduisit un DVD dans le lecteur et s'assit sur le canapé à côté de moi.

« Qu'est-ce qu'on va voir ? demandai-je.

– *Doctor Who*.

– Ce n'est pas ce que tu regardais l'autre soir ?

– Je regardais un épisode de l'ancienne série. C'est la nouvelle que je veux voir.

– Il y a urgence ?

– Henry rentrera bientôt, et il ne veut pas me la laisser regarder.

– Pourquoi ?

– Je te l'ai déjà dit. Parce qu'il estime que je dois d'abord voir tous les épisodes de la série classique avant de passer à la nouvelle.

– Ma foi, ça se tient, répondis-je.

– Non. C'est sadique. Tu te rends compte que le premier *Doctor Who* a été diffusé en 1963 ? Il y a eu dix docteurs jusqu'à présent et il existe plus de sept cents épisodes, dont la plupart sont super vieux. La série "classique" est complètement ringarde. Tu rigoles devant les effets spéciaux. Impossible de prendre ça au sérieux.

– Et ce sont les effets spéciaux que tu n'arrives pas à prendre au sérieux ?

– C'est une bonne série. Je parle de la nouvelle.

– Pourquoi faut-il que tu la regardes chez Henry ? Tu ne peux pas louer les DVD et les regarder à la maison ?

– J'ai essayé, mais dès que papa entend la musique, il vient les regarder avec moi. Tu sais comment ça se passe.

– Je vois ça d'ici !

– Et puis, seule la première saison de la nouvelle série est disponible. Mais Henry a des DVD piratés de la deuxième saison. »

Ensemble, nous avons entendu la clé tourner dans la serrure. Rae s'est hâtée d'appuyer sur le bouton « Marche » et m'a tendu la télécommande. Elle regardait fixement l'écran quand Henry est entré, et a ignoré son arrivée.

Le thème musical avait un refrain curieusement familier, mais j'ai été distraite par le regard de biais que Henry a coulé vers ma sœur. Il paraissait hésiter à la réprimander. Je me suis dit que peu de choses pouvaient constituer une meilleure offrande de paix à ma mère qu'un enregistrement. J'ai donc saisi mon appareil et l'ai glissé dans ma poche.

Rae et moi avons regardé les quarante-cinq minutes du premier épisode de *Doctor Who* dans un silence complet, pendant que Henry s'occupait sans doute à nettoyer les saletés invisibles que j'avais laissées. À la fin de l'épisode, Rae appuya sur le bouton « Arrêt » et je plongeai la main dans ma poche pour appuyer sur « Enregistrement ».

LES DUETTISTES STONE ET SPELLMAN, ÉPISODE N° 42

« LA LECTURE OBLIGATOIRE ET LE MYSTÈRE DE LA MORVE »

Voici la transcription de la bande :

RAE : C'était tellement mieux que les épisodes « classiques », avec leurs effets spéciaux pourris.

HENRY : Tu es censée te servir de ton imagination.

ISABEL : Je veux voir l'épisode suivant.

[Je tends la main vers la télécommande.]

RAE : Tu ne peux pas.

ISABEL : Pourquoi ? Je n'ai qu'à appuyer sur « Marche ».

[Rae secoue une tête apitoyée.]

RAE : Eh, non. Chez Henry, quand tu regardes la télé pendant une heure, tu dois passer une autre heure à lire.

Rae se lève, s'approche de la bibliothèque, prend un exemplaire de *Notre Ami mutuel*, de Dickens et l'ouvre au marque-page glissé à la moitié du volume environ.

ISABEL : C'est une blague ?

RAE : C'est ce que j'ai cru au début, mais non, c'est la règle. Tu devrais choisir toi-même un livre avant qu'il ne t'en donne un d'autorité.

ISABEL : Rae, je suis majeure et vaccinée. Henry ne peut pas m'imposer ça.

HENRY : Rae, tes parents savent que tu es ici ?

RAE : Ils doivent s'en douter maintenant.

HENRY : Appelle-les.

[Rae prend le téléphone et s'exécute. J'appuie sur le bouton « *Marche* » de la télécommande. Henry me l'ôte de la main et appuie sur « *Arrêt* ».]

ISABEL : Je n'y crois pas !

HENRY : Je conçois qu'un esprit indiscipliné comme le tien trouve peu de choses aussi intéressantes que la télévision..

ISABEL : Tu sais que tu es vexant ?

HENRY : ... mais il faut que je fasse respecter certaines règles dans cette maison, sinon ta sœur ne partirait jamais.

[Il prend *Crime et Châtiment* sur les étagères et me le tend.]

HENRY : Une heure seulement.

[Dix minutes plus tard, Rae est assise à côté de moi sur le canapé pendant que Henry prépare à dîner.]

Rae [à voix basse] : Aujourd'hui, j'ai regardé dans le tiroir de Mr. Peabody, et il était vide. Mais pendant le cours, il s'est mouché et a mis le kleenex dans le tiroir.

ISABEL [à plein volume] : Pourquoi tu chuchotes ?

RAE [Elle chuchote plus fort] : Je ne peux pas lui parler de ça.

ISABEL : Pourquoi ?

RAE : Parce que, pour lui, les collectionneurs ont tous le même comportement. Il estime que garder sa morve et stocker une réserve de céréales, c'est pareil.

ISABEL [Tout fort] Henry ? Tu trouves que l'habitude répugnante de Mr. Peabody revient vraiment au même que le stockage d'une grande quantité de céréales ?

HENRY : Vous n'allez jamais changer de disque ?

RAE : Mon comportement n'a rien à voir avec celui de Mr. Peabody.

HENRY : Je n'ai jamais dit qu'ils se situaient dans la même famille d'anomalies, mais je crois qu'ils appartiennent à la même espèce.

RAE [À Isabel] : Tu vois, je ne peux pas aborder le sujet avec lui.

HENRY : Isabel, tu n'es pas en train d'enregistrer ?

ISABEL : Si.

HENRY : Je vais confisquer cet appareil.

[Fin de la bande.]

Au bout de cinq pages de *Crime et Châtiment*, Rae a appuyé sur le bouton « Marche » et nous avons regardé le deuxième épisode de la nouvelle série[1] de *Doctor Who*, « La Fin du monde[2] ».

Pendant une courte pause dans la conversation à l'écran, je glissai : « Ça me donne envie de me défoncer et de regarder la totalité des épisodes à la file. »

En entendant ça, Henry a toussoté. Il a pris deux bières dans le frigo et m'en a tendu une.

« Ça te suffira peut-être ?

– Merci.

– Essaye de mettre la pédale douce sur les références à la drogue quand tu es en compagnie d'un inspecteur de police et d'une mineure.

---

1. La première saison de la nouvelle série. Encore que techniquement, il y ait un « hors saison » en avant-première.

2. Dans cet épisode, le docteur et son acolyte, Rose, traversent cinq millions d'années, jusqu'au moment où le soleil va avaler la terre. Mais parmi les aliens rassemblés pour assister à l'événement se trouve un assasin.

– Pardon.

– Chchcht ! » a sifflé Rae, le regard fixé sur la télévision avec l'intensité d'un rayon laser.

Au terme de « La Fin du monde », Rae a consulté son portable pour voir si elle avait des messages.

« Faut que je m'arrache, a-t-elle annoncé.

– Où vas-tu ? a demandé Henry.

– Chez Ashley. Soirée pizza.

– Préviens ta mère.

– Je préfère ne pas lui parler de la pizza.

– Je me moque de la pizza. Dis-lui où tu vas, c'est tout.

– Bon, bon.

– Appelle-la tout de suite.

– Tu es un vrai dinosaure. »

Deux heures plus tard, après un dîner de saumon, riz sauvage et chou frisé, je lavais la vaisselle pendant que Stone l'essuyait en l'inspectant.

« Tu as laissé une saleté, dit-il pour la troisième fois d'affilée.

– Tu as déjà pensé à te soigner ?

– Et toi ?

– Tu as l'obsession de la propreté.

– Je sais, dit-il, comme si c'était un secret coupable.

– Et de l'ordre. Ton tiroir à chaussettes, c'est quelque chose !

– Toi, tu as fouiné partout.

– Tu sens même le savon.

– Ce n'est pas vrai.

– Le très bon savon. Mais le savon quand même. »

En humant le parfum du savon de Stone, je me sentis prise d'un léger vertige. Je lui tendis la dernière assiette et m'écartai.

« Qu'est-ce que tu as appris d'autre sur moi aujourd'hui ? demanda-t-il.

– D'après ce que j'ai vu, tu n'es pas amateur de porno

– Tu es sûre ? Les hommes ont de très bonnes cachettes.

– Je les connais toutes.

– Eh bien dis donc. Tu n'as pas chômé aujourd'hui, fit-il en examinant son appartement pour déceler des signes d'intrusion.

– On se calme. Je n'ai pas regardé de très près. Ce n'est pas ton style, voilà tout.

– C'est quoi, mon style ?

– Je ne sais pas. Tu es un extraterrestre, toi. »

Le mot nous rappela à tous deux que des heures de *Doctor Who* nous attendaient. Comme une babysitter inexpérimentée, Stone était tout disposé à me fournir une forme de diversion qui me détournerait de mes amusements habituels. Il glissa donc un DVD dans le lecteur et s'abstint de mettre en application son principe de lecture obligatoire.

Des bribes de conversation surnagèrent au milieu d'une série d'aventures où la civilisation échappe de justesse à l'anéantissement.

Doctor Who

Épisode 3 : Des morts inassouvies[1]

« Je ne me doutais pas que tu avais des goûts pareils, dis-je.

– Maintenant, tu es au courant.

– C'est futé, la façon dont tu as amené Rae à lire Dickens.

– Oui, hein ? »

---

1. Le docteur emmène Rose dans le passé, où elle rencontre Charles Dickens et des zombies.

Épisode 4 : L'Humanité en péril[1]

« Je voudrais te demander un service, dis-je.

– Autre que de t'offrir un point de chute ?

– Oui. » Je me tournai vers Stone. « La dernière fois que j'ai suivi John Brown, il est resté garé devant une maison pendant une heure environ. Une femme est sortie pour lui parler.

– Je croyais que tu ne t'occupais plus de cette histoire, dit Stone, en mettant sur pause.

– Moi, non. Mais toi, si. »

Je sortis de ma poche un bout de papier que je lui tendis. « Voici l'adresse où il était garé. La femme, Jennifer Davis, a disparu depuis. »

Stone prit le papier. « Je suis sûr que la police enquête là-dessus.

– Renseigne-toi pour moi, dis-je.

– Pourquoi es-tu incapable de laisser tomber ?

– Pour la même raison que toi, tu ne peux pas laisser une assiette sale dans l'évier. Je suis comme ça. »

---

1. Pendant la Seconde Guerre mondiale, un vaisseau spatial s'écrase sur la terre, répandant dans l'air une substance qui modifie l'ADN humain. Des masques à gaz adhèrent au visage des gens qui errent dans les rues de Londres en demandant « C'est toi, ma maman ? » L'épisode est difficile à résumer. Vous devriez le regarder. Attention, il fait vraiment peur.

EXPÉRIENCE

Samedi 1er avril

Quand je me suis réveillée à dix heures passées, mon hôte, encore en pyjama, lisait le journal sur le divan de son salon.

« Bon anniversaire[1] », dit-il en levant les yeux de son journal. Il posa alors ses pieds nus sur la table basse, un mouvement si maladroit qu'on eût dit une première. « Je t'ai fait un gâteau, reprit-il avec un mouvement du menton vers la cuisine.

– Comment tu as su que c'était mon anniversaire ? » demandai-je, suivant son regard.

Il y avait un gâteau au café sur le plan de travail de la cuisine. À côté, du café tout frais. À côté, une marque de café, là où une tasse avait été posée. Et à côté, un évier plein de vaisselle, sans doute celle utilisée pour préparer le gâteau.

« Je ne vous connais pas, monsieur. Mais dites-moi ce que vous avez fait de Henry, demandai-je, feignant le désespoir.

---

1. Oui, le 1er avril est une date malencontreuse pour un anniversaire. Je vous ferai grâce des détails historiques.

– Très drôle, répondit-il sans lever les yeux de son journal. Mange ton gâteau et tais-toi. »

Je me versai une tasse de café, coupai une belle part du gâteau qui allait avec et m'assis sur le canapé à côté de Henry.

« Il est vraiment très bon, dis-je. Tu l'as improvisé ?

– Bien sûr, se borna-t-il à répondre.

– Comment se fait-il que tu connaisses ma date d'anniversaire ?

– Tes parents ont appelé de bonne heure ce matin. » Et il me prit la fourchette de la main pour goûter un morceau de gâteau.

Je lui tâtai le front.

« Tu ne veux pas que j'appelle un docteur ?

– Les gens changent, dit-il en me rendant ma fourchette.

– À quoi tu joues ? demandai-je, soupçonneuse.

– Je te propose un marché. Je veux bien être plus souple sur le ménage et les principes à condition que tu renonces à toute forme de surveillance.

– Pendant combien de temps ?

– Jusqu'à lundi matin.

– Un week-end seulement ?

– C'est un début. »

Comme ma sœur, j'adore négocier. Mais je voulais que le sacrifice soit plus important de la part de Stone.

« Réduire le ménage, ça me semble insuffisant.

– Tu as une contre-proposition ?

– Un moratoire complet sur le ménage. Si l'évier déborde, je laverai et essuierai la vaisselle. Tu ne viendras pas l'inspecter. Et tu resteras en pyjamas l'après-midi.

– Et si je dois sortir ?

– Ça n'est pas mon problème. Ah, et pas plus d'une douche par jour. Pas de rasoir.

– Il ne faut pas exagérer, Isabel.

– C'est mon anniversaire. »

Stone prit son temps pour réfléchir aux conditions de notre négocia-tion. « Je tiens à être bien clair sur mes exigences, dit-il en préalable à sa contre-proposition finale. Interdiction de t'approcher d'un ordina-teur. Interdiction de sortir de la maison sans être accompagnée par un adulte ou par Rae, et interdiction de te servir de ton téléphone portable si je ne suis pas à portée d'oreille.

– Et la confiance dans tout ça ?

– Il n'y en a pas.

– Alors c'est un pari avec des gagnants et des perdants ?

– Non, répondit-il. C'est juste une expérience. »

WEEK-END AU TAPIS, RÉÉDITION

Ce matin-là, il y eut une tempête sur la Baie. Dehors, le tonnerre grondait et les éclairs suivaient. Privés de nos passe-temps favoris, Stone et moi avons discuté brièvement de la meilleure façon de nous occuper.

« Si on allait au musée ?

– Ah, non !

– À la bibliothèque ?

– Pourquoi faire ?

– À l'aquarium.

– L'aquarium ? Tu veux jouer les pédagogues avec moi ?

– C'était juste une idée », répondit Stone.

Nous avons choisi la télévision pour nous abrutir et avons poursuivi notre marathon de *Doctor Who*.

Un rapport de surveillance sur Stone et moi donnerait à peu près ceci.

Week-end au tapis-Premier jour
11 h 10

Henry Stone (désigné ci-dessous comme le sujet n° 1) et Isabel Spellman (désignée ci-dessous comme le sujet n° 2) sont assis sur un canapé. Le sujet n° 1 porte un pyjama à carreaux vert et bleu marine. Le sujet n° 2 porte un pantalon de pyjama en flanelle verte et un sweat à capuche. Le sujet n° 1 glisse un DVD dans le lecteur et se cale contre les coussins pour regarder l'écran de télévision.

Les sujets passent les cinq heures suivantes sur le canapé.

12 h 30

Une jeune fille d'environ quinze ans (sujet n° 3) aux cheveux blond cendré, en jean et T-shirt, pull et imperméable, sonne à la porte du sujet n° 1. Le sujet n° 1 ouvre au sujet n° 3.

Le point faible des rapports de surveillance, c'est qu'il y manque la bande-son. Et les événements qui suivent en requièrent une. Je vais devoir raconter les détails de mémoire puisque Henry m'a fouillée pour s'assurer que je n'avais aucun appareil enregistreur sur moi.

« Bon anniversaire », dit Rae en entrant. Puis elle me tendit un sac en plastique contenant une carte d'anniversaire et un sac d'une livre de M&M's Peanuts. La carte était de la variété humoristique « Tu sais que tu ne fais pas ton âge : je te croyais plus vieille. » Un billet de dix dollars accompagnait l'insulte.

« Merci, répliquai-je. Je vais pouvoir m'offrir cinq litres d'essence. »

Mais Rae se moquait bien de ma réponse. Elle avait déjà remarqué la vaisselle sale dans l'évier, le gâteau au café sur le plan de travail et regardait bouche bée Stone en pyjama. Je suis certaine qu'elle ne l'avait vu que boutonné et ceinturé.

« Tu as la grippe ? lui demanda-t-elle.

– Non. Je vais m'habiller.

– Sûrement pas, dis-je, lui bloquant l'accès à sa chambre.

– C'est l'après-midi. Le marché, c'était que je reste en pyjama le matin.

– Non. C'était que tu le gardes jusqu'à l'après-midi. Rae, ça commence quand, l'après-midi, pour toi ?

– À trois heures, dit Rae, qui fonça vers la télévision et ouvrit le lecteur de DVD pour voir à quel épisode nous en étions.

« Vous êtes allés plus loin ?

– Non, répondis-je, forçant Henry à faire demi-tour et le poussant vers le canapé.

– Quand avez-vous regardé tout ça ? demanda Rae, qui se livra à un calcul mental.

– Hier soir et ce matin, dis-je.

– Alors vous n'avez pas pu lire aussi.

– Ta sœur et moi faisions une expérience.

– Eh bien si cette expérience comporte un marathon de *Doctor Who*, j'en suis. Dire que vous avez fait ça sans moi ! J'hallucine ! »

L'air plus déterminé que jamais, Rae fit l'échange de DVD et se laissa tomber sur le canapé en se calant sur les coussins pour bien montrer qu'elle n'entendait pas être délogée

« Vous allez devoir attendre que je vous rattrape, dit-elle après avoir repéré la télécommande et mis en marche. Oh, et puis je ne lirai rien aujourd'hui, dit-elle d'un ton sans réplique.

– Quelle heure est-il ? demandai-je.

– Une heure quarante-cinq », répondit Henry.

Je pris une bouteille de bière dans le réfrigérateur.

« Isabel, il est une heure quarante-cinq.

– Je sais. Tu viens de me le dire. »

Je sortis une autre bière.

« Prends-en une aussi. »

Henry désigna ma sœur du menton pour me signifier qu'il ne voulait pas donner le mauvais exemple à une mineure.

« T'inquiète, Henry. Elle a déjà vu des gens boire de la bière l'après-midi.

– Chut ! fit Rae, complètement absorbée par ce qui se passait sur l'écran.

– Tu as des jeux de société ? chuchotai-je à Henry.

– Un scrabble.

– J'aurais dû m'en douter, grinçai-je. Sors-le. On a du temps devant nous. »

16 h 30

Score final au Scrabble : Henry : 14 876 points ; Isabel : 5 234 points.
Compte des bières : Henry : 2 ; Isabel : 4
Nombre d'épisodes de Doctor Who *vus par Rae :* 5

Quand Rae se rendit compte que ces moments délectables n'allaient pas être brusquement interrompus dans un futur immédiat, elle décida de s'octroyer une pause dans son visionnage et de voir les limites de cette « expérience ». Elle se leva et annonça qu'elle allait à l'épicerie du coin.

« Je t'accompagne, déclarai-je. On manque de bière. »

Je passai un imperméable par-dessus mon pyjama et enfilai les bottes en caoutchouc de Henry qui se trouvaient à côté de la porte d'entrée. L'épicier le plus proche était deux rues plus loin. Cela nous ferait du bien de sortir dans l'air frais et humide. Je rentrai mes jambes de pyjamas dans les bottes et marchai dans toutes les flaques en chemin.

« Hé, arrête ! » s'exclama Rae, essayant d'éviter mes éclaboussures.

Je n'en tins aucun compte.

« Tu as quel âge, Isabel ? »

Je contournai la flaque suivante et déclarai : « Je vais te dire un secret : contrairement à ce que tu crois, les gens ne deviennent pas adultes. »

Rae soupira et dit : « De quoi tu parles ?

– Devenir adulte est un mythe. Tes défauts d'aujourd'hui seront toujours là dans vingt ans.

– Je n'ai pas de défauts.

– Si les gens devenaient vraiment adultes, il n'y aurait ni crimes, ni divorces, ni nostalgiques de la guerre de Sécession. Réfléchis. L'oncle Ray était-il adulte ? Et papa, se conduit-il toujours en adulte ? Vastes conneries, tout ça. Et je ne peux pas te dire ce que maman a fait ces derniers temps, mais je t'assure que ce n'est pas un comportement d'adulte.

– L'oncle Ray me manque, dit ma sœur.

– À moi aussi. »

Son nom n'avait pas été prononcé depuis un certain temps. Le silence tomba jusqu'à notre arrivée au magasin. Je refusais de penser que l'oncle Ray avait disparu à jamais. Je me plaisais à l'imaginer parti pour un de ces très longs week-ends au tapis. Le choix de la bière vint à propos pour me changer les idées.

Au retour, je marchai dans une dernière flaque pour distraire Rae. Je voyais bien à son air sombre que les larmes n'étaient pas loin et qu'elle se retenait.

« Je t'ai dit d'arrêter, s'exclama-t-elle, essayant, mais trop tard, d'éviter la giclée d'eau.

– Pardon, je n'ai pas fait attention, répliquai-je d'un ton léger.

– Henry est adulte, lui », dit-elle après un long silence.

En l'absence de preuve du contraire, je me contentai de répondre : « Peut-être. Mais ce que je veux dire, c'est que grandir n'est pas ce que tu crois. Tu ne vas pas te réveiller un beau matin en ayant tout compris. Jamais on n'a tout compris. Jamais.

– Alors ça présente quel intérêt de vieillir ? demanda Rae.

– Eh bien, tu peux acheter ta bière toi-même. »

Cinq minutes plus tard, de retour chez Henry, nous nous débarrassions de nos chaussures et de nos imperméables dans l'entrée. J'inspectai la pièce en quête de signes de remise en ordre, mais Henry avait tout laissé en place, autrement dit en désordre. Toutefois, il s'était habillé en notre absence. Sa tenue n'avait rien de particulièrement recherché, mais la chemise en oxford bleue rentrée dans le pantalon sous le pull bleu lui donnait un peu trop l'air d'un universitaire pour mon goût.

« Les chaussures sont de trop, lui dis-je en regardant ses mocassins.

– Je ne me souviens pas que le marché portait aussi sur la tenue vestimentaire. Si ?

– Sors-moi ça », dis-je en tirant ses pans de chemise hors de son pantalon. Henry me tapa sur la main.

« Ça va, j'ai compris, dit-il en terminant lui-même.

– C'est mieux. »

Rae déballa ses provisions et commença à faire fondre du beurre dans une casserole.

« Qu'est-ce que tu fais, Rae ? demanda Henry, inquiet.

– Il n'y a qu'une conclusion à tirer de ces trois ingrédients, répliqua ma sœur. Un délice aux Rice Krispies.

– Tu as prévu de nettoyer après ? » demanda Henry, à la perspective d'une invasion de casseroles et vaisselle sale déferlant dans sa cuisine.

Ma sœur perçut la baisse de température de la pièce et répondit : « Quand j'aurai fini. »

Je ne vais pas vous ennuyer avec un compte-rendu détaillé des vingt-quatre heures suivantes. Je me bornerai à dire que cela continua dans la même veine.

21 heures

RAE : C'est le pied. On devrait faire ça tous les week-ends.

HENRY : Et tes devoirs ?

RAE : Quel dinosaure !

ISABEL : Je boirais bien une autre bière.

HENRY : Moi aussi.

ISABEL : Tu es sûr ?

HENRY : Comment vas-tu rentrer chez toi, Rae ?

RAE : Je songe à prendre le Tardis[1].

HENRY : Appelle tes parents. Nous, on ne peut pas te raccompagner.

RAE : Je n'ai pas encore envie de partir.

HENRY : Isabel, passe-moi le téléphone.

ISABEL : Super. L'expérience est concluante. Tu deviens hyper flemmard.

[Je tends le téléphone à Henry pour qu'il appelle la maison Spellman.]

HENRY : Bonsoir, Olivia. Henry à l'appareil. Il va falloir que Rae rentre bientôt et je ne peux pas conduire, j'ai pris deux bières. Isabel n'est pas en état non plus. Oui, elle est là. Je croyais que vous le saviez. Isabel, pourquoi n'as-tu pas prévenu ta mère que tu étais ici ?

---

1. Vaisseau spatio-temporel en forme de cabine téléphonique pour appels d'urgence.

ISABEL : Parce qu'elle m'a fait arrêter pour vol, sous prétexte que je lui
ai emprunté sa voiture.

HENRY : Vous avez entendu ? Enfin, pouvez-vous venir chercher Rae ?
Ça fait environ douze heures qu'elle est là. [Un silence.] On a regardé
la télévision et mangé un délice aux Rice Krispies. Oui, je vais bien.
À tout à l'heure.

Une heure plus tard, on sonna à la porte. J'allai ouvrir, histoire
d'encourager Henry à la paresse. Mes parents étaient là. Maman me
tendit une carte qui devait sans doute contenir une insulte amusante
sur mon âge et un chèque confortable.

« Bon anniversaire, ma chérie. Voilà qui te laissera de quoi voir venir
pendant un moment... j'espère », dit maman en m'embrassant.

Papa me prit dans ses bras en suggérant que nous dînions ensemble
pendant la semaine.

Mes parents passèrent devant moi et prirent eux-mêmes la mesure
du désordre régnant chez Henry.

« Vous savez qu'un seul adulte suffit pour opérer une extraction de
Rae ? dis-je.

– Nous étions inquiets, répondit papa.

– Mais je vais bien, papa.

– Pas inquiets pour toi, dit maman. Pour Henry.

– Tout va bien ? demanda mon père à la nouvelle version améliorée
de Henry.

– Tout à fait. Isabel et moi sommes arrivés à un accord. »

Rae emballa le reste de son gâteau dans un film transparent.

« Quel genre d'accord ? demanda maman, soupçonneuse.

– Rien d'important, Olivia. Tout va bien. Il fallait juste que Rae soit
raccompagnée.

– Tu es prête ? demanda papa à Rae.

– Oui. Je reviens demain matin. À dix heures, dit Rae. Et vous ne commencez pas sans moi », ajouta-t-elle d'un ton comminatoire.

Les parents échangèrent un regard perplexe. Maman s'assit sur le canapé à côté de Henry et chuchota assez fort pour que je l'entende : « On peut emmener Isabel aussi. Vous n'avez qu'un mot à dire.

– Tout va bien, pour Isabel comme pour moi.

– Vous avez mon numéro de portable, dit maman. Appelez-nous quand vous voulez. Nous sommes toujours là pour vous, Henry. »

WEEK-END AU TAPIS, RÉÉDITION

DEUXIÈME JOUR

Dimanche 2 avril

Le deuxième jour fut presque l'exacte réplique du premier, à ceci près que Rae arriva une heure plus tôt et que Henry ne voulut pas boire de bière. Dans l'après-midi, il partit s'habiller à l'heure permise, nous laissant seules sur le canapé, Rae et moi.

J'appuyai sur le bouton « arrêt », espérant profiter de l'absence de Henry pour aborder un sujet qui me tenait à cœur.

« J'aurais besoin d'un service, chuchotai-je.

– Lequel ? souffla-t-elle.

– Est-ce que tous les GPS sont utilisés en ce moment ?

– Maman se sert peut-être d'un des deux, mais l'autre est disponible.

– J'aimerais que tu en poses un sur la camionnette de qui tu sais. Sois prudente. Si tu te fais piquer, j'aurai de gros ennuis.

– J'y gagne quoi ?

– Dis un prix.

– Cinquante.

– Quarante.

– D'accord. »

Henry entra sur ces entrefaites et Rae assura comme une pro : « Alors ça, ça me sidère que tu trouves le neuvième docteur plus cool que le numéro dix. »

À en croire la télévision et le cinéma, la vie d'un détective privé est pleine de gadgets et d'accessoires high-tech dignes d'organisations ultra-confidentielles. Nous passons notre temps à détromper nos clients. En réalité, mon travail ressemble bien moins qu'on ne le pense à *Mission impossible*. Toutefois, les techniques modernes ont mis quelques tours supplémentaires dans notre sac. Compte tenu de mes arrestations récentes, j'allais devoir m'en servir.

Mes parents s'étaient récemment offert deux GPS. Vous vous demandez sans doute pourquoi je ne les avais pas utilisés plus tôt. En fait, si ça peut m'amuser de savoir où va le sujet, ce qui compte vraiment pour moi, c'est de découvrir ce qu'il fait une fois arrivé. Les GPS sont parfaits pour suivre la trace d'un individu, mais non pour enregistrer ses activités.

LE PHILOSOPHER'S CLUB

Tard ce soir-là, après avoir raccompagné Rae, j'insistai pour que nous passions au Philosopher's Club. Lorsqu'il nous vit nous installer au bar, Milo fit un signe de tête aimable à Henry.

« Qu'est-ce que vous prenez ?

– Un grand verre d'eau gazeuse.

– Pour moi, ce sera un whisky. C'est le grand luxe, tu sais. J'ai toujours rêvé d'un chauffeur. »

Milo nous servit, puis il se pencha sur le comptoir en face de moi et me regarda dans les yeux, l'air las.

« Dis-moi, Izzy, demanda-t-il, qu'est-ce qui est écrit sur le panneau, dehors ?

– "Nous nous réservons le droit de…"

– L'autre.

– Utilisez l'autre porte.

– Non, Izzy, la grosse enseigne au néon, devant le bar. »

Je posai sur Milo un regard interrogateur, me demandant à quoi il faisait allusion.

« Tu parles de l'enseigne qui dit "Philosopher"s Club ?

– Exactement, répondit-il comme si j'étais candidate à un jeu télévisé.

338

– En fait, ça dit "hiloso er's Clu" rfis-je, ayant souvent signalé à Milo les trous du néon.

– Ça ne dit pas "Service Postal des Etats-Unis", hein, Izz ?

– Pas depuis la dernière fois que j'ai lu », fis-je, commençant à voir où il voulait en venir.

Milo prit une grosse pile de courrier derrière le bar et la posa devant moi.

« Tu as fait suivre ton courrier ici ? demanda-t-il bien que la réponse fût claire comme le jour.

– Merci, répliquai-je en regardant la pile. Désolée, j'ai oublié de te le dire.

– Qu'est-ce qui t'a pris de faire réexpédier ton courrier dans un bar ? demanda Milo.

– Je ne voulais pas retourner chez Bernie et je ne savais pas trop où j'allais atterrir. Je passe ici plusieurs fois par semaine. C'était une solution logique. »

Pendant que je triais les lettres et la publicité, Milo s'approcha de Henry.

« Vous avez l'air d'un type bien. Avec cette fille, on n'a que des ennuis. Vous le savez, ça ?

– Oui, répondit Henry avec nonchalance.

– Qu'est-ce que tu as, Milo ? » lançai-je en remarquant l'enveloppe pêche dans mon courrier : un faire-part de mariage, à tous les coups.

« Rien, répondit-il. Je fais la conversation. Oh, et la boîte aux lettres. »

La mauvaise humeur de Milo nous poussa à partir sans tarder. En rentrant « à la maison », je tournai et retournai le faire-part, me demandant s'il ne pourrait pas faire commodément partie du « courrier qui se perd ».

« Il est toujours aussi agressif, ton patron de bar ? s'enquit Henry.

– Non », répondis-je distraitement. En y repensant, je trouvai que Milo n'était plus lui-même depuis des semaines. Il faudrait que je lui demande pourquoi un de ces jours.

LE « CABINET JURIDIQUE » DE MORT SCHILLING

Lundi 24 avril, 13 h 05

« Je suis en hypoglycémie », déclara Morty en promenant les yeux dans son garage, en quête de quelque chose à manger.

Vingt minutes plus tard, nous étions assis dans un petit restaurant du quartier de Sunset. Morty voulait éviter de parler boutique pour ne pas bloquer sa digestion, et ses commentaires prirent une tournure plus personnelle.

« Il y a quelqu'un qui est un mensch. Tu sais qui ? demanda-t-il.

– Toi, répondis-je, persuadée qu'il cherchait les compliments.

– Non, ce flic, celui chez qui tu loges. C'en est un.

– Sans doute.

– Tu devrais lui donner ton numéro de téléphone.

– Il l'a.

– Non, ce n'est pas de ça que je parle.

– Je sais, mais je fais semblant de ne pas comprendre. On parle d'autre chose ?

– Tu n'es plus si jeune que ça. Et tous les mecs n'apprécient pas nécessairement une femme qui a un casier. Mets-lui la main dessus pendant qu'il est à ta portée.

– Morty, on change de sujet. »

Il mit des glaçons dans son chocolat trop chaud.

« Ça suffit », dis-je, anticipant la suite de l'enchaînement.

Morty paraissait ruminer quelque chose.

« Je me demande pourquoi ton barman te fait la gueule.

– Il ne me fait pas la gueule. Il est grognon en ce moment, c'est tout.

– Depuis quand ?

– Un mois ou deux.

– Il a déjà eu des périodes grognons ?

– Non, pas que je me souvienne.

– Alors pourquoi en aurait-il une maintenant ?

– Je n'en sais rien. Il vieillit. Il est fatigué.

– Parce que tu crois que comme ça, du jour au lendemain, on arrête d'être bien dans sa peau et on devient désagréable parce qu'on vieillit ? demanda Morty.

– Je ne sais pas. Je n'y ai pas vraiment réfléchi.

– Souviens-toi que le monde évolue, Izzy, même quand tu n'y prêtes pas attention. »

BOULES DE BILLARD PASCALES

Mon week-end au tapis et le nouvel Henry prirent fin le lundi matin : ce dernier rasa une barbe de deux jours, se lava, se sécha, remit la vaisselle dans le placard prévu à cet effet et quitta la maison impeccablement coiffé et ceinturé en me rappelant d'éviter de me faire arrêter pendant la journée.

Une autre semaine se passa chez lui sans anicroche. En fait, nous avions pris un rythme qui me convenait parfaitement. Henry partait le matin pendant que je lisais le journal comme si je cherchais un appartement à louer. Je tuais le temps avec des activités de loisir : un café pris à l'extérieur, une promenade dans le parc du Golden Gate, quelques heures devant l'ordinateur à faire des recherches sur John Brown, et même quelques autres à finir le livre commencé une semaine plus tôt. Le soir, Henry rentrait, préparait le dîner et nettoyait derrière moi. Pour la forme, j'essuyais la vaisselle, mais il n'appréciait pas ma méthode et me dit avec fermeté de ne pas insister. À aucun moment il ne me fit sentir que j'abusais de son hospitalité. Je restai donc.

Mardi 11 avril

Les preuves anecdotiques indiquaient que les vandales plagiaires frapperaient entre le soir où Mrs. Chandler mettrait en place son installation et la fête qu'elle était censée célébrer.

Elle m'appela le mardi après-midi pour m'informer qu'elle venait de terminer sa dernière œuvre et qu'il fallait commencer à surveiller sa maison le soir même.

Rae arriva chez Henry un peu plus tard cet après-midi-là.

« Il est là ? demanda-t-elle sur un ton de conspirateur.

– Non.

– Je n'ai pas pu m'occuper de ce dont tu voulais que je m'occupe.

– Il n'est pas là, Rae. Tu peux parler normalement.

– Les parents utilisent les deux GPS. Il y en aura un de disponible demain. Je le mettrai sur la camionnette du sujet dès que possible.

– Le plus tôt sera le mieux, dis-je.

– J'ai quelque chose à te dire, mais c'est un secret.

– Vas-y.

– J'ai regardé ses ordures, dit Rae.

– Depuis quand ?

– Depuis le soir où on a trié le contenu de sa poubelle de recyclage. J'ai saisi toutes les occasions, en me disant qu'il ne passerait pas son temps à la surveiller.

– Les parents sont au courant ?

– Non. Je trie, et puis je mets tout avec nos ordures le lendemain. En général, il fait très attention, mais hier soir, j'ai trouvé ça.

– Montre. »

Rae sortit un sac plastique de son sac à dos. Il contenait un chemisier de femme. Taille moyenne. Bleu avec un col jabot. Un bouton manquait.

« Pas banal », dis-je. En fait, je pensais que ce qui n'était pas banal, c'était que le sujet, si vigilant pendant des mois, ait pu commettre pareille négligence.

La découverte de ma sœur était certes très curieuse, mais le moment où elle l'avait faite aussi. Je me demandai si elle n'essayait pas de me balader.

« Tu as trouvé ça dans les ordures courantes ?

– Oui. Hier soir, dit Rae en regardant ses pieds. Je crois que tu devrais recommencer à le filer », poursuivit-elle.

Prendre ma sœur en flagrant délit de mensonge est satisfaisant, mais ledit mensonge me mènerait à d'autres et il fallait que j'avance prudemment pour éviter d'éveiller sa méfiance.

« J'aimerais que tu gardes le sujet à l'œil ce soir. S'il sort, appelle-moi.

– Où seras-tu ? demanda Rae.

– Pas très loin, chez Mrs. Chandler, donc s'il part, je pourrai le rattraper. »

La question suivante devait me permettre de résoudre l'un des nombreux mystères qui m'avaient tracassée au cours des dernières semaines.

« Est-ce que ton copain a une moto, Rae ?

– Comment le sais-tu ?

– Il en a une, alors ?

– Si on veut. Il en a une, mais on la lui sabote, alors elle est toujours en panne. »

Je quittai l'appartement de Henry peu après onze heures du soir et pris la voiture pour aller chez Mrs. Chandler. J'attendis une heure et demie que Rae appelle comme prévu.

« Il est parti, dit-elle.

– De quel côté ?

– Il a tourné à gauche dans Polk Street.

– Je file », dis-je. Mais je ne bougeai pas, et j'aurais parié gros que le sujet n'avait pas bougé non plus.

Dix minutes plus tard arriva une Oldsmobile de la fin des années quatre-vingt d'où descendirent plusieurs jeunes. Ils regardèrent alentour pour voir s'il y avait d'éventuels témoins, puis entreprirent d'échanger le panier d'œufs de Pâques de Mrs. Chandler contre des boules de billard qu'ils trimballaient dans une vieille taie d'oreiller.

L'échange standard était le plus simple et le plus rapide de mes exploits passés. Les adolescents eurent terminé en quelques minutes et je suivis leur véhicule. Deux des trois membres de la bande furent déposés à leur domicile respectif et le troisième, Jason Rivers (le petit copain mystère de Rae) regagna le sien, à Noe Valley. Il jeta un long regard nostalgique à la moto qui ne voulait jamais marcher et rentra chez lui.

MYSTÈRE !

Mercredi 12 avril, 18 h 30

Je décidai de révéler mes conclusions selon le cérémonial de rigueur dans les polars à la Agatha Christie. Je rassemblai tous les protagonistes chez Henry Stone le lendemain soir, les fis asseoir sur le canapé et laissai planer un silence tendu tandis que je marchais de long en large dans la pièce.

« Qu'est-ce qui se passe, Isabel ? demanda mon père, impatient.

– J'ai résolu l'affaire des vandales plagiaires.

– Qui a fait le coup ? s'enquit aussitôt ma mère.

– Commençons par le commencement, rétorquai-je. Et par les faits. La fête des marmottes de cette année a marqué le début d'une série d'"aménagements" apportés aux installations de Mrs. Chandler célébrant les fêtes. Les aménagements reproduisaient les actes de vandalismes perpétrés pendant l'année quatre-vingt-douze à quatre-vingt-treize. Si ces hauts faits étaient connus de beaucoup, seuls les membres de la famille et Henry, à la rigueur, étaient au courant des détails. Ce qui signifie que le nombre des vrais suspects se réduit à sept. Comme je sais que ce n'est pas moi la coupable, ni Henry, évidemment, il ne reste que cinq suspects. Petra a quitté la ville depuis des semaines, ce qui peut être vérifié, donc ce n'est pas elle. Restent quatre suspects : papa, maman, David et Rae. Commençons par papa...

– Isabel, c'est ridicule. Je n'étais pas là le jour de la Saint-Patrick.

– C'est exactement là que je voulais en venir, à ceci près que j'aurais préféré prendre mon temps.

– On accélère ? proposa maman.

– Non, répondis-je sévèrement. C'est moi qui conduis l'affaire. Puisque papa n'était pas là pour la Saint-Patrick, et maman non plus, je dois les éliminer tous les deux. Bien entendu, David connaissait comme les autres les actes de vandalisme originaux. Mais il était trop déprimé pour avoir la suite dans les idées nécessaire. Certes, il n'avait pas d'alibi, mais j'étais obligée de le croire innocent. Cela laissait un suspect : Rae.

– J'ai un alibi, dit Rae.

– C'est vrai. Ton alibi, c'est moi. Tu étais à la maison le soir où les lutins ont été attaqués. Mais tu es trop maligne pour ne pas avoir prévu tout ça, hein, Rae ?

– Je ne vois pas du tout de quoi tu veux parler », répondit-elle avec nonchalance.

Je regardai fixement ma mère. « Dans cette pièce, tout le monde a quelque chose à cacher. Il serait temps de dévoiler quelques-uns de ces secrets pour qu'on puisse se remettre à vivre normalement.

– Qu'est-ce que tu veux dire, Isabel ? demanda papa, nerveux.

– J'y arrive, répliquai-je, savourant le moment. C'est que j'ai été obligée d'élucider un autre mystère pour résoudre l'affaire des vandales plagiaires.

– Oh, là, là, c'est mortel, intervint Rae. Je peux regarder la télé ?

– Non, répondis-je. Voyons, par où vais-je commencer ? Le mieux, c'est d'exposer les faits... Il y a quelque temps, j'ai remarqué que maman circulait à des heures bizarres. Un soir, j'ai décidé de la suivre, et, du coup, j'ai découvert qu'elle faisait quelque chose de vraiment incroyable : elle est allée à Noe Valley pour saboter une moto. »

Rae resta bouche bée, la lumière se fit d'un seul coup. « Oh, c'est pas vrai ! » s'écria-t-elle.

Mon père se tourna vers ma mère, perplexe, et Henry Stone mit la tête dans ses mains en soupirant.

« Papa, puisque tu es le seul dans la pièce à ne pas comprendre, laisse-moi te mettre au parfum. Rae a un petit ami…

– Quoi ? s'écria mon père, incrédule.

– Laisse-moi finir. Rae a un petit ami qui s'appelle Jason Rivers. Quand ils ont commencé à sortir ensemble, il y a quatre mois, elle a parlé de lui à Henry. Comme tu le sais, elle lui dit tout. Seulement, il ne tenait pas à garder pour lui seul une information aussi importante, et il a parlé à maman parce qu'il estimait qu'elle devait être au courant. Il a aussi précisé à maman qu'elle ne devait sous aucun prétexte laisser Rae se douter qu'il avait trahi sa confiance. Une fois que maman a su le nom du copain, elle a cherché son adresse dans l'annuaire du lycée et a commencé à le filer pour la forme. Elle a découvert qu'il avait une moto, et comme elle ne pouvait pas aborder le sujet avec sa fille et lui interdire de monter sur ladite moto, elle a fait tout ce qu'elle a pu pour mettre l'engin hors d'usage. Quant au mystère des vandales, je l'ai résolu il y a peut-être une semaine ou deux. Mais j'ai eu confirmation hier. La responsable, c'est Rae Spellman. »

Je marquai une pause pour intensifier l'effet dramatique avant de désigner ma sœur du doigt.

« Mais c'est toi mon alibi ! s'écria Rae en désespoir de cause.

– Je ne dis pas que tu as commis l'acte toi-même, mais que tu as été le cerveau dans cette affaire. »

Je me tournai vers mes parents et alignai les preuves qui étayaient mes conclusions. « Hier soir, j'ai pris sur le fait trois adolescents, dont l'un était le copain de Rae. Depuis des années, elle connaissait les tours que j'avais joués à Mrs. Chandler. Il ne fait aucun doute qu'elle en avait mémorisé les détails. Le seul problème, quand j'ai hérité de cette affaire, c'était de trouver des créneaux où je ne m'en occuperais pas, et pendant lesquels ses complices pourraient agir.

« Le jour de la Saint-Patrick, elle a attendu que je sois couchée avec une côte cassée. Et puis il y a eu hier soir. Je n'entrerai pas dans les détails. Sachez seulement que Rae a essayé de m'attirer sur une autre piste. Je n'ai pas mordu et suis restée devant chez Mrs. Chandler. C'est comme ça que j'ai pris les garçons sur le fait.

« Affaire terminée », annonçai-je. Ma famille et Henry me regardaient fixement, n'en croyant pas leurs oreilles.

Rae se leva et me tendit la main. « Bien joué », concéda-t-elle.

Ma mère se tourna vers ma sœur et posa la question qui allait de soi : « Pourquoi ?

– Je ne sais pas. Quand il a vu les décorations de Mrs. Chandler, Jason m'a dit qu'il songeait à tapisser sa cour avec du papier toilette. J'ai trouvé ça tellement nul que je lui ai raconté ce qu'avait fait Isabel…

– Je ne vois pas du tout de quoi tu veux parler, ripostai-je.

– Oh, je t'en prie, hein ! aboya mon père.

– Plus je les racontais et plus l'idée paraissait cool, poursuivit Rae. C'était une sorte d'hommage.

– Emploi du mot très pertinent, intervint Henry, même si je ne suis pas d'accord avec l'action qu'il recouvre. »

Papa se tourna vers Rae : « Tu ne vas pas t'en tirer comme ça, ma puce.

– Le contraire m'aurait surprise, répondit Rae, stoïque.

– C'est fini ? demanda ma mère.

– Non, dis-je catégoriquement. J'ai encore une chose sur le cœur et je tiens à la dire. Papa, maman, vous avez tous les deux horreur des vacances. Vous y allez en croyant faire plaisir à l'autre, alors arrêtez. J'ai vos e-mails pour prouver que vous prenez aussi peu de plaisir l'un que l'autre à ces voyages. »

Rae gémit comme si on l'avait poignardée, sachant qu'elle n'aurait peut-être pas de sitôt un week-end sans les parents.

Ma famille hébétée sortit de chez Henry dans un silence quasi total.

Lorsque Rae passa devant moi, je lui chuchotai : « Tu as vraiment trouvé ce chemisier dans les ordures du sujet ? »

Rae secoua la tête et regarda ses pieds : « Désolée. Tu ne m'avais pas laissé le choix. »

Papa est sorti le dernier et je l'ai pris à part.

« Tu as vingt-quatre heures pour dire à maman ce que j'ai trouvé dans la boîte à gants de ta voiture. Passé ce délai, je la mets au courant moi-même. »

J'ai présenté l'épisode ci-dessus en détail parce que c'était une affaire, ou plutôt une série d'affaires résolues par moi. J'ai utilisé l'exemple ci-dessus pour montrer que j'ai des talents de déduction peut-être supérieurs à la moyenne. Parfois, les preuves se présentent trop vite, ou bien on croit avoir résolu le mystère avant de les avoir toutes en main. Auquel cas, il arrive qu'on prenne (ou plus exactement que *je* prenne) les éléments nouveaux et tente de les emboîter de façon à corroborer une théorie échafaudée par moi. Cela ne signifie pas que je bâcle mon travail, mais simplement que, même quand je regroupe tous les faits pertinents, il peut m'arriver de m'obstiner à assembler un puzzle qui paraît convaincant à première vue, mais dont certaines pièces sont encore dans la boîte.

LE LENDEMAIN

Jeudi 3 avril, 16 h 10

Rae a frappé à la porte de chez Henry Stone. Quand j'ai ouvert le verrou de sécurité, elle est passée devant moi, a empoigné le DVD de la deuxième saison sous la télévision et l'a introduit dans le lecteur. Avant d'appuyer sur le bouton « Marche » de la télécommande, elle m'a dit : « Je me suis occupée de ce que tu sais.

– Tu as posé le GPS sur la voiture du sujet ?

– Oui. Tu peux mettre ce que tu me dois dans la poche extérieure de mon sac à dos.

– Les parents savent que tu es ici ?

– Chut.

– Tu as dit à ton copain que son affaire était râpée ?

– Chut.

– Tu envisages de dire la vérité à Mrs. Chandler ou c'est moi qui dois m'en charger ?

– Chut. »

À l'évidence, Rae n'était plus en mode « parole ». Seule la phrase « Tu veux grignoter quelque chose ? » obtint une réponse.

« Il y a des biscuits soufflés au fromage cachés derrière le sac de cinq livres de riz complet dans l'arrière-cuisine. Et je prendrai un verre de jus d'orange. »

Trois épisodes et deux heures quinze plus tard, Henry est rentré. Rae, l'œil fixé sur le générique défilant à l'écran, l'a ignoré.

Henry s'est assis à côté d'elle sur le canapé. Elle n'a même pas essayé de cacher le sac de biscuits, ni la poussière orangée qui se déposait sur le canapé et la table basse. Leur brève conversation s'est déroulée comme suit.

« Rae.

– Henry.

– Je vois que tu es contrariée.

– Tu as trahi ma confiance, a dit Rae, le regardant enfin dans les yeux

– Tu m'as écrasé.

– Bon, d'accord. Alors, on efface l'ardoise ?

– Ça marche », a répondu Henry. Et ils ont échangé une poignée de main.

Plus tard, Henry a expliqué à Rae qu'il avait scrupule à garder pour lui seul certains types d'information. À l'avenir, il la préviendrait avant de révéler une confidence.

Je fus frappée par l'admirable simplicité de leur accord. Je passai en revue toutes les relations que j'avais eues et aucune ne me parut aussi parfaite que la leur. Henry renonça à appliquer son principe déjà bien entamé associant télévision et lecture, et Rae passa la soirée à regarder la deuxième saison de *Doctor Who*.

« Si tu pouvais voyager dans le temps, où irais-tu ? me demanda-t-elle.

– Dans le futur, pour savoir ce que fabrique le sujet. Et puis je retournerais dans le passé pour l'en empêcher.

– Avec toi, il n'y a pas de surprise, dit Rae.

– Je sais. »

Pendant que je la raccompagnais à la maison Spellman, Rae me confirma que notre père avait finalement avoué son état de santé à maman.

« Et comment l'a-t-elle pris ? demandai-je.

– Elle a dit que si elle le voyait regarder une frite avec intérêt, elle demandait le divorce. »

Cet incident étant réglé à ma convenance, je décidai de soutirer à Rae des informations qu'elle me donnerait peut-être moins volontiers.

« Tu te souviens de l'époque où tu devais laisser de l'air à Henry ?

– Tu parles ! dit Rae comme s'il s'agissait d'un traumatisme auquel elle préférait ne plus repenser.

– Juste avant que je te dise de lui lâcher les baskets, je l'ai trouvé dans mon bar un soir. Il était soucieux, mais n'a pas voulu me dire ce qui le tracassait. Tu le sais, toi ?

– Oui.

– Alors, vas-y.

– Il va falloir me motiver.

– Qu'est-ce que tu veux ?

– Le libre accès à la collection de DVD de Henry.

– D'accord.

– Et puis, poursuivit Rae, fais en sorte que j'aie de quoi grignoter quand je passe après les cours. Tu peux cacher les provisions sur l'étagère du bas dans le placard à linge. Il n'ira pas y regarder.

– Si, s'il commence à avoir des fourmis.

– C'est mon dernier mot », riposta Rae quand je m'arrêtai devant la maison Spellman.

Nous avons topé là et Rae m'a livré l'information. « En fait, la femme de Henry l'a quitté il y a deux ans. Elle est allée s'installer à Boston ou par là-bas. Il y a deux mois, elle est revenue en espérant une réconciliation. Henry avait besoin d'air pour prendre sa décision. Et il a opté pour le divorce. Tant mieux, parce que je ne peux pas la voir, elle.

– Tu l'as rencontrée ?

– Non.

– C'est Henry qui t'a raconté tout ça ?

– Bien sûr que non. Henry ne me raconte rien.

– Alors comment le sais-tu ?

– Grâce à mon talent pour la déduction et une fouille approfondie de son appartement, se borna à répondre Rae. Merci de m'avoir déposée. »

Au moment où elle descendait de voiture, papa est sorti de la maison et s'est approché de la fenêtre du conducteur, l'air un peu trop sérieux pour mon goût.

« Isabel.

– Papa.

– J'ai obtenu de John Brown qu'il retire sa plainte pour effraction.

– Comment ?

– Je lui ai dit de demander une injonction.

– Génial. Pourquoi je n'en ai pas eu l'idée moi-même… ?

– Ça te donne une seconde chance. Surtout, ne me déçois pas. »

Il me tendit une enveloppe : « Elle t'a été notifiée. »

LE POINT

Mardi 18 avril

Assurément, l'interdiction de m'approcher du sujet entravait mon enquête. J'en étais réduite à le surveiller de loin, en suivant un point sur mon écran d'ordinateur. Pendant quatre jours, je gardai l'œil sur ses déplacements, espérant trouver une rupture de schéma qui me mènerait à la vérité. Mais il resta fidèle à ses habitudes. En dehors de ses jardins partagés et des clients qui avaient besoin de ses talents de paysagiste, il resta sur son territoire habituel. Toutefois, une adresse de l'autre côté du pont du Golden Gate attira mes soupçons. Quand j'arrivai sur les lieux, le lendemain du jour où j'avais observé le Point, il me parut évident qu'il s'agissait de la maison d'un client, compte tenu de l'aspect soigné du jardin qui l'entourait.

Cet après-midi-là, je retournai chez Henry et tentai de remonter jusqu'au nom de l'occupant de la maison à partir de l'adresse. La chaîne des propriétaires était difficile à suivre et les indications semblaient faites exprès pour brouiller les pistes. Mon portable sonna, interrompant mes réflexions.

« Isabel ?

– Oui.

– Pourquoi n'as-tu pas répondu à l'invitation à mon mariage ?

– Qui est à l'appareil ? » demandai-je, bien que le téléphone m'ait indiqué le nom de mon correspondant. Je posai la question pour gagner du temps.

« Daniel.

– Ah, Daniel. Oui, c'est que j'ai eu tellement d'invitations à des mariages ce mois-ci que je n'arrive pas à rester à jour.

– Sophia trouve que le savoir-vivre n'est pas ton point fort.

– Ça n'est pas totalement faux.

– Non, répliqua Daniel. Mais ce n'est pas une raison pour lui en donner la preuve. Sois gentille, réponds. Tu viendras accompagnée ?

– Je n'en suis pas sûre.

– Dans ce cas, j'ai quelques amis que j'aimerais te présenter –

– Si.

– Si, quoi ?

– Si, je viendrai accompagnée. »

DISPARITION N° 3

B ien que les artifices utilisés par ma sœur dans ses e-mails aient été révélés au grand jour, elle n'en continua pas moins à pousser mes parents à programmer des disparitions. Plutôt que de les prendre séparément, elle essaya de concilier les intérêts des deux parties et leur suggéra d'essayer des programmes plus simples. Sur internet, elle trouva une station thermale quatre étoiles à Big Sur en Californie. Pas d'avion ni de bateau ni de long voyage en voiture. Ils pouvaient arriver à destination en deux heures et passer trois jours à se faire dorloter dans le luxe. Les parents acceptèrent et Rae leur réserva une chambre pour le week-end suivant.

Mes parents, qui n'étaient pas nés d'hier, firent en sorte que leur fille de presque seize ans ne reste pas sans surveillance adulte pendant tout un week-end lorsqu'ils disparaîtraient. Après avoir découvert que David était de retour, maman lui enjoignit de passer ces trois jours-là avec sa jeune sœur à la maison. Encore tourmenté par ce qu'il avait fait, quels que soient ses torts, David accepta volontiers cette occasion de sortir de chez lui.

Je téléphonai de nouveau à Petra, mais au bout de deux jours, elle ne m'avait toujours pas rappelée. J'envoyai alors un nouvel e-mail, qui reçut une réponse automatique disant qu'elle serait injoignable pendant une semaine. Si je n'avais pas eu à mon programme d'autres mystères à résoudre, j'aurais pris l'avion pour l'Arizona afin de la retrouver. Quand je questionnai David, il m'affirma en me regardant droit dans les yeux qu'il n'avait aucune idée de l'endroit où elle se trouvait, À son air déprimé, je compris qu'il disait la vérité.

À LA PELLE
ET À LA PIOCHE

Jeudi 20 avril, 17 h 30

Ce fut peut-être cette série d'impasses qui me poussa à chercher ailleurs, mais je m'avisai que la profession du sujet pouvait lui fournir la couverture idéale. Avec des dizaines de jardins, de la terre, des pelles et des arpents à la disposition de ses mains compétentes mais malfaisantes, aurait-il du mal à se débarrasser de cadavres ? Croyais-je vraiment que le sujet était un assassin ? Je n'avais aucune certitude, hormis celle que des femmes avaient disparu. Il fallait bien qu'elles soient quelque part.

Pendant la semaine précédente, j'avais visité les jardins dont le sujet s'était occupé, arrivant tard le soir après son passage avec torche et pelle. Je cherchais les zones de terre fraîchement retournée qui paraissaient déplacées dans le paysage. Si j'avais eu des notions de jardinage, il m'aurait été plus facile de déceler les incongruités. Cela dit, je dus bien creuser au moins une dizaine de trous dans cinq ou six jardins pendant la semaine qui suivit.

Craignant que la vue de la terre n'éveille les soupçons de Henry, je me changeais avant de rentrer sur le siège arrière de ma voiture, pratique à laquelle je suis rompue. Un soir, hélas, il rentra alors que j'étais en plein changement de tenue. Il s'approcha de la fenêtre de ma voiture pendant que je boutonnais mon pantalon. J'ouvris la portière de quelques centimètres.

« Ne t'approche pas, veux-tu ? » criai-je.

Henry recula. À sa mine, je vis que j'allais devoir lui fournir une explication. En pareil cas, l'explication la plus simple est souvent la meilleure, même si elle n'est pas des plus logiques.

« Qu'est-ce que tu faisais sur ta banquette arrière ? demanda Henry lorsque je fus descendue.

– Je me changeais.

– Pourquoi ?

– Ma tenue ne me plaisait pas. »

Un soupir, suivi d'un silence. Henry ouvrit la porte de l'appartement.

« Tu peux me rendre un service ? demanda-t-il.

– Bien sûr, dis-je, heureuse qu'il ait laissé tomber le sujet des vêtements.

– Sois gentille, cesse de dire aux voisins que tu es mon coach personnel.

– Il fallait bien que je donne une explication. Ils me regardaient d'un drôle d'air.

– Maintenant c'est moi qu'ils regardent d'un drôle d'air. Pourquoi ne pas dire que tu es mon amie ?

– Je n'y avais pas pensé », répondis-je. Parfois, les vérités les plus simples m'échappent. Exemple, le coup de téléphone que je reçus le lendemain : si j'avais été attentive, je me serais rendu compte qu'il ne s'agissait pas d'une invitation amicale.

Vendredi 21 avril, 18 heures

« Allô, répondis-je à la troisième sonnerie.

– Rendez-vous à Twin Peaks dans quarante minutes.

– Qui est à l'appareil ? demandai-je.

– Je crois que tu le sais », répondit le sujet.

Trente minutes plus tard, dans le brouillard, je suivais la route en lacets qui monte vers le point le plus haut de la ville. Une fois descendue de voiture, je me postai là où l'on a, d'ordinaire, la vue la plus spectaculaire sur San Francisco et la Baie par une soirée claire. Ce qui n'était pas le cas. Le brouillard s'était levé tôt, si épais que l'on n'y voyait pas à plus de dix mètres.

J'étais seule dans l'obscurité. Derrière moi des collines et, devant, une substance grise m'empêchant de voir la moindre des lumières de la ville. Sa rumeur était lointaine. Quand le sujet surgit de ce qui paraissait être un nuage, la peur m'étreignit.

« J'ai beaucoup de clients mécontents », déclara-t-il. Il parlait sur un ton normal. Trop normal pour quelqu'un qui préméditait, disons, un crime. Mes nerfs se détendirent.

« Pourquoi ?

– Quelqu'un fait des trous dans leur jardin au milieu de la nuit.

– Ce ne sont pas les ragondins ?

– Je suis sûr que non.

– Alors, ce sont peut-être d'autres animaux sauvages. Je ne m'y connais pas trop en la matière.

– Qu'est-ce que tu cherches ?

– Les corps, dis-je.

– Isabel, tu fais complètement fausse route.

– Je ne crois pas.

– Qu'est-ce qu'il te faut ?

– Hein ?

– Qu'est-ce qu'il te faut pour me laisser tranquille ? »

J'entendis le moteur d'une voiture s'arrêter sur un parking voisin. Les phares percèrent le brouillard. J'étais contente d'avoir de la compagnie, quelle qu'elle soit.

« La vérité. C'est tout ce que je demande. Et bien entendu, que tu ailles en prison pour répondre de tes crimes.

– Isabel, tu ne te rends pas compte de ce que tu fais.

– Je ne fais rien, MOI. Je m'efforce juste de savoir ce que tu fais, toi.

– Ton père avait dit que tu arrêterais si je demandais une injonction.

– Mon père ne me connaît pas aussi bien qu'il le croit.

– Qu'est-ce que tu attends de moi ?

– Ton numéro de Sécurité sociale. »

Le sujet prit son téléphone portable et composa un numéro. « À vous », dit-il dans le micro de l'appareil.

Je l'observai quelques instants, essayant d'imaginer quel jeu il jouait. Trop tard. Deux hommes en civil surgirent de nulle part. En civil, mon cul. On reconnaît toujours un flic.

« Tu vas payer pour ce que tu as fait », dis-je tandis qu'on me passait les menottes pour la quatrième fois en deux mois.

« Isabel Spellman, je vous arrête pour non-respect de l'injonction déposée par Mr. John Brown.

– Ce n'est pas son nom. »

Le sujet remercia les policiers et partit sans rien ajouter. L'air de la nuit avait refroidi les menottes. Tout en me guidant vers le véhicule banalisé, le plus gros des deux policiers me lut mes droits.

« Vous avez le droit de garder le silence. Tout ce que vous direz pourra être utilisé contre vous devant un tribunal. Vous avez le droit de consulter un avocat... »

EN PLEIN MILIEU

Arrestation n° 4

MAMAN : On est déjà sur la route, ma petite fille. Je n'annule pas notre disparition pour venir te libérer sous caution·

MOI : Ah, j'avais oublié la disparition.

MAMAN : Débrouille-toi toute seule, ma chérie.

MOI : Non, maman ! Il faut que tu appelles quelqu'un pour me sortir d'ici. Je ne veux pas passer la nuit en taule.

MAMAN : Ça pourrait être une bonne idée. Tu te souviens de *Scared Straight* ! ?

MOI : Bien sûr. Tu m'as obligée à le regarder au moins dix fois quand j'étais au lycée.

MAMAN : Ça m'a fait une belle jambe !

MOI : Écoute, rappelle Morty. Jusqu'à ce qu'il décroche. Il est chez lui. Seulement, il n'entend pas le téléphone.

MAMAN : Il ne devrait pas conduire la nuit, si tu veux mon avis.

MOI : Maman, je t'en prie.

MAMAN : Le jour non plus, d'ailleurs.

AGENT LINLEY : Spellman, on accélère.

MOI : Faut que je te laisse. Débrouille-toi pour qu'on me sorte d'ici.

MAMAN : Je vais voir ce que je peux faire. À lundi, Isabel.

MOI : Bonne disparition.

23 heures

Morty me raccompagna chez Henry, où, selon toute probabilité je ne devais plus être *persona grata*. Nous avions fait un marché. Je ne l'avais pas respecté. J'imaginais aussi, à juste titre d'ailleurs, que ma mère lui avait déjà annoncé ma quatrième arrestation.

Je conseillai à Morty d'être prudent au volant et nous avons pris rendez-vous le lundi suivant pour mon audience. Quand je sortis de la voiture, Morty dit : « Que ce soit ta dernière arrestation de l'année.

– Pourquoi pas ? » répondis-je sans conviction.

Je frappai à la porte de Henry en me préparant à une avalanche d'insultes et de réprimandes. Quand il me vit, il sortit et me glissa à l'oreille « Tu me laisses parler.

– D'accord », répondis-je.

Il me prit le bras et me tira légèrement pour me faire entrer.

« Isabel, où étais-tu passée ? lança-t-il comme un acteur de sitcom.

– J'étais en taule », répondis-je. C'est alors que je la vis. Mon antithèse complète, assise sur le canapé de Henry, en train de boire ce qui avait tout l'air d'une infusion.

Elle était soignée et jolie comme on peut l'être quand on est excessivement soignée. Elle avait compris très précisément ce qu'elle devait faire pour se mettre en valeur. À en juger par les reflets dans ses cheveux et la teinte très reconnaissable d'un bronzage en vaporisateur, l'addition beauté devait être coquette. Elle m'adressa un sourire contraint, se leva et me serra la main pendant que Henry faisait maladroitement les présentations.

« Isabel, je te présente mon ex-femme, Helen.

– Techniquement, nous sommes toujours mariés, répliqua-t-elle.

– Je viens de signer les papiers, riposta Henry.

– Mais ils ne sont pas déposés.

– Vous voulez peut-être vous parler en tête à tête, glissai-je.

– Non », répondirent-ils en chœur.

Helen me regarda des pieds à la tête, histoire de flatter son ego. La journée avait été longue, et quelques heures en cellule peuvent laisser sur vos vêtements l'équivalent d'une semaine de crasse. Je suis sûre que cet examen mit du baume sur son amour-propre.

« Alors, Isabel, comment se fait-il que vous vous connaissiez, Henry et vous ? »

Passant outre à la requête de Henry, j'annonçai : « Je suis son coach personnel. »

Lequel glissa un bras autour de ma taille et m'étreignit, plutôt fermement. « Toujours le mot pour rire ! »

Alors seulement je compris qu'il essayait de me faire passer pour sa petite amie.

« J'ai besoin de boire un coup, dis-je en fonçant vers le réfrigérateur.

– Merci de ta visite, Helen. Isabel a eu une grosse journée et j'ai hâte d'entendre ce qu'elle a à me raconter.

– C'est vrai qu'il se fait tard », répondit Helen. Avec un sourire hypocrite, elle déclara : « Ravie de vous avoir rencontrée, Isabel.

– Vous êtes sûre que vous ne voulez pas rester prendre un verre, proposai-je ? sachant que son départ permettrait à Henry de parler sans contrainte.

– Non, intervint ce dernier. Elle a à faire. »

Helen embrassa Henry sur la joue et laissa un instant sa main s'attarder sur la sienne.

« Porte-toi bien », dit-elle avec emphase. Lorsque la porte se fut enfin refermée sur elle, Henry cessa de se forcer à sourire et posa sur moi un regard furieux.

« C'est quoi, cette histoire ? Une quatrième arrestation ?

– Je ne compte pas les numéros deux et trois.

– On avait passé un accord.

– Je finis ma bière et je te débarrasse de ma présence.

– Où iras-tu ?

– J'ai repéré un banc à l'arrêt de bus du coin de la rue.

– Tu ne parles pas sérieusement.

– Non. Je vais peut-être me pointer chez les parents puisqu'ils ne sont pas là. Je surveillerai Rae.

– Il y a déjà David.

– Ah, c'est vrai, répondis-je, cherchant un autre plan d'action.

– Ta mère voulait que je te rappelle de te tenir à l'écart des voisins et du voisin.

– Il m'a tendu un piège.

– Pardon ?

– La dernière arrestation était un piège. Il m'a donné rendez-vous à Twin Peaks. Là, il m'a demandé ce qu'il me fallait pour que je le laisse tranquille. Il avait les flics à proximité, pour le cas où ma réponse ne lui plairait pas. Et elle ne lui a pas plu.

– Tu ne peux pas t'arrêter, hein ! Pourquoi ?

– Parce que les innocents ne gardent pas ainsi les secrets. Ça tombe sous le sens. Bon, je vais faire mon sac.

– Non.

– On avait passé un accord. En plus, j'ai abusé de ton hospitalité.

– Oublie l'accord. Je savais que tu ne le respecterais pas, de toute façon. Reste. Au moins, quand tu es là, j'ai une idée de ce que tu mijotes. »

Je m'installai sur le canapé et détournai la conversation de ma personne.

« Alors, c'était ta femme, dis-je.

– Ex-femme », répliqua Henry. À son ton, je compris que le sujet était clos.

Je m'endormis bien après minuit car mon esprit tournait et retournait les événements de la journée. Quand je sombrai dans le sommeil, j'avais fermement décidé que l'affaire n'était pas close. Mais je ne me ferais plus pincer.

LE PROBLÈME
DAVID SPELLMAN

Samedi 22 avril, 14 heures

« Où vas-tu ? demandai-je.

– Rae vient d'appeler. Il y a une urgence chez tes parents.

– Une urgence du type où on appelle les urgences ?

– M'étonnerait, grommela Henry. Ça concerne David.

– Ça promet d'être marrant. Je peux venir ? »

Je pris le silence de Henry pour un acquiescement et l'accompagnai.

L'« urgence » dont avait parlé ma sœur n'aurait jamais reçu ce nom dans d'autres familles. Mais les Spellman sont prévisibles jusqu'à un certain point et quand l'un de nous s'écarte du schéma habituel, eh bien, cela peut alarmer les autres. David, dont on pouvait dire qu'il était le plus prévisible de nous tous, n'avait jamais dévié de son code de conduite habituel. Enfin, jusqu'à ces derniers temps.

Soixante-douze heures après son arrivée au 1799 Clay Street, officiellement pour garder sa sœur cadette à l'œil, celle-ci, saisie de panique, appela Henry. Le fin mot de l'histoire, c'était qu'en plein jour, mon frère, en pyjama et peignoir de bain, s'était installé en face de la télévision et n'avait plus bougé, sauf pour de brèves visites aux toilettes et quelques razzias dans l'arrière-cuisine. Trouvant ce comportement suspect, Rae avait surveillé son frère de trente-deux ans. Elle avait fini par appeler Henry après avoir vu David manger un sac entier de biscuits soufflés au fromage, une demi-livre de M&M et deux paquets de bonbons à la fraise, ce qui réduisait de moitié ses rations de secours.

« Henry, avait soufflé Rae au téléphone.

– Pourquoi parles-tu tout bas, Rae ?

– Il faut que tu viennes. David n'est pas dans son état normal.

– Il respire ?

– Écoute, mec, s'il ne respirait pas, c'est les urgences que j'appellerais, et je lui ferais du bouche à bouche.

– Je n'aime pas du tout me faire appeler "mec"

– Mais c'est grave, je t'assure. David n'est pas du tout dans son état normal.

– Mais encore ?

– Il a regardé la télévision toute la journée !

– C'est tout ?

– Et il ne mange que des cochonneries. Quelle heure est-il ?

– Environ une heure.

– Il vient juste d'ouvrir une bière.

– Je ne trouve vraiment pas que ce soit une urgence, Rae.

– Il m'a donné presque trois cents dollars depuis qu'il est arrivé. Chaque fois que je demande de l'argent, il oublie qu'il vient de m'en donner. Henry, viens vite, je t'en prie ! Avant qu'il ne soit trop tard. »

La réaction extrême de Rae devant le comportement de son frère tenait à de multiples facteurs : son inquiétude face à une conduite nettement atypique ; son désir de reprendre le contrôle de la télécommande ; son souci de ne pas se voir délestée de ses réserves de snacks sucrés et salés ; et, surtout, son envie de partager avec Henry des moments de qualité.

Henry, Rae et moi avons observé David par la serrure du salon. Nous l'avons étudié comme des anthropologues étudient les gorilles. Chacun de nous a livré aux autres ses conclusions mûrement pesées.

« Je crois qu'il nous fait un week-end au tapis, a dit Rae.

– Mais non, a rétorqué Henry. Il n'a pas assez bu.

– Peut-être qu'il a un PPAM ? a avancé Rae.

– Il est trop jeune.

– Alors, qu'est-ce qui ne tourne pas rond chez lui ? Il ne prend pas de douche, ne va plus travailler. Il est arrivé ici au volant en peignoir. Je vous l'avais dit, ça ?

– Il doit juste faire une déprime.

– Peut-être qu'il n'a jamais beaucoup regardé la télé jusqu'à présent et qu'il commence à y prendre goût », a suggéré Rae.

J'intervins alors : « Faux. Il culpabilise. » Ouvrant la porte d'un grand coup de pied, j'entrai dans la pièce et me plantai entre David et la télévision.

« Dégage, dit seulement David.

– C'est à moi que tu parles ?

– Tu vas voir », répondit David. Le rouge de la colère envahit son visage figé.

De la paume de la main, j'éteignis la télévision. David ralluma avec la télécommande. J'éteignis à nouveau. David ralluma. Je contournai le poste et débranchai le cordon d'alimentation.

« Tu es vraiment obligée de jouer les emmerdeuses ?

– Oui. Parce que tu es un vrai salaud. Tu croyais que j'allais prendre ton parti pour la seule raison que tu es mon frère ?

– Tu parles sans savoir », répliqua David, furibond.

Je m'attendais à le trouver culpabilisé, désespéré. Mais lui, il cherchait la bagarre. Il allait être servi.

« J'aurais dû la mettre en garde.

371

– À ta place, Isabel, je me tairais. Et tout de suite. »

Je saisis une coupe de bretzels sur la table basse et me mis à bombarder David de tortillons pour ponctuer chacune de mes phrases.

« C'est une menace ? » Lancer de bretzel.

« Arrête.

– Pas question. » Lancer de bretzel.

« Dernier avertissement, Isabel.

– Tu m'avertis ? » Lancer de bretzel.

« Sors d'ici. Tout de suite.

– Non. » Lancer de bretzel.

« Henry, tu peux faire quelque chose ?

– Isabel, arrête de lancer des bretzels sur ton frère », dit Henry, ne sachant trop jusqu'où s'impliquer.

Je tiens à ce qu'il soit noté ici que c'est David qui frappa le premier coup. Pas vraiment un coup, du reste. Il sauta par-dessus la table basse et s'en prit à la coupe de bretzels, qu'il me retira des mains pour la lancer à l'autre bout de la pièce.

« Eh là, on se calme ! » intervint Henry, tel un gardien de zoo dans le quartier des fauves. Mais l'averse de bretzels avait alimenté la colère de David. Il me bouscula pour m'empêcher de prendre sa bière (je voulais que la bagarre se limite à l'alimentaire). Son geste me fit tomber à plat dos, ce qui réveilla ma côte récemment blessée, mais pas assez pour m'immobiliser. Pivotant brusquement, je fauchai David d'un grand coup de tibia derrière les genoux.

J'entendis vaguement Rae dire à Henry : « Dix dollars sur Isabel. »

David me fit alors une clé pour m'étrangler sans trop serrer. Je lui mordis le bras, pas trop fort, juste assez pour qu'il relâche son étreinte, et me dégageai.

« Tu es cinglée ! hurla-t-il.

– Bon, ça va comme ça ! dit Henry, élevant la voix.

– Dix dollars sur Isabel, insista Rae. À prendre ou à laisser, sinon le pari est nul.

– D'abord, c'est idiot, Rae. C'est une fille et il pèse quinze kilos de plus qu'elle.

– Plutôt vingt, criai-je en essayant de tordre le bras de David derrière son dos.

– Elle n'a pas la même technique que lui, expliqua calmement Rae à Henry.

– Mais il est plus grand et plus fort, répliqua Henry. Bon, ça suffit, vous deux !

– Tu vas voir, intervint ma sœur.

– Tes côtes, Isabel. Le médecin t'a interdit tout effort pendant six semaines[1] ! lança Henry, dévoilant mon talon d'Achille.

– La ferme, Henry ! »

David en profita pour me taper dans les côtes.

« Aïe ! » hurlai-je, essayant toujours de lui tordre le bras derrière le dos.

Rae continua son commentaire en technicolor : « Le handicap d'Izzy ajoutera à l'intérêt du combat, mais je ne pense pas qu'il en changera l'issue. »

David contre Isabel : Les trois grandes bagarres

1987

La bagarre a commencé quand David m'a dénoncée au directeur pour avoir séché les cours. Je l'ai attendu devant le 7-Eleven dont il fréquentait le distributeur de sodas à la sortie du lycée. Il a remporté le

---

1. À ce moment-là, ça faisait quatre semaines. Mais elles étaient pratiquement ressoudées.

championnat poids coq en me faisant une cravate dont je n'ai pu me dégager.

1990

David a fermé la fenêtre du bureau du rez-de-chaussée, si bien que je n'ai pu rentrer en douce après être sortie clandestinement. J'ai sonné à la porte, réveillé mon père qui m'a bouclée quinze jours. Le lendemain matin, j'ai attaqué mon frère pendant qu'il préparait son petit déjeuner dans la cuisine. Notre lutte en amateur a duré environ cinq minutes, jusqu'à ce que je me libère de son étreinte et lui lance dans les yeux le smoothie de maman. David s'est avoué vaincu et j'ai été bouclée une semaine de plus.

1992

David a découvert ma réserve de marijuana et l'a jetée dans les toilettes. J'ai riposté en coupant l'eau chaude pendant qu'il était sous la douche. Il m'a mis du chewing gum[1] dans les cheveux pendant que je dormais. Le lendemain matin, je l'ai réveillé en lui jetant dessus toute sa bibliothèque de livres d'histoire (David était un mordu de la Deuxième Guerre mondiale). Quand il a bondi de son lit pour faire cesser l'attaque, je lui ai attrapé l'index et l'ai tordu en arrière.

Paralysé par la douleur, mon frère de dix-neuf ans était à ma merci.

« Tu te rends ?

– D'accord. »

Score : Isabel, 2 ; David, 1.

Ce qui m'amène à notre bagarre finale. Je comptais sur le fait que David ne savait pas encore jusqu'où je pouvais aller, ce qui me donnait

---

1. Une demi-tablette de Dentyne, parce que se battre en traître ne lui ressemble pas. Il a riposté uniquement pour montrer qu'il n'abandonnait pas la partie. Mais le cœur n'y était pas vraiment.

l'avantage psychologique. Il était le plus fort, mais moi, je n'avais aucun scrupule à me battre en traître. Cependant, il avait sa mémoire pour lui : il évita de laisser ses doigts à ma portée le plus longtemps qu'il le put.

Je lui empoignai donc l'oreille. Lorsqu'il voulut me faire lâcher prise, je lui tordis le bras derrière le dos et lui retournai l'index jusqu'à ce qu'il crie au secours.

« Tu te rends ?

– À l'aide, dit-il, à Henry je crois.

– Isabel, ça suffit, cria Henry, s'approchant.

– Ne te mêle pas de ça, lui glissai-je sur le ton menaçant de l'inspecteur Harry. Excuse-toi, dis-je à David, en accentuant la pression sur ses articulations.

– Aïe ! Elle va me casser le doigt ! »

Henry me saisit le poignet et serra fort. « Lâche », dit-il avec l'air autoritaire qui n'appartient qu'à lui. C'est bien un flic. Je libérai mon frère, que je regardai rouler sur le dos en étreignant sa main endolorie. Il leva sur moi un regard furieux.

« C'est Petra qui m'a trompé », annonçait-il en se relevant lentement avant de s'asseoir sur le canapé et de finir sa bière d'un seul trait.

Ma rage se mua d'abord en sympathie, puis la honte me submergea. Les autres me regardaient avec une antipathie non dissimulée. Le visage de mon frère exprimait le plus froid mépris ; celui de Henry, la déception et Rae paraissait soudain comprendre à quel point j'étais fêlée.

Je quittai la pièce et allai ouvrir le frigidaire, où je pris deux bières. Dans le salon, j'en décapsulai une et la tendis à mon frère, fragile offrande de paix. Je m'assis à côté de lui sur le canapé et laissai le silence s'épaissir. Des excuses s'imposaient, mais je ne trouvais pas les mots. Je tournai ma phrase en interrogation.

« Je suis une affreuse, hein ?

– Oui », répliqua David. Nous avons bu en silence.

Henry suggéra à Rae d'aller voir ailleurs, et ils passèrent dans la cuisine, où ma sœur eut droit à une séance pédagogique dont elle se serait bien passée, cette fois-ci : une leçon d'échecs.

Je soupçonne Henry d'avoir espéré que David et moi réglerions notre contentieux. Mais notre conflit était si compliqué que nous ne savions ni l'un ni l'autre comment l'aborder. J'ai donc rebranché la télévision et nous avons regardé fixement l'écran, buvant en silence.

Dix minutes s'étaient écoulées lorsque mon portable a sonné.

« Allô ?

– On se connaît ?

– Parlez plus fort, je n'entends pas.

– Qui est-ce ? »

David m'arracha le téléphone des mains. « Salut, maman, dit-il. Oh pardon ! » Il me rendit l'appareil : « Ça n'était pas maman.

– Je n'ai jamais dit que c'était elle », répliquai-je. « Écoutez, la communication est mauvaise. Je vous entends à peine. C'est mieux, là. *Oh, Mrs. Chandler !* Oui, bonjour. En fait, j'ai du nouveau. Je peux être chez vous dans quinze minutes. À tout à l'heure. »

Je raccrochai et me tournai vers mon frère. Je vis enfin à quel point ce nouveau David, avec son éternel peignoir de bain et ses paquets de soufflés au fromage, était accablé de chagrin. Si à ce moment-là j'avais pris la mesure de l'erreur que j'avais commise, j'aurais pu empêcher d'autres contresens sur les faits à venir. Les choses étant ce qu'elles étaient, j'ai simplement essayé de me racheter en enfilant des commentaires que je croyais réconfortants et solidaires de la part d'une sœur.

« Tu es mon frère préféré, tu le sais, quand même ?

– La ferme.

– Je suis là, tu sais, si tu as besoin d'une épaule.

– La ferme.

– Tu veux que je lui parle ? »

Rapide comme l'éclair, David attrapa le col de ma veste et m'attira vers lui.

« Si tu dis un mot, tu le paieras cher.

– Alors tu préfères que je ne lui dise rien ? répondis-je d'un ton détaché.

– Oui, déclara fermement David.

- Tu peux lâcher mon col maintenant. »

Silence.

« Pourquoi maman était-elle furieuse contre toi ?

- Parce qu'elle croyait la même chose que toi. J'avais des soupçons, et j'ai pris un détective privé pour filer Petra. Une femme. Maman m'a vu avec elle un jour. Elle a supposé le pire et je ne l'ai jamais dissuadée.

– Pourquoi ?

– Parce que je ne voulais pas qu'elle te parle de ça. Je ne voulais pas que tu sois mêlée à cette histoire. »

Nouveau silence.

« Qu'est-ce que je suis censée faire ? demandai-je, espérant que David me dirait comment se comporterait une sœur normale en pareil cas.

– Je ne sais pas. Parlons d'autre chose. »

Comme j'avais un autre sujet tout prêt, j'acquiesçai. « Bon, bon. As-tu remarqué un comportement bizarre du voisin ?

– Je n'ai pas regardé ce qu'il faisait.

– Il a eu des visites ? Il a jeté des ordures tard le soir ? Il a jardiné à des heures bizarres ?

– Tu es pitoyable, Isabel. Tu le sais, ça ?

– Je dirais plutôt que j'ai la sagesse d'être méfiante. Si tu veux appeler ça pitoyable, ça te regarde. »

Il se remit à boire de la bière d'un air sombre. Peut-être pourrais-je le distraire en lui apprenant les dernières nouvelles familiales.

« Tu connais le copain de Rae ?

– Elle a un copain ?

– Tu ne le savais pas ?

– Il est comment ?

– Il ressemble vraiment beaucoup à Snuffleupagus*.

– C'est-à-dire ?

– On le voit rarement.

– Qui c'était, au téléphone ?

– Mrs. Chandler.

– La bonne femme dont vous alliez saccager les installations de Noël ?

– Je ne vois pas du tout de quoi tu veux parler.

– Pourquoi t'appelle-t-elle ?

– Depuis le début de l'année, elle est victime de vandales qui reproduisent les méfaits de la saison quatre-vingt-douze, quatre-vingt-treize.

– Tu es chargée de l'enquête ?

– Je l'étais. Affaire réglée. C'était Rae le cerveau. »

Comme par hasard, elle entra à ce moment-là sur les talons de Henry.

« Non, je ne jouerai pas aux dames avec toi.

– S'il te plaaaîîîît !

– Non. Si tu veux une autre leçon d'échecs, je te la donne. Mais je ne joue pas aux dames.

– Au Monopoly.

---

* Personnage des Muppets, avec une fourrure et une trompe d'éléphant.

– Non.

– Au Jenga.

– Non !

– Tu es un vrai dinosaure. »

J'interrompis leur duo classique pour préparer ma sœur à ses aveux

« Mets un joli chemisier, dis-je.

– Pourquoi ? répliqua Rae, sur ses gardes.

– Parce que Mrs. Chandler sera peut-être plus coulante avec toi si elle ne te prend pas pour une souillon.

– On est vraiment obligées de faire ça maintenant ? demanda Rae, qui n'en avait manifestement pas envie.

– Oui. Il faut que je puisse clore l'affaire une bonne fois pour toutes. »

LES AVEUX

U n quart d'heure plus tard, Rae reconnaissait devant Mrs. Chandler les actes criminels dont elle s'était rendue coupable et en assumait la pleine responsabilité d'une façon assez impressionnante. Hélas, Mrs. Chandler ne crut pas que Rae était seule impliquée dans cette affaire.

« Tu ne vas pas me dire qu'à toi toute seule, tu as réussi à voler, acheter ou emprunter cinquante boules de billard, ni que tu t'es procuré plus de cent boîtes vides de Guinness, ni que tu as saccagé le tableau des chérubins sans aucune aide ?

– Si, répondit Rae, évitant le piège.

– Ma petite fille, je trouve ça très difficile à admettre, poursuivit Mrs. Chandler, qui fixa ma sœur jusqu'à ce qu'elle baisse les yeux.

– Peut-être que d'ici quelques jours, vous vous serez faite à cette idée.

– J'en doute, répondit froidement Mrs. Chandler.

– Je suis prête à entendre ma sentence, dit Rae comme un braqueur de banque contrit devant un tribunal.

– Pardon ? fit Mrs. Chandler.

– Elle voudrait savoir comment réparer, expliquai-je.

– Et moi, j'aimerais savoir pourquoi elle a fait ça », poursuivit Mrs. Chandler en observant ma sœur attentivement.

Rae haussa les épaules et répéta ce qu'elle avait dit la veille : « C'était un hommage.

– Ah ! fit Mrs. Chandler, que l'explication parut convaincre. À l'avenir, je te serais reconnaissante de rendre tes hommages ailleurs que dans ma cour.

– Certainement, dit Rae.

– Et maintenant, je voudrais les noms des garçons qui t'ont aidée, poursuivit Mrs. Chandler. Parce que, pour eux, il ne s'agissait pas d'un hommage, mais de saccage pur et simple.

– Je suis prête à laver votre voiture pendant un mois, dit Rae.

– Les noms, répéta Mrs. Chandler.

– Je suis disposée à faire vos carreaux... »

Mrs. Chandler prit un stylo et un bloc de papier à lettres sur son bureau et les posa sur la table de la salle à manger.

« Les noms », répéta-t-elle d'un ton plus autoritaire. Si elle avait grandi à une autre époque, elle aurait bien réussi comme agent de l'ordre public.

« Je me ferais un plaisir de promener votre chien, proposa Rae.

– Allons donc, ma petite fille !

– Si, ce serait de bon cœur.

– Les noms », répéta une fois de plus Mrs. Chandler. Mais Rae n'a pas craqué.

Moi, si. « Je vais vous en donner un. C'est le seul que je connaisse, mais je suis sûre que le type va perdre les pédales et vous livrer les autres.

– Izzy, non ! hurla Rae.

– Tais-toi », lançai-je. J'écrivis le nom de Jason Rivers, ainsi que son adresse et son numéro de téléphone. Je l'avais sur moi, me doutant que

Mrs. Chandler ne souhaiterait pas seulement connaître le cerveau, mais aussi les comparses.

Il fut entendu avec Mrs. Chandler qu'elle prendrait le temps de songer à des mesures compensatoires et qu'elle reviendrait vers nous.

Rae a gardé un silence hostile pendant le bref trajet de retour. Elle ne voulait pas rentrer ses piquants ; je l'ai donc ignorée, la laissant mariner. Nous sommes rentrées à la maison Spellman, où Henry et mon frère semblaient en pleine conversation à cœur ouvert. Je tendis l'oreille, espérant apprendre ainsi comment il fallait s'y prendre pour manifester de la sympathie à David, mais en entendant mon pas devant la porte du salon, mon frère fit taire Henry.

En rentrant chez ce dernier, je le bombardai de questions pour tenter d'en savoir plus sur mon frère et lui demandai conseil sur la meilleure façon de gérer mes intérêts contradictoires.

« C'est très simple : sois humaine, dit Henry quand il commença à se fatiguer de cet interrogatoire.

– Tu ne veux pas être plus précis ? »

Le lundi, j'étais convoquée au tribunal criminel du comté de San Francisco. Mon audience préliminaire était fixée à la semaine suivante. J'ai passé le reste de la matinée avec Morty à mettre au point ma défense.

LE « CABINET JURIDIQUE » DE MORT SCHILLING

Lundi 24 avril, 13 h 35

« Ce qui nous mène à aujourd'hui », dit Morty.

Nous nous trouvions dans notre cantine habituelle, et Morty me rappela ce qui était en jeu.

« Ton boulot, ta réputation.

– Des femmes ont disparu à cause de cet homme.

– Tu n'as pas de preuve.

– Si, quelques fragments. »

Morty sortit à la cuillère quelques glaçons de son verre d'eau et les mit dans son café.

« Jusqu'ici, tu as eu de la chance, Izzy. Les trois premières arrestations n'ont pas eu de suites. Mais là, tu pourrais passer en jugement. Si on te propose de plaider coupable, accepte.

– On verra.

– C'est tout vu, Izzy : ou tu acceptes, ou tu te trouves un autre avocat. »

LE PHILOSOPHER'S CLUB

Dimanche 30 avril, 17 h 30

Presque une semaine s'était écoulée depuis que mes parents étaient rentrés de leur disparition. Normalement, maman m'aurait téléphoné quelques heures après son retour pour me donner les dernières nouvelles du front, mais j'étais sûre qu'elle observait un silence radio à cause de l'arrestation n° 4. Juste au moment où j'allais craquer et l'appeler moi-même, mon téléphone sonna. C'était Milo.

« Ta sœur est encore en train de lever le coude », dit-il, et il raccrocha aussitôt.

Trois mois s'étaient écoulés depuis le dernier écart de conduite de Rae. Normalement, dans un bar, elle fait le numéro de l'introspection douloureuse. Cette fois-ci, un fond de colère sous-jacente y perçait. Quand j'entrai dans *mon* bar, Rae avala une énième gorgée de bière au gingembre et fit claquer la chope sur le zinc en la reposant.

« Une autre », lança-t-elle en imitant le pilier de bar blasé.

Milo refusa d'entrer dans son jeu.

« Qu'est-ce qu'on dit ? » demanda-t-il.

Rae leva les yeux au ciel et scanda : « S'il-te-plaît. »

Milo lui versa une autre rasade de bière au gingembre et croisa mon regard tandis que je m'approchais du bar.

« Tiens, mais c'est notre joueuse olympique ! On l'avait perdue de vue ! fit-il, sarcastique.

– Change de refrain », ripostai-je.

Je m'installai sur le tabouret voisin de celui de Rae et regardai la salle, plus calme que d'habitude.

Ma sœur avala une gorgée du liquide ambré et annonça à brûle-pourpoint : « Je ne bouge pas d'ici avant d'avoir fini mon verre. »

Le bar était vide, j'avais besoin d'une bière et Milo, malgré sa mauvaise humeur chronique de ces temps derniers, devait avoir besoin de clients. J'attendis qu'il consente à me servir.

« Vous sortez d'ici dès qu'un autre client arrive. Compris ?

– Compris.

– Qu'est-ce que tu prends ? me demanda-t-il.

– Une Guinness. » Puis je me ravisai et décidai de ne pas trop tirer sur la corde de sa patience. « Une Red Hook. »

Pendant que Milo me versait ma bière, je reportai mon attention sur Rae. Elle regardait fixement son verre comme si elle espérait voir quelque chose d'intéressant au fond.

« Que fait une mineure de bonne famille comme toi dans un endroit comme celui-ci ? lui demandai-je.

– À quoi tu joues ? demanda-t-elle, la mine sombre.

– C'est-à-dire ?

– Pourquoi utilises-tu un humour primaire pour éviter toute relation authentique entre les êtres ?

– Tu cites qui, là ?

– Laisse tomber.

– Donne-moi un nom. Tout de suite.

– Pourquoi crois-tu que ça te concerne en exclusivité ? » demanda Rae.

Milo, qui me servait ma bière, renchérit : « Elle n'a pas tort, tu sais.

– Si j'avais su que je m'exposerais à ce genre d'insultes, je me serais saoulée avant d'arriver. »

Silence total.

« Qu'est-ce qui se passe ? demandai-je à ma sœur déprimée et à mon barman ronchon.

– Rien », dit Rae en contemplant le fond de sa boisson sans alcool.

Milo remplit le verre de ma sœur et lança : « Parle à Izzy. Dis-lui ce que tu as sur le cœur. » Puis il se tourna vers moi : « Tu ne pourrais pas essayer d'y aller un peu plus délicatement ?

– J'exige que tu me dises ce qui ne va pas, lançai-je à ma sœur.

– Tu n'es pas aussi drôle que tu le crois, rétorqua-t-elle.

– Voilà ce que c'est de boire trop de bière au gingembre. » Un autre silence contemplatif s'ensuivit. Je décidai de ne pas la pousser dans ses retranchements. « Si tu as envie de me parler, je suis là, dis-je.

– Je ne suis pas aveugle. »

Dix minutes plus tard, elle chuchota : « C'est un minable.

– Hein ?

– C'est un minable.

– Qui ?

– Jason Rivers.

– Ton copain ?

– Ex-copain.

– Qu'est-ce qu'il a fait ?

– Il m'a laissée porter le chapeau dans l'affaire Chandler. Il a raconté à sa mère que c'était mon idée…

– Mais c'était bien ton idée.

– En réalité, c'était la tienne.

– Je ne vois pas de quoi tu veux parler.

– Peu importe. Ce que je veux dire, moi, c'est qu'il m'a laissée porter le chapeau. Et il a fait l'innocent. C'est vrai que c'est moi qui ai tout organisé, mais lui, c'était mon lieutenant. On travaillait main dans la main, et puis voilà qu'il la joue cafard.

– Tes métaphores méritent une visite chez le médecin.

– Il m'a balancée à sa mère. J'aurais compris à la rigueur s'il était dans un camp de prisonniers, qu'on l'avait torturé, mais à sa *mère*... Il me faut un autre verre. »

Elle avala une autre bière au gingembre comme s'il s'agissait de whisky : la grosse lampée et la grimace qui suivit venaient en direct du Far West. Je commençai à me demander ce qu'elle regardait le soir à la télévision.

Après avoir jeté deux billets sur le zinc, je lançai : « Merci, Milo. » Il me fit un signe de tête en silence, l'air sombre

« On y va, dis-je à ma sœur. J'ai une nouvelle qui va te réconforter, je crois. »

Une heure plus tard, je la regardai casser six douzaines d'œufs sur une Datsun quatre portes d'occasion, acquisition récente de Jason. Pour parachever notre omelette à la voiture, Rae saupoudra le tout d'un demi sac de gâteaux soufflés au fromage. Sa carte de visite, dit-elle. En rentrant à la maison, je regrettai d'avoir eu ce mouvement de régression juvénile, mais lorsque je me tournai vers Rae, je vis qu'elle avait une expression apaisée.

« Tu te sens mieux ? » demandai-je.

Elle sourit et laissa son regard se perdre dans le lointain : « Oui », dit-elle.

J'arrêtai la voiture devant le 1799 Clay Street.

« Alors ? Les parents sont contents de leur disparition ? »

Rae tourna vers moi un sourire satisfait. « Ils ont dit que c'était la plus agréable qu'ils aient eue. Ils repartent cet été au moins une semaine.

– Bien joué !

– Tu veux entrer leur dire bonjour ?

– Non, je les verrai demain au tribunal.

– À plus tard, Isabel, dit Rae en sortant de la voiture. Oh, et tu devrais retourner au Philosopher's Club pour voir comment va Milo.

– Comment ça, "voir comment il va" ?

– Il est déprimé.

– Comment le sais-tu ?

– Je le suppose.

– Pourquoi ?

– Parce qu'il a perdu sa maison.

– Il ne sait plus où elle est ?

– C'est une façon de parler, Isabel. Il sait parfaitement où est sa maison, mais il n'en est plus propriétaire. Je crois qu'il ne pouvait plus payer les traites.

– Pourquoi ?

– Parce que le commerce marche mal.

– Comment le sais-tu ?

– Eh bien, primo, regarde un peu autour de toi. Deuxio, je lui ai demandé comment allaient les affaires et il m'a dit que c'était une catastrophe.

– Comment sais-tu qu'il n'a plus sa maison ?

– Parce qu'il dort sur un lit de camp dans son bureau.

– Je vais là-bas bien plus souvent que toi. Comment se fait-il que tu aies remarqué tout ça et moi pas ?

– Je suis observatrice, dit Rae.

– Moi aussi, grinçai-je.

– Tu n'as pas toujours assez de recul. En tout cas, d'après Henry. »

Un quart d'heure plus tard, j'étais au Philosopher's Club. Je traversai en trombe le bar presque vide et allai droit au bureau de Milo à l'arrière. La surprise qui m'y attendait n'en était plus une. Rae avait vu juste. Des vêtements s'étalaient partout. La collection de disques et la platine étaient en vrac dans un coin. Des valises s'empilaient contre les murs ainsi que des cartons qui formaient une pyramide bancale. Milo se précipita derrière moi pour m'empêcher de découvrir son secret éventé.

« Tu ne sais pas lire ? demanda-t-il en désignant le panneau "DÉFENSE D'ENTRER" affiché sur la porte.

– Pourquoi ne m'as-tu rien dit ? demandai-je, plus blessée que je n'aurais cru.

– Tu ne m'as jamais posé la question. »

Je bus au bar pendant tout le reste de la soirée, à la fois pour faire tourner le commerce de Milo et – surtout – pour me calmer les nerfs avant ma journée du lendemain au tribunal. Mon audience préliminaire était fixée à 9 heures. Après trois bières, je proposai à Milo de trouver un appartement à partager. Il me regarda fixement pendant trois secondes et dit : « Tu vas rentrer en taxi. » Je bus une autre bière et lui demandai s'il viendrait me voir en prison le cas échéant. Alors, il appela Henry à mon insu. (Apparemment, Henry lui avait donné sa carte.) Une bière plus tard, Henry vint me chercher.

« Tu ne dois pas aller au tribunal demain ? demanda-t-il, bien qu'il connût la réponse.

– Si, répondis-je. Je bois pour oublier.

– Tu ne veux pas avoir une gueule de bois quand tu parleras au juge, Isabel.

– Comment le sais-tu ?

– On y va. Je suis fatigué. »

Pendant le trajet de retour, je me mis à penser à toutes les leçons de vie et de savoir-vivre, les heures de pédagogie que Henry consacrait à ma sœur, et le but de l'opération m'apparut clairement.

« Je viens de comprendre, dis-je.

– Le sens de la vie ?

– Non, répondis-je d'une voix un peu pâteuse. Ce que tu apprends à Rae.

– Je lui inculque des notions élémentaires pour fonctionner en société.

– Ce n'est pas vraiment ça.

– Alors c'est quoi ?

– Tu lui apprends à ne pas me ressembler. »

Silence de mort. Je crois que Henry n'avait jamais vu les choses sous cet angle. Mais il dut réviser sa position.

« Tu veux qu'elle soit comme toi ?

– Non. Mais j'aurais préféré ne pas servir à ce point de repoussoir. »

MA JOURNÉE
AU TRIBUNAL

Lundi 1ᵉʳ mai, 8 h 45

J'ai retrouvé Morty dans le hall du tribunal correctionnel de Bryant Street. Mon vénérable avocat m'a rappelé que c'était lui qui parlerait. Je lui rappelai de mettre son sonotone. Là-dessus, Morty eut un hochement de tête approbateur en voyant ma tenue – jupe de tweed, blazer et chemisier blanc boutonné presque jusqu'au cou –, une relique de l'époque où je jouais les institutrices.

« Pourquoi ne t'habilles-tu pas toujours comme ça ? Tu fais très femme.

– Parce que, le reste du temps, j'ai l'air d'un mec ?

– Tu devrais garder tes réparties pour la prison.

– Ce n'est pas drôle.

– Non, en effet. »

Mes parents sont arrivés quelques minutes plus tard. Juste pour la galerie. Nous avions calculé que la présence de mon ex-flic de père et celle de ma très jolie mère pourraient influencer le juge en ma faveur.

« Il paraît que vous avez bien profité de votre disparition, dis-je, espérant que l'échange de banalités les distrairait du fait que je risquais des poursuites pénales.

– On t'en parlera plus tard », dit maman d'un ton sec. Puis elle rajusta mon col : « C'est le genre de journée dont rêve une mère : regarder sa fille répondre à l'accusation d'avoir violé une injonction. On n'en peut plus de fierté, conclut-elle, avec une exubérance sarcastique.

– Tu devrais te reconvertir dans la comédie, rétorquai-je.

– Vous allez vous taire ! », intervint mon père, que la situation n'amusait pas du tout.

La fortune me souriait, ce jour-là – enfin, c'est ce que dit mon père. Morty connaissait le procureur. En fait, c'était Morty qui l'avait recruté au sortir de ses études, trente ans auparavant.

Morty, mon vieux requin, en costume d'au moins vingt ans, conféra avec le procureur et exposa ce que nous avions l'intention de présenter à la cour : une déclaration sous serment de mon frère, expliquant les circonstances de l'effraction ayant amené mon arrestation, une autre de mon père précisant que s'il avait appelé la police quand j'avais « emprunté » la voiture, c'était pour m'apprendre la politesse, mais que son initiative avait été malencontreuse. Il justifia de surcroît mon comportement excentrique en disant que si je n'avais que trente ans, j'avais travaillé pour l'affaire de famille plus de la moitié de ma vie, et que si j'étais soupçonneuse, ce n'était pas ma faute, j'avais appris à l'être depuis l'enfance. Sans m'avoir consultée, Morty suggéra qu'au lieu d'une condamnation avec sursis ou d'une peine de prison, j'avais besoin d'une aide clinique.

Mon défenseur revint dans le coin où mes parents et moi attendions et expliqua la proposition de compromis : une thérapie de trois mois ordonnée par le tribunal. Si je respectais l'injonction à l'avenir, la condamnation ne figurerait pas sur mon casier. Mais si j'entrais en contact avec le sujet ou ne me présentais pas aux séances de thérapie, j'aurais deux mois de prison.

« Tu veux que j'aille voir un psy ? dis-je.

– Elle accepte le compromis, dit mon père.

– Attendez une seconde, interrompis-je, voulant comprendre exactement où je mettais les pieds.

– Douze séances, dit Morty.

– Elle accepte, intervint maman.

– C'est à moi de décider, non ?

– Si. Mais tu acceptes le compromis », déclara mon avocat, qui me tapota la joue et repartit vers le procureur pour mettre au point les détails.

Le plus regrettable, c'est qu'au cours de cette matinée, je remarquai a peine que j'avais échappé de très peu à la prison. Mon unique préoccupation, c'était le sujet et l'endroit où il se trouvait en ce moment précis.

MA DERNIÈRE CARTOUCHE

Vendredi 5 mai

Comme s'ils avaient lu dans mes pensées, mes parents me dispensèrent de toute activité sur le terrain pendant quelque temps et me confièrent des tâches dont je pouvais m'acquitter en restant devant mon ordinateur chez Henry. Ils me recommandèrent aussi de trouver un appartement, en soulignant que, depuis quelque temps déjà, j'abusais de l'hospitalité de Henry.

Avant de me consacrer entièrement à la chasse à l'appartement, je mis au point un stratagème pour essayer de pousser Bernie au départ. J'imprimai un prospectus annonçant une soirée et le fis photocopier à cinq cents exemplaires. Je passai prendre Rae à la sortie du lycée et lui donnai trente dollars pour qu'elle m'aide à coller les prospectus dans l'État de San Francisco, à l'université de Berkeley, et à celle de San Francisco ainsi que sur les campus. Nous avons aussi laissé quelques piles dans divers cafés du quartier de Mission.

Le vendredi soir, je passai chez Bernie pour constater les résultats de mes efforts. Bernie, qui était en train de boire une bière et de pérorer au milieu d'une cour d'au moins quarante jeunes, me héla joyeusement à mon entrée dans la zone des combats.

« Qu'est-ce qui se passe, Bernie ? demandai-je d'une voix dont je dissimulais mal la tension.

– Un petit malin a distribué des prospectus pour une fête, mais il s'est trompé d'adresse. »

Puis Bernie me guida vers le réfrigérateur. « Regarde donc toutes ces bières. Je suis au paradis. »

Ce fut alors que je compris l'erreur fatale que j'avais commise : j'avais mis sur le prospectus l'acronyme AVT[1]. Ce soir-là, je m'avouai vaincue. L'appartement de Bernie n'était plus le mien. Le lendemain, j'arpentai les rues de San Francisco pour rencontrer des propriétaires et repérer les écriteaux À LOUER.

---

1. Amenez votre tisane !

MON PLACARD
À BALAIS

À l'exception de chez Bernie et d'un bref passage dans un dortoir avant de quitter l'université pour cause d'échec, j'avais toujours vécu dans le studio sous les combles chez mes parents. Ce qui devenait de plus en plus clair, c'était que mon niveau de salaire limité[1] m'obligerait à vivre dans un placard à balais. Celui que je trouvai était au cinquième sans ascenseur, dans le quartier du Tenderloin. Vingt-deux mètres carrés avec une moquette qui avait dû être crème, mais qui, après des années de cendres de cigarette et de piétinements était devenue d'un gris marbré.

J'achetai un lit, ainsi qu'une commode et un bureau d'occasion, qui ferait aussi fonction de table de cuisine. Ma mère s'invita pour m'aider à « déballer » et à « décorer ». Dès qu'elle eut jeté un regard sur les lieux, elle dit : « J'espère que tous tes vaccins sont à jour. »

La décoration selon ma mère consistait à récurer l'appartement à fond. À un moment, entre l'épouillage (je la cite) de la douche et la désinfection du réfrigérateur, elle abandonna sa position à quatre pat-

---

1. À moins de diriger l'agence Spellman, je ne pouvais espérer gagner plus de 30 000 dollars par an. Et encore, les années fastes.

tes pour m'aider à placer le lit et disposer les meubles de façon à pouvoir ouvrir complètement la porte.

« Isabel, je voudrais que tu répondes franchement à une question, dit maman pendant que nous poussions le lit.

– Quoi ?

– Tu es amoureuse de Henry ? »

À cette question inattendue, ma réponse le fut aussi, car elle m'échappa, malgré mes réflexes de censure coutumiers.

« Euh, oui.

– Il ne le sait pas ? »

Je me redressai et regardai ma mère dans les yeux. « J'ai l'intention d'attendre deux ans, le temps qu'il aide Rae à passer en fac. Après, je jouerai ma carte. »

C'était très simple, en réalité. Rae avait plus besoin de Henry que moi. Ma mère comprit aussitôt. Son expression s'adoucit. Je lui trouvai l'air troublé, ce qui me contraria.

« Arrête de me regarder comme ça.

– Pardon. Je tiens juste à savourer cet instant.

– Quel instant ?

– Tu es passée à la première place », dit-elle. Puis elle se mit à faire les carreaux.

LE POINT COURT TOUJOURS

J e me suis persuadée que les termes du compromis n'impli-
quaient que l'absence de contact physique avec le sujet. Je per-
sistais à croire qu'il représentait un danger pour ses semblables et à
vouloir le prendre sur le fait, non seulement pour protéger la société,
mais d'abord pour prouver que j'avais raison.

Chaque jour, je vérifiais soigneusement la localisation du sujet en
m'abstenant d'entrer en contact avec lui. Il ne s'écartait jamais de ses
endroits habituels. Je décidai de ne frapper que lorsqu'il sortirait de sa
zone familière. Entre-temps, je pouvais mener à bien une autre partie
de l'enquête sans contrevenir aux règles imposées par le tribunal.

Je me présentai à nouveau chez les Davis, en quête d'éléments nouveaux concernant la disparition de Jennifer Davis. Cette fois-ci, je choisis un angle d'attaque différent. J'étais arrivée à la conclusion que
Mr. Davis et moi devions avoir les mêmes priorités.

Mr. Davis me reconnut dès qu'il ouvrit la porte.

« Vous cherchez la bibliothèque ? demanda-t-il d'un ton morne.

– Non, répliquai-je. Je dois avouer que c'était un prétexte. Je suis
détective privé. » Je sortis ma carte de ma poche. Pas la vraie, mais
celle qui dit IZZEY ELLSMANPAY, D.P., avec l'adresse et le numéro de télé-

phone du Philosopher's Club. En règle générale, les cartes de visite professionnelles semblent fonctionner comme une plaque d'officier de police. Mr. Davis m'ouvrit sa porte et sa maison. Je me promis de lui conseiller d'être plus méfiant à l'avenir. On peut se procurer une carte professionnelle aussi facilement qu'un sandwich.

La maison était un vrai bazar, comme on peut s'y attendre quand l'épouse du maître des lieux a disparu. Après lui avoir brièvement expliqué pourquoi je m'intéressais à cette affaire (j'enquêtais sur la disparition d'une personne qui pouvait avoir un lien avec la disparition de sa femme), je lui posai les questions qui me préoccupaient.

« Vous avez des nouvelles de votre femme ? On a découvert quelque chose ?

– Rien. La police a vérifié plusieurs détails. Il n'y a aucune activité sur sa carte de crédit, ni son portable. Elle n'a contacté ni ses amis ni sa famille.

– Avez-vous remarqué des changements chez votre femme avant sa disparition ? A-t-elle modifié certaines de ses habitudes ? A-t-elle rencontré de nouveaux amis ? S'intéressait-elle à des choses nouvelles ?

– Il lui arrivait d'aller dans un jardin partagé.

– Lequel ?

– Je crois qu'il était situé dans East Bay.

– Vous avez déjà rencontré un dénommé John Brown ?

– Peut-être, répondit Mr. Davis. C'est un nom très répandu.

– Je parle de ces tout derniers temps. Avez-vous rencontré un certain John Brown ces derniers temps ?

– Pas que je me souvienne. De quoi s'agit-il ?

– Avez-vous remarqué un comportement inhabituel chez votre femme avant sa disparition ?

– Vous savez quelque chose ? demanda Mr. Davis, dont l'agitation s'accrut légitimement.

– J'en doute, mais avant sa disparition, votre femme a été en contact avec un homme sur lequel j'enquête.

– Vous croyez qu'elle m'a quitté pour un autre ?

– Oh, non, ce n'est pas ça du tout, m'écriai-je, m'apercevant que j'en avais trop dit. Ce n'est sans doute qu'une coïncidence. Peut-être lui a-t-elle seulement demandé son chemin. Mais j'explore toutes les pistes.

– Qui c'est, ce type ? demanda Mr. Davis d'un ton plus agressif.

– Personne », répondis-je, m'efforçant de trouver comment gérer la situation. Trop obnubilée par mon enquête, je n'avais pas pris en compte les éventuelles réactions d'un homme, dont la femme avait récemment disparu, quand on lui présentait une piste potentielle.

« Il doit fatalement être quelqu'un s'il était en contact avec ma femme avant sa disparition.

– N'allons pas trop vite.

– Pourquoi faisiez-vous une enquête sur lui, d'abord ? »

C'est dans ces moments-là que mon habitude de la répartie rapide, contractée à l'adolescence, entre en jeu. Le mensonge implique qu'on assure ses arrières, qu'on ait une histoire à servir en cas d'urgence.

« Je regrette, Mr. Davis, je vous ai rendu un mauvais service. Je ne veux pas vous donner de faux espoirs alors que mon enquête n'a peut-être aucun rapport avec la disparition de votre femme.

– Si vous savez quelque chose, c'est le moment de me le dire, lança Mr. Davis plus énergiquement.

– Eh bien, voici tout ce que je sais, répondis-je en échafaudant un mensonge. J'ai été engagée par deux hommes pour surveiller vingt-quatre heures sur vingt-quatre quelqu'un qui se fait appeler John Brown.

– C'est un nom d'emprunt ?

– Je pense, mais je ne peux pas en être sûre. Je n'ai jamais rencontré mes commanditaires. Ils communiquent avec moi par courrier ou par e-mail et me paient par virement d'un compte auquel je n'arrive pas à remonter. Mon travail est très simple : suivre Mr. Brown, rapporter le détail de ses activités et me renseigner succinctement sur chacune des personnes avec lesquelles il a été en contact. C'est tout. Un jour, alors que je le suivais, il s'est garé dans cette rue et a eu une conversation de trente secondes avec votre femme. Je suis persuadée que votre femme ne le connaissait pas et que cette brève rencontre n'était qu'une coïncidence. Mais vous comprendrez que je suis obligée de suivre cette piste.

– Non, je ne comprends rien à tout ça », dit Mr. Davis.

Je me levai pour partir, car je trouvais qu'une stratégie de repli rapide s'imposait. Je donnai ma non-carte à Mr. Davis.

« Si vous pensez à quoi que ce soit, dis-je.

– Minute ! Il faut que vous m'expliquiez qui est ce Mr. Brown.

– Hélas, c'est le hic. Je n'en sais rien », répondis-je, m'efforçant de paraître énigmatique plutôt que soupçonneuse. C'était une erreur d'impliquer un étranger dans ma propre enquête tordue. Une erreur que de donner une piste à un homme qui n'en avait aucune, d'autant qu'elle ne mènerait probablement nulle part, et que cette enquête m'avait valu d'être en liberté avec sursis.

« Je vous recontacterai, dis-je en me dirigeant vers la porte. Je vous promets de vous prévenir s'il y a du nouveau », ajoutai-je. Là-dessus, je partis sans me retourner. Je sentis le regard de Mr. Davis fixé sur moi tandis que je me dirigeais vers ma voiture. Pourvu qu'il ne puisse pas lire la plaque d'immatriculation ! Et aussi qu'il n'appelle pas la police en la leur communiquant. J'aurais du mal à m'expliquer.

SEIZE ANS ET TOUS SES CROCS

Samedi 20 mai, midi

Henry tint parole après « l'incident », comme disait Rae, ou le « quasi-homicide motorisé », comme il l'appelait lui : jamais il ne redonna la moindre leçon de conduite à ma sœur. Les disparitions récentes de mes parents, ajoutées au surcroît de travail qu'ils avaient trouvé en rentrant, leur laissaient peu de temps pour la conduite accompagnée. De plus, ils m'avaient demandé de m'abstenir de donner des leçons à Rae, voulant éviter « que je lui inculque de mauvaises habitudes ». Donc, hormis les leçons de l'école de conduite et les rares contributions de mes parents, Rae n'eut l'occasion de s'exercer que pendant la dépression de mon frère, qui lui laissait parfois le volant de sa BMW.

Nous avons découvert par la suite que lorsque Rae jouait le mini chauffeur pour David, il ne lui donnait aucun conseil pédagogique. Il regardait par la fenêtre, accablé par la mélancolie, et ne remarquait même pas que Rae se contentait de ralentir à un stop ou omettait de mettre son clignotant ou encore dépassait la vitesse autorisée à proximité d'une école. Il ne réagissait pas quand elle laissait un mètre entre la voiture et le trottoir en faisant un créneau. Parfois, il reprenait le volant pour garer correctement la BMW, mais, en général, Rae venait se ranger dans l'allée, manœuvre qu'elle avait bien maîtrisée, soit dit à son honneur.

Toujours est-il que le jour de ses seize ans, mes parents l'autorisèrent à passer son permis, même si, au lycée, on la soupçonnait d'avoir taggé « Minable » sur le casier de Jason Rivers. Ils avaient prévu une petite fête après l'examen, où ils convièrent les suspects habituels : Henry Stone, moi et l'amie de lycée du même âge que Rae, Ashley Grayson.

L'esprit festif disparut de la pièce quand Rae entra en trombe à la maison en vitupérant contre son examinateur.

« Le salaud !

– Calme-toi, ma puce, intervint papa, qui l'avait accompagnée à l'examen.

– Le putain de salaud !

– Arrête, Rae.

– Le minable putain de salaud !

– Ça suffit ! dit mon père en conduisant Rae vers le canapé pour lui faire la leçon.

– Quand tu échoues, commença-t-il, il faut t'en prendre à toi-même, pas aux autres.

– On a une allée. Je n'ai pas besoin de faire un créneau.

– Eh bien si, parce que tu n'auras pas toujours une allée pour te garer.

– Je pourrai apprendre plus tard.

– Tu dois aussi t'arrêter aux panneaux "stop". C'est pour ça qu'ils disent "stop".

– Je me suis arrêtée.

– Tu as ralenti.

– Assez pour voir que personne ne venait, ni d'un côté ni de l'autre.

– Le panneau dit "stop".

– Bon, bon, dit Rae, se tournant vers Henry, agressive. Ça ne serait pas arrivé si tu avais continué à me donner des leçons de conduite.

– Sans doute. Et j'aurais continué à t'en donner si tu ne m'avais pas écrasé.

– Combien de fois faudra-t-il que je te répète que je suis désolée ? répliqua Rae.

– Je t'ai pardonné, Rae. Mais, sérieusement, tu dois apprendre à être responsable de tes actes. Aujourd'hui, c'est ton anniversaire. Oublie l'examen du permis. Tu le repasseras quand tu seras mieux préparée. Il y a un gâteau et des cadeaux à ouvrir. Allez, *affaire classée !* » dit-il d'un ton sans réplique. Et, ô miracle, elle l'écouta.

Ma mère se tourna alors vers mon père et lui souffla : « On devrait peut-être la laisser aller habiter chez lui pendant quelques années. On la reprendrait une fois qu'elle serait bien dressée aux tâches domestiques.

– Je n'y vois pas d'inconvénient », dit papa.

Ashley Pierce arriva très tard, pour faire chic, et accompagnée de sa mère. Apparemment, les derniers exploits de ma sœur avaient fait le tour du lycée et étaient remontés jusqu'à l'association de parents d'élèves. Mrs. Pierce avait préféré ne pas laisser sa fille venir seule. Rae sentit que la dame était du genre critique et, le moment venu, elle présenta Henry comme « un ami de la famille. » Tout le monde le remarqua et considéra que son radar social s'affinait, ce qui était bon signe.

David était assis dans un coin. Il portait une chemise froissée et mangeait un morceau de gâteau en buvant une bière : à coup sûr, il était encore au trente-sixième dessous. J'allai m'asseoir à côté de lui et essayai de me comporter en sœur chaleureuse et accessible.

« Comment ça va ? » demandai-je, m'efforçant de rester naturelle et légère. La veille, j'avais appelé Henry et lui avait demandé de me donner une liste d'entrées en matière aussi neutres que possible (Voir la liste complète en appendice). J'essayai de ne pas regarder mon anti-sèche, mais David orienta la conversation tout autrement. Il regardait Rae prendre son premier cadeau et déchirer l'emballage avant même de lire la carte. Henry lui en fit la remarque et elle rectifia aussitôt le tir. Elle retrouva la carte, l'ouvrit d'une main preste, sourit poliment et repartit à l'assaut de son cadeau.

Ayant observé la scène avec une perplexité détachée, David dit : « Je n'arrive pas bien à comprendre leur relation, à ces deux-là. J'ai questionné Rae il y a quelque temps. Je lui ai demandé ce qu'elle lui trouvait.

– Qu'est-ce qu'elle a répondu ?

– Une chose vraiment bizarre : "Il est mieux que nous." Ça veut dire quoi ?

– Je ne sais pas. Mais elle a raison. »

Le silence se rétablit entre nous. Je me rappelai quelques-unes des questions approuvées par Henry et décidai de me lancer.

« Tu as vu de bons films récemment ?

– Non.

– Comment va le travail ?

– Je ne l'ai pas repris depuis que je suis parti à mon stage de yoga.

– Et ça, comment ça s'est passé ?

– Je n'y suis resté que deux jours.

– Pourquoi ?

– Parce qu'ils n'apprécient pas du tout qu'on reste au lit à boire du bourbon.

– Ah oui », dis-je. Vous remarquerez que je me suis abstenue de toute réflexion sarcastique. « Tu es resté absent une semaine. Où es-tu allé ?

– Dans un cinq étoiles, à quelques kilomètres.

– Pour y faire quoi ?

– Rester au lit et boire du bourbon » répliqua David, comme si ça allait de soi.

Le silence est revenu, puis David m'a donné l'info que j'essayais inconsciemment de lui soutirer.

« Elle revient.

– Quand ?

– Aujourd'hui ou demain.

– Vous allez essayer de mettre les choses à plat

– Je ne sais pas.

– Tu devrais rentrer chez toi, prendre une douche ou un bain et tout ce qui s'ensuit pour ne pas avoir l'air lamentable

– Merci du conseil.

– Désolée. Je ne sais pas quoi te dire d'autre.

– Pas trop tôt. »

J'allai chercher une autre tranche de gâteau et une autre bière pour David et le laissai se vautrer dans sa tristesse, puisque, manifestement, c'était ce dont il avait besoin.

Pendant que Rae ouvrait ses cadeaux, je réussis à m'éclipser pour monter au studio. Les jumelles étaient là où je les avais laissées : sous le lit. Je les ramassai, entrouvris les doubles rideaux et observai l'appartement du sujet pour y déceler des signes de vie ou de mort. Je pense qu'en mon absence, il avait dû se croire à l'abri d'intrusions dans sa vie privée. Les stores étaient relevés, quelques fenêtres ouvertes, et rien n'indiquait qu'il essayait de se cacher de moi ou de qui que ce soit d'autre.

Il paraissait être en train de déménager. J'en arrivai à cette conclusion après l'avoir vu emplir des cartons d'objets divers et les fermer au ruban adhésif. Je le regardai répéter l'opération pendant cinq ou dix minutes. Puis je le vis transporter dans son camion – *vous n'allez pas me croire* – un tapis roulé. Il le plaça soigneusement sur la plateforme, jeta un regard nerveux alentour, grimpa au volant et partit. Fascinée par cette scène, je n'entendis pas la porte s'ouvrir et se refermer derrière moi.

« Parfois, un tapis roulé n'est rien de plus qu'un tapis roulé, dit Henry.

– À ceci près que, parfois, il y a un cadavre dedans.

– Si tu fais un pas pour suivre ce type, je préviens tes parents.

– Tu es un vrai dinosaure », dis-je en regardant ma montre. En fait, je n'avais pas envisagé de bouger. Avec le GPS placé sur son véhicule, je pouvais savoir où il allait et où il déposerait le tapis et/ou le corps.

Je redescendis avec Henry sur mes talons.

Rae était en train de déchiqueter le dernier de ses paquets. (Ce n'est pas le genre de fille à conserver le papier-cadeau.) Il lui venait de Henry, et était le résultat de mois d'allusions très orientées. La collection complète de *Doctor Who* en DVD. Toutes les dernières séries inédites gravées, ce qui, comme je le fis remarquer à Henry, pouvait être considéré comme illégal.

« Comment as-tu deviné que c'était exactement ce que je voulais ? demanda Rae, jouant la fille-surprise-le-jour-de-son-anniversaire.

– Si tu étais moins subtile, répondit Henry, je serais de nouveau à l'hôpital. »

Je laissai papa essayer de convaincre Rae qu'il pouvait regarder la télévision sans s'adresser à l'écran, et partis. Ma mère me lança un regard soupçonneux. Je regagnai mon placard à balais pour observer les déplacements du sujet sur mon écran d'ordinateur.

LE COUP DU TAPIS

14 heures

Le sujet alla de la maison voisine de Clay Street jusqu'au carrefour de l'avenue Van Ness, de Market Street et de Eleventh Street, et y stationna dix minutes. Puis il alla jusqu'au croisement de Market Street et de Castro Street et rentra chez lui à 15 heures trente précises. Ensuite, il ne bougea plus de la soirée. Alors, je pris ma voiture et allai voir où il s'était rendu ce jour-là. Au coin de Market Street et de Eleventh se trouvait un magasin caritatif, un Goodwill Store. Se pouvait-il qu'il ait donné son tapis afin de se débarrasser d'un objet compromettant ? Il aurait été plus prudent de le mettre dans une décharge, mais cela aurait paru plus suspect aussi. Au second endroit où il s'était arrêté, il y avait beaucoup trop de magasins pour que je puisse savoir dans lequel il était allé.

Je retournai au Goodwill, situé de façon malcommode, à l'intersection de trois rues, Market, Van Ness et Eleventh, et regardai partout pour essayer de repérer un tapis d'Orient roulé, mais à l'évidence, ils ne l'avaient pas encore mis en vente. Je trouvai à l'arrière du magasin le chef d'équipe recevant les livraisons. Je justifiai ma visite le plus simplement du monde.

« Vous comprenez, mon petit ami et moi venons de nous séparer, et dans le partage, il a pris le tapis. Mais il n'y tenait pas plus que ça, il voulait juste m'empêcher de l'avoir. Bref, je suis pratiquement sûre qu'il vous l'a donné ce matin. Cela vous ennuierait de le rechercher ? Vous n'avez qu'à me fixer un prix qui vous semble juste et je vous le rachèterai. Je voudrais vraiment le récupérer, parce qu'il a une grosse valeur sentimentale. »

Vingt minutes plus tard, le chef d'équipe m'aidait à charger le tapis dans ma voiture, non sans protester.

« Il n'y a pas moyen de le faire entrer là-dedans », dit-il.

Il était tout aussi exclu que je laisse une preuve pareille dans la nature. Nous avons donc introduit le tapis dans le coffre de la Buick, l'avons poussé sur les banquettes arrière rabattues et sur le siège du passager, puis en avons fait sortir l'extrémité par la fenêtre avant droite.

« Vous devez y tenir beaucoup, à ce tapis, dit-il quand je montai dans la voiture pour repartir.

– Si vous saviez ! » répliquai-je d'un ton pénétré.

Dès que je fus sortie du parking du magasin, je me rendis compte que la taille du tapis et l'expérience que je me proposais de mener sur lui présentaient quelques difficultés.

Il fallait procéder par ordre : je téléphonai donc à Henry.

« Où puis-je me procurer du Luminol[1] un samedi après-midi ? »

Un soupir au bout du fil.

« Henry, tu es là ?

– Qu'est-ce que tu veux faire avec du Luminol ? »

Je mentis, car c'était ce à quoi il s'attendait. « J'ai une tache sur ma

---

1. Produit chimique utilisé en criminologie pour détecter par luminescence les traces de sang sur les scènes de crime.

moquette. Je me sentirais beaucoup mieux entre mes quatre murs si j'étais sûre que ce n'est pas du sang.

– Tu as récupéré son tapis, c'est ça ?

– Non. J'ai besoin de Luminol pour savoir ce que c'est que cette tache sur ma moquette, comme je viens de te le dire. Tu peux me dépanner ?

– Non, Isabel.

– Si tu ne le fais pas, c'est que tu ne veux pas.

– Je ne discuterai pas.

– Alors, tu ne sais pas où je peux m'en procurer ?

– Je ne peux pas t'aider », répondit-il. Là-dessus je raccrochai.

Vous trouverez peut-être bizarre qu'un détective privé ait du mal à trouver un produit utilisé dans toutes les grandes émissions sur le crime à la télévision. Mais la vérité, c'est que ce sont des flics et non des détectives privés qui étudient les scènes de crime. Au mieux, nous en voyons des photos, ou nous assistons à une reconstitution, mais nous n'enquêtons pas sur des crimes. Voilà pourquoi je ne savais pas où m'en procurer.

J'appelai la seule personne susceptible d'avoir une idée et de ne pas divulguer la conversation.

« Vous êtes chez Rae Spellman, dit-elle en décrochant sur sa ligne personnelle.

– Pourquoi ne dis-tu pas simplement "Allô" ?

– Parce que si je dis "allô", ça signifie que la personne qui appelle me parle, et je ne peux plus m'en dépatouiller.

– Mais le nom s'affiche quand on t'appelle.

– Il y a des gens qui sont en mode "secret".

– Pas moi.

– Tu appelles pour quoi ?

– Tu sais où je peux trouver du Luminol ?

– Ça alors ! Il y a une scène de crime dans l'air. Je veux voir, dit Rae comme une gamine de cinq ans réclamant une glace.

– Non.

– S'il te plaît !

– Où puis-je trouver du Luminol ?

– Il y a des centaines d'adresses de laboratoires sur internet.

– Pas le temps.

– Alors essaie d'aller au Paradis de l'Espion.

– J'ai horreur de cette boutique. Trop kitsch.

– À toi de voir si ta dignité est plus forte que ton désir de découvrir la vérité », dit Rae. Je raccrochai une fois encore.

Dix minutes plus tard, j'étais dans le quartier de la finance et faisais le tour du bloc abritant le Metreon Center*. Après m'être garée dans une aire de livraisons, j'entrai au Paradis de l'Espion. Comme prévu, on y vendait du Luminol à un prix exorbitant dans des boîtes en métal élégantes, du style « vues à la télévision ». La transaction prit moins de trois minutes. Je sortis de la boutique et traversai le pont avec mon encombrant compagnon, le tapis d'Orient.

En arrivant chez Len et Christopher, je réfléchis à la façon dont j'allais leur présenter ma petite histoire. Pendant le trajet, je m'étais dit que je leur offrirais le tapis et que je vaporiserais le Luminol pendant que mes hôtes courtois prépareraient le thé et les scones. Mais ce scénario était si indélicat et j'étais déjà en terrain tellement glissant avec mes copains comédiens que je décidai que mieux valait leur avouer la vérité.

---

* Centre commercial spécialisé dans les équipements électroniques en tous genres.

« J'aurais besoin de me livrer à une expérience dans votre loft, annonçai-je quand Len ouvrit la porte.

– Tu ne nous l'as pas encore faite, celle-là », répondit-il d'un ton las.

Après m'avoir entendu sommairement expliquer mon « affaire » et les ennuis récents qu'elle m'avait causés, mes amis décidèrent de me rendre le service demandé, car ils savaient que, lorsque j'ai une idée en tête, je n'en démords pas.

Len, Christopher et moi avons donc traîné jusqu'à leur loft spacieux les cinquante kilos du tapis que j'ai étalé sur leur sol en ciment de six mètres sur neuf.

« Si je ne trouve pas de sang dessus, il est à vous », dis-je, espérant que la perspective d'un éventuel cadeau les dériderait.

À l'œil nu, on ne décelait aucun signe suspect sur le tapis, usé en divers endroits, mais c'est justement pour cela qu'on utilise le Luminol. J'avais beau mourir d'envie d'appliquer le spray moi-même, mes copains acteurs souhaitaient jouer « Les Experts » et ils insistèrent pour que je les laisse faire le test. Puisque j'avais envahi leur domicile avec un article potentiellement trempé de sang, la moindre des politesses voulait que je les laisse s'amuser un peu.

Christopher fut le premier à vaporiser le Luminol, avec la mine d'un vrai pro.

« À moi, dit Len en tendant la main vers la bombe.

– Mais je n'ai pas fini, rétorqua Christopher comme un gamin pas encore prêt à lâcher son jouet.

– Tu vaporises encore une fois et après, c'est mon tour.

– D'accord. »

Christopher envoya encore une giclée, puis une autre. Len se tourna vers moi.

« Isabel, fais-lui lâcher ça.

– Christopher, je crois que c'est le tour de Len », dis-je avec diplomatie. Mais j'étais maintenant persuadée qu'on ne trouverait pas trace de sang sur ce tapis.

Len prit le spray de Luminol et en vaporisa sur le reste du tapis. Sans résultat. Là-dessus, Christopher quitta la pièce et revint avec un tout autre type de spray.

« Ça, c'est pour faire apparaître l'urine et le sperme.

– Berk. Répugnant.

– Je l'ai pris la fois où on avait gardé un chien, tu te souviens, Len ?

– Si je me souviens ! » répondit Len, levant les yeux au ciel.

Une luminescence verte apparut dans le coin.

« Tu crois qu'il a pissé sur son propre tapis ? demanda Christopher.

– Non, répondis-je. À mon avis, un chat ou un chien a pissé dessus et il a sûrement eu du mal à se débarrasser de l'odeur. Vous comprenez pourquoi c'est moi, le détective ? Bon, vous le voulez, ce tapis ? »

Un quart d'heure plus tard, je retraversais le pont. Je retournai chez Goodwill pour refaire don du tapis.

Comme on pouvait s'y attendre, le responsable fut perplexe.

« Vous plaisantez ?

– Désolée, mais j'ai compris qu'il serait plus sain de tourner la page. Il ne faut pas que je me cramponne au passé. Je repars à zéro, j'achète un nouveau tapis. »

Pendant que je regagnais mon placard à balais, mon portable sonna.

« Izzy, c'est ton pote Bernie.

– Je te voyais plutôt en ennemi, rétorquai-je.

– Toujours le mot pour rire.

– Je suis on ne peut plus sérieuse.

– J'ai une grande nouvelle, gamine.

– Vas-y.

– Daisy et moi, on s'est remis ensemble.

– Ça n'est une grande nouvelle que pour vous deux. Je ne vois pas en quoi ça profite au reste du monde.

– Et l'appartement, gamine ? Il est à toi de nouveau. Je l'ai fait nettoyer de fond en comble, et j'ai même débarrassé une partie des placards.

– J'ai un appart, Bernie.

– Je croyais que tu habitais chez tes parents ?

– Il a fallu que je déménage à cause de l'injonction[1].

– Alors tu n'as plus besoin du mien ?

– Non », dis-je. Puis une chose me revint à l'esprit. « Je te rappelle d'ici une demi-heure, Bernie. »

---

1. Note à moi-même : cesser de mentionner l'injonction dans le courant d'une conversation.

LE PHILOSOPHER'S CLUB

17 heures

Comme d'habitude, le bar était vide, à l'exception d'un habitué – avec ardoise, sans doute – qui sirotait un verre et lisait le journal au fond. Milo essuyait les verres pour la galerie. Comme s'il en avait à laver.

Je m'assis au bar, m'attendant à une salve de remarques acerbes en guise d'accueil.

« Je te sers quoi ? demanda Milo d'un ton plutôt normal.

– Tu peux payer un loyer de sept cents dollars par mois ?

– Deux mois d'avance, un mois de caution ?

– Non. Sept cents dollars, point. Et pour ce mois-ci, tu paierais au prorata de tes jours d'occupation.

– Eh bien, ça pourrait le faire », répondit Milo.

Je sortis ma clé du trousseau et écrivis l'adresse.

« C'est une sous-location. Le type, Bernie, y est en ce moment. Je te remplace au bar jusqu'à ton retour.

– Tu t'en sortiras, tu crois ?

– Fais gaffe, je risque d'être grossière », répliquai-je en regardant la salle vide.

Milo parti, je sortis mon ordinateur de mon sac pour surveiller les déplacements du sujet. Je me servis aussi le whisky le plus cher du bar, tant qu'à faire.

Pendant que je regardais le Point sur l'écran – il restait garé au 1797 Clay Street, ma sœur entra.

« Qu'est-ce que tu fais ici ? demanda-t-elle, sans paraître très surprise.

– Moi, j'ai plus de vingt et un ans. La vraie question, c'est "Qu'est-ce que tu fais ici, toi" ?

– C'est toujours mon anniversaire, alors je me suis dit que j'allais m'offrir un verre dehors. Et j'avais besoin de m'éloigner un peu de l'Équipe pour souffler. Où est Milo ?

– Il cherche un appart, dis-je sans entrer dans les détails.

– Pour moi, ce sera comme d'habitude », déclara-t-elle en désignant la pompe à bière au gingembre.

C'était son anniversaire et le bar était vide, alors, pour une fois, je décidai d'assouplir les règles. Je versai à Rae un verre de son breuvage préféré et tentai de lui soutirer des informations.

« Tu n'as pas remarqué un comportement inhabituel de la part du sujet ?

– J'ai surpris une conversation avec Mr. Freeman. Il déménage, c'est sûr, mais je ne saurais pas te dire où il va. Je crois qu'il vide les lieux le 31

– C'est dans deux jours, dis-je, réfléchissant tout haut.

– Tu sais qu'il vaudrait mieux que tu rendes le GPS avant son départ. Maman l'a cherché et elle te soupçonne.

– Merci de l'info.

– Qu'est-ce que tu vas faire ?

– Je ne sais pas », répondis-je. Mais mon cerveau passait en revues plusieurs idées intéressantes.

« Un dernier pour la route ? » demanda Rae en désignant son verre.

Je lui versai une autre rasade de bière au gingembre et lui dis de se dépêcher de boire. Je voulais la voir déguerpir avant le retour de Milo. Elle vida son verre et posa deux dollars sur le comptoir. Je repoussai les pièces vers elle.

« C'est moi qui régale. Bon anniversaire !

– À plus, Izzy. »

Milo revint une heure plus tard. Il s'était amadoué.

« Tu es une brave gosse, dit-il en me pinçant la joue. Au fond, ajouta-t-il, tout au fond. »

Le lendemain soir, ayant appris que Petra était effectivement rentrée, je me livrai à ce qui, je me le promis, serait le dernier acte de vandalisme de ma vie adulte. Je me rendis chez David, trouvai la voiture de Petra dans l'allée et dégonflai ses quatre pneus.

Puis je laissai un message sur son répondeur : « Au cas où tu aurais un doute, c'était bien moi. »

De retour dans mon placard, je bus deux whiskies en suivant le point nommé John Brown sur mon écran. En trente ans, je ne m'étais jamais sentie aussi lamentable.

Plus tard dans la soirée, ma mère appela pendant que j'essayais de mettre au point un plan pour démasquer enfin le sujet.

« Isabel, as-tu une idée du prix de ces équipements GPS[1] ?

– Mmm, oui.

– Si tu ne les[2] rends pas dans les quarante-huit heures, je bloque ton salaire pour couvrir les frais de remplacement.

---

1. Environ 400 dollars pièce au détail.
2. Je n'en avais pris qu'un. Où était l'autre ?

– Je ne vois pas du tout de quoi tu veux parler », répliquai-je en raccrochant.

À l'évidence, il y avait une autre enquête secrète en cours dans la
famille. Mais je ne pouvais m'en préoccuper. J'avais déjà à me soucier
du Point. Or le Point bougeait.

« LE POINT QUITTE 1797 CLAY STREET... »

Samedi 27 mai, 11 h 40

Le sujet était resté toute la matinée à Clay Street. J'avais gardé l'œil sur le Point, afin de repérer ses mouvements. S'il décidait d'aller planquer sa voiture quelque part, c'était le moment. Qui, pour ma traque, marquait le point de non-retour.

12 h 05

Mon téléphone sonna. Milo venait d'arriver au bar et avait écouté ses messages.

« Isabel.

– Milo.

– Tu as des cartes de visite professionnelles avec le numéro du bar dessus ?

– Une douzaine, peut-être.

– Au nom de Izzy Ellmanspay ?

– Je ne m'en sers presque jamais.

419

– Ellmanspay, c'est du javanais pour Spellman ?

– T'es drôlement astucieux !

– T'es drôlement infantile !

– Tu as un message pour moi ?

– Il y a un dénommé Davis qui te cherche.

– Merci.

– Peut-être que je pinaille, Izzy, mais si tu dois utiliser le bar comme adresse, tu pourrais me prévenir, non ?

– Désolée, Milo. Tu sais que je suis une handicapée du savoir-vivre.

– Tu as aussi du courrier.

– Je passerai plus tard. Je te remercie, Milo », dis-je, plus poliment que d'habitude.

12 h 30

Rae téléphona.

« Le sujet se déplace », dit-elle avant de raccrocher. Parfois, ma sœur aime utiliser la communication cryptique des films d'espionnage.

Le Point traversa Bay Bridge et prit la voie rapide 80 jusqu'à la 580, à destination de l'est. J'en conclus qu'il allait prendre la 5, qui pouvait mener partout. Il fallait que je le suive, sinon je ne saurais jamais la vérité, et puis il fallait absolument que je récupère le GPS avant que le Point ne sorte de l'État. Mais comme il connaissait ma voiture, je préférais solliciter une personne plus directement concernée que moi.

12 h 45

Quand j'arrivai chez Mr. Davis, il paraissait m'attendre. J'expliquai brièvement mes intentions, me bornant à les esquisser pour que nous puissions prendre la route au plus vite et rattraper le temps perdu. Le sujet avait une heure d'avance sur nous, mais il ne faisait pas exploser les records de vitesse, alors, nous avions le temps de le rattraper.

13 heures

L'intérieur du 4x4 Range Rover de Mr. Davis était immaculé. Assise sur le siège du passager, j'installai mon ordinateur ouvert sur mes genoux et surveillai alternativement le Point sur l'écran et le compteur de vitesse. Je luttai contre le mal de voiture en passant la tête par la fenêtre et en inspirant de grandes bouffées intermittentes d'air froid.

« Si vous restez à cent vingt à l'heure, on devrait le rattraper en moins d'une heure.

– Maintenant, je suis tout ouïe. Dites-moi ce que vous savez », demanda Mr. Davis. Au départ, il avait gardé un ton mesuré, mais depuis quelques minutes, son agitation montait.

« Je vais jouer franc jeu avec vous. Je crois que le sujet – enfin, Mr. Brown – sait quelque chose sur la disparition de votre femme, mais je n'ai pas de preuves et ne peux vous promettre que nous découvrirons quoi que ce soit.

– Qu'est-ce qui vous fait croire qu'il est lié à la disparition de ma femme ?

– Mon intuition, c'est tout. Là-dessus, je tiens à être franche avec vous. Bon, il l'a rencontrée brièvement avant qu'elle disparaisse, et je sais qu'il a eu des contacts avec au moins une autre femme qui a disparu au cours des cinq dernières années. Tout le monde vous dira que c'est bien mince, mais c'est tout ce que je sais. »

Mon portable sonna.

« Allô ?

– Isabel, c'est Henry.

– Ah, salut.

– Ne dis rien. Écoute-moi et réponds à mes questions par oui ou par non. Tu as compris ?

– Oui.

– Tu as ton oreillette ?

– Hein ?

– L'oreillette de ton portable. Tu l'as sur toi ?

– Oui.

– Mets-la pour qu'on ne puisse pas m'entendre parler.

– Attends », dis-je. Je fouillai dans mon sac et branchai l'accessoire. « Ça y est ?

– Oui.

– Tu es dans la Range Rover de Mr. Davis en ce moment ?

– Euh, comment le sais-tu ?

– Qu'est-ce que je viens de te dire ? Tu ne réponds que par oui ou par non. Compris ?

– Oui.

– Isabel, je veux que tu dises : "Deux secondes, il faut que je regarde."

– Faudrait savoir ce que tu veux.

– Ne me force pas à répéter, grinça Henry d'une voix si exaspérée que j'obtempérai.

– Deux secondes, il faut que je regarde, annonçai-je.

– C'est le GPS que tu as sur ton écran d'ordinateur ?

– Oui.

– Ferme-le, ouvre un dossier de facture et lis-moi le solde de la facture.

– Je ne saisis pas.

– Suis mes instructions. Je t'en prie, Isabel ! »

J'obéis, tout en étant de plus en plus convaincue qu'à force de fréquenter le clan Spellman ces temps derniers, il avait pété les plombs.

« Le solde est de quatorze cents dollars et onze cents.

– Laisse la facture sur l'écran, d'accord ?

– Oui.

– Il faut que je t'explique le plus brièvement possible pour ne pas éveiller les soupçons de Mr. Davis. Tu n'auras pas le temps de me poser de questions. Il faut que tu me fasses confiance. Tu me fais confiance, Isabel ?

– Bien sûr.

– L'homme que tu suis, John Brown. Il n'est pas du tout ce que tu crois.

– Je sais. C'est bien le problème.

– *Tu réponds par oui ou par non seulement !* »

Je décidai que le silence était la meilleure réponse.

« John Brown est un bon, pas un méchant », dit Henry. Je gardai encore le silence, « oui » ou « non » étant nettement inadéquats.

« Tu m'as entendu ? demanda Henry.

– Oui.

– Quant à Mr. Davis, avec qui tu es en ce moment en voiture...

– Oui ?

– ... c'est un méchant, pas un bon. »

Je me tournai vers mon chauffeur et souris, espérant ne pas m'être trahie. « Un client casse-pieds », soufflai-je en aparté. Puis à l'intention de Henry, je repris : « Il va me falloir autre chose que ça.

– En temps voulu. Pour l'instant, tu vas faire dévier Mr. Davis vers le sud de la ville. Fais semblant d'avoir raccroché, mais ne coupe pas la communication. Je te donnerai des directives pendant le trajet. Tiens-moi informé de l'endroit où tu te trouves. Compris ?

– Oui.

– Maintenant, dis "Au revoir", mais ne coupe pas, surtout.

– Tout le plaisir était pour moi, Mr. Peabody », dis-je, juste pour agacer Henry.

Complètement déroutée, je suivis ses instructions. J'évitai de mon mieux de jeter des regards de biais à Mr. Davis et gardai les yeux fixés sur mon écran d'ordinateur. J'affichai une carte de la ville qui pouvait à la rigueur passer pour le précédent programme de positionnement du GPS.

« Il fait demi-tour, annonçai-je à Mr. Davis. Il revient dans notre direction.

– Demi-tour ? Mais pourquoi ?

– Je me le demande. Laissons-le nous rejoindre, nous rebrousserons chemin ensuite. »

14 heures

Je me doutais que les soupçons de Davis s'éveillaient. Je commençais à l'énerver.

« Alors, comment allait votre couple ? Vous aviez des difficultés ? demandai-je.

– Évite de poser des questions, m'enjoignit Henry à l'autre bout du fil.

– Nous avons eu des difficultés, comme tout le monde, mais nous nous sommes efforcés de les surmonter, répondit Davis.

– J'aimerais bien comprendre ce qui se passe, dis-je.

– Moi aussi, fit Davis.

– Pourquoi n'es-tu pas fichue d'aller au plus simple ? demanda Henry.

– Mystère », répondis-je.

Davis dut se dire que je radotais, comme ces gens qui se croient obligés de meubler les longs silences. Il m'ignora, mais je le sentis devenir de plus en plus nerveux. Ce que je voulais, c'était que Henry me crache le morceau. J'aurais aimé savoir qui était cet homme dont je partageais la voiture, cet homme qui, apparemment, était un méchant.

Henry se résolut à éclairer ma lanterne : « Dans ton enquête, tu as laissé passer des faits. Je n'entrerai pas dans les détails maintenant, mais j'ai rassemblé assez d'éléments pour avoir une vision très différente de la tienne. Quand le GPS a disparu, Rae m'a prévenu. Je me doutais que tu suivais la trace de Brown par ce moyen, puisque la surveillance était devenue trop risquée. Rae m'a aussi parlé du type chez qui tu t'es présentée, dans le quartier d'Excelsior. Puis-je te rappeler qu'entraîner un mineur dans une opération clandestine qui le fait frapper à la porte d'inconnus est irresponsable et potentiellement dangereux ? »

Je toussotai pour faire acte de contrition.

« J'ai à mon tour enquêté sur cette affaire, poursuivit Henry. Sur la totalité de l'affaire. Pas seulement sur le fait que Brown avait été en contact avec une femme qui a disparu plus tard, mais aussi sur les antécédents de cette femme et ceux de son mari. Tu as écrit une adresse où Brown s'est rendu plusieurs fois. Tu l'as laissée sur un Post-it, chez moi. L'adresse m'a paru familière, alors je me suis renseigné. C'est un refuge pour femmes battues. Au cours des dix dernières années de sa vie, Mrs. Davis a été hospitalisée plus de douze fois pour coups et blessures graves. Deux fois, elle a porté plainte contre son mari, mais a retiré sa plainte par la suite. Tu te demandes sûrement ce que vient faire John Brown dans tout ça. Dis une banalité quelconque à Mr. Davis pour qu'il ne trouve pas ton silence suspect.

« Je commence à avoir faim. Pas vous ? »

Davis me jeta un coup d'œil perplexe. Ce n'était pas une improvisation brillante, je le reconnais. Je me rendis compte que je devais avoir pâli en regardant cet homme, que je voyais sous un tout autre jour. Mon cœur commença à cogner, et Henry poursuivit son histoire.

« Voilà ce qu'il faut que tu saches sur John Brown. C'est son vrai nom, mais il travaille sous un numéro de Sécurité sociale différent, non pas pour cacher son passé, mais pour protéger celles qui entrent en contact avec lui. Je suis persuadé qu'il t'a donné une DDN bidon. Son travail consiste à fournir de nouvelles identités aux femmes qui essaient d'échapper à des maris qui les maltraitent. C'est un dernier recours pour certaines, qui ne peuvent pas trouver de protection légale. Elles disparaissent purement et simplement et recommencent une nouvelle vie ailleurs. Brown travaille en relation étroite avec les services d'application des lois et l'administration de la Sécurité sociale, si bien qu'ils effacent toute trace du passé de la femme. Jennifer Davis est en bonne santé, et vit à des milliers de kilomètres. Dis à Mr. Davis de prendre la prochaine sortie et de se diriger vers le sud. Dis-lui que vous venez de croiser la voiture de Brown qui venait en sens inverse.

« Il faut faire demi-tour, dis-je. Le sujet vient de passer, il va dans la direction opposée.

– Il a fait vite, dit Davis.

– Mon écran a dû se figer une minute. Il y a parfois un bug dans ce programme.

– Qu'est-ce qu'il fabrique, à votre avis ? demanda Davis.

– Aucune idée », répondis-je en essayant de deviner ce que Henry avait en tête.

Lequel me glissa à l'oreille . « Même si ça te paraît bizarre pour l'instant, il faut que tu parles d'argent. Que tu lui dises d'une manière ou d'une autre que tu vas lui faire payer tes services. Donne-lui ton tarif journalier. »

Silence. Je ne voyais pas où Henry voulait en venir.

« Isabel, dis-lui maintenant que tes services de détective s'élèvent à deux cents dollars par jour plus les frais. » Le ton était sans réplique, et je m'exécutai.

« Mr. Davis, ça m'est très pénible de parler de ça maintenant, mais il faut que je vous dise que je prends deux cents dollars par jour plus les frais pour mes services. Bien entendu, nous pouvons convenir de facilités de paiement, mais je tiens à ce que les choses soient claires entre nous.

– Si vous retrouvez ma femme, peu m'importe ce que ça coûtera.

– Parfait, dit Henry. Maintenant, trouve un moyen naturel de m'indiquer votre position actuelle.

– Le sujet est en ce moment sur la 580 en direction de l'ouest, et il approche de la bretelle d'accès à la 680. Nous sommes à environ 5 kilomètres derrière lui, dis-je en observant les panneaux de sortie approchants.

– Bien, répondit Henry. La Range Rover est noire, c'est ça ?

– Oui, dis-je, nous sommes à 5 kilomètres derrière le sujet, ajoutai-je pour endormir les soupçons.

– On devrait vous rejoindre d'ici environ un quart d'heure. Tu ne me connais pas, glissa Henry. C'est moi qui mènerai la conversation. Pas de blague cette fois-ci.

– Restez à cette vitesse, Mr. Davis. Nous ne devrions pas tarder à le rattraper.

– Je sais que tu as peur, poursuivit Henry. Mais tout se passera bien. Maintenant, je raccroche. » Et la communication fut coupée.

Au cours des dix minutes suivantes, mon esprit travailla à toute vitesse à partir du nouvel éclairage de l'affaire, des faits que j'avais mal interprétés ou ignorés, des négligences impardonnables dans une enquête. Jamais il ne m'était venu à l'idée d'enquêter sur le mari de la femme disparue. Ni de considérer que l'insistance jalouse du sujet à cacher sa vie privée procédait d'un désir de protéger l'innocent, pas le coupable. Mon erreur de jugement m'avait menée à cette voiture où je me trouvais seule avec un homme qui était sans doute capable de tuer, et j'allais le conduire à sa victime suivante. Pour être à côté de la plaque, j'avais fait très fort. Jamais je ne m'en remettrais.

14 h 15

Une sirène retentit derrière la Range Rover. Davis se tourna vers moi et demanda : « J'étais en excès de vitesse ?

– Comme tout le monde, répondis-je. Mais vous feriez mieux de vous arrêter. »

Davis se gara sur le bas-côté. La voiture de police banalisée vint se ranger juste derrière nous. Henry Stone en descendit et s'approcha du côté passager. Davis baissa sa vitre.

« Il y a un problème, monsieur ? » demanda-t-il, sur ses gardes.

Henry ignora la question et ouvrit la portière du passager. « Izzy Ellmanspay, j'ai un mandat d'arrestation contre vous. Gardez vos mains bien en évidence et sortez de cette voiture. »

Je suivis les instructions de Henry et descendis. Il me fit alors pivoter et poser les mains sur le capot de la voiture. Puis il me fouilla, me mit les poignets derrière le dos et me passa les menottes.

Davis descendit aussi et contourna la voiture.

« Qu'est-ce qui se passe ? demanda-t-il.

– Ms. Ellmanspay est arrêtée pour escroquerie.

– Escroquerie ? » s'écria Davis. Son visage exprimait des sentiments mêlés où dominait la confusion.

« Oui, poursuivit Henry, dont la performance était admirable. Cela fait quelque temps que nous essayons de la coincer. Elle a l'habitude de se présenter comme détective privé et sévit auprès des familles de personnes disparues. Elle prétend qu'un homme a été vu avec la personne peu avant sa disparition et entraîne ses victimes dans des poursuites bidon où elle finit par perdre la trace de l'homme en question. Une fois qu'elle a gagné leur confiance et leur a redonné espoir, elle amène ses honoraires sur le tapis. J'ai une question à vous poser, dit Henry à Mr. Davis : lui avez-vous donné de l'argent ?

– Non. Pas encore, répondit Davis, abasourdi.

– Tant mieux. Vous faites partie de ceux qui ont de la chance. J'ai cru comprendre que votre épouse avait récemment disparu ? Je suis désolé. Mais cette femme ne sait rien de l'endroit où elle peut se trouver en ce moment.

– Elle essayait de m'arnaquer ? demanda Davis, l'air vraiment déboussolé.

– Comme à son habitude. Je suis navré, dit Henry. Rentrez chez vous et restez à côté du téléphone. Je suis sûr que la police fait tout ce qu'elle peut. Mais cette femme ne peut vous aider en rien. »

Davis posait sur moi un regard différent. La colère n'eut pas le temps de se manifester. Il était toujours sous le coup de la surprise. « Elle m'a donné l'impression d'être très instable », dit-il.

Henry continua son numéro. « Votre instinct ne vous a pas trompé, Mr. Davis. » Puis il me conduisit à sa voiture. « Vous avez le droit de garder le silence. Tout ce que vous direz pourra être utilisé contre vous devant un tribunal… »

SUITES

Après m'avoir installée sur le siège arrière, Henry attendit que Davis reprenne l'autoroute. Ma sœur surgit de sa cachette, sur le siège avant et se glissa près de moi.

« C'était super cool, dit Rae en prenant la clé pour m'ôter les menottes.

– Qu'est-ce qu'elle fait là ? demandai-je à Henry

– Elle a surveillé ton enquête tout du long. Elle a posé un GPS sur ta voiture pour pouvoir te localiser.

– Moi qui me demandais qui avait pris le second

– Rassure-toi, dit Rae : je croyais moi aussi que le sujet était un méchant jusqu'au moment où j'ai commencé à m'intéresser à Mr. Davis.

– Qu'est-ce qu'elle fait *ici* ? demandai-je en infléchissant ma question.

– Ce n'est qu'hier que j'ai pu avoir un complément d'information sur Brown et Davis, poursuivit Henry. Au refuge pour femmes battues, j'ai un contact qui connaissait Brown. Pendant quatre ans, sa sœur aînée a été victime de violences conjugales. Il a commencé par avoir recours à tous les moyens légaux pour la protéger, puis il a finalement renoncé et lui a procuré une nouvelle identité. Au fil des années, il a amélioré sa méthode et maintenant, il l'exploite – à côté de ses activités de paysagiste, bien sûr. Si tu réfléchis à tous les faits que tu as remarqués – les cartes de crédit, l'équipement pour faire des fausses cartes d'identité, tout concorde.

– Pourquoi ne m'a-t-il rien dit ?

– La seule raison qui lui a permis de tenir aussi longtemps sans être démasqué, c'est qu'une poignée de personnes seulement est au courant. Tu es sortie quelquefois avec lui et tu as passé ton temps à fouiller son appartement. Je ne pense vraiment pas que ce soit la meilleure façon de faire naître la confiance.

– Il me faut quelque chose à boire, dis-je.

– J'allais partir te chercher chez toi, poursuivit Henry, quand Rae est arrivée pour me dire que tu étais chez Mr. Davis.

– Mais pourquoi l'as-tu laissée venir pour ce coup monté ?

– Figure-toi, répondit Henry d'une voix chargée d'hostilité, qu'elle a volé mes clés de voiture et refusé de descendre. J'avais déjà perdu assez de temps et il fallait que je prenne la route si je voulais te rattraper.

– C'était la moindre des choses, dit Rae. C'est moi qui ai découvert que Davis était un mauvais. Une simple vérification de casier, Izzy. J'ai du mal à croire que tu ne l'as pas fait, insista-t-elle, retournant le couteau dans la plaie. Maman dit que tu as des œillères.

– Cette arrestation bidon, à quoi ça rime ? demandai-je.

– C'est Henry qui a tout manigancé, dit Rae.

– Il fallait le persuader que tu ne savais rien, expliqua Henry. Sinon, il aurait cherché à te coincer et ne t'aurait lâchée qu'après avoir obtenu les renseignements qu'il voulait. Il fallait qu'il te voie comme une planche pourrie. C'est la seule solution que j'ai trouvée. »

J'avais branché mon enregistreur dans la voiture de Davis, peu après le coup de téléphone de Henry. Je m'étais dit qu'au cas où les choses tourneraient mal, vraiment mal, la police pourrait au moins trouver sur mon cadavre des preuves permettant d'incriminer Mr. Davis. Heureusement, la situation n'en est pas arrivée là. Mais maintenant, mesdames et messieurs, je vous communique l'ultime enregistrement des *Duettistes Stone et Spellman*. Après tout ce que cet homme a fait pour moi, j'ai décidé que je pourrais accéder à sa demande instante.

LES DUETTISTES STONE ET SPELLMAN, ÉPISODE N° 48

« L'ÉPISODE FINAL »

Contexte . Davis a repris la route et disparu au loin. Rae s'est installée sur le siège avant.

RAE : Prems !

HENRY : Mets ta ceinture.

[Henry reprend l'autoroute et nous nous dirigeons vers San Francisco.]

RAE : Ton plan pour détourner les soupçons de Davis était génial.

HENRY : Merci.

ISABEL : C'est vrai. Merci à toi.

RAE : Tu sais quoi, Henry ?

HENRY : Non, quoi ?

RAE : Quand je serai grande, je veux être comme toi.

HENRY : Tu es trop bonne.

RAE : Exception faite de toutes les règles.

HENRY : Tu m'étonnes !

RAE : Et de ta phobie des grignotis.

HENRY : Ce n'est pas une phobie.

RAE : Et je n'obligerai certainement pas les gens à lire une heure pour chaque heure qu'ils passent devant la télé.

HENRY : Tu n'es pas obligée de décider ça maintenant.

RAE : Et puis surtout, pas question de me retrouver dans la peau d'un homme.

HENRY : On ne peut pas être plus clair.

[Fin de la bande.]

Sur le moment, j'ai à peine prêté attention à l'épisode ci-dessus. Tandis que le paysage défilait à cent dix à l'heure, mes propres fautes m'obnubilaient. Je me suis déjà trompée souvent dans ma vie, mais je ne vois rien de comparable à cette erreur de discernement qui a duré des mois. Ce serait une litote de dire qu'elle m'a forcé à repenser mon avenir. Elle m'a fait repenser toute ma vie.

Épilogue

QUATRE AMENDES
HONORABLES
ET UN MARIAGE

Juin

Quelques semaines après « l'opération sauvetage », comme Rae devait plus tard désigner l'épisode, mon père et moi avons décidé d'un commun accord que je prendrais des vacances. Et aussi que je devais présenter des excuses à un certain nombre de personnes. J'ai demandé à papa combien à son avis et il m'a répondu quatre. L'identité de ces quatre personnes n'ayant jamais été discutée entre nous, j'ai fait mon choix toute seule.

Mais avant cela, il y a eu une personne auprès de laquelle je n'ai pas eu à m'excuser. Quinze jours après son retour d'Arizona et au moins cinq messages laissés sans réponse, David m'a annoncé que Petra et lui s'étaient séparés et envisageaient le divorce. Après deux autres coups de téléphone sans réponse, j'ai renoncé à essayer de la joindre. Mieux valait la laisser venir. Un mois après son retour, elle a frappé à la porte de mon placard.

« Je suis lâche, déclara-t-elle.

– Je sais.

– Ce qui se passe, c'est entre ton frère et moi. J'espère qu'un jour, les relations avec toi seront plus faciles.

437

– Qu'est-ce qui s'est passé ? » demandai-je. Que pouvais-je faire d'autre ? Elle était toujours debout dans l'entrée.

« Tout a été très vite. David s'est mis à parler enfants, et je me suis demandé comment j'en étais arrivée là. Un jour, mon seul souci, c'est de choisir un bar pour une *happy hour*, et le lendemain, je me retrouve en train de recevoir à dîner les associés de son cabinet. Un jour, je me suis réveillée mariée à un avocat respectable, et je n'étais pas mûre pour ce rôle.

– Tu l'as vu récemment ? Il n'est pas si respectable que ça.

– Il s'en remettra, dit Petra. Tu le sais, d'ailleurs.

– Mais pourquoi as-tu disparu ainsi ?

– J'avais peur de toi et de ta famille. Je ne pouvais affronter aucun d'entre vous. Et franchement, je ne savais pas comment vous réagiriez. C'était flippant. »

Ses craintes n'étaient pas injustifiées. Je me radoucis un peu. « En fait, il a essayé de te protéger de nous tous, dis-je.

– Oui, je m'en rends compte maintenant seulement », répondit-elle, tirant d'un geste nerveux ses manches sur ses mains. Elle fuyait mon regard et cela me mettait mal à l'aise. Petra avait toujours été la plus posée de nous deux. J'avais du mal à reconnaître la femme debout devant moi dans le couloir de mon immeuble minable.

« Tu crois que tu pourras me pardonner ? » demanda-t-elle.

Ce qui rendait la situation difficile, c'était que si Petra n'avait pas été mariée à mon frère, je me serais moquée éperdument qu'elle ait trompé son mari. Mais sa disparition m'avait fait comprendre qu'elle était la femme de David (ou sa future ex-femme) avant d'être ma meilleure amie. Le changement de rôle s'était produit à mon insu. Jamais ma meilleure amie ne m'aurait infligé une disparition. C'était cela que j'avais du mal à avaler. Je finirais par lui pardonner, mais il me faudrait du temps.

« Peut-être, dis-je, c'est encore un peu tôt. David est mon frère. Je suis obligée d'être solidaire, même si c'est pour la galerie.

– C'est juste pour la galerie ?

– Non. Tu as déconné.

– C'est vrai. Enfin, tu sais où me trouver », dit Petra. Et elle partit.

En fait, je ne le savais pas. Elle avait déménagé du domicile conjugal sans laisser d'adresse. Mais ce n'était pas difficile à découvrir. Je la regardai disparaître une fois de plus dans le couloir et, l'espace d'un bref instant, essayai d'imaginer l'épreuve qu'elle traversait.

Il avait dû lui falloir des semaines avant de rassembler le courage nécessaire pour venir s'excuser ainsi auprès de moi. Elle avait tant tardé que cette amende honorable était encore plus difficile à accepter. Du coup, je décidai que je n'attendrais pas davantage pour présenter mon carré d'excuses. J'allais me débarrasser au plus vite de cette obligation.

Amende honorable n° 1 : Mrs. Chandler

Il était temps d'avouer la vérité à Mrs. Chandler.

J'étais dans sa cuisine et buvais une décoction de plantes qui, à mon avis, devait être illégale dans certains États.

« Je ne suis sûre pas que vous le sachiez, Mrs. Chandler, mais c'est moi qui suis responsable de la première série d'interventions sur votre pelouse. Cela fait presque quinze ans maintenant.

– Tout le monde sait que c'est vous, ma petite fille.

– Vraiment ?

– Oui.

– Alors, il est grand temps que je vous présente mes excuses. Je suis désolée de vous avoir causé de la peine et du tracas.

– J'accepte vos excuses.

– Merci, dis-je en pensant que s'excuser était bien plus facile que je ne l'avais imaginé.

– À une condition, poursuivit Mrs. Chandler.

– Dites.

– Vous m'aiderez pour l'installation de la fête de l'Indépendance. Dans ces temps difficiles, j'estime que le pays a surtout besoin qu'on lui rappelle qu'il faut donner sa chance à la paix. »

J'ai accepté la proposition de Mrs. Chandler, tout en me rappelant brusquement pourquoi j'avais commencé un jour à « aménager » ses tableaux.

Amende honorable n° 2 : Milo

Mon excuse à Milo fut nettement plus simple. Je m'assis au bar et commandai un whisky sec.

Je dis : « Je suis un monstre d'insensibilité. Parfois, je ne pense qu'à moi. Pardonne-moi.

– Baahhh ! », dit Milo, écartant ma remarque d'un revers de main.

Amende honorable n° 3 : David Spellman

J'ai annoncé mes intentions à la porte d'entrée. La patience de David à mon égard n'avait jamais atteint un niveau aussi bas que ces derniers temps, et lorsqu'il avait appris que j'avais saboté la voiture de sa future ex-femme, cela n'avait guère fait remonter ma cote.

« Je suis venue m'excuser, dis-je. Sois gentil, invite-moi à entrer et donne-moi un truc fort à boire : je vais en avoir besoin si je veux aller jusqu'au bout. »

C'était une première car je ne me souvenais pas avoir jamais cherché à m'excuser auprès de mon frère. L'insupportable perfection de David était un obstacle majeur à toute amende honorable. Mon frère s'approcha de son bar et nous remplit un verre chacun.

« Ta divine perfection me met en rage depuis des années. Depuis près de dix ans que je te regarde faire ton numéro de playboy, je te trouve franchement pénible.

– C'est ça, tes excuses ?

– J'y viens.

– Fais vite.

– Je me suis dit que c'était de ta faute parce que tu étais coutumier du fait.

– Je n'avais jamais été marié.

– Je pensais que c'était un sale coup de t'avoir comme frère, mais si on regarde les choses en face, c'est toi qui as été floué.

– Tu n'es pas si mauvaise que ça, Isabel.

– C'est vrai. Je pourrais être bien pire.

– On parle d'autre chose.

– Je te demande pardon, David.

– C'est bon. »

Amende honorable n° 4 : John Brown

Une autre chose que j'ai apprise concernant les excuses, c'est qu'il faut songer à satisfaire la personne qui les reçoit. Personnellement, j'aurais préféré expliquer en long et en large à John Brown mon comportement récent, mais lorsque Henry récupéra le GPS sur le véhicule du sujet, il me conseilla quelque chose de beaucoup plus simple. J'écrivis à John Brown une courte lettre et l'expédiai à une boîte postale indiquée par Henry.

Cher John,

Je te demande pardon.

Bien à toi,

Isabel.

Et maintenant le mariage

Daniel Castillo (ex-petit ami n° 9) a épousé sa chérie et néanmoins ex-athlète olympique au cours d'une cérémonie étonnamment ostentatoire célébrée en la cathédrale épiscopalienne de San Francisco, Grace Cathedral. La réception de trois cents personnes s'est déroulée à l'hôtel Mark Hopkins. Henry Stone m'a accompagnée en qualité de chevalier servant. Rae avait tout organisé, disant à Henry que je n'avais pas le choix, et que si j'y allais avec quelqu'un de la famille ou seule, je serais tout bonnement « lamentable ».

Henry et moi avons partagé un taxi pour rentrer, étant tous deux arrivés à la conclusion que ce genre de fête supposait l'ingestion de grandes quantités d'alcool. À la fin de la soirée, mon chevalier et moi nous étions présentés comme des dignitaires de sang royal, avec toutes sortes de variantes. (Henry était le 167e héritier du trône et moi, je venais en 169e place[1].)

« Jamais je n'ai rencontré autant d'athlètes olympiques de ma vie, dis-je.

– On n'en a rencontré que deux : le lutteur guatémaltèque et la mariée.

---

1. Nous nous sommes rendus compte après coup que ceci faisait de nous des parents. Nous avons donc décidé d'élargir la distance au trône si nous devions refaire ce numéro.

– N'empêche, ce que j'ai dit est vrai.

– Je ne t'ai jamais avoué que j'avais participé aux Jeux olympiques, demanda Henry d'une voix délicieusement pâteuse.

– Les Olympiques des lycées* ne comptent pas », répondis-je.

Au bruit et à l'excitation de la soirée succéda le calme des rues de San Francisco le dimanche au petit matin. Henry et moi nous sommes retrouvés dans le silence confortable du taxi, assis côte à côte. Une soirée dont j'étais convaincue qu'elle serait insupportable avait été finalement parfaite. L'alcool me délia la langue et je me fis l'écho du refrain de ma mère : « On ne te mérite pas, Henry. »

Mais ma chance veillait ce soir-là. Henry était inconscient. Assurément, des remerciements s'imposaient, mais ce n'était pas la peine de lui donner des idées. Les Spellman avaient beaucoup plus besoin de lui qu'il n'avait besoin des Spellman.

---

* *Academic olympics* : compétition entre les lycées qui désignent leurs meilleurs élèves pour s'affronter dans le domaine sportif et dans les matières classiques.

LE PHILOSOPHER'S CLUB

J e décidai de ne plus travailler pour l'affaire familiale pendant une durée indéterminée, et allai servir chez Milo. Nous nous sommes dit qu'en rafraîchissant un peu la déco et en faisant une « grande réouverture », nous pourrions peut-être relancer un peu le bar. J'ai contacté tous ceux avec qui j'avais pris un verre et fini par réunir une foule. Les affaires n'ont pas tardé à reprendre. Je travaillais cinq soirs par semaine et gagnais beaucoup plus qu'à l'agence Spellman. Je n'avais pas l'intention de rester barmaid jusqu'à la fin de mes jours, mais au cas où je déciderais de reprendre mon ancien emploi, je serais mieux armée pour négocier.

Ma présence régulière derrière le bar attirait une cohorte incessante de visages familiers. Environ quinze jours après mes débuts de serveuse, Rae passa au bar, se commanda une bière au gingembre pour fêter l'événement et me dit qu'elle avait enfin éclairci le mystère de la morve. D'emblée, elle avait refusé la théorie de Henry, et s'était efforcée de trouver une explication plus convaincante que celle du collectionneur. Aussi alla-t-elle poser la question directement à Mr. Peabody.

Il s'avéra qu'il avait eu quelques désaccords avec les gardiens du lycée à propos du recyclage des kleenex usagés. Les gardiens estimaient que c'étaient des ordures. Mr. Peabody, lui, considérait que puisque les déchets humains sont biodégradables, il n'y avait aucune raison de ne pas recycler les kleenex usagés. Pour éviter que le conflit ne s'envenime, Mr. Peabody conservait les kleenex et les mettait lui-même dans la poubelle de recyclage. Rae apprécia beaucoup son bref triomphe logique sur Henry Stone.

Morty aimait passer au bar le jeudi après-midi, jour où nous avions auparavant rendez-vous pour déjeuner. Il apportait un sandwich et demandait un café, que j'allongeais avec un peu de whisky. Aussi, chez Milo, la température du breuvage ne demandait-elle aucune rectification de la part de Morty.

On m'avait donné six mois pour suivre mes douze séances de thérapie prescrite par le tribunal. À raison d'une séance par semaine, il me restait encore trois mois avant d'être absolument contrainte de prendre le premier rendez-vous. Comme je n'avais pas du tout hâte de devoir explorer chaque semaine mon paysage mental, je continuai à différer. De son côté, ma mère continua à passer au bar pour voir si ma thérapie avait effectivement commencé. Elle me regardait de l'air détaché du scientifique et décrétait : « Non. À l'évidence, tu ne vois pas de psy. »

Elle cessa le jour où je désignai le panneau sur la porte annonçant NOUS NOUS RÉSERVONS LE DROIT DE REFUSER DE SERVIR. À la décharge de ma mère, toutefois, elle n'avait pas divulgué le secret que je lui avais confié. La bague de fiançailles retourna dans sa boîte à bijoux. Le Service de Protection de l'Enfance ne reviendrait pas frapper à la porte de la maison.

Quant aux autres nouvelles de la maison Spellman, les voici : papa m'avait donné une date limite pour lui faire part de ma décision concernant la reprise de l'affaire de famille. Cette date arrivait à échéance. Le faux PPAR de papa, dont ma mère savait maintenant que c'était un grave souci de santé, provoqua d'abord un conflit au sein de l'Équipe, mais finit par la souder. Les promenades matinales toniques avant les cours de yoga devinrent partie intégrante de leurs activités journalières. Mon père ne protestait plus contre l'absence de viande rouge à table pour le dîner, et il découvrit même des façons « intéressantes » de consommer le tofu. Bien entendu, le nouveau menu freinait mes envies de passer dîner chez les parents, mais je ne pense pas que qui que ce soit l'ait remarqué. Lorsque mon père alla chez son médecin pour la visite de contrôle, son cholestérol avait baissé de 80 centigrammes et le médecin annonça qu'une opération n'était plus nécessaire. Mes parents découvrirent que les escapades du week-end étaient exactement ce qu'il leur fallait. Ni l'un ni l'autre n'admit que leur cadette les avait manipulés, peu leur importait. En quelques semaines, Rae obtint exactement ce qu'elle voulait : la jouissance exclusive de la maison familiale certains week-ends.

Par ailleurs, David et Petra se sont séparés, bien qu'à ce jour, ni l'un ni l'autre n'ait demandé le divorce. David s'est remis à prendre des douches, à faire du sport et à travailler quatre-vingts heures par semaine. La dernière fois que Rae est allée le voir, il lui a clairement signifié que la pompe à billets était désactivée une fois pour toutes.

Après la déception de son premier échec au permis de conduire, Rae a consacré tout son temps libre à manipuler les membres de la famille afin d'obtenir des heures de conduite accompagnée. Henry a continué à boycotter les leçons, mais le reste de la famille, sans compter Milo, s'est plié à ses volontés. Deux mois après avoir échoué, Rae s'est représentée au permis de conduire et l'a obtenu haut la main. Mes parents ont compris qu'une nouvelle ère s'ouvrait devant eux.

La dernière fois que Henry m'a appelée pour que je pratique une extraction de ma sœur, j'ai dû lui expliquer que maintenant qu'elle conduisait, il faudrait qu'il songe à d'autres méthodes pour la faire partir. J'ai réalisé que je risquais de ne jamais revoir Henry, maintenant que mes extractions n'étaient plus requises. Mais il est passé au bar un lundi, soirée très calme, pendant que j'étais de service ; il est revenu le lundi suivant et l'autre encore.

Finalement, Henry et moi sommes devenus amis[1] quelque part entre mon arrestation n° 1 et la n° 4. À ceci près que j'ai mis plus longtemps que les autres à le remarquer.

Quant aux nouvelles ne touchant pas les Spellman, je signale ici que Bernie m'a envoyé une carte postale de Jamaïque, où Daisy et lui étaient allés ranimer la flamme de leur mariage. Je préfère ne pas entrer dans les détails, bien que Bernie n'en ait pas été avare.

Plusieurs semaines après que j'aie pris mon nouveau travail, le sujet est entré dans l'établissement. Il avait reçu mes excuses par courrier et contacté mes parents pour savoir où me trouver. Apparemment, si vous avez harcelé une personne pendant des mois, ne comptez pas vous en tirer avec de simples excuses. Le sujet s'est assis au bar et a commandé un verre. Quand il a mis la main à la poche pour payer, je lui ai dit que c'était la maison qui régalait.

« Tu as une dette », a-t-il dit.

Je ne pouvais le nier.

« À l'avenir, si j'ai besoin de ton aide, je veux pouvoir compter sur toi. D'accord ?

– D'accord. »

Le sujet a fini son verre et a disparu.

Le vendredi 2 juin, à 3 heures, papa est passé au Philosopher's Club pour savoir comment je voyais mon avenir à l'agence Spellman.

« Tu n'as rien à me dire ? a-t-il demandé.

---

1. Bien que je n'aie jamais cessé de me présenter comme son coach personnel.

– Prends bien soin de toi, papa, parce que je ne suis pas encore prête à décider de mon avenir. Pas du tout. »

Papa a bu une gorgée de son vin (la seule boisson alcoolique que maman m'autorisait à lui servir) et médité ma réponse.

« Soit, Isabel. Tu gagnes du temps. Mais il faudra bien que tu finisses par prendre une décision. Nous devons tous grandir, tôt ou tard.

– D'accord, papa. Alors, après toi.

– Très amusant. Alors, qu'est-ce que tu vas faire d'ici là ?

– Je crois qu'une disparition ne me ferait pas de mal.

– Bonne idée. Tu as bien besoin d'un peu de repos. »

APPENDICE

Liste des ex

Ex n° 1 :

Nom :	Goldstein, Max
Âge :	14 ans
Activité :	Élève de 4ᵉ
Passions :	Skateboard
Durée .	1 mois
Dernières paroles .	« Tu sais, mec, ma mère ne veut plus me voir traîner avec toi. »

Ex n° 2 :

Nom :	Slater, Henry
Âge :	18 ans
Activité :	Étudiant de première année, UC, Berkeley
Passions ·	Poésie
Durée :	7 mois
Dernières paroles :	« Tu ne connais pas Robert Pinsky ? »

Ex n° 3 :

Nom :	Flannagan, Sean
Âge :	23 ans
Activité :	Barman chez O'Reilly
Passions :	Être Irlandais ; picoler
Durée :	2 mois 1/2
Dernières paroles :	« En dehors de la Guinness, on n'a pas grand-chose en commun. »

Ex n° 4 :

Nom :	Collier, Michael
Âge ·	47 ans (moi 21)
Activité :	Professeur de philosophie à l'université
Passions :	Coucher avec les étudiantes
Durée :	1 semestre
Dernières paroles :	« C'est une erreur. Je ne peux pas continuer. »

Ex n° 5 :

Nom :	Fuller, Joshua
Âge :	25 ans
Activité :	Web designer
Passions :	Alcooliques Anonymes
Durée :	3 mois
Dernières paroles :	« Notre relation a mis ma sobriété en péril. »

Ex n° 7 :

Nom :	Greenberg, Zack
Âge :	29 ans
Activité :	Patron d'une société Web design
Passions ·	Football

Durée :   1 mois 1/2

Dernières paroles : « Tu as fais une enquête de solvabilité sur mon
                           frère ? »

Ex n° 8 :

Nom :   Martin, Greg

Âge :   29 ans

Activité :   Graphiste

Passions :   Triathlon

Durée :   4 mois

Dernières paroles : « Si je dois répondre à une question de plus, je
                           me suicide, bordel ! »

Ex n° 9 :

Nom :   Castillo, Daniel

Âge :   38 ans

Activité :   Dentiste

Passions :   Tennis

Durée :   3 mois

Dernières paroles : « Ça a été fini après le faux deal. »

Ex n° 10 :

Nom :   Larson, Greg

Âge :   38 ans

Activité :   Shérif

Passions :   N'en ai jamais découvert

Durée :   6 semaines

Dernières paroles : « Non plus. »

Citation célèbre de Mark Twain : « L'hiver le plus froid que j'ai jamais passé était mon été à San Francisco. »

D'abord, Twain n'a jamais dit ça. Ensuite, s'il est vrai que les étés de San Francisco sont tempérés, comparés à ceux du reste du pays, dans ce contexte de réchauffement général la température est parfois très chaude et, à moins d'habiter du côté de Sunset ou de Richmond, on n'a pas du tout l'impression d'être en hiver. On abuse de cette citation à propos de San Francisco. J'espère vivement ne plus jamais l'entendre. Et pendant que je parle de ma ville, évitez de l'appeler Frisco, en tout état de cause. Sinon, vous serez immédiatement catalogué comme touriste et les gens du coin chercheront à vous exploiter.

Conditions préalables à remplir pour tout futur-ex (maman a mis un jour cette liste dans mon sabot de Noël)

- Doit pouvoir prouver son existence (i.e. numéro de Sécurité sociale, DDN).
- Doit avoir toutes ses dents.
- Doit avoir une adresse et un numéro de téléphone.
- Doit parler couramment au moins une langue.
- Doit être à jour de ses vaccins.
- Doit pouvoir désigner au moins un ami et un membre de sa famille susceptibles de se porter garants de lui.
- Doit avoir un travail, ou sinon, une raison valable de n'en pas avoir.

(Cette liste avait trois pages, mais l'extrait ci-dessus devrait suffire.)

Pour mémoire

Destinataire : toute personne concernée
De : Isabel Spellman
Date : 17-5-1998
RE : Changement de désignation

Les PPAM sont désormais désignés par l'acronyme PPAR.

Prière de noter que depuis qu'Albert Spellman a passé le cap des soixante ans, nous ne trouvons plus pertinent d'utiliser le terme PPAM pour désigner les incidents ressemblant à sa crise de l'âge mûr. Ce phénomène sera désormais désigné par l'acronyme PPAR, qui signifie Pétage de Plombs de l'Âge de la Retraite. Nous estimons qu'il est plus exact et espérons que vous en convenez.

Le changement prendra effet immédiatement.

Liste des entrées en matière approuvées par Henry

1. Comment ça va ?
2. Comment va le travail ?
3. Quoi de neuf ?
4. Tout se passe bien ?
5. Si tu as besoin de quoi que ce soit, je suis là.
6. Tu veux que je t'apporte une bière ?
7. Tu veux que je t'apporte une autre bière ?
9. Un whisky ?
10. Chouette chemise.
11. Chouettes chaussures.

(Prière de noter que les entrées en matière n° 6 à 10 sont de mon cru.)

L'évidence s'impose : ma correctrice, Marysue Rucci, et mon agent, Stephanie Kip Rostan, sont absolument géniales, extraordinaires, insérez ici les adjectifs les plus flamboyants. En fait, si vous voulez soumettre un manuscrit, commencez par leur envoyer à chacune un exemplaire[1].

Je débuterai par les remerciements professionnels. Chez S&S, par qui commencer ? Je vous adore tous. Si j'ai un jour des animaux de compagnie, je les appellerai Simon & Schuster. Carlyn Reidy, votre soutien aux aventures des Spellman est précieux. Merci infiniment. David Rosenthal, vous êtes un roc. Je regrette de ne pas avoir l'enregistrement de ce merveilleux toast que vous avez porté à certain dîner. Je suis sûre que vous ne vous en souvenez pas parce que vous aviez trop bu (mais il est possible que je projette en l'occurrence). Merci encore pour ce dîner, Marysue[2]. Virginia « Ginny » Smith, en tant qu'assistante éditoriale, vous êtes remarquable, et comme comédienne[3], vous méritez un Oscar. Chez S&S, je remercie également Leah Wasielewski, Aileen Boyle, Deb Darrock, Michael Selleck, ainsi que le rédacteur en chef technique très sérieusement surmené, Jonathan Evans. Je remercie tout spécialement

---

1. Non, ne faites pas ça. Mais dans le cas contraire, dites-leur que j'ai lu votre manuscrit et que je le trouve super.

2. David n'était pas sûr que sa carte bleue fonctionnerait.

3. Peut-être que « interprète éditoriale » ne serait pas très clair. En fait, je n'ai pas envie de développer ce point précis.

mes attachées de presse aussi assidues que dévouées : Tracey Guest, Deirdre Mueller et Nicole de Jackamo.

Il me faut maintenant remercier le merveilleux personnel de l'agence littéraire Levine Greenberg : Daniel Greenberg, Jim Levine (notez que l'agence fournit un service complet : restaurant, recommandations, envoi de coupures de presse intéressantes), Élizabeth Fisher, Melissa Rowland, Monika Verma, Miek Coccia (dont le prénom se prononce exactement comme Mike, allez savoir pourquoi), Sasha Raskin et Lindsay Edgecombe. C'est toujours un plaisir de travailler avec vous tous et j'adore passer dans vos bureaux, car les visites sont toujours accompagnées de gâteaux.

Maintenant, voici les remerciements un peu en dehors du milieu professionnel :

J'aimerais d'abord saluer le clan Rucci. Debbie et Joe Rucci, merci infiniment d'être venus à ma soirée de gala. Vous qui m'avez donné la réplique pour les lectures en public, Ted et Josh, vous avez été merveilleux. Ted, j'espère vous retenir pour l'an prochain. Dave Rucci, je regrette que vous n'ayez pas pu être des nôtres. Joe Rucci, merci d'avoir trouvé le titre des suites de l'histoire de la famille Spellman. En toute honnêteté, je suis sûre que Marysue y est pour quelque chose aussi, mais quant à savoir si elle veut reconnaître son crédit, c'est une affaire entre vous deux.

Et là, j'estime *vraiment* que devraient arrêter de lire tous ceux qui ne me connaissent pas personnellement.

William Lorton, merci d'avoir accepté de cacher le revolver. Je vous promets de vous en débarrasser un de ces jours. Merci à Dan Fienberg, mon cousin et conseiller financier. (Nous sommes convenus qu'il figurerait dans mes remerciements s'il lisait mon premier livre avant que je finisse d'écrire celui-ci.) J'ai gagné la course, mais il n'était pas loin derrière moi, je dois le reconnaître. De plus, c'est vraiment un excellent conseiller financier[1]. Je dois aussi des remerciements à Jay Fienberg, mon cousin, co-designer de mon site web

---

1. Si vous en cherchez un, il exerce à Beverly Hills.

et surtout, mon conseiller en vandalisme. Je savais que je pouvais compter sur toi[1].

Anastasia Fuller, merci d'avoir lu tous mes premiers jets et travaillé à mon site, avec Jay, d'avoir organisé certains de mes voyages et de m'avoir aidée à faire mes valises pour ma visite à New York. (Cela dit, jamais je ne te rede-manderai de m'aider à faire mes valises, parce que tu as été beaucoup trop efficace, et que j'ai été obligée de demander à Nicole – la publicitaire susmen-tionnée – de m'envoyer par la poste ce qui n'entrait pas dans mes bagages. Merci, Nicole.)

Mes remerciements à Ashleigh Mitchell et Jill Ableson pour m'avoir empê-chée de m'écrouler, ou d'imploser. Il m'arrive de ne plus faire la différence.

Les remerciements suivants portent sur la tournée de promotion du livre.

Merci maman, Sharlene Lauretz, de m'avoir offert un point de chute chez toi, de m'avoir prêté de l'argent (pas parce que j'étais à court, mais parce que je n'avais pas le temps d'aller à la banque), et de m'avoir supportée sans te plaindre pendant que je me conduisais en enquiquineuse de première.

Je crois maintenant qu'il est important de remercier tous ceux qui m'ont laissé laver mon linge chez eux. Merci à tante Bev et à oncle Mark, à Julie Elmer et Steve Alves (je devrais te remercier pour bien plus que le lavage, mais c'est entre nous) ainsi que Lori Fienberg. Et pendant que j'y suis, je tiens à dire aux hôtels de ce pays que quand on fait la promotion d'un livre (et je suis certaine que ma remarque vaut pour d'autres types de déplacements pro-fessionnels,) laver son linge devient un gros problème et on ne devrait pas avoir à payer cent dollars pour une demi-machine de linge. Quant à voir mes chaussettes me revenir sur un cintre, c'est ridicule ! Je comprends tout à fait qu'on gonfle les prix du mini-bar. Si vous voulez me faire payer six dollars un paquet de M&M, soit. Mais les vêtements propres ne devraient pas être consi-dérés comme un luxe. Je pense vraiment que cet aspect de l'hôtellerie mérite d'être révisé.

---

1. Il a simplement subi un interrogatoire. On ne l'a jamais arrêté.

Quant aux remerciements divers, les voici.

Morgan Sox et Steve Kim, merci pour toutes sortes de choses. Je ne sais pas par où commencer, ni finir. Rae, je vais devoir t'emprunter ton prénom encore quelques années. Après, je te le rendrai. Peter Kim et Carol Young, merci de m'avoir servi de chauffeurs pendant près de trois heures à la recherche de mon motel. J'aimerais préciser qu'il était situé là où je l'avais dit et que vous avez refusé de me croire. Mais compte tenu des circonstances, je ne vous critique pas. J'apprécie également tous vos conseils concernant les voyages. Et félicitations ! Kate Golden, merci d'être toujours disponible quand il s'agit de relire des épreuves, et de m'avoir aidée à défaire mes valises. David et Cindy Klane, encore merci de votre soutien, de la participation aux lectures en public, à la relecture d'épreuves, et surtout de votre amitié. Tante Eve et Oncle Jeff Golden, merci pour mille choses, mais oncle Jeff, je t'en prie, ne m'achète plus jamais de croissants fourrés aux noix. Tu me rends toxico à la pâtisserie.

J'aimerais remercier une fois de plus toute la bande des Desvernine Associés[1], d'avoir assisté au plus grand nombre de manifestations possible et de m'avoir si chaleureusement soutenue. Graham « Des » Desvernine, Pamela Desvernine, Pierre Merkl, Debra Crofoot Meisner et Yvonne Prentiss. J'adresse à Gretchen des remerciements mitigés : tu as lu des premiers jets et m'as aidée à faire face au public, mais chaque fois que je me suis trouvée avec toi pendant cette tournée promotionnelle, j'ai eu une méchante gueule de bois le lendemain alors que je devais prendre l'avion pour l'autre bout du pays. Je ne te le reproche pas, je le signale seulement...

J'aimerais également remercier Google de m'avoir permis de communiquer en français :

[*Pour Charlie : Peu importe où je suis ni où vous êtes, je pense que vous êtes toujours moutarde*.*]

Enfin, lorsqu'on me demande si mes personnages sont copiés sur une personne de ma connaissance, je réponds en général « non », et c'est la vérité.

---

1. À l'exception de Mike Joffe.

* En français dans le texte.

Toutefois, Mort Schilling a un certain nombre de traits en commun avec mon grand-père Milton Golden. Grand-père n'était pas avocat, mais cadre dans une entreprise de peinture. La température de son café n'était jamais à son goût et il n'avait aucun scrupule à demander qu'on y remédie. Je crois qu'il aurait aimé ce livre… pourvu que j'en retire tous les gros mots.

DU MÊME AUTEUR

Aux Éditions Albin Michel

SPELLMAN & ASSOCIÉS, 2007.

Composition Nord Compo
Impression Firmin-Didot, mai 2008
Éditions Albin Michel
22, rue Huyghens, 75014 Paris
www.albin-michel.fr
ISBN 978-2-226-18659-1
N° d'édition : 25594 – N° d'impression : 90499
Dépôt légal : juin 2008
Imprimé en France